Manfred Lang (Hg.)
Eifel-Winter

Manfred Lang (Hg.)

Eifel - Winter

Herrliche Geschichten
für lange Abende
vor und nach Weihachten

Titelbild:
»Winter in Hollerath«
(Gemälde des Eifelmalers Curtius Schulten, 1893 - 1967)

Überarbeitete Neuauflage
© 2022 KBV Verlags- und Mediengesellschaft mbH, Hillesheim
www.kbv-verlag.de
E-Mail: info@kbv-verlag.de
Telefon: 0 65 93 - 998 96-0
Umschlaggestaltung und Satz: Sabine Hockertz
Illustrationen: Ralf Kramp
Druck: booksfactory.de
ISBN 978-3-95441-643-1

Wohlig melancholisch ...

Das Wetter war umgeschlagen. Es war kalt, es goss, ein halber Sturm wehte, und vor uns lagen, wie eine Mauer, die schwarzen Forsten der Schnee-Eifel ...« Dieses Zitat stammt aus der Feder Ernest Hemingways, Alfred Andersch hat es seinem Eifel-Roman »Winterspelt« vorangestellt. Beide Autoren messen dem Winter damit für die Eifel eine überragende Bedeutung zu.

Dabei ist es trotz Klimawandel bis heute geblieben. Der inzwischen berühmte Landstrich zwischen Rhein und Mosel entfaltet zwar Frühling, Sommer, Herbst und Winter seine Schönheit. Aber die kalte und eher dunkle Jahreszeit taucht die Eifel in unvergleichliches Licht. Eine Art wohltuender Melancholie überzieht das Land ...

Diese Stimmung haben die Autorinnen und Autoren in diesem Buch eingefangen, das erstmals 2010 erschien und zu einem großen Erfolg wurde. Die anhaltende Nachfrage haben Verlag und Herausgeber bewogen, es in einer leicht gekürzten Taschenbuchausgabe den geneigten Lesern vorzulegen.

Sie halten damit eine literarische Sammlung zum Thema »Eifel-Winter« in Händen, in der Winteridyll, Glaube und Kindheitserinnerungen, aber auch Mörderisches, sowie Humoresken, Mystisches, Mundart und Menschliches Platz gefunden haben, thematisch unter Kapitelüberschriften gebündelt. Los geht es unter dem Titel »Zurück ins Dorf meiner Kindheit« mit den Erinnerungen von Autoren, die ihre Jugend zwischen Venn und Vulkanmaaren verbrachten. Darunter zwei ganz berühmte: Stefan Andres und Clara Viebig.

Der zweite Abschnitt »Mach es wie Gott, werde Mensch« beginnt mit der auch als Spielfilm vorliegenden Erzählung vom Heiligen Abend 1944, an dem deutsche und amerikanische Soldaten in einer Hütte im Hürtgenwald nicht ganz freiwillig gemeinsam Weihnachten verbringen. Es folgen viele weitere zum Teil sehr anrührende Menschengeschichten.

Unter dem Titel »Christnacht ist wieder« findet man klassische, aber auch zeitgenössische Eifeler Weihnachtsgeschichten, darunter zwei Übersetzungen des Weihnachtsevangeliums nach Lukas in der moselfränkischen und in der ripuarischen Mundart, den beiden wichtigsten »Zungen« der Eifel.

Dass der Winter in dieser Landschaft nicht nur Schwermut und schlechtes Wetter mit sich bringt, sondern auch Frohsinn und Humor, davon ist in einem Kapitel die Rede, das mit dem Textbeginn des berühmten Nikolausliedes überschrieben wurde, nämlich »Lasst uns froh und munter sein«.

Von Neunhollen und Rauhnächten, von mysteriösen Todesfällen, Krieg, Aberglauben und der realen Angst vor Wölfen ist in dem Kapitel »Finsternis und wilde Jagd« die Rede. Sagen und Legenden werden im vorletzten Abschnitt zur Sprache gebracht. Den Abschluss bildet die Riege der berühmten Eifelkrimi-Autoren Jacques Berndorf, Ralf Kramp, Carola Clasen, Guido M. Breuer und Erika Kroell unter dem bezeichnenden Motto »Weihnachten, kriminell gut …«

Der Vergleich mit einem reich gefüllten literarischen Weihnachtsteller drängt sich auf. Er wird garniert von Ralf Kramp markant gezeichneten Situationen aus den Geschichten – und man stibitzt sich davon, was einem im Augenblick am leckersten erscheint …

Manfred Lang

Zurück ins Dorf meiner Kindheit

Mach es wie Gott, werde Mensch

Christnacht ist wieder

Lasst uns froh und munter sein

Finsternis und wilde Jagd

Sagenhaft

Weihnachten, kriminell gut

Zurück ins Dorf meiner Kindheit

ERINNERUNGEN VON AUTOREN,

DIE IHRE JUGEND ZWISCHEN VENN UND

VULKANMAAREN VERBRACHTEN

Stefan Andres

Moselweihnacht

In der bäuerlichen Welt des Moseldorfes, in dem ich meine Schuljungenzeit verbrachte, beging man das Weihnachtsfest zu Hause und in der Kirche auf eine herb-innige und ganz und gar unsentimentale Weise. Es hatte sich unter dem Stern von Bethlehem noch nicht jener Rummelplatz halb echter, halb falscher Gefühle aufgetan. Die Krämer verkauften wohl Christbaumschmuck, Schokoladenplätzchen und Lebkuchen, aber von einem Weihnachtsgeschäft sprach niemand, da die Sitte noch vollständig unbekannt war, Weihnachtsstimmung in Schachteln zu kaufen. Und man fiel auch, wie einem das heutzutage bereits vier Wochen vor Weihnachten passieren kann, wenn man in einem Gasthaus irgendwo eine Tür zu einem Bürger- oder Hinterstübchen aufklinkt, niemals in einen Kreis von weihnachtlich gestimmten Männern, die, zwischen Lichterbaum und Bierglas sitzend, »Stille Nacht« oder »Am Weihnachtsbaume die Lichter brennen« singen. Es gab auch keine langen und kostspieligen Vorbereitungen. Die Mutter sagte, etwa acht Tage vor dem Fest: »Ja, ihr Kanner, da misse mer wohl baaken!« In der Futterküche war der Backofen. Ich sehe es noch, wie der Vater die Buchenscheite hineinwarf und die Mutter mit strengem Prüfen und das Gesicht gegen die Hitze verkniffen hineinschaute. Dann wurden die runden, an den Rändern gewellten Bleche mit dem wohlriechenden Teige herbeigetragen. An diesen Streusel- oder Obstkuchen hatte ich, so klein ich auch noch war, auszusetzen, dass die Teigschicht zu hoch war. Ich schnitt darum diese dicken Kreissegmente einmal der Länge nach durch, und nur, wie ich behauptete, um sie in den Mund zu kriegen, in Wirklichkeit aber, um auch das untere, das eigentliche Teigstück, mit Butter und Gelee zu bedecken, was den Eltern und Geschwistern als eine fast schon ans Lasterhafte grenzende Üppigkeit erschien. Aber mit dem Seufzer: »E get jao e Pastor« ließen sie es mir meistens durchgehen. Neben dem Kuchen gab es noch Äpfel und Nüsse und vielleicht einen beim Bäcker gekauften Lebkuchen.

Als der Jüngste, der ich war, wurde mir auch jeden Weihnachten ein kleines Spielzeug bewilligt: ein Blechauto oder dergleichen. Einmal erhielt ich eine Sparbüchse, und ich erinnere mich genau, dass ich den bunten Blecheimer mit dem Schlitz überhaupt nicht als Geschenk, sondern als eine Ermahnung empfand.

Eine weitere Vorbereitung zum Fest bestand im Hausputz, im Beichtgang und im Besorgen eines Christbaumes. Dieses Bäumchen durfte, wiewohl es die Familie wie alle ordentlichen Leute im Dorfe mit dem Siebten Gebot sehr genau nahm, nicht gekauft werden. Es gab ja den Gemeindewald – aber natürlich auch den Waldhüter! Aber dem Waldhüter um 50 Pfennig eine Fichte abkaufen, das, so glaube ich heute, hätte die Leute und den Waldhüter an der Spitze zum Lachen gereizt. Nein, den Christbaum ging man sich selber holen, doch musste man zusehen, nicht an Ort und Stelle ertappt zu werden.

Einmal erbot ich mich – ich mochte damals zehn Jahre alt sein –, das Christbäumchen zu besorgen. Alle lachten über meinen Vorschlag, und eine meiner Schwestern prophezeite mir sogar, dass ich entweder ohne Bäumchen oder mit einem Protokoll nach Hause käme. Mein Ehrgeiz war geweckt. Ich steckte mir das Krummess unter die Jacke, ging zuerst zur Beichte, und dann stieg ich langsam den Berg hinan zum nahen Wald. Der Schnee lag in jenem Jahre sehr hoch. Nach einigem Wandern stieß ich auf eine Spur. Sie musste von einem Mann herrühren, denn ich konnte mit meinen Jungenfüßen schön hineintreten. Es ging sich leichter, und ich war bald im Gemeindewald. Suchend blickte ich umher, lauschte, ob niemand in der Nähe sei, ernannte eine Fichte feierlich zum Christbaum, fällte sie, und schon wollte ich sie auf die Schulter legen, als ich eine Stimme dicht neben mir hörte: »Na, – Jüngelchen, dann komme mal her – wie heißt du denn!«

Ich schwang, als müsste ich mich gegen den leibhaftigen Gottseibeiuns verteidigen, zuerst mein Krummess, und schon lief ich, ehe ich noch den Mann erblickt hatte, durch den Wald, Hang auf, Hang ab – und schließlich querfeldein durch den Schnee. Noch nie war mir ein Erwachsener auf den Fersen gewesen! Wie lange der Mann, von dem ich annahm, dass es der Waldhüter sei, hinter mir drein war, wusste ich nicht, war ich doch später eigentlich nie ganz sicher, ob er mir überhaupt nachgelaufen war. Mit blaugefrorenen Händen kam ich ohne Baum und ohne Krummess, was mich ganz besonders demütigte, zu Hause an. Ich ging zuerst in den Stall und wärmte mir am Bauch einer alten Kuh die Hände und weinte still über mein Ungemach. Hier fand mich mein älterer Bruder, der aber nun, als er mich so traurig sah, nicht lachte, auch nicht mit mir zankte. Er sagte mir nur, der damals Fünfzehnjährige, ich sei zu nichts zu gebrauchen. Ich flehte ihn an, dass er doch jetzt noch das Bäumchen holen ginge. Er sagte nicht ja und nicht nein, er wies mich nur darauf hin, dass es schon sehr spät sei. Am Abend noch entdeckte ich im Hause plötzlich den Waldgeruch. Der Christbaum war also noch in letzter Stunde angekommen, was ihn in meinen Augen noch grüner und weihnachtlicher machte, denn er war trotz meines Versagens erschienen, richtig wie ein Geschenk des Himmels, ein Bote der Gnade. Nach Weihnachten fand ich eines Tages das Krummess, das ich auf meiner entschlossenen Flucht vor dem Protokoll von mir geworfen hatte. Ich untersuchte es genau – es war dasselbe alte krumme Messer mit der wackeligen Fassung im Griff. Dass mein Bruder es zufällig im Schnee gefunden haben sollte, war nicht gut möglich. Eher verhielt es sich wohl so, dass der Waldhüter, der sich an meinem Hasenpanier gewiss weidlich ergötzt hatte, durch Umfragen erfuhr, wer der kleine Waldfrevler gewesen sei, und nun das Messer, halb aus Gutmütigkeit, halb um ein Geschenk zu erhalten, zurück brachte. Ich habe es nie erfahren, denn ich hütete mich wohl, auf diese meine Niederlage im Gespräch zurückzukommen. Aber auch meine Geschwister hänselten mich nicht weiter, offenbar war es ihnen von den Eltern im Hinblick auf Weihnachten untersagt worden, und später hatten sie es vergessen.

Den Heiligabend feierten wir nicht. Wir gingen eher ein wenig früher zu Bett, um morgens in aller Frühe, ich glaube bereits um vier Uhr, aufzustehen. Falls uns das erste Läuten noch nicht geweckt hatte, hörten wir auf jeden Fall den Vater, der unten vor der Treppe stand und sang. Denn während er sonst nur mit den Knöcheln auf einen der Holztritte klopfte, erhob er an diesem Morgen seine kraftvolle Stimme, und wir saßen in den Betten, rieben die Augen und lauschten. »Heiligste Nacht – Heiligste Nacht, Finsternis weichet« – und bald fielen unsere Stimmen mit ein. Das Waschen am Weihnachtsmorgen geschah sehr flüchtig, denn der Geruch, der aus der guten Stube kam, erfüllte bereits das ganze Haus. Es ist schwer, diesem Geruch nach so vielen Jahren ganz auf die Spur zu kommen. Der Duft der Fichte und der herbe Geruch des Leinöls, mit dem die Bohlen des Fußbodens vor jedem Fest getränkt wurden, durchdrangen sich stark. Aus dem eingebauten Porzellanschrank, wo die Kuchen übereinander standen, stieg der nahrhafte und zugleich festliche Anhauch von Gestreuseltem, die Äpfel am

Christbaum gaben mit ihrem Atem dem Duftgequirle eine leichte, schwebende Würze, und die Schokoladenplätzchen und die stark gewürzten Lebkuchen regten mich mit ihrem aus fernen Ländern kommenden Geruch ebenso auf, wie das unerhörte Glitzern der Silberschaumkugeln und das Sprühen der Wunderkerzen. In die dicken Silberkugeln blickte ich immer wieder hinein und konnte mich an der fratzenbildenden Wirkung dieses Kugelspiegels nicht satt sehen.

Wenn ich an diese Weihnachtsmorgen in meiner Jugend zurückdenke, fällt es mir auf, wie selten wir noch heutzutage in derselben Gegend richtige Schnee-weihnachten haben. Es war – das weiß ich noch, als hätte ich gestern den Weg zur Mette in die Dorfkirche angetreten – bitterkalt. Meist lag der Schnee in den Gassen, die, trotzdem es noch Nacht war, in einer unbestimmten Helligkeit dalagen. Ich rieche den Schnee gern, es ist, als ob man die Kälte selber riechen könnte. Ich wäre selbst als kleiner Junge nie auf den Einfall gekommen, ohne es andern nachzutun, Schneebälle zu machen. Ich trottete dahin, genoss das weißliche Flimmern, roch den Schnee und hörte die Glocken zuhauf läuten, diese mütterlichen starken Stimmen oben im Kirchturm, die mich, sooft sie aus ihrem Schweigen fielen, mit ihrem himmlischen Gleichklang erregten, aber niemals so wie in der Weihnacht. Der Himmel über dem Berg Rupprot glitzerte, die Sterne sahen in der klaren Nacht wie Kristalle aus, und ich suchte, aber mehr mit dem träumenden als dem forschenden Auge, nach dem Stern der Weisen. In Mandels Ecke, einem einsamen Winkel, wo ein Stall lag, hörte ich, offenbar vom Hahn geweckt, eine Kuh muhen und später das Gemecker einer Geiß. Dann dachte ich an die Geschichte, die mir der Vater über die Weihnacht der Tiere erzählt hatte, dass nämlich der Hahn in der Nacht der Erlösung gerufen habe: »Christus ist hie!«, die Kuh aber habe gerufen: »Woo?«, und die Geiß antwortete: »In Bethlehem!«

In illo tempore! ... Die Dorfkirche war warm von den vielen Menschen, die sich dicht aneinanderdrängten. Wo sonst der St.-Josefs-Altar stand, erhob sich der Stall von Bethlehem. Das elektrische Licht war in jenen Jahren gerade in unseren Ort eingezogen, und so zog sich denn auch durch die hohen Fichten die Schnur mit den bunten Glühbirnen. Die roten und blauen und gelben Pünkt-chen gefielen mir so gut, dass ich sie immer wieder zählte und allerlei Orakel damit anstellte. Das Kind in der Krippe aber, wie ich es oft, und glaube auch in unserer Dorfkirche, dargestellt sah, bereitete meinem auf Wirklichkeit erpichten Blick die ersten Glaubensschwierigkeiten. Dieses Jesuskind »kaum geboren, halb erfroren«, wie es im Liede heißt, war fast so groß wie sein Vater und seine Mutter. Das müssten doch alle sofort merken, wer allein so ein Kind sein kann, dachte ich mir. Wie kam es aber, dass Herodes es nicht merkte, sondern, um sicher zu gehen, alle Kinder in der Gegend metzeln ließ? Auch die Leute von Bethlehem merkten es nicht, sonst hätten sie ihm doch Herberge angeboten. Weil dies alles aber geschrieben stand, hielt ich mich mehr an das Wort als an die Darstellung in der Kirche und kam zu der sehr kühnen Entscheidung, dass der Pfarrer und der Küster und die Nonnen, welche mir als die verantwortlichen Urheber dieses unproportionierten Krippenkindes erschienen, im Irrtum seien. Auf den anderen, viel bedenklicheren Einwand, dass ein so großes Kind von einer so kleinen Mutter nicht geboren werden könnte, wäre ich nie gekommen; denn das Wort, dass bei Gott kein Ding unmöglich sei, fiel in mir noch auf jenen Boden, darin der Samen der Märchen neben dem der Wundergeschichten aufging, ein farbiger, wundersamer Flor, darin auszuruhen es wohltut, wenn unser Verstand in der Weglosigkeit der tausend Fragen verwirrt und ermüdet dasteht und das Herz eines nährenden und führenden Bildes bedarf.

Auf solche Weise ausruhend höre ich auch nun, da ich dies schreibe, die Stimme meines Vaters uns Kindern am Morgentisch »Glückselige Weihnacht« wünschen. Und ich sehe meine Mutter beim Bettenmachen mit dem Stecken glättend über die Deckbetten streichen, bis die letzte Falte aus den Federbergen fortgestrichen war. Ich sehe noch, wie sie, die ernste Frau, dabei vor sich hinlächelte, und höre, wie sie, die so schön und doch so selten sang, »Du selige Nacht in himmlischer Pracht« anstimmte, freilich ohne mich anzublicken. Keine Predigt, kein Engelamt, keine Flöten- und Geigen- und Orgelmelodie vermag ein Kind dem Engel der Botschaft so nahezubringen als der festtägliche Frieden eines elterlichen Hauses, in welchem der Arme sein Stück Brot und ein Obdach, und wär's auf dem Heuboden, erhält und darum auch der Herrgott von Zeit zu Zeit einkehrt und seinen Segen als Gastgeschenk zurücklässt.

Matthias Lang

Ein Eifeldorf liegt ganz verschneit

Ein Eifeldorf liegt ganz verschneit.
Wie schön steht ihm das weiße Kleid!
So wie ein Kind im Festgewand
Strahlt es verklärt ins stille Land.

Mein Nachbar stößt das Fenster auf
Und lacht vergnügt zu mir herauf.
Sein Antlitz sieht so festlich aus
Wie tief im Schnee sein kleines Haus.

Vor Staunen stumm die Kiefern stehn
Und fragend in das Wunder sehn …
Als Antwort läutet leis der Wind
Das alte Lied vom Weihnachtskind.

Manfred Lang

Verunglückt

Wenn es auf Weihnachten zuging, dann kam eine eigentümliche Stimmung bei uns auf. Und zwar nicht erst am 1. Advent oder am Nikolausabend, sondern viel früher. Oft schon im Oktober, wenn auf der »Drieht«, einer unserer Weiden, die an einem Hohlweg lag, Apfelernte war. Es waren nicht die groben »Bosköpp« an den schweren Bäumen, wie sie »op de Jemeen« standen und deren Früchte uns bis ins Frühjahr hinein die Pfannkuchen versauerten. Nein, auf der »Drieht« standen ganz zierliche kleine, gleichwohl uralte Bäumchen. Auf die konnten wir schon hinaufklettern, als wir erst sechs, sieben Jahre alt waren.

An diesen Bäumen wuchsen »Weihnachtsäpfelchen«. Die hießen so, weil sie an Heiligabend zusammen mit Spekulatius, Spritzgebäck, Printen, Mandarinchen und Mandelhörnchen auf unseren Gabentellern lagen. Spielsachen bekamen wir auch, wenngleich nicht in der heute üblichen Fülle, aber die waren, in Geschenkpapier gewickelt, irgendwo im Zimmer versteckt und wir mussten sie suchen.

Wenn wir der Mutter im Spätherbst halfen, die kleinen, zitronengelben Äpfel zu pflücken und vorsichtig in Sperrholzkisten zu legen, dann hatten wir schon ein bisschen den Duft von Weihnachten in der Nase.

Wenn um diese Zeit ein Zug Kraniche, »Schneegänse« hießen die bei uns, von Nordosten nach Süden vorbeizog, dann war die Sehnsucht nach dem Winter plötzlich da. Es roch förmlich nach Schnee und man dachte an vergangene Schlittenfahrten, Rodelpartien, an »Eisbahnschlagen«, Schneeballschlachten, an Sankt Martin, Nikolaus, Barbarafest, an Adventkranz, Moos holen, Krippe und Tannenbaum.

Der alte Lang von nebenan, »Halffe Pitter«, erzählte uns, dass er als Kind einmal erlebt hatte, wie sie die Kartoffeln bei der Ernte aus dem Schnee auflesen mussten. »Das müssen Zeiten gewesen sein«, dachten wir Jungen: Schlittenfahren schon im Oktober. Dass die Leute damals nach schlechten Erntejahren in ernsthafte Not geraten waren, wussten wir nicht.

Heutzutage schneite es ohnehin nie so früh. War das ein Jubel, wenn der erste Schnee im November fiel. Oft kam er erst Mitte Dezember. Und vorletztes Jahr hatten wir Weihnachten »im Klee« gefeiert. Da gab es nicht einmal Heiligabend Frost oder Schneeschauer und wir waren ziemlich geknickt. Unsere Schlitten standen schon seit Nikolausabend nutzlos im Schuppen rum, die Stahlrohre blitzblank gescheuert und mit einem Kerzenstummel eingerieben. Das sollte die Kufen noch schneller machen, hatte Hans im Internat gehört. Er hatte es von Jungen, die Ski besaßen und diese wurden, wie sie Hans gesagt hatten, auch »gewachst«.

In unserem Dorf hatten zwei Jungen Ski, Prümm und Schmekjüpp, und sie liefen damit zwischen Dorf und Waldrand. Die Jungs aus dem Internat, erzählte Hans, reisten mit ihren Eltern jedes Jahr irgendwo hin, wo es noch höhere Berge als in der »Drieht« und jedes Jahr Schnee schon im September geben sollte.

Wir gaben die Hoffnung nicht auf, dass eines Tages der erste Schneefall mit der Ernte der Weihnachtsäpfelchen zusammenfallen würde.

Wenn wir damals, in der Zeit zwischen Apfelernte und Wintereinbruch, morgens aufwachten, dann waren wir nicht halb so müde und träge wie im übrigen Jahr. Ich legte morgens regelrechte »Blitzstarts« hin: Kaum waren die Augen auf, stürzte ich zum Fenster, öffnete es, enthakte die Fensterläden und stieß sie auf, um festzustellen, ob es geschneit hatte.

Im Gärtchen gegenüber sah ich meist keinen Schneeteppich, sondern nur traurige Kohlköpfe, die unsere Mutter zum Überwintern dicht an dicht in einer Sandgrube eingelagert hatte. Und ich sah graugrün gewordenes Unkraut auf der »Murrekuhl«, in der die Möhren für den Winter unter einer dicken Schicht Erde vergraben waren.

Grün ist die Farbe von Frühling und Sommer. Dann ist Grün auch viel grüner als im Spätherbst oder Winter. Dann soll es weiß sein – und mir erschien Grün immer als ziemlich unpassend für diese Jahreszeit.

Etwas anderes – etwas ganz anderes – war das mit Moosgrün. Moos gehörte bei uns zum Fest wie die Weihnachtsäpfelchen. »Ohne Moos nix los«, scherzte auch Küster Reinartz und schob eine Schubkarre voll durchs Hauptportal in die Kirche.

Dort werkelte der gute Mann einige Wochen vor Weihnachten an einer großen Krippendarstellung. Auch in vielen Häusern gab es Krippen. Bei uns daheim nahmen die Darstellungen der Geburt im Stall, der Verkündigung der Engel und der Prozession der herbeieilenden Hirten das halbe Wohnzimmer ein. Die Krippe wirkte nur dann echt, wenn sie mit Moos übersät war: karges Heideland, Weidegrund für die Schafe von Bethlehem.

Klaus war unser Krippenbauer. Hans verstand auch etwas davon und führte die Oberaufsicht beim Moosholen.

Ich war froh, wenn sie mich in den großen Wald oberhalb des Dorfes überhaupt mitnahmen. Der kleine Wald unterhalb des Dorfes war eigentlich für uns Kleinen da. Hier konnten wir uns nicht verlaufen. Eine halbe Stunde in jeder Himmelsrichtung hätte uns wieder in ein Dorf geführt.

Im großen Wald war das anders. Da musste man sich auskennen. Da hätte man bis nach Frankreich gehen können, ohne aus dem Wald raus zu kommen, sagte mein Vater. Vielleicht wollte er mir auch nur Angst machen, damit ich nicht in den Kermeter gehen und mich verlaufen solle. Denn riesig war dieser Wald auf jeden Fall, und »bis nach Frankreich«, das klang in meinen Ohren genauso, als habe der Vater gesagt »bis ans Ende der Welt«.

Frankreich war ganz weit weg. Es war ein Land, in dem es Krieg geben musste. Wo Soldaten mit Gewehren aufeinander schossen und Granaten explodierten. Denn jedes Mal, wenn der Opa, der »Patt«, oder Halffe Pitter von diesem Frankreich erzählten, dann war vom Krieg die Rede. Die beiden waren in Frankreich gewesen und hatten es mit eigenen Augen gesehen.

Auf Frankreich hatte ich jedenfalls keine Lust und so war ich froh, wenn die großen Brüder und deren Freunde mich mit in den Kermeter nahmen. Die kannten sich aus da oben und verliefen sich nicht nach Gemünd, Mariawald oder Frankreich.

Allerdings wollten sie mich nicht immer dabei haben. Manchmal nahmen sie mich nur zum Schein mit – und schickten mich am Dorfrand unter wüsten Drohungen wieder heim. Ich war ihnen zu jung für ihre Jungenspiele. Sie bauten dann vermutlich Baumhäuser und pafften Zigaretten.

In der Zeit vor Weihnachten waren Hans und Klaus allerdings viel umgänglicher und geduldiger, wie mir schien. Und sie nahmen mich ohne größeren Widerstand mit in den Kermeter.

Das Moos musste gerupft werden, wenn noch kein Schnee lag. Also gingen wir schon im Spätherbst. Die beiden Großen schoben den Milchwagen, auf den ich mich setzen musste. Als Fußgänger war ich ihnen zu langsam, sagten die Brüder.

Der »Milchwagen« hieß übrigens so, weil mein Vater jeden Morgen die Milchkannen auf ihn lud und sie quer über den Hof und durch den Torbau, die

»Poorz«, auf die Straße schob, wo ein Tankwagen der Molkerei irgendwann am Vormittag anhielt, um die Milch mit einer elektrischen Pumpe in sein Inneres zu saugen.

Der Milchwagen hätte genauso gut »Spielwagen« heißen können, weil wir Kinder ihn die halbe Zeit in Beschlag hatten. Nicht nur zum Moosholen. Er konnte Rennwagen sein, Kutsche, und, die Deichsel in die Höhe gereckt, ein Artilleriegeschütz.

In einem Jahr bin ich verunglückt beim Moosholen. Klaus und Hans und Hejo und Schmekjüpp hatten mich nach getaner Arbeit auf das Moos im Milchwagen gesetzt, damit es schneller ging. Noch schneller, denn der Waldweg machte sowieso eine Biegung schräg nach links und mit bedrohlichem Gefälle in Richtung Talweg. Aber die Großen schoben wie die Weltmeister, damit wir, der Milchwagen, das Moos und ich, ordentlich in Fahrt kämen. Sie rannten, der Wagen flog nur so dahin. Schließlich wurde das Gefährt so schnell, dass sie mit Laufen nicht mehr mitkamen und zurückblieben. Zuletzt hielt nur noch Klaus die Deichsel, dann stolperte auch er.

Der Milchwagen mit viel Moos und mir einsamem Passagier holperte weiter. Das an die Deichsel geschweißte Dreieck, das zum Abstellen des Wagens diente, schleifte über den Waldboden und erzeugte hässliche Kratzgeräusche. Bäume flogen in ständig wechselnden Horizonten an meinen Augen vorbei, während ich mich krampfhaft an den Eisenrohren des Milchwagens festhielt. Plötzlich stellte sich mein Gefährt quer, kippte um – und spuckte mich im hohen Bogen eine Böschung hinunter. Ich rollte – und prallte schließlich mit Karracho gegen einen Baumstumpf.

Ich muss kurze Zeit betäubt gewesen sein. Denn, als ich wieder wach wurde, hatten sie das Moos schon eingesammelt und zurück in den Milchwagen gelegt. Ich lag oben drauf. Die Brüder, Schmekjüpp und Hejo sprachen ungewöhnlich leise miteinander und taten sehr besorgt. Sie wollten wissen, ob und wo es mir weh tue und warum ich eben nicht geantwortet habe.

Dann sagten sie, ich dürfe daheim nichts erzählen von dem »kleinen Unfall«. Hans versprach mir einen Ritt auf seiner Stute »Liesa«. Klaus sagte, ich dürfe an Sankt Martin seine Pechfackel halten. Beides aber nur, sagten sie, wenn ich bewiesen habe, dass ich mannhaft zu schweigen verstehe.

Ich schwieg. Ich sagte den Eltern auch nicht, dass mein linker Arm furchtbar weh tat. Als wir im Bett waren, wurden die Schmerzen stärker. Aber ich wolle ja ein »harter Mann werden«, sagte Hans und machte kalte Umschläge. Ich schlief nicht ein, weinte die ganze Nacht lautlos und am Morgen war der Bezug so nass, dass das rote Kopfkissen durchschimmerte. Der Arm tat jetzt verflucht weh. Die Mutter merkte was und fragte. »Ich habe mich gestoßen«, log ich, »jetzt tut mein Arm weh!« Mutter schickte mich zur Gemeindeschwester. Wir liefen mit jedem Wehwehchen zu ihr und meistens konnte sie helfen.

Diesmal nicht. Maria, so hieß die Gemeindeschwester, sah meinen geschwollenen Unterarm, berührte ihn hier und da leicht und schüttelte den Kopf. »Du musst zum Hissen«, sagte Maria und streichelte mir über den Kopf.

Hissen hieß unser Dorfarzt. Ich war noch nie bei ihm gewesen. Schwester Maria brachte mich hin. Ich musste mich in einem ganz dunklen Raum unter einen Apparat legen und durfte mich nicht bewegen. »Röntgen« nannte Annemone das. Sie mache ein Foto von meinen Knochen, sagte sie, »durch das Hemd und durch die Haut hindurch«. Annemone war die Tochter vom Doktor und half ihm in der Sprechstunde.

Als sie das Foto von meinen Knochen entwickelt hatte – man konnte nicht sofort etwas sehen, sondern musste die Platte erst in eine Flüssigkeit legen – da sagte Annemone, mein Arm sei gebrochen.

Doktor Hissen band mich an einem Heizkörper fest und zog an mir, bis die Schmerzen ganz stark wurden, dann aber plötzlich nachließen. Er sagte, er habe die beiden Enden des gebrochenen Knochens wieder in die richtige Lage gebracht. Dann packte der Arzt einen dicken Verband aus Gipsbinden um meinen linken Unterarm. Ich musste stillhalten.

Auf den Gips könnten meine Brüder und die anderen Jungs ihre Namen schreiben, sagte Annemone. Und ich dachte: Wenn ich jetzt mit einem Krach kriege, dann habe ich den härtesten Schlagarm. Annemone sagte auch noch, sie hätte noch nie einen so tapferen Jungen gesehen. Ich hätte ja überhaupt nicht geweint, ja nicht einmal gezuckt beim Einrenken des Armes. Vielleicht sagte sie das zu jedem Jungen. Außerdem muss sie die eine oder andere Träne in meinen Augenwinkeln übersehen haben.

Der Gipsverband wurde ziemlich schnell hart, und als ich nach Hause kam und sich der erste Schreck gelegt hatte, da konnten Klaus und Hans mit Kuli ihre Namen darauf »verewigen« wie sie sagten. Nein, »ewig« wollte ich das Ding nicht behalten. Es juckte schon unter dem Gips.

Trotzdem kam ich mir toll vor. Jedem musste ich erzählen, wie das passiert war. Ich war der begehrteste Gesprächspartner auf dem Hof und im Dorf.

Zuerst musste ich meinen Eltern eine plausible Erklärung abliefern. Dass ich mich gestoßen habe, glaubten sie zwar, aber dabei breche man sich nicht die Knochen, sagten sie. Das musste ich zugeben, ohne die stürmische Talfahrt beim Moosholen zu verraten. Ich wollte schließlich mit »Liesa« ausreiten und an Sankt Martin die Pechfackel meines Bruders halten.

Also log ich, ich sei beim Spielen vom Heustall gefallen. Der war hoch genug. Man konnte ruhigen Gewissens vom Heustall fallen und sich den Arm brechen.

Das wusste auch Vater. Denn er hatte die Großen im Sommer auf dem Heustall bei einem gefährlichen Spiel erwischt, das sie »Fallschirmjäger« nannten und das mein Vater ausdrücklich verboten hatte. Die Jungs hatten dabei ordentlich Anlauf genommen und waren mit Tempo über den Rand des Heustalls im hohen Bogen in die Scheunenhalle hinein gesprungen. Unten plumpsten sie in Haufen von Grünfutter oder Futterrübenblättern, die der Vater vom Anhänger gezogen und in dicken Lagen in der Scheune ausgebreitet hatte.

»Fallschirmjäger« war übrigens erst in zweiter Linie wegen möglicher Gefahren verboten worden, sondern vor allem, weil das Futter für die Rinder und Pferde durch das ständige Hereinspringen zermatscht und ungenießbar wurde.

Ich bekam nun jedenfalls Hausverbot für Scheune und Heustall. Dennoch waren im Grunde alle zufrieden. Mit dem Moos, mit der Vorweihnachtszeit und auch mit meiner Geschichte. Die Eltern bohrten nicht weiter nach. Ich kam in den Genuss eines Ausritts auf Bruders Stute. An Sankt Martin war ich der einzige der Kleinen, der eigenhändig eine Pechfackel hielt.

Zufrieden waren auch Schmekjüpp und Hejo, als sie erfuhren, ich sei vom Heustall gefallen. So was aber auch. Die beiden klopften mir auf die Schulter und schrieben ihre Namen auf meinen Gips.

Peter Kremer

Der Nikolausmarkt

Einige mal im Jahr ging der Vater hinunter zur Mosel. Fast drei Stunden war der einfache Weg lang, und was er auf dem Hinmarsch leicht bergab schreiten konnte, glich sich bei der Rückkehr durch den Aufstieg wieder aus. Aber noch mühsamer wurde dieser Heimweg durch die Traglast, die er in seinem Rucksack aufgebuckelt hatte. Zwar fuhr damals schon die gemütliche Pferdepostkutsche hinunter in die Moselkreisstadt, am Morgen hin und am Abend zurück; doch das Reisegeld war für unsere sparsamen Vorfahren ein Taglohn, den man, nach ihren eigenen Worten, mühelos mit Spazierengehen verdienen konnte.

Wir freuten uns immer auf Vaters Besuche an der Mosel; denn wir wussten, dass er uns jedes mal etwas Besonderes mitbrachte. Es gab herrliche Dinge im Moseltal, die uns Eifelkindern wie Paradiesfrüchte vorkamen, weil sie auf der rauhen Eifelhöhe nicht gedeihen konnten. Pfirsiche und Aprikosen waren es im Sommer, Weintrauben im Herbst, edle Kastanien, die wir auf dem Ofen rösteten. Manchmal brachte er sogar Moselfische mit, die uns schon ihrer Herkunft wegen als eine Besonderheit schmeckten, und als er einmal mit einem langen und armdicken Aal erschien, schimpfte die Mutter ihn aus ob seines Leichtsinns und seiner Verschwendungssucht. Wir aber saßen um den Tisch und freuten uns mächtig über die Moselschlange, die uns mundete, dass uns die kleinen Bärte tropften.

Am reichsten beladen kehrte unser Vater jedes Jahr vom Nikolausmarkt heim. Das wussten wir im voraus, und dann gingen wir ihm gewöhnlich, obgleich es schon dunkel war und nass und kalt, bis zur »Reiserheck« oder sogar bis zur »Greimersburger Kehr« entgegen. Wie freute sich der Mann, wenn ihm da auf der Landstraße zwischen Winterwaid und Himmelsstreifen plötzlich zwei oder drei seiner Burschen, mit dicken Knüppeln bewehrt, in die Beine liefen! Er hatte es wohl erwartet; denn ohne dass er seinen Rucksack herunterzuheben und zu öffnen brauchte, legte er ihnen eine Gabe in die Hand, ein paar Nüsse, einen

Weckhasen, einen Lebkuchenmann, die er heimlich seinen tiefen Rocktaschen entnommen hatte, und jedes mal erzählte er ihnen dann, bevor sie mit ihm, nun um ein gut Teil mutiger als zuvor, heimwärts schritten, diese Gaben habe ihm St. Nikolaus gerade eben für die geschenkt, die zu ihm unterwegs seien. Ja, ja, der heilige Mann habe es schon gewusst, dass sie ihm entgegenkämen. Da vorne an der Ginsterhalde sei er soeben in den Wald eingebogen. Ob sie nicht noch den Schimmer seines silbernen Bartes sehen könnten, ob sie nicht, wenn sie ganz leise blieben, seinen Tritt hörten!

Sicherlich sahen die Burschen wie einen Nebelstreifen das helle Wehen seines Bartes zwischen den dunklen Stämmen, sicherlich vernahmen sie, atemlos lauschend, das knackende und knisternde Geräusch seines Schrittes aus dem finsteren Wald. Ein wundersamer Schauer lief ihnen dabei über den Rücken, und keiner der acht Burschen, die reihum dieses Erlebnis mit dem heimkehrenden Vater und dem durch den Wald tappenden Nikolaus hatten, wird bis an sein Lebensende diese Abendstunde auf der einsamen, winterkalten Landstraße vergessen.

Was der Vater sonst vom Nikolausmarkt mitbrachte, das erfuhren wir erst am Nikolausabend, wenn der heilige Bischof mit seinem polternden Knecht in die große Stube trat und nach seiner gereimten Predigt, bei der wir immer wieder den Vater anschauen mussten, seinen Sack pardauz auf dem Boden leer schüttete. Die Äpfel und Birnen kannten wir, die waren auf unseren eigenen Bäumen gewachsen, und das Weckzeug hatte die Mutter gebacken; wir kannten ihre Kunst. Aber die Moselnüsse rasselten über den Boden bis in die Ecken, dicke Walnüsse, ganz andere Nüsse als unsere Herbsternte von den Haselhecken; wir rutschten ihnen nach, schon bevor Sankt Nikolaus die Stube verlassen hatte. Und ein Paar Schuhe fand der eine, die ihm schon lange Not taten und die ihm erstaunlicherweise passten, eine wollene Unterhose fand der andere, eine warme Wintermütze der dritte, einen Schal der vierte, und so ward jedem ein nützliches Stück zuteil. Sankt Nikolaus schenkte nur Notwendiges; die Schlittschuhe, die Märchenbücher, die Spielsachen waren dem Christkind vorbehalten.

Wenn eines Dezembertages der Vater einen der Burschen einlud, mit ihm auf den Nikolausmarkt zu gehen, dann war dieser erfüllt von Stolz darüber, nun zu den »Großen« gezählt zu werden, und dann schritt er an des Vaters Seite in die Moselstadt. Er sah den Markttrubel vor den Buden und Ständen, er sah die Menschen dreier Landschaften, von Eifel, Mosel und Hunsrück auf und ab wogen, er erlebte eine neue Welt. Er half dem Vater einkaufen, beriet ihn über die Wünsche der jüngeren Geschwister, hielt dann und wann den Rucksack fest und trug ihn auch eine Weile. Er sah das bunte Volksleben, er hörte das Rufen und Locken der Händler, er sog den Duft der Leckerstände ein, er durfte einen Groschen für Süßholz oder Alpenbrot als Zehrung für den langen Heimweg ausgeben, und wenn der Vater zuletzt noch die herrlich duftenden Gewürze für die Winterschlachtung erstanden hatte, gingen sie einen Schoppen trinken, wozu sie ihr Brot aßen.

Dieser erste Schoppen Wein auf dem Nikolausmarkt war für den Burschen das erste Zugeständnis des Vaters für sein Erwachsensein. In diesem Schoppen ertrank die Kindheit, das spürte der Bursche, und in seinen Stolz fiel plötzlich ein Tropfen Wermut. Und wenn sie hernach den Berg hinan heim schritten, überkam ihn zwischen Wald und Dunkelheit trotz all seines Erlebens eine schweigsame Traurigkeit. Er war ein Wissender geworden, er spürte das Leid, das mit jedem Wachsen und Wissen, mit jeder Erfüllung, mit jedem Sterben und Werden verbunden ist. Die Kindheit war aus, und nie mehr würde er im Walde den silbernen Bart sehen, nie mehr würde er aus dem Geknister die Tritte von Sankt Nikolaus hören.

Anna Droste-Lehnert

Brauchtum um Vieh und Bauernleben

Zur heiligen Mitternachtszeit soll man nicht den Stall betreten und Ehrfurcht haben vor den Tieren, die einst in der heiligen Nacht dem Jesuskinde dienten mit ihrem warmen Hauche. Das Vieh liege dann auf den Knien. Manche glauben, dass die Tiere sprechen. Und ein echter Schäfer ließe es sich nicht nehmen, die heilige Stunde in der Nähe seiner Schafe im Hürdenwagen zu verbringen.

Der Knecht des Willmsbauern soll einmal unversehens zu der Zeit in den Stall geraten sein, um etwas nachzusehen. Da sei er ganz erregt zurückgekommen und habe berichtet: »Här, et Veh leit all op de Kneen um Stall un hält de Kop no oven jent jent die Rof!« Der Alte hat es manchmal still und feierlich erzählt an Winterabenden. Wer aber vorwitzig nachspüren will, wird es nie erleben.

Der Hausvater soll nicht zur Mette gehen, ehe er den Tieren im Stall Gutes erwiesen und ihnen Futter vorgelegt hat. Mancherorts ist es Brauch, das Vieh am Weihnachts- und Ostermorgen zu segnen. Andere stellen eine Kurwel voll Hafer in die Weihnachtsnacht. Dieser wird dann zu dem Vorrat auf den Speicher geschüttet, und der ganze Haufen gereicht dem Vieh zu besonderem Gedeihen.

Weihnachten muss heilig gehalten werden wie auch Allerheiligen. Da geht der Bauer nicht in das Wirtshaus und nimmt auch keine Karten in die Hand. Drüben in einem Dorf spielten Ungute am Heiligen Abend Karten. Eine Karte fiel unter den Tisch. Als der Spieler sie dort schnappen wollte, lag dort ein großer schwarzer Hund. In einem anderen gewissen Dorf trug sich derselbe Frevel zu. Die Karte fiel unter den Tisch und als der Spieler sie aufraffen wollte, lag da etwas Unheimliches mit Pferdefuß. Mir Entsetzen stürzten die Frevler davon. So erzählen die alten Leute.

Fritz Koenn

Der geklaute Christbaum

Von den Eifelern alten Schlages sagte man, dass die fleißig und bescheiden ihrem harten Tagwerk nachgingen, regelmäßig die Kirche besuchten und sich redlich bemühten, die göttlichen wie weltlichen Gebote gewissenhaft zu befolgen. Dabei lag ihnen das Gebot, die Finger von fremdem Eigentum zu lassen, besonders am Herzen, und Diebstahl zählte zu dem abscheulichsten aller Vergehen. Wer einmal des Stehlens überführt war, blieb im Dorf sein Lebtag als »Kläuert« gebrandmarkt.

Ausgerechnet zur Weihnachtszeit jedoch schienen die Regeln dieses Gebotes plötzlich auf den Kopf gestellt, wenn es nämlich um den Erwerb eines Weihnachtsbaumes ging. Hatte es sich doch hierzulande seit Generationen eingebürgert, dass sich der Vater, den Fuchsschwanz unter der Joppe, bei beginnender Dämmerung in eine der nahen Schonungen begab und nach einem gut gewachsenen Bäumchen Ausschau hielt. Auf Umwegen und über den rückwärtigen »Peisch« erreichte er im Finstern mit seiner Beute wieder das Haus.

Von Gewissensbissen wurde er weiter nicht geplagt, vielmehr erfüllte ihn nach wiederum erfolgreich beendeter Aktion ein gewisser Stolz sowie die Genugtuung, vom Förster oder »Jensterföeschter« – Jagdaufseher – nicht erwischt worden zu sein. Wie glaubhaft versichert, soll gar die hohe Geistlichkeit nicht vor dieser fragwürdigen Methode der Christbaumbeschaffung zurückgeschreckt sein. So erinnern sich Zeitzeugen an den Pastor von K., der, verräterische Spuren im Schnee hinterlassend, in der Fichtenschonung vor dem ausgewählten Tännchen kniete und mit seiner stumpfen Säge verzweifelt den Stamm bearbeitete. Er sägte und sägte, und von der ungewohnten Anstrengung stand ihm trotz der winterlichen Kälte bald der Schweiß auf der Stirn.

»Nu komm schon, nu komm schon«, rief er verhalten, und dann energischer: »Na kommste wohl! Na kommste wohl!« Da vernahm er zu seinem Entsetzen gleich neben sich die sonore Stimme des Försters: »Ich bin schon da, Herr Pastor!«

Clara Viebig

Die Stürme schwiegen

Es toste in den Lüften, es brüllte und lärmte. Jetzt rollte ein Getöse sich vom Grenzbach herauf. War das ein gewaltiger Hirsch, der da in den Tannen orgelte? Nein, der Sturm, der Sturm. Er übertönte alles Sterbliche. Das war eine ohrenbetäubende Musik, die Musik des Jüngsten Gerichts. Wohl dem, der sie hören konnte mit reinem Herzen!

Die Bärb schlief wieder ganz fest – horch, wie sie gleichmäßig atmete! Ja, die hatte nichts zu bereuen. Aber die armen Strafgefangenen! Hu, wie sie zitterten in ihren Leinenkitteln, aufgestanden waren sie alle, der barsche Aufseher hatte sie aufgetrieben; sie wussten ja nicht, ob das Dach ihnen nicht über den Köpfen aufflog.

Josef stellte sich die nächtlichen Gestalten deutlich vor – ein zitternder, erbärmlicher Spuk. Er versuchte wieder das alte Mitleid mit ihnen zu finden und fand zuletzt doch nur Mitleid für sich allein. War es nicht scheußlich für ihn, hier einsam zu liegen und sich so zu quälen? Wenn er nun aufstünde, wenn er nun einträte nebenan –? Er kniff die Augen zusammen und presste die beiden Hände gegen das Gesicht. Nein, das wäre gemein!

So lag er kämpfend, lange, lange, bis das Brüllen im Venn nachließ, bis es aber auch schien, als sei kein Ziegel mehr auf dem Dach, kein Laden am Haus mehr, kein Blatt mehr an der Hecke und auch keine Tanne mehr im Forst. Resigniert schlief Josef endlich ein.

Die Stimme Bärbs weckte ihn. Es klopfte an seiner Kammertür: »Herr Josef, Herr Josef, nu steht aber auf, et is schon spät!«

Was, schon spät? Es war ja noch dunkel! Er sprang aus dem Bett. Was wollte sie denn, konnte sie ihn denn nicht wenigstens jetzt in Ruhe lassen?

Bärb lachte fröhlich: »Et is am schneien, arg am schneien! Wir schneien ein!«

Und sie schneiten ein.

Die Tannen hatte der Sturm nicht weggefegt, noch standen sie unversehrt, aber nun schienen sie doch fast brechen zu müssen unter Schneelasten. Ihre

Wipfel neigten sich demütig tief. Schnee, Schnee, Schnee, alle Tage und alle Nächte. Die Stürme schwiegen. Ganz ohne Geräusch, samtweich, sank der weiße Flaum und schichtete sich höher von Stunde zu Stunde. Man sah ihn steigen wie die Glut, unwiderruflich, unentrinnbar; aber eine Ebbe kam nicht.

Erst hatten sie wacker geschafft auf der Fangeuse. Sie hatten sich Ein- und Ausgang freigehalten; Josef half der Magd täglich einen Gang schaufeln, von der Haustür bis zum Heckenausgang, von da zum Brunnen, und von da weiter bis hin zum Wiesenplan. Er war in den ersten Tagen tüchtig umhergestapft und hatte sich nicht satt sehen können an der reinen, makellosen Weiße; es war ihm, als lägen auch alle Wünsche und Begierden unter dieser Decke und schlummerten ein. Aber das stete Weiß tat bald seinen Augen weh, sie brannten und flimmerten; die ungeheure Monotonie des Weiß fing an, ihn zu langweilen, mehr als das, ihn zu beängstigen. Er fühlte eine heimliche Angst. Vor was? Er hätte sie nicht erklären können. Aber die Angst war da, er fühlte sie genau, sie war keine Täuschung. Sie lauerte auf ihn in der endlos-unabsehbaren Einöde von Schnee, hinter diesen weißen, tiefhängenden Tannen, in diesem Haus, das versunken lag hinter einer Mauer von Schnee. Die Hecke war zum Schneewall geworden. Grau war die Luft, die Ferne verhangen; man war wie geschieden von allem, was lebt, durch eine graue Wand. Man wusste, da unten tief lagen Städte und Dörfer, in denen Schlote rauchten und Menschen wohnten, aber zu sehen war nichts von ihnen, gar nichts.

Die Post blieb aus.

Im Haus war's warm; an Heizmaterial hatten sie keinen Mangel, Holz und Torf genug. Nun war es eigentlich gemütlich in der stark geheizten Stube, die Fenster liefen an, man konnte nicht einmal die Hecke draußen mehr sehen. Und es wurde am Mittag schon dunkel; frühe Dämmerung sank nieder, ebenso lautlos und geisterhaft still wie der großflockige weiße Schnee. Am Himmel zwängte kein Stern sich durch, einzige Helle gab nur noch der Schnee; aber diese Helle war kein Licht, sie war nur bleicher, matter, gespenstischer Widerschein. Und nirgends ein Laut.

Josef schrak zusammen, wenn Bärb etwas sprach. Sie saß jetzt fast den ganzen Tag hier drinnen. Verstört fuhr er dann von seinen Büchern auf. Er hatte lesen wollen und las doch nicht; er hatte geträumt. In solcher Abgeschiedenheit müsste es schön sein, sehr schön, wenn man glücklich ist!

»Und so ist es immer bei euch, alle Winter?«

Sie lachte und nickte: Ja, so war's immer.

Über acht Tage hatte man nun schon keine Kunde mehr, dass es noch eine Welt gab. Die da unten hatten ihn wohl ganz vergessen?

Es war eine Erlösung, als endlich, an einem Mittag, der Briefträger erschien. Mit einer an Gier grenzenden Eilfertigkeit riss Josef den Brief auf, den er erhielt.

Heinrich schrieb, man hätte Schnee unten, da hätte man gewiss oben noch viel mehr Schnee, ob Josef nicht lieber herunterkommen wollte? Er sollte Nachricht geben durch den Mann, damit ihn ein Schlitten holen käme.

Sehr nett von Heinrich! Aber, aber – Josef sah nach Bärb hin. Sie saß auf der Bank unterm Fenster und sah zu, wie es dem Boten, dem sie eine Tasse Kaffee heiß gemacht hatte, schmeckte. Wie blühend sie aussah, wieviel gesünder und runder, als da sie noch unten in der Fabrik arbeitete! Dann würde sie wieder dort arbeiten müssen – nein, es war nicht möglich, dass er ging! Um Bärbs willen nicht. Er musste aushalten.

Er gab dem Briefträger die Antwort an Heinrich mit: Es gefiele ihm noch ganz gut, noch immer sehr gut, und wenn es bald aufhören würde zu schneien, würde es sogar herrlich sein. Nein, er dachte gar nicht daran hinunterzugehen! Mit einem gewissen Trotz schloss er das Kuvert. Sie sollten auch nicht sagen, dass er nicht standgehalten hatte.

Mit der Miene eines Siegers übergab er dem Boten den Brief. Als aber der Mann fortgestampft war, hätte er ihn gern zurückgerufen.

Heinrich Ruland

Vallée de l'Ahr

Es geschieht zuweilen, dass einem Menschen, der ziellos und ohne tiefere Gedanken durch die Straßen fremder Städte wandert, mit einem Mal ein Ding in die Augen fällt, das ihn mit Macht und unwiderstehlich an seine ferne Heimat erinnert; mag die Heimat noch so klein und armselig sein, er sieht sie dann in einem Lichte, das allen Glanz der Fremde überstrahlt und auf viele Tage und Wochen leuchtend über seinem Leben steht.

Und wenn dies Ding gar ein Bild irgendeines Dorfes, eines Berges oder eines Tales ist – nicht einmal ganz der Wirklichkeit ähnlich und von einem Maler zu malerischen Zwecken leicht hingezeichnet – ach, voll stiller Freude und Zufriedenheit lebt er plötzlich daheim, lebte sein ganzes bisheriges Leben noch einmal im Raume von wenigen Stunden und glaubt am Ende, niemals aus der Heimat fortgewesen zu sein und keine andere Luft als ihre geatmet zu haben.

So erging es dem jungen Soldaten, den der Krieg im Norden Frankreichs fest hielt, und der glaubte, Heimweh und Verlangen nach der Heimat längst abgetan und wie eine seinem Handwerk lästige Fessel von sich geworfen zu haben.

Es war um die Weihnachtszeit, und ein paar Soldaten war Gelegenheit gegeben, Paris, die Hauptstadt des Landes, worin sie lebten, kennenzulernen. Der Junge Soldat hatte sich nicht vorgedrängt, und da er schlichten und einfachen Sinnes war und zum ersten Mal in einem fremden Lande weilte, das ihm bisher als ein unerreichbares, nicht zu begreifendes Ausland galt, verlockte es ihn nicht sonderlich, die Schönheiten der Weltstadt kennenzulernen. Nie war Paris in seinem Gesichtskreis aufgetaucht, und wenn er bisher den Namen der Stadt, sei es in der Schule, sei es im Gespräche mit seinen Kameraden, nennen hörte oder selbst nannte, dachte er immer an das Venn, hoch oben im Norden seiner Heimat, über dem seltsame Blumen wuchern und seltsamere Irrlichter gespenstisch tanzen.

Nun schlenderte er inmitten eines kleinen Häufleins Feldgrauer durch ihre Straßen dahin. Es war doch vieles anders, als er es sich vorgestellt hatte. Das silbrige Grau, das in den Morgenstunden zart und leuchtend und wie ein leichter Duft über den vielzackigen Häuserreihen gestanden hatte, war einer Wolkenmasse von bleierner Schwere gewichen. Ein kalter Nebel rieselte hernieder und fiel in einzelnen größeren Tropfen aus den fast entlaubten Bäumen der Boulevards. Die großen Läden zeigten in gedämpftem Lichte ihre Auslagen; eine betörende Pracht, für die der junge Soldat kein Verständnis hatte.»Gott, wie sieht das alles so gemacht, so berechnet aus, so kalt in diesen Tagen vor Weihnachten«, sprach er zu sich selber und wandte sich ab. Dann lachte er leise in sich hinein und wunderte sich über den Vergleich, der ihm plötzlich einfiel und der ihm nach einigem Überlegen wieder nicht ganz richtig schien:»Eine alternde Schönheit, die sich fein macht!« Nein, das war es nun gerade nicht, denn die herbe Not des Krieges hatte diesem Gesichte ihre Furchen eingegraben, und verdecktes Leid konnte auch hinter dem gleichgültigen Mienenspiel nicht ganz verborgen bleiben.

Der Offizier, der die Schar führte, war ein prächtiger, älterer Herr, der vor vielen Jahren seines Studiums wegen in Paris gewohnt hatte: er kannte die Stadt bis in ihre engsten Winkel hinein, und wenn er mit wenigen Worten seine Erklärungen gab, Inschriften übersetzte und an geschichtliche Vorgänge und Merkwürdigkeiten erinnerte, so fühlte ein jeder der Soldaten das Bestreben heraus, ihnen das Wesen der seltsamen Stadt nahezubringen, damit sie abwögen und verglichen. Sein Französisch klang, wenn er Auskünfte einholte, nicht anders als die Sprache der Einheimischen und war auch ebenso höflich wie diese.

So war dann der junge Soldat mit auf den Montmartre gestiegen, hatte von der Treppe einer bizarr gestalteten Kirche aus das ungeheure, aus grauen, gelben und blauen Tönen gemischte Meer der Stadt überschaut und hatte sich schließlich verlegen und Überraschungen fürchtend, dem unterirdischen Getümmel der Metro anvertraut. Es gab also doch etwas in dieser Stadt, was ihm ein Wunder schien, was seine Sinne gefangen nahm und sich schließlich wie die Müdigkeit langer Wanderungen an seine Glieder heftete. Der Arc de Triomphe riss ihn wieder auf. Vor dem Grabmal des »Unbekannten Soldaten« hob er die Hand an die Mütze zum Gruße für den Soldaten da unten und – es war eine schmerzliche Erinnerung – für die gefallenen Kameraden seiner Batterie: Mort pour la Patrie! Er hatte in Frankreich genug Französisch gelernt, um das zu verstehen.

Es war schon am späten Nachmittag, als der Trupp wieder an der Seine anlangte. Der Führer bezeichnete mit einer knappen Handbewegung ein kleines Hotel, nicht weit vom Ufer, in das sie einkehren wollten, um das Abendessen zu verzehren; es sollte der Schluss des Besuches in Paris sein und war darum als gutes Ende eines denkwürdigen Tages von dem Offizier mit Liebe und ergötzlicher, teilnehmender Freude zusammengestellt worden. Sein väterliches Gesicht strahlte, wenn er sich die Überraschung der braven Landser, die von Hause alles Söhne kleiner Leute waren, ausmalte. »Keinen Dank, liebe Jungen«, murmelte er für sich hin, »alles gerne geschehen und nicht zu teuer! Habt noch eine lange Bahnfahrt vor euch, und etwas Materielles muss euch Paris doch mitgeben. Also, bitte, keinen Dank!«, und dann blickte er plötzlich scheu um sich, ob niemand sein Selbstgespräch belauscht hätte. Aber die Autos huschten über das nasse Pflaster, das Wasser der Seine rauschte, von einem Ruderschlag bewegt, auf, und an ein paar Frachtkähnen klirrten die Ankerketten. Die grünen und roten Positionslampen erforderten volle Aufmerksamkeit.

Der junge Soldat kannte nun seinen Weg. Er ließ seine Kameraden vorangehen und verlangsamte seine Schritte. Die dunkle Masse der Notre-Dame-Kirche stand vor ihm und wuchs abenteuerlich in den Himmel, der geradezu auf ihren stumpfen Türmen zu ruhen schien. Es war ein eigenartiges Bild, und doch erinnerte es ihn an die Felsen in seinem Heimattal, um die es so stille und einsam war wie jetzt zu dieser Stunde um die Kirche. Block türmte sich auf Block, in spitze Zacken und Zinken, leicht zerbröckelnd und wie durchsichtig, lief das ganze aus, und die vielfältigen, kaum noch deutlich zu erkennenden Fratzen der Wasserspeier waren wie Gestalten der Fabel und der Sage, womit er in seinen jungen Jahren die einsamsten Gegenden der Eifel bevölkert hatte. »Wo bin ich? Wo stehe ich?«, dachte er, und er fühlte, wie die Weltstadt um ihn versank, wie er hinausgetragen wurde aus ihren Straßen und Gassen und es ihn mit starken Schwingen ostwärts von einer versinkenden Sonne fort einer neuen, aufsteigenden entgegentrieb.

Nur schwer und wie aus einem Traume erwachend fand er sich wieder zurück: Er kam über die Pont Neuf und damit wieder ins Leben hinein. Menschen, Zivilisten und Soldaten, eilten an ihm vorbei und betrachteten ihn kaum; ein Fischer hielt die Angelschnur unter den Arm geklemmt und stand, die Hände frierend in die Taschen gesteckt, an der Kaimauer. »Quai de la Tournelle«, las der junge Soldat flüchtig auf einem Schilde.

Quai de la Tournelle: hier war der Platz der Bouquinistes, der Händler mit Büchern und Bildern, die sich eben anschickten, ihre Kästen und Schachteln zu schließen, die Lampen zu löschen und nach einem gewiss nicht sehr ersprießlichen Tage schwer bepackt ihren dunklen Wohnungen in irgendeinem Quartier zuzutrotten, ihren ewig lärmenden Frauen oder der dumpfen Wärme dunkler Estaminets. Nur ein einziger Bouquiniste saß noch unschlüssig vor seinem Kasten, als warte er noch auf einen verspäteten Verdienst; den breitkrämpigen Hut, unter dem die Pfeife hervorschaute, tief ins Gesicht gezogen, hockte er unbeweglich auf seinem niederen Stuhle, halb ein Maler, halb ein Philosoph, und bestimmt eins mit den Büchern und Bildern, die er feilhielt. In der Dunkelheit sah er aus, als wäre einer der Wasserspeier von Notre Dame lebendig geworden und herabgestiegen.

Von der Neuheit des unbekannten Ladens angezogen, und seltsam gemahnt an die einfachen Buden der ländlichen Kirmes, trat der junge Soldat an den Stand, musterte die Auslagen und begann, da ihm niemand wehrte, Bücher und Bilder in die Hand zu nehmen und zu mustern. Gewiss, er war kein Kenner von diesen Dingen da; viele der Titel und Überschriften waren ihm unübersetzbar, und er las Namen, die er niemals gehört hatte. Er hatte nicht die Absicht, irgend etwas zu kaufen; was sollte er auch mit diesem alten, vergilbten Tand, der für ihn, den Soldaten und Eifeler Bauernjungen, wertloser war als für jeden anderen? War es Neugierde, die ihn festhielt? Die Absicht, etwas kennenzulernen, was er sonst nirgendwo gefunden hatte und was nur dieser Stadt eigen und gemäß war? Oder war es die seltsame Gestalt des gekauerten Verkäufers, die ihn verlockte, zu bleiben? Wenn sich der Kerl doch nur rühren und ein Wort sprechen wollte! Der aber saß still und geduldig und rauchte in langen Zügen aus seiner Pfeife; nur ab und zu hob er den schweren Kopf und warf einen gleichgültigen Blick auf den Soldaten: »Un soldat allemand« – weiter nichts. Es lohnte jedoch, sich ihn anzusehen!

Der junge Soldat aber tat plötzlich einen erregten Schritt zur Seite hin und hielt ein Bild unter die Lampe, das er eingehend betrachtete. Es war ein alter Stich, am Rande schon etwas zerfetzt und stockfleckig wie so vieles andere hier. Er besah es von allen Seiten, schüttelte den Kopf und lächelte. Lächelte das beglückte Lächeln eines Kindes, das unter Kieseln und bunten Fetzen einen wunderlichen Fund gemacht hat. »La vallée de l'Ahr« hatte er entziffert, und er wusste, was es hieß. Das also war das Tal der Ahr, und obschon in seiner Erinnerung manches anders war, als es hier der Künstler aus früheren Zeiten dargestellt hatte, erkannte er weite Strecken seiner Heimat, erkannte das Dorf Mayschoß mit der Saffenburg und dem Schrock, und dahinter, einer auf den andern gestellt, die Berge der Eifel. Eine leichte Röte glühte auf seinen Backen, dem jungen Soldaten war es, als hätte er aus dem Fenster eines Zuges einen Blick auf sein eigenes Heim tun dürfen. Mit dem Finger zeichnete er die Umrisse nach und spähte, ob auch die Wege gezeichnet waren, die er früher so oft gegangen war. Hier, die niederen Hütten, war die Lochmühle, und über ihr reckte sich wie ein verfallener Bergfried die Guckley empor. Hier, am Rande der Wiese, wuchsen die ersten Veilchen, und hier, längs der Weinberg- mauer hin, hatte er im Spätsommer die Sträuße von Heidekraut gebunden. Ein süßer Geruch strömte ihm entgegen – verweht war der Modergeruch der alten Bücher, der Wein blühte und erfüllte seine Seele mit betäubender Seligkeit. Er hielt die Heimat in seinen Händen und schwor sich inmitten dieser phantas- tischen Umwelt, sie nie wieder loszulassen. In einer leeren und kalten Fremde war sie ihm aufs neue geschenkt worden. War ihm zugefallen wie eine kostbare Beute nach vielen Wochen harten Kampfes und bitterer Entbehrung. Er wuchs in sie hinein, das kleine Bild weitete sich – nie, nie war er von Hause fortgewe- sen, und mochte auch morgen früh wieder in seiner Kaserne im Norden von Frankreich erwachen, mit seinem ganzen jungen Herzens war er daheim und geborgen.

Der alte Bouquiniste war herzugetreten, und obschon ihm die Gefühle unbe- kannt waren, die den jungen Soldaten bewegten, ahnte er doch, was hier vorging: »Vous connaissez ça, Monsieur«, sprach er, erhielt aber keine Antwort. Für ein paar Franken war das Bild zu haben; dem jungen Soldaten erschien es fast unwürdig, so wenig dafür zu bezahlen. Er barg den Schatz in seinem Mantel und eilte seinen Kameraden nach. »Bon soir, Monsieur«, rief der Alte hinter ihm drein, »un beau pays, votre patrie« – aus dem Dunkel kam ihm wiederum keine Antwort entgegen. Er machte sich nachdenklich daran, seine Sachen zusammenzuräumen. Es war Feierabend für ihn, und er hatte eine Begegnung gehabt, die ihm Stoff zu vielen Gesprächen bot.

Spät in der Nacht saß der junge Soldat im Zuge, der ihn und seine Kameraden vom Gare du Nord wieder in das kleine Städtchen unfern der Küste brachte. Das vallée de l'Ahr ruhte, in eine Rolle verpackt, auf seinem Herzen. Und während er, um nicht sprechen zu müssen, wie im Schlafe die Augen geschlossen hielt, malte er sich aus, wie er sich nun ein Weihnachtsbäumchen besorgen müsse, um das Bild, das Bild der Heimat, darunter zu stellen. Dann würde der Peter Kirst kommen, der aus Gerolstein stammte, und der Johannes Leuer, dessen Dorf unter der Hohen Acht lag, und würden das Bild in ehrfürchtigem Staunen betrachten und immer wieder besehen. Die Räder rollten unaufhörlich durch die dunkelste Nacht; er aber schien sich ein Kind zu sein, das beschenkt wurde und das wieder beschenkt. Weihnachten war ja so nahe.

Franz-Josef Nieth

Nachkriegs-Idylle

Es war die erste Weihnacht nach dem Zweiten Weltkrieg, man schrieb das Jahr 1945. Die zerschossenen Fenster waren notdürftig mit den Glasscheiben unserer Familienbilder oder mit dünnem Blech beziehungsweise Pappe repariert worden. Alles war vorbereitet, Spekulatius aus Rübenkraut, Zimtwaffeln mit dem alten Kunstguss-Zangenwaffeleisen auf der Herdplatte gebacken, wobei alle Zutaten von meiner Mutter aus dem Westerwald, Hunsrück oder in der Eifel mühsam erhamstert worden waren. Des Weiteren selbst hergestelltes Brot, aus Maismehl, welches bereits beim ersten Anschneiden auseinanderbrach. Als Brotbelag diente in erster Linie selbst eingekochtes Apfelkompott beziehungsweise Zwetschenmus. Als Alternative gab es die gute »Bucheckerwurst«. Nachfolgend das Rezept zur Herstellung der Wurst:

Geschälte Bucheckern zusammen mit Salzkartoffeln durch das Haushaltsmühlchen gedreht, den Teig gut durchgeknetet und gewürzt. Soweit Gewürze vorhanden waren, hiernach war die Wurst fertig zum Verzehr. Äpfel, Wal- und Haselnüsse waren ausreichend vorhanden. Leider waren unsere Zwerghühner und der bunte Hahn bereits Palmsonntag in amerikanischen Mägen gelandet. Die ersten Besatzer hatten, wie man uns später erzählte, das Federvieh am Spieß gebraten, sozusagen als Kriegsbeute. Tabak für Vaters Pfeife hatte ich schon lange vor dem Fest gesammelt, in Form von getrockneten Eichen-, Bohnen- und Walnussblättern. Wenn die Pfeife mit dieser Mischung mit einem Fidibus angezündet worden war, roch es in unserem Hause wie bei einem kleinen Wiesen- und Waldbrand.

Mutter hatte bereits Monate vor dem Weihnachtsfest alte Pullover und ähnliche Bekleidungsstücke aufgerippelt, um mit der auf diese Art gewonnenen bunten Wolle neue Strümpfe oder einen Schal zu stricken. Bunte selbstgestrickte Skipullover mit hübschen Mustern, zum Beispiel Wildmotiven, waren damals besonders beliebt. Des Weiteren wurden aus den deutschen Tarn-Zeltplanen oder anderen Uniformteilen schöne Jacken geschneidert. Die Kerzen für unseren Weihnachtsbaum hatte ich mir mittels gesammelten Gewürzglasröhrchen, Wachs und Wollfäden selbst hergestellt. Dass diese Kerzen später stark rußten, störte damals niemanden. Als Alternative gab es noch die aus Wehrmachtsbeständen stammenden 24-Stundenbrenner. Das Lametta stammte hingegen noch von den Alliierten. Diese hatten hiervon große Mengen über dem Rheinland aus Flugzeugen abgeworfen, um damit die Suchgeräte der deutschen Nachtjagd auszuschalten, was ja auch gelang.

Den Weihnachtsbaum hatte mein Vater einige Tage vor dem Fest (in dunkler Nacht) im nahen Wald selbst »besorgt«! Der Baum wurde am Tag des Heiligen Abends aufgestellt und geschmückt sowie das alte Krippchen liebevoll aufgebaut. An Getränken sollte es Pfefferminztee und Muckefuck geben. Letzteres war selbstgeröstetes Korn oder Eicheln, aus welchen dann nach dem Mahlen eine Art Malzkaffee hergestellt wurde. Für unsere Besucher hatte mein Vater auf geheimnisvolle Weise einige Flaschen »Klaren« aus überreifen Zwetschen selbst gebrannt. Einige Spielzeuge für mich wurden von meinem Vater in mühseliger Arbeit aus Holz gefertigt.

Soweit war alles vorbereitet, jetzt wurde das Wohnzimmer aufgeheizt. Zur mitternächtlichen Stunde läuteten die Glocken unserer Pfarrkirche zur Christmette, hiernach sollte die Bescherung kommen, doch diese fiel etwas anders aus als erwartet. Unser »selbstbesorgter« Weihnachtsbaum entwickelte in dem warmen Zimmer einen penetranten Gestank. Er musste aus der Art geschlagen sein. Statt Tannenduft verbreitete er einen Geruch, welcher an einen nicht mehr ganz frischen Heringsfang erinnerte.

Des Rätsels Lösung: Der Förster hatte die potentiellen Weihnachtsbäume im Wald mit einer übelriechenden Lauge gespritzt, die ihr volles Odeur erst in der Wärme entfaltete. Es half alles nichts. Zunächst musste der Weihnachtsbaum ins Freie getragen werden, dann erst konnte – nach gutem Durchlüften – die Bescherung doch noch stattfinden.

Emmi Elert

Winterstimmung in Klinzig (Bad Bertrich)

Kein Sonnenstrahl, kein Himmelsblau schaut mehr aus ewiger Höhe grüßend in das enge Tal. In grauer, nebliger Masse liegt die Wolkenschicht undurchdringlich, unbeweglich zwischen den Berghängen, als wäre der Himmel auf die Erde gesunken.

Dämmerung statt des Tageslichtes! Hinter der südlichen Bergwand versteckt, beschreibt die winterliche Sonne ihre kurze Bahn; schon um vier Uhr beginnt die Nacht. Kein Eis und kein Schnee, keine klare, frische Winterluft. Nur Nebel und immer Nebel, Regen und Schmutz; das ist der Winter in Klinzig.

Und wenn oben auf dem Eifelplateau eine weiße, flimmernde Decke sich über Höhen und Täler senkt, wenn der raue Ostwind pfeifend über die Ebene streicht, dann blickt man oben von der eisigen Höhe aus überrascht in den schwarzgrünen Kraterschlund, der da plötzlich vor den Augen sich gähnend öffnet. Im saftigen Grün hängt der hohe Buchs seine duftigen Blätter über schroffe Felskanten, zwischen denen Brombeerranken und Farne in fast sommerlicher Frische prangen. Vorwitzig schauen junge Erdbeersprossen unter dem welken Laub hervor, als wüssten sie, dass der Winter hier nicht so grausam sein wird, ihre Neugier mit Vernichtung zu bestrafen. An Tagen, da der Nebel sich geteilt hat und das Stückchen Himmelsblau sichtbar ist, könnte man sich plötzlich in den Frühling versetzt denken; und manch Veilchen, das unter der Erde schlief, streckt traumverloren sein Köpfchen in die warme, feuchte Winterluft.

Erst im Januar dichtet sich die Atmosphäre zu kleinen glitzernden Kristallen, die sich als Raureif an die laublosen Bäume und an die Nadeln der Koniferen hängen. Wie in feenhafter Pracht ruhen die waldigen Berghänge in heiliger Stille unter dem blauen Gewölbe – als feierte die Natur ihr Christfest mit tausend und tausend leuchtenden Weihnachtsbäumen in dem ewigen Dome.

Langsam rauscht die geschwätzige Klinz über verglastes Gestein, und aus den Felsklüften plätschern die Wasserstürze über lange Eiszapfen und Gletscher, die in ihrer winterlichen Starrheit einen wunderlichen Kontrast bilden zu der lebenden Brunnenkresse und den grünen Farnen, über die das träge Wasser sickert.

Klinzig im Winter! Alles scheint nun im Winterschlaf zu liegen – die Natur, die verschlossenen Häuser und die Arbeit der Menschen. Schwatzend stehen die kräftigen Männer da an den Straßenecken und unterhalten sich vom Dorfklatsch. Oder sie liegen im Fenster und vertreiben sich die Zeit, die Vorübergehenden anzurufen und die Nachbarn zu beobachten.

Die Frauen und Mädchen sitzen in der warmen Stube und besprechen die Neuigkeiten, die ihnen durch die Männer von der Straße und aus der Wirtschaft hergetragen werden. Der Winter ist lang, und da wird das Leinenzeug immerhin noch fertig genäht sein, bis die Fremden kommen, da können die Hände schon mal müßiger sein als der Mund. Wenn es draußen nicht zu kalt ist, dann gehen die weiblichen Einwohner Klinzigs ebenso gern auf den Schwatz wie die männlichen. Im Winter passiert ja so wenig im Dorf, da hört man gern, was die andern vielleicht Neues wissen; im Sommer haben die Frauen ohnehin keine Zeit, sich um den Dorfklatsch zu kümmern, da tragen ihn die müßigen Männer allein aus ...

Dr. Christel Schmitz

Weihnachtsglöcklein

Eifeler Weihnacht anno 1886

Ich habe immer geglaubt, dass es auf Erden nichts Schöneres, nichts so eigentlich Märchenhaftes geben könnte, als wenn in den Dämmer des Heiligen Abends hinein plötzlich das erwartete Geklingel des Christkindchens durchs Haus schallte und unter den Weihnachtsbaum rief, und man dann vor strahlendem Lichterglanz stand, der den überreichen Gabentisch überblendete und fast verbarg, während die alte, liebe »Stille Nacht« durch den Saal tönte. Dennoch habe ich mir sagen lassen müssen, dass Weihnachten auf unserem einsamen Hofe in der Ebene nicht zu vergleichen gewesen sei mit dem Weihnachten meiner Großeltern, die im Dorf wohnten. Es war ein kleines Eifeldorf mit einem alten gräflichen Burg- und Mühlengut. Nur wenige Schritte von der Kirche entfernt lag der Pachthof meines Großvaters, und wer einen holprigen Seitenweg zum Kirchlein hinanstieg, der kam am rauschenden und spritzenden Mühlrad vorüber und an dem kleinen, von Tannen begleiteten Bergflusse, der es trieb. Das Haus meiner Großeltern war das einzige im Dorfe, das dazumal einen Weihnachtsbaum hatte, aber der war dann um so größer, und an der Christfeier nahm fast das ganze Dorf teil. Sie fand nicht am Heiligen Abend statt, sondern am Weihnachtsmorgen in aller Frühe, wenn das Dorf und die großelterliche Familie aus der Christmette kamen. Meines Großvaters Arbeitsleute mit ihren Familien, die Dorfarmen der Großmutter und schließlich der Lehrer mit allen Schulkindern machten sich von der Kirche aus auf zu meinen Großeltern. Singend zog die Schule die verschneite Kirchgasse hinab und wartete vor der Tür des gastlichen Hauses noch ein wenig, bis sie geöffnet wurde und die Kinder hineinströmen durften in den großen Saal, wo der Christbaum aus Großvaters eigenem Eifelwald brannte. Auf langen Bänken lagen die Geschenke für Schulkinder und Hofleute geordnet: Kleidungsstücke und »Zuckerguts«, für die Kleinen noch ein Spielzeug oder ein kindliches Musikinstrument, das jetzt vielleicht verstohlen »probiert« wurde und gleich draußen in der frostigen Morgenluft zum vollen Tönen gebracht werden durfte. In einer Ecke des Saales, in nächster Nähe des Klaviers, war der Gabentisch für die fünf Kinder der Großeltern. Meine Mutter war schon ein erwachsenes Mädchen und hatte bei dieser Feier ihren Platz am Klavier.

Sie war nicht wie die anderen jungen Mädchen von den Höfen, die man auf den Bällen der Umgegend und der Kreisstadt zu sehen pflegte. Zwar nicht das Tanzen – aber Kochen, Backen und Einmachen lagen etwas außerhalb ihres Bereichs. Mit sechzehn Jahren war sie des Großvaters Bürogehilfin und bald sein Bürovorsteher geworden. Aber sah man es diesen schlanken, kraftvoll durchgebildeten Fingern nicht an, dass sie lieber die Tasten des »Pianinos« (wie man damals sagte) anschlagen mochten als die Kontofeder führen? Wenn die Post im Büro abgegeben wurde, dann suchte das sonst musterhafte Mädchen manchmal nicht zuerst nach den Berichten der Getreidebehörde, sondern nach der vierzehntägig einlaufenden Musikzeitung, die ihr der Großvater verschrieben hatte. Er war zwar in erster Linie Landwirt, entbehrte aber doch nicht eines feinen Geschmacks für den sinnigen Schmuck des Lebens. Freilich gab es im Dorfe keinen anderen Klavierlehrer als den alten Volksschullehrer, bei dem seine Älteste einst schreiben und rechnen gelernt hatte. Es zog nun manches Mal die schöne Stirn kraus und verbesserte den Lehrer still für sich, bis es schließlich in den Übungsstunden fast eher sich selber Lehrerin wurde, als dass es bei dem alten Mann noch viel zu lernen gehabt hätte.

So ereignete sich denn eines Christabends das Folgende: Der Weihnachtsbaum strahlt im Saale der Großeltern, und die Tür hat sich hinter den eingetretenen Dorfleuten und Schulkindern geschlossen. Da ertönt aus der Klavierecke ein Spiel wie ein silbernes Klingen und Läuten, und zwei Kinderstimmen – eine etwas schüchterne Kleinmädchenstimme und eine glockenhelle Knabenstimme – heben an zu singen:

»Weihnachtsglöcklein, ach, so läute,
Läute uns den Tag heran,
Wo wir Kinder große Freude
Haben an dem Weihnachtsbaum.
Klingling. Klingling.«

Es war meine Mutter, die spielte, und ihre jüngsten Geschwister sangen. Ganz heimlich hatte sie ihnen ein neues Lied aus ihrer Musikzeitung eingeübt. Die großen Leute standen ganz benommen da, die kleinen Kinder verstanden das Klingen des Weihnachtsglöckleins, der Großvater hatte Tränen in den Augen, und der alte Lehrer kam, als er sich von der ersten Überraschung erholt hatte, auf meine Mutter zu und schüttelte ihre beiden Hände. Mein Großvater ließ sich in den Weihnachtstagen das Stücklein ein über das andere Mal wiederholen, während er in der Sofaecke des Weihnachtszimmers saß und seine lange Pfeife rauchte.

Allen Leuten aber, die als Kinder damals dem Liedchen lauschten, mag unter dem brennenden Lichterbaum heute noch seine Melodie durch die Seele klingen.

Weihnachtserinnerungen von Dr. August Detrée

Wunderbare Wochen

Wie's daheim einst war

Landsleute draußen in der Welt, Jugendfreunde aus meinem Heimattal, gebt mir die Hand! Ob ihr im »Niederland«, im zuckenden Feuerschein der Hochöfen steht, oder im Flöz unter Tage den Hammer schwingt, ob ihr euch müht mit Kopf und Hand in Schreibstube und Fabrik, ob gar die Wogen des Ozeans donnern zwischen euch und dem alten Europa – kommt, ihr alle! Die Weihnachtsglocken rufen über Meer und Land, über Berg und Strom, sie locken und laden uns in das Tal unserer Heimat, in unser Jugendland!

* * *

Hei, wie die Schlitten sausten! –

Samstagnachmittag. Und morgen hat »Jäbchen« Ruh. Jäbchen ist der Kosename für Jakob, und so hieß (das bemerke ich für alle, die nicht das Glück hatten, mit uns die Schulbank zu drücken) der Eichenknüppel, der auf dem Schulkatheder hinter dem Violinkasten ein leider wenig beschauliches Dasein führte. Jäbchen hielt den sechsstündigen Arbeitstag pünktlich ein und gönnte sich von acht bis elf und von eins bis drei nicht die mindeste Ruhe. Die Schlummerkissendevise »Nur ein Viertelstündchen!«, stand nicht in seinem Arbeitsprogramm. Gelegentlich machte der Unermüdliche sogar Überstunden, dann nämlich, wenn er sich mit jenen Unglücklichen zu beschäftigen hatte die »sitzen bleiben« (nachsitzen) mussten. Kurzum: Jäbchen war einer, der seinesgleichen suchte. Wie alle überragenden Größen war er seiner Zeit weit vorausgeeilt. Denn in einer Epoche, die von den Hochstleistungen unseres modernen Sports noch keinen blassen Schimmer haben konnte, hat er – das sei mit berechtigtem und deshalb verzeihlichem Lokalpatriotismus hier angemerkt – schon manchen Rekord »geschlagen«!

Jäbchen schlief hinterm Violinkasten. Mochte er. Samstagnachmittag war's, und die Schlitten sausten.

Und nun erheb' ich eine Frage. Mancher oder manche mögen vielleicht später in einer Mercedes-Benz-Luxuskarosserie durch paradiesische Gefilde an immergrünen Meeresküsten vorübergeglitten sein, das Herz voll traumhaften Glückes über soviel Erdenschönheit – aber ich frage ihn oder sie: War's nicht ein viel größeres Glück, eine viel stolzere Freude, damals auf dem kleinen, roh gezimmerten Holzschlitten, als wir die Hänge hinuntersausten und unsere unbändige Daseinsfreude hinausschrien in die Winterluft der heimatlichen Berge? Und ich frage weiter: Wo kauften wir uns ein fröhliches Herz in den Tagen der Gegenwart, wenn wir uns dieses Herz mit dem tapferen steten Gleichklang nicht herübergerettet hätten aus der seligen Jugendzeit unserer Eifelheimat …

Wunderbare Wochen vor dem Fest! Allerdings auch schwere Wochen, denn man kam aus dem »Bravsein« nicht mehr heraus. Zuerst die gefährliche Drohung vor dem Nikolausfest: »Wenn Du Dich nicht schickst, weißt Du Bescheid!« Und nach dem 6. Dezember gab es auch keine Unterbrechung des gesitteten Benehmens, denn dann bezog sich dieselbe Ankündigung auf die Gaben des Christkindchens. Und so wurde denn in diesen Wochen ein großer Burgfriede zwischen oberem und unterem Ortsteil (der enneschter und der eweschter Jaaß) geschlossen und ebenso wurde die Austragung verschiedener Privatfehden zwischen Jired und Mättheschen, Klaos und Hänneschen auf das neue Jahr vertagt.

So standen wir denn einträchtig in der Dämmerung der Adventstage vor den Schaufenstern, aus denen die vielen Herrlichkeiten lockten und ergingen uns in tausend Erwägungen: ob und was und warum nicht …

Ja, es waren wunderbare Wochen der Erwartung.

Manchmal stand glühendes Abendrot überm Buchholz und dem Mühlbachtal. Dann »backte« das Christkindchen …

Und nun kam der Heilige Abend. Wer ihn einmal erlebt hat in dem tiefen winterlichen Schweigen eines verschneiten Hochtals, vergisst ihn nie. Goldener flammen die Sterne, stolzer heben die Berge ihr Haupt. Gesang wird das Rieseln der Bäche, zum Orgelton das Rauschen im Forst. Und alle Hänge, alle Talgründe breiten ihre weichen Hermelindecken dem Christkind unter die Füße …

Heute flammt im kleinsten Hause der Weihnachtsbaum im Glanz der Kerzen, im Flimmerschmuck der bunten Herrlichkeit. Damals war's anders. Da gab's nur einen Christbaum bei Doktors, bei Amtsrichters, bei Apothekers, bei Katasterkontrolleurs, also bei den Zugezogenen, bei den »Herrschen«. In der Eifel war der Lichterbaum nicht bodenständig. Da standen die Weihnachtsbäume draußen in der großen, weiten, hellen Stube der Eifellandschaft. Keine Watte lag auf ihren Zweigen, wie drinnen im engen Raum, keine bunten Kerzen flackerten auf ihren Ästen. Aber der Mond hängte all den verwirrenden, märchenhaften Zauber seines Goldgeschmeides um ihren schlanken Wuchs, und auf ihren Kronen flammte der herrlichste Edelstein der Welt, der Abendstern.

So war uns Jungen damals der Weihnachtsbaum fremd. Wir standen wohl auf der Straße und sahen durch die hellen Scheiben den buntgeschmückten Baum, und mancher durfte auch ins Haus kommen und musste dann mit den anderen Kindern Hand in Hand um den Baum schreiten und singen: Ihr Kinderlein kommet! Und die »herrsche Frau« lachte uns dann wohl freundlich zu, aber wir waren befangen und freuten uns, wenn wir bald wieder nach Hause gehen konnten. Er war uns eben fremd, der bunte schillernde Baum.

Nicht fremd, sondern lieb und vertraut war uns das Krippchen in der Kirche. Ach Gott dieses alte Kirchlein im Scheunenstil! Viel zu klein war es für die riesengroße Pfarrei mit ihren stundenweit in den Bergen verstreuten Dörfern und Weilern, aber unser aller Sehnsucht geht noch heute, wo ein neues geräumiges Gotteshaus an derselben Stelle steht, nach dem armen alten Kirchlein unserer Jugend. Es war ein richtiger Bethlehemsraum in seiner rührenden Dürftigkeit. Ach, wenn es dann im Kerzenglanz der Weihnachtsmette strahlte, wenn die Orgel brauste und die alten, süßen Sänge tönten von der Heiligsten Nacht und Jesu lieblicher Mutter: Es ist ein Ros' entsprungen …

Vom Sakristeispeicher hatte der Küster das Krippchen heruntergeholt. Wir standen davor, und des Staunens war kein Ende. Oh Gott, war das schön! Und die Kerzen flammten, der Weihrauch stieg in schweren Wolken, und die Orgel sang …

Ja, das war unser Christkindchen, das war heute in unser stilles, weltentlegenes Eifeltal gekommen! Und wie weiland die armen Hirten, so waren sie heute alle gekommen, die Männer und Frauen der harten Arbeit aus den Eifelbergen, stundenweit; auf tief verschneiten Wegen, von Höfen und Weilern waren sie gekommen, das Christkind zu ehren.

Wilhelm Hay

Letzte Rauhnacht

Vergangenes Brauchtum um den Dreikönigstag

In meiner Eifeler Landheimat pflegten wir Dorfjungen am frostfreien Vortag von Dreikönigen in den Hausgärten der Gemarkung nach den hängengebliebenen, verhutzelten Äpfelchen Ausschau zu halten. Das Geschenk des Christkindes war verspeist, die Lust zum Obst aber noch vorhanden. Im Händges Bungert, der geschützt in der Mulde lag, behielt alljährlich der alte Tutschapfelbaum eine Fülle solch begehrten Jungenschmauses bis hinein in diese Zeit der Heiligen Nächte. Als das Trüpplein ihrer Enkel, Urenkel und Nachbarskinder wieder einmal nach den winterlichen Überbleibseln des vergangenen Herbstes haschte, verwehrte die Händges Großmutter, die die sechste Generation schon unter dem Baume sah, uns mit ihrem Krückstock unser Tun: »Loßt se hänge für dem Wodan sein Fohlen!« Der Lehrer erklärte uns später in der Schule das Wort der Muhme.

Wir standen im Bann und in der Kraft des »obristen Tages« von »Groß- oder Hochneujahr«, wie man noch im deutschen Mittelalter sagte. Winterjul und Sommerjul sagt man noch heute in weltverlorenen Waldgegenden. Auch in dieser wie in der Weihnacht quirlen nach uraltem Glauben neue Quellen aus dem Grund, reden Pflanze und Tier, wird Wasser zu Wein, erklingen die Glocken der versunkenen Stadt.

Horch! Die Glocken der Heimatkirche läuten den Festtag ein. Schwer und dumpf die einen, die schon erklangen, als Kolumbus eine neue Welt entdeckte, kinderleicht die kristallklare Luft, durchklingend die anderen, die den Platz der im Weltkrieg geopferten einnehmen. Wie ein Sang aus Himmelshöhen, ein vielfältiges, gewaltiges Gloria über der verschneiten Heimaterde!

Alle Viertelstunde hebt von neuem das »Dengeln« der Glocken an, zwölfmal hintereinander; zwölfmal singen auch die Kirchen der Nachbardörfer den ehernen Dreikönigsgruß. Zwölf Tage lang feierten die Germanen ihr Fest. An den zwölf Tagen wirft der Bauersmann sein Los über das Wetter der zwölf Monate des kommenden Jahres, so wie seine Urahne dereinst die Runenstäbe in ihrem Schurzfell mischte und Gesindestube, Diele wie Stall ausräuchernd ihr Haus durchschritt, indessen da draußen die Abbilder der Gottheiten mit Schellengeläut und Peitschenknallen die letzte Losnacht »durchperchtelten«, um in der nun wieder aufsteigenden Sonne – tut die vermehrte Tageslänge heute nicht schon einen Hirschsprung oder einen Hahnenschrei? – die Geister des Wachstums zu wecken. »Rauh« heißt »recht«. Rauhgrafen waren die Rechtswalter vorkarolingischer Zeit. Tier wie Mensch, Baum und Gras und Kraut wird in diesen Nächten, als deren wunderkräftigste und wichtigste die auf den 6. Januar gilt, ihr »Recht«: das Recht und die Zuversicht auf neues Hoffen, junge Triebe und neuen Lebensabschnitt. Der ewige Allvater Gott erlangt heute den Sieg der Sonne über alle Mächte der Finsternis.

»Hofabend« nannten alte Leute an der Westgrenze unseres Vaterlandes noch lange den Vorabend von Dreikönigen, und die Hausmutter brachte an ihm etwas Gutes auf den Tisch. Wer die Bohne, das Sinnbild der Vermehrung und des Wachstums, in seinem Kuchenstück fand, wurde »König«, ward im Triumph durchs Dorf geleitet, heischte das »Königsstück« und hielt so auf billige Weise seinen Hofstaat aus. König ward auch der, auf dessen unterer Tellerseite das Wort geschrieben stand oder der den Zettel zog; er zahlte die Zeche. Im Rathaus zu Münstereifel kamen die Stadtväter dann billig weg, wenn »Gott« König ward; dann zahlte sie die städtische Steuerkasse. – »Der König trinkt!« So mussten vor Zeiten in der Dreikönigsstadt Köln, die die drei Kronen in ihrem Wappen führt, Bürger, Studenten und Klosterleute sprechen, sooft seine Majestät das Glas zum Munde führte; wer es unterließ, bekam zur Strafe vom Hofnarren einen schwarzen Strich ins Gesicht.

In einem Winkel des Reichswaldes an der holländischen Grenze sah ich die niederrheinische Sitte des Kartenspiels »Krüßjassen«, anderwärts »Kreuzmariage« genannt. Spiel zwischen zwei Partnerpaaren, die über Kreuz und Geschicklichkeit und Glück der Pfennige über den Eichentisch rollen lassen. Ich hatte dem »steifen« Niederländer niemals soviel Lebhaftigkeit zugetraut. Hofherr und Bäuerin, Knecht und Magd waren gleichermaßen bei der Sache. Besitz von drei Königen, statt vier, ist hier höchster Trumpf. Wie anderwärts

die Eier zu Ostern, so gehört in diesen niederrheinischen Familien und Nach-
barschaften das »Krüßjassen« zum Dreikönigstag. Als Sinnbild der Weihnacht
und des Lichts erscheint auch hierbei der Baum, den der »Markör« zu Beginn
des Spieles auf den Tisch malt und an dessen beiderseitigen Ästen dann nachher
die Zeichen des Sieges oder der Niederlage haften.

Zum letztenmal brennt heute nach altdeutscher Sitte auf dem Familientisch
der Christbaum. Natur und Übernatur, Erde und Himmel ergänzen einander,
haben ihre Grenzen verwischt, wie es die Nebeldämmerung dieser Tage schon
kündet. Aus ihr und in den Rauh-
und Rauchnächten wächst das Licht, erstrahlt uns wieder auf Gasse und Straße
im Stern der drei Männer mit den goldenen Kronen – unverlöschbares Fünklein
warmer Winterpoesie in deutschen Landen – neuer, letzter Glanz über die
Krippe der Christnacht. Und »Des Knaben Wunderhorn« hebt an zu singen:

»Gott, so wollen wir loben und ehren
Die Heiligen Drei Könige mit ihrem Stern.
Sie reiten daher in aller Eil',
In dreißig Tagen vielhundert Meil'.«

Mach es wie Gott, werde Mensch

ANRÜHRENDE

»MENSCHENGESCHICHTEN«

Fritz Vincken

Hürtgenwald, Heiligabend 1944

Als es an diesem Weihnachtsabend an der Tür klopfte, ahnten Mutter und ich nichts von dem Wunder, das wir erleben sollten.

Ich war damals zwölf, und wir lebten in einem kleinen Häuschen in den Ardennen, nahe der deutsch-belgischen Grenze. Vater hatte das Häuschen vor dem Krieg benützt, wenn er an Wochenenden auf die Jagd ging; und als unsere Heimatstadt Aachen immer stärker unter Luftangriffen zu leiden hatte, schickte er uns dorthin. Ihn selbst hatte man in der sechs Kilometer entfernten Grenzstadt Monschau zum Luftschutzdienst eingezogen.

»In den Wäldern seid ihr sicher«, hatte er zu mir gesagt: »Pass gut auf Mutter auf. Du bist jetzt ein Mann.«

Aber vor einer Woche hatte Generalfeldmarschall von Rundstedt mit der letzten, verzweifelten deutschen Offensive dieses Krieges begonnen, und während ich jetzt zur Tür ging, tobte ringsum die Ardennenschlacht.

Als es klopfte, blies Mutter rasch die Kerzen aus. Dann ging sie vor mir zur Tür und stieß sie auf. Draußen standen, vor dem gespenstischen Hintergrund der verschneiten Bäume, zwei Männer mit Stahlhelmen. Der eine redete Mutter in einer Sprache an, die wir nicht verstanden, und zeigte dabei auf einen dritten, der im Schnee lag. Sie begriff schneller als ich, dass es sich um Amerikaner handelte. Feinde!

Mutter stand, die Hand auf meiner Schulter, schweigend da, unfähig, sich zu bewegen. Die Männer waren bewaffnet und hätten sich den Eintritt erzwingen können, aber sie rührten sich nicht und baten nur mit den Augen. Der Verwundete schien mehr tot als lebendig. »Kommt rein«, sagte Mutter schließlich. Die Soldaten trugen ihren Kameraden ins Haus und legten ihn auf mein Bett.

Keiner von ihnen sprach Deutsch.

Mutter versuchte es mit Französisch, und in dieser Sprache konnte sich einer der Männer einigermaßen verständigen. Bevor Mutter sich des Verwundeten annahm, sagte sie zu mir: »Die Finger der beiden sind ganz steif. Zieh ihnen die

Jacken und die Stiefel aus und bring einen Eimer Schnee herein.« Kurz darauf rieb ich ihnen die blau gefrorenen Füße mit Schnee ab. Der Untersetzte, Dunkelhaarige, erfuhren wir, war Jim. Sein Freund, groß und schlank, hieß Robin. Harry, der Verwundete, schlief jetzt auf meinem Bett, mit einem Gesicht so weiß wie draußen der Schnee. Sie hatten ihre Einheit verloren und irrten seit drei Tagen im Wald umher, auf der Suche nach den Amerikanern, auf der Hut vor den Deutschen. Sie waren unrasiert, sahen aber, ohne ihre schweren Mäntel, trotzdem aus wie große Jungen. Und so behandelte Mutter sie auch.

»Geh, hol Hermann«, sagte Mutter zu mir: »und bring Kartoffeln mit.«

Das war eine einschneidende Änderung in unserem Weihnachtsprogramm. Hermann war ein fetter Hahn (benannt nach Hermann Göring, für den Mutter nicht viel übrig hatte), den wir seit Wochen mästeten, in der Hoffnung, Vater werde Weihnachten zu Haus sein. Und als es uns vor einigen Stunden klargeworden war, dass er nicht kommen würde, hatte Mutter gemeint, Hermann solle noch ein paar Tage am Leben bleiben, für den Fall, dass Vater zu Neujahr käme. Nun hatte sie sich wieder anders besonnen. Hermann sollte jetzt gleich eine dringende Aufgabe erfüllen. Während Jim und ich in der Küche halfen, kümmerte sich Robin um Harry, der einen Schuss in den Oberschenkel abbekommen hatte und fast verblutet war. Mutter riss ein Laken in Streifen zum Verbinden der Wunde. Bald zog der verlockende Duft von gebratenem Hahn durch das Zimmer. Ich deckte gerade den Tisch, als es wieder klopfte. In der Erwartung, noch mehr verirrte Amerikaner zu sehen, öffnete ich ohne Zögern. Draußen standen vier Männer in Uniformen, die mir nach fünf Jahren Krieg wohlvertraut waren: deutsche Soldaten – unsere!

Ich war vor Schreck wie gelähmt. Trotz meiner Jugend kannte ich das Gesetz: Wer feindliche Soldaten beherbergt, begeht Landesverrat. Wir konnten alle erschossen werden! Mutter hatte auch Angst. Ihr Gesicht war weiß, aber sie trat hinaus und sagte ruhig: »Fröhliche Weihnachten!« Die Soldaten wünschten ihr ebenfalls eine frohe Weihnacht.

»Wir haben unsere Einheit verloren und möchten gern bis Tagesanbruch warten«, erklärte der Anführer, ein Unteroffizier. »Können wir bei Ihnen bleiben?«

»Natürlich«, erwiderte Mutter mit der Ruhe der Verzweiflung. »Sie können auch eine gute, warme Mahlzeit haben und essen, solange etwas da ist.«

Die Soldaten lächelten, vergnügt den Duft schnuppernd, der ihnen durch die halboffene Tür entgegenschlug. »Aber«, fuhr Mutter energisch fort, »wir haben noch drei Gäste hier, die Sie vielleicht nicht als Freunde ansehen werden.« Ihre Stimme war mit einem Mal so streng, wie ich sie noch nie gehört hatte. »Heute ist Heiliger Abend, und hier wird nicht geschossen.«

»Wer ist drin?« fragte der Unteroffizier barsch. »Amerikaner?«

Mutter sah jedem einzelnen in das frosterstarrte Gesicht. »Hört mal«, sagte sie: »Ihr könntet meine Söhne sein, und die da drin auch. Einer von ihnen ist verwundet und ringt um sein Leben. Und seine beiden Kameraden: verirrt und hungrig und müde wie ihr.« »In dieser Nacht«, sie sprach jetzt zu dem Unteroffizier und hob die Stimme, »in dieser Heiligen Nacht denken wir nicht an Töten!«

Der Unteroffizier starrte sie an. »Genug geredet!« sagte sie und klatschte in die Hände. »Legen Sie Ihre Waffen da auf das Holz – und machen Sie schnell, sonst essen die anderen alles auf.«

Die vier Soldaten legten wie benommen ihre Waffen auf die Kiste mit Feuerholz im Gang: zwei Pistolen, drei Karabiner, ein leichtes MG und zwei Panzerfäuste. Mutter sprach indessen hastig mit Jim auf Französisch. Er sagte etwas auf Englisch, und ich sah verwundert, wie auch die Amerikaner Mutter ihre Waffen gaben.

Als nun die Deutschen und die Amerikaner Schulter an Schulter verlegen in der kleinen Stube standen, war Mutter in ihrem Element. Lächelnd suchte sie für jeden einen Sitzplatz. Wir hatten nur drei Stühle, aber Mutters Bett war groß. Dorthin setzte sie zwei der später Gekommenen neben Jim und Robin.

Dann machte sie sich, ohne von der gespannten Atmosphäre Notiz zu nehmen, wieder ans Kochen Aber Hermann wurde ja nun nicht mehr größer, und wir hatten vier Esser mehr. »Rasch«, flüsterte sie mir zu, »hole noch ein paar Kartoffeln und etwas Haferflocken. Die Jungen haben Hunger, und wenn einem der Magen knurrt, ist man reizbar.«

Während ich die Vorratskammer plünderte, hörte ich Harry stöhnen. Als ich zurückkam, hatte einer der Deutschen eine Brille aufgesetzt und beugte sich über die Wunde des Amerikaners. »Sind Sie Sanitäter?« fragte Mutter. »Nein«, erwiderte er, »aber ich habe bis vor wenigen Monaten in Heidelberg Medizin studiert.« Dann erklärte er den Amerikanern in, wie mir schien, recht fließendem Englisch, Harrys Wunde sei dank der Kälte nicht infiziert. »Er hat nur sehr viel Blut verloren«, sagte er zu Mutter. »Er braucht jetzt einfach Ruhe und kräftiges Essen.«

Der Druck begann zu weichen. Selbst mir kamen die Soldaten, als sie so nebeneinandersaßen, alle noch sehr jung vor. Heinz und Willi, beide aus Köln, waren sechzehn. Der Unteroffizier war mit seinen Dreiundzwanzig der älteste.

Er brachte aus seinem Brotbeutel eine Flasche Rotwein zum Vorschein, und Heinz fand einen Laib Schwarzbrot, den Mutter in Scheiben schnitt. Sie sollten zum Essen auf den Tisch kommen. Von dem Wein aber stellte sie einen Rest beiseite. »Für den Verwundeten.«

Dann sprach Mutter das Tischgebet. Ich sah, dass sie Tränen in den Augen hatte, als sie die vertrauten Worte sprach: »Komm, Herr Jesus, sei unser Gast …« Und als ich mich in der Tischrunde umsah, waren auch die Augen der kriegsmüden Soldaten feucht. Sie waren wieder Buben, die einen aus Amerika, die anderen aus Deutschland, alle fern von zu Haus.

Gegen Mitternacht ging Mutter zur Tür und forderte uns auf, mitzukommen und den Stern von Bethlehem anzusehen. Bis auf Harry, der friedlich schlief, standen wir alle neben ihr, und für jeden war in diesem Augenblick der Stille und im Anblick des Sirius, des hellsten Sterns am Himmel, der Krieg sehr fern und fast vergessen.

Unser privater Waffenstillstand hielt auch am nächsten Morgen an. Harry erwachte, verschlafen brummelnd, in den letzten Nachtstunden, und Mutter flößte ihm etwas Brühe ein. Bei Tagesanbruch war er dann sichtlich kräftiger. Mutter quirlte ihm aus unserem einzigen Ei, dem Rest Rotwein und etwas Zucker einen stärkenden Trank. Wir anderen aßen Haferflocken. Dann wurde aus zwei Stöcken und Mutters bestem Tischtuch eine Tragbahre für Harry gemacht.

Der Unteroffizier zeigte den Amerikanern, über Jims Karte gebeugt, wie sie zu ihrer Truppe zurückfinden konnten. In diesem Stadium des Bewegungskrieges erwiesen sich die Deutschen als überraschend gut informiert. Er legte den Finger auf einen Bach.

»Da geht ihr lang«, sagte er. »Am Oberlauf trefft ihr auf die I. Armee, die sich dort neu formiert.« Der Mediziner übersetzte alles ins Englische.

»Weshalb nicht nach Monschau?« fragte Jim. »Um Himmels willen, nein!« rief der Unteroffizier. »Monschau haben wir wieder genommen.«

Mutter gab nun allen ihre Waffen zurück. »Seid vorsichtig, Jungens«, sagte sie. »Ich wünsche mir, dass ihr eines Tages dahin zurückkehrt, wo ihr hingehört, nach Hause. Gott beschütze euch alle!« Die Deutschen und die Amerikaner gaben einander die Hand, und wir sahen ihnen nach, bis sie in entgegengesetzter Richtung verschwunden waren.

Als ich wieder ins Haus trat, hatte Mutter die alte Familienbibel hervorgeholt. Ich sah ihr über die Schulter. Das Buch war bei der Weihnachtsgeschichte aufgeschlagen, bei dem Bericht von der Geburt in der Krippe und den drei Weisen, die von weither kamen, um ihre Geschenke darzubringen. Ihr Finger glitt über die Zeile: »...und sie zogen einen anderen Weg wieder in ihr Land.«

Manfred Lang

Dialog am Heiligabend

Eines späten Abends, es war die Nacht auf Weihnachten, kam ein Fremder nach Bleigarten. Er kam aus der Feldflur, die »Pfaffenbruch« genannt wird und ging durch den Schnee geradewegs auf die Kirche zu. Die Christmette, die hier früher zur Mitternacht gehalten worden war, in den letzten Jahren aber bereits am späten Nachmittag stattfand, damit die Bescherung der Kleinen und Großen nicht über Gebühr hinausgezögert würde, war längst zu Ende. Die Kirche war zugesperrt, nur das Licht der Kerzen vor der Pieta, der schmerzhaften Mutter mit dem getöteten Christus auf dem Schoß, schimmerte durch die Milchglastür.

Der Fremde ging vorbei und durch den Engpass, der von Kirchhofsmauer und Gastwirtschaft gebildet wird, in die »Alte Straße«. Die hieß so, weil sie die älteste des Dorfes war. Auch hatten hier die alten Höfe gestanden.

Doch die waren mittlerweile abgerissen, modernisiert oder die Stallungen in Wohnhäuser umgewandelt. Und die alten Leute aus der Straße waren, bis auf einen, begraben. In den Neubauten lebten jetzt junge Familien.

Nur ein alter Hofstand noch, etwas zerfallen zwar, die altersschwache Decke des Kuhstalls von der Schneelast des letzten Winters eingebrochen und das Blechdach der Scheune vom Sturm halb abgedeckt, aber in dem schiefen Fachwerk des Wohntraktes war noch Leben. Dort saß, auch in dieser Nacht, ein Greis mit Namen Hieronymus Hob.

Er war der älteste der Straße und des Dorfes. Früher war er ein unbequemer Mensch für die anderen gewesen. Er tat gerade das, sagten sie, was nicht an der Zeit war.

Hieronymus Hob war ein später Anhänger der Dreifelderwirtschaft oder, je nach Geschmack und Sichtweise, ein früher Grüner. Ein lautstarker Nazigegner, so sagten die im Dorf, und trotzdem selbst nicht von radikalen Sichtweisen und Gewalt frei. Ein Mensch mit durchwachsenen Strukturen. Treuherzig einmal, dann wieder cholerisch. Hieronymus Hob scherte sich nicht groß um Details. Er gab sich leidenschaftlich seinen extremen Launen hin, ohne dabei allerdings eine gewisse Linie zu verlassen, die bei aller Widersprüchlichkeit erkennbar blieb.

Hieronymus Hob war unter anderem auch ein religiöser Mensch. Allerdings hatte er die Kirche in den letzten dreißig Jahren nicht mehr betreten, außer bei jenen seltener werdenden Anlässen, wenn es galt, Altersgenossen und Nachbarn nach den überlieferten Riten unter die Erde zu bringen.

Hieronymus Hob war ein erklärter Gegner von Vereinen. Er beteiligte sich nicht am sogenannten Brauchtum – er pflegte seine eigenen Gewohnheiten und Gebräuche. Ihn scherte nicht die Dorfgemeinschaft Bleigarten e.V. – er war biestig oder solidarisch, wie es gerade passte. Hob mied den dörflichen Klatsch, wusste aber über alles Bescheid. Er war ein notorischer Neinsager zu allen Neuerungen, um nach zahlreichen Prüfungen und Abwägungen im äußersten Falle zu einem »Vielleicht« zu kommen. Ein Querulant eben, so sahen ihn die meisten anderen jedenfalls.

An diesem Abend nun stapfte der Fremde durch die »Alte Straße« auf den Hof von Hieronymus Hob zu. Er wusste anscheinend, wie jeder im Dorf, dass der Alte weder Klingel noch Torklopfer angebracht hatte, und dass man, wollte man ihn sprechen, zunächst ans Küchenfenster klopfen musste. Dann hatte man abzuwarten, bis Hob die Läden öffnete. Nun musste man sich zu erkennen geben. War der Besuch genehm, wurde man um die Ecke in den Innenhof geschickt und schließlich durch den rückwärtigen Schlag ins Wohnhaus eingelassen. So verfuhr auch der Fremde.

Hieronymus Hob war aufgeregt. Er hatte schon lange keinen Besuch mehr gehabt. Er bot Platz an am Kopfende des Küchentisches, legte Holz im Herd nach, zog die Vorhänge zur Straße zu und schenkte Wein ein, nachdem der Fremde den Selbstgebrannten abgelehnt hatte. Dann wischte Hieronymus, was sonst nicht seine Angewohnheit war, mit einem Küchentuch über die Plastiktischdecke, strich den schweren Wollmantel auf der Küchenbank glatt, auf dem er nachts schlief, stellte Spekulatius im Pappteller und einen in Stanniol gewickelten Weihnachtsmann vor dem Herrn auf den Tisch. Dann setzte er sich, wie er es immer getan hatte, wenn er Besuch bekam, nicht zu diesem an den Tisch, sondern auf einen Stuhl mit Armlehnen, der etwas abseits zwischen Herd und Spülbecken stand.

Eine Zeitlang schwiegen sie. Hieronymus Hob zog an seiner Pfeife. Dann kamen sie auf das Wetter zu sprechen, den vielen Schnee und die Aussicht auf ein gutes Erntejahr. Sie waren sich einig: Auf einen harten Winter folge ein heißer Sommer und das sei gut so.

Dass es nicht immer so eintraf, wie es gut für Wald und Feld gewesen wäre, daran sei der ganze Dreck schuld, der heutzutage in die Luft geblasen würde. Das sagte Hieronymus Hob: »Das kann ja nicht gutgehen«. Er schimpfte auf den Luft- und Straßenverkehr – vor allem aber über die Atombomben-Versuche. »Das«, so Hieronymus Hob, könne der fremde Herr wohl glauben, bringe das Wetter ganz durcheinander.

Der Fremde war aufgestanden und hatte die Hände über der heißen Herdplatte ausgestreckt. Er wärmte sich, dann setzte er sich zurück an den Tisch und trank einen tiefen Schluck Rotwein von der Ahr, den der Alte auf den Tisch gestellt und in die Gläser gefüllt hatte. Hieronymus prostete ihm zu und das klang ernst und feierlich.

»Du bist viel allein?«, fragte der Herr.

»Schon, aber das ist nun mal so im Leben. Meine Frau ist tot, die Kinder sind aus dem Haus. Die anderen Alten sind gestorben und die Jungen haben Besseres vor, als zu mir zu kommen.«

»Sprichst Du oft so mit Dir, wenn Du alleine bist?«

»Nee, ich führe keine Selbstgespräche. Ich spreche mit anderen, die nicht da sind. Jedenfalls nicht so, dass Du sie sehen könntest. Das ist, wie mit dem Beten. Auch das ist ja kein richtiges Gespräch. Es antwortet ja keiner. Jedenfalls nicht so, wie man das von einem Gespräch erwartet.«

»Ich kenne das. Meistens hat man nicht einmal das Gefühl, dass jemand zuhört.«

»So, Du weißt das auch?«

»Warum nicht? Das hat sogar der gekannt, dessen Geburt heute alle feiern.«

»Mein Gott, mein Gott, warum hast du mich verlassen?«

Hieronymus munterte den Fremden auf, von dem Weihnachtsgebäck zu nehmen. Er zog den Korken aus der Flasche Ahrwein und schenkte nach.

»Bist Du zu mir gekommen, damit ich in der Heiligen Nacht nicht allein bin?«

Der Fremde lachte. »Keine Angst, ich bin nicht auf Mitleidstour. Im Gegenteil: Ich wollte mit Dir zusammen meinen Geburtstag feiern. Stell Dir vor: Auch ich habe heute Geburtstag!«

»Das ist eine Freude.«

»Du musst wissen«, sagte der Fremde, »Weihnachten ist das Fest der Einsamkeit. Ich komme mir da richtig verlassen vor.«

Hieronymus Hob schüttelte den Kopf: »Du machst Witze.«

»Doch, doch, das ist schon so. Einkaufsrummel, süßliche Musik, rosiges Püppchen im Plastikkrippchen, elektrisches Kerzenlicht-Imitat, Rauschegold-Engelchen in der Luft, betende Gips-Hirten davor.«

»Ich hab da mal eine Karrikatur in der Zeitung gesehen. Spielt der Kleine mit einem raketenbestückten ferngesteuerten Plastik-Panzer unterm Christbaum. Sagt der Vater: »So, nun noch ein atomarer Gegenschlag, dann gehts aber ab ins Bett.«

»Es ist zum kotzen, Hieronymus Hob. Berge von Geschenken decken die leiseste Gemütsregung zu, es wird gefressen bis zum Platzen. Das Klingeln der Registrierkassen schreit zum Himmel.«

»Aber die Kirchen sind doch voll an Weihnachten – und dann die Krippen. Da kann man hingehen. Oder einen trinken, dass es kracht.«

»Sicher, die Kirchen sind voll. Voller als an Karfreitag.«

Der Fremde hielt sein Weinglas gegen das Licht der Küchenlampe.

»In der Krippe ist der, von dem wir eben sprachen, ganz der Erlöser, Der, auf den alle gewartet hatten.«

»Aber das war er doch wirklich, oder?«

»Bist Du da ganz sicher?«

Hieronymus Hob war betroffen.

»Sicher, die Sache war wahrscheinlich so geplant. Wie Du weißt, sollte der Mann nicht mit dem Schwert aufräumen. Von einer neuen und guten Botschaft war die Rede. Nächstenliebe und die Liebe zu Gott seien gleichzusetzen. Einen Bund gebe es nicht nur für ein Volk, sondern für alle Menschen guten Willens. Du kennst doch die ganze Geschichte.«

»Ja, ich kenne sie. Ich weiß, dass sie ihn am Karfreitag ans Kreuz genagelt und getötet haben. Und das soll alles so vorgesehen gewesen. Als Sühneopfer

für Sünden, wie man sagt. Ebenso die Auferstehung, die Erscheinungen, die Aussendung der Jünger in alle Welt. Soweit ist doch alles nach Plan gelaufen.«
»Und dann? Dann kam es genauso, wie es immer gekommen war. Kaum ist der Herr aus dem Haus, tanzt alles über Tische und Stühle. Neue Pharisäer und Schriftgelehrte kamen, getünchten Gräbern gleich. Sie stellten Heere auf, die fortan in seinem Namen töten sollten und diejenigen tatsächlich folterten und ermordeten, die an etwas vorgeblich Falsches glaubten. Sie schaufelten ihm damit ein neues solideres Grab, aus dem es nach drei und mehr Tagen kein Entrinnen gab.«

Hieronymus Hob zog an seiner Pfeife, dann sagte er: »Herr, ich bin anderer Meinung. Sicher hast Du Recht mit dem, was Du sagst. Aber Du vergisst, dass es Leute gibt bis auf den heutigen Tag, die anders denken, reden und handeln.«

»Das stimmt. Und das ist ein Glück. Vielleicht sehe ich heute zu schwarz.«

»Lass uns feiern, Herr.«

Hieronymus Hob hob sein Glas. Dann lachten beide – und tranken.

»Ich bin auch Soldat gewesen und man hat das Geschütz gesegnet, zu dessen Bedienung ich gehörte. Genau so, wie man mit Kreuzen und Weihwasserwedeln auf der anderen Seite hantiert hat, bei den Franzosen und Russen.« Es gab eine Pause. Dann sagte Hob unvermittelt: »Mensch, der Krieg.«

Nach einer Weile begann er erneut: »Ich habe getötet, das ist wahr.«

Wieder zog er an seiner Pfeife und blickte ins Leere. Der Fremde trank. »Es gibt viel, was ich zu bereuen hätte. Beichten gehe ich ja nicht mehr.«

»Richtig! Gut, dass Du es einsiehst.«

Der Herr lachte und prostete Hob zu.

»Meinst Du vielleicht, die Jünger dessen, von dem wir sprachen, seien so fromm gewesen, wie sie auf den Heiligenbildchen abgebildet sind? Nein, das glaubst Du nicht. Und darauf kommt es auch gar nicht an.«

Der Fremde ging zum Herd, bedeutete dem Alten, er solle sitzen bleiben, nahm ein Scheit Holz und legte es nach. Dann nahm er wieder am Küchentisch Platz.

»Die Leute haben mir von Dir erzählt. Erinnere Dich: Was hast Du getan, als die Gestapo den alten Kesternich abholen wollte?«

Hieronymus lachte in sich hinein.

»Ja, Du hast ihn rechtzeitig weggebracht und versteckt gehalten, bis sich die Gemüter wieder beruhigt hatten.«

»Nicht der Rede wert. Das sollte man dem Griescher gutschreiben, wenn es ein Gericht gibt, der hat es vielleicht nötig. Der war Ortsgruppenleiter bei den braunen Säcken. Aber er und kein anderer hat mir gesteckt, dass der Kesternich einkassiert werden sollte. Und er überzeugte die Bonzen nachher davon, dass Kesternich im Grunde nur ein großmäuliger Spinner war, der ihnen nicht gefährlich werden konnte.«

»Und was war, als Du die alte Holzapfel bei Dir aufgenommen hast? Mit Steinen haben sie Dir die Fenster eingeschmissen.«

»Aufgewiegelte Dummköpfe. Aber ich habe den Grohmann, den Spitzbuben, der die Dorfburschen angestiftet hatte, im Dunkeln zu packen gekriegt und verdroschen. Mein lieber Mann, das hat der nie vergessen.«

»Hast Du nicht den Fossels eine ganze Ladung von Deinen Futterrüben vor die Scheune gekippt, als die abgebrannt waren. Ohne dass die wussten, wer das war?«

»Wenn Du so gut Bescheid weißt, Fremder, dann hast Du sicher auch gehört, dass ich mit der Maria Fossel ein ganz außerordentlich heißes Visterenöllchen gehabt habe. Was das ist? Eine Affäre. Wir liebten uns. Mein Gott, wo kommst Du nur her: Alte Liebe rostet nicht.«

»Und wer hat in der Wirtschaft widersprochen und auf den Tisch gehauen, wenn über den alten Beul oder die Schwester Klara hergehalten wurde? Wer hat Langs Paul in Schutz genommen, als sie ihm den Diebstahl bei Schöller anhängen wollten? Wer hat den Pater von Mariawald geholt, als der alte Pastor den Selbstmörder Kaulen nicht beerdigen wollte?«

Der Alte schwieg. Was sollte diese Aufzählung? So gut war er nicht. Das wussten alle. Und das mussten sie auch dem Fremden erzählt haben, der offenbar Erkundigungen.über ihn eingezogen hatte.

»Sicher bist Du das, was man hier einen alten Sünder nennt. Aber ich denke, Du hast begriffen, worum es geht. Und das zählt, mein Freund.«

Der Fremde hob das Glas und lächelte zu Hieronymus Hob herüber. Dann trank er aus und stand auf.

»Du willst schon gehen?«

»Was heißt schon? Bald läutet die Morgenglocke und die Leute gehen zur Frühmesse. Ich will sie nicht mit meiner Erscheinung erschrecken.«

»Aber es gäbe noch viel zu reden.«

»Sicher, Hieronymus Hob, unendlich viel. Und ich freue mich schon aufs nächste Mal.«

»Kommst Du wieder zu mir?«

»Ach was, nächstes Mal kommst Du zu mir. Ich habe da ein Tröpfchen aus meiner alten Heimat, das wird Dir schmecken.«

»Wie komme ich zur Dir?«

»Ich hole Dich ab. Das ist am einfachsten.«

»So, wie ich damals den Griescher am Knast abgeholt habe, als er wieder freikam?«

Der Fremde zwinkerte dem Alten zu: »Adschüss – so sagt Ihr doch in der Eifel?«

Hieronymus Hob lachte: »Adschüss!«

Peter Freppert

Der Martinsschimmel

Zornig wurde der Eifelbauer Eschweg gestimmt, wenn einer ihn fragte, ob er seinen Schimmel nicht verkaufen wolle. Nein, der Schimmel sei nicht feil, um keinen Preis sei er feil, antwortete der Alte grob, kehrte dem Frager den Rücken und ließ ihn stehen.

Am Abend, wenn die Knechte abgefüttert hatten, und alle, die zu dem großen Hofe gehörten, bereits in der Küche um die dampfenden Schüsseln saßen, geschah es nicht selten, dass man den Altbauern vergeblich suchte und zum Essen rief. »Lasst ihn«, sagte Mutter Eschweg dann, und die Leute in der Tischrunde zwinkerten sich zu. Längst wussten sie, dass Peter Eschweg um diese Zeit im Stall bei seinem Schimmel auf der Krippe saß und seltsame Zwiesprache mit dem Pferd hielt.

Ja der Schimmel! Mit dem Schimmel hatte es seine Besonderheit. Er war schon alt, der Schimmel des Bauern Eschweg, und er stand in einer besonderen Box neben den jüngeren Pferden. Wenn diese zur Arbeit angeschirrt wurden, blieb der Schimmel meist unbehelligt. Manchmal nur kam der Altbauer selber, schirrte den Schimmel mit aller Sorgfalt vor das leichte Wägelchen und fuhr mit ihm hinaus. Irgendwohin, wo es eine leichte Arbeit für sie beide gab, öfter aber zum Markt ins nahe Städtchen oder zu einem Besuch bei Verwandten oder Bekannten in den Nachbardörfern. Das könne man mit dem Auto bequemer und schneller machen, hatte sein Eidam einmal gesagt, kurz nachdem sie den Volkswagen angeschafft hatten, es rentiere sich nicht mehr, den Schimmel zu füttern.

Da war er aber bei seinem Schwiegervater schlecht angekommen. »Was weißt denn du von dem Schimmel?«, fuhr der ihn an, und da der Jüngere nichts wusste und nur die Schultern zuckte, erklärte der Alte ihm, dass er sich fortan nicht mehr um den Schimmel zu kümmern habe, der Schimmel aber sein Futter bekäme, solange er, der alte Eschweg, noch ein Wort auf dem Hofe mitzureden habe. »So war es nicht gemeint, Vater«, entschuldigte sich der junge Mann, »aber ich weiß wirklich nicht, was ihr an dem alten Pferd habt?«

»Es ist genug, dass unsere Mutter und ich es wissen!« Ohne ein weiteres Wort ließ Peter Eschweg seinen Schwiegersohn, mit dem er sich sonst sehr gut vertrug, stehen und ging zum Stall, um dem Schimmel ein zusätzliches Maß Hafer in die Krippe zu schütten. Es war ein sonniger Nachmittag im Spätherbst, wie ihn diese Jahreszeit nur noch selten bringt, und draußen auf den Feldern des Hofes drillten sie die letzten goldenen Weizenkörner in die gelockerte Erde. Peter Eschweg aber, obwohl er dieser tröstlichen und doch soviel Vertrauen fordernden Arbeit sonst gerne zusah und sogar manchmal noch mit Hand anlegte, blieb heute bei seinem Schimmel auf der Krippe sitzen. Er freute sich daran, wie das Tier behaglich den gelben Hafer zwischen den Zähnen zermalmte und ihn zuweilen mit seinen klugen Augen ansah.

»Bist auch heute noch ein staatses Tier, ein recht staatses Tier«, redete er auf das Pferd ein und kraulte ihm die Mähne. Die Augen des Alten begannen allmählich zu glänzen. Er sah sich als junger Bursch auf dem Rücken des geschmückten Schimmels an der Spitze eines fröhlichen Zuges in einen klaren Herbstabend hinausreiten. – St. Martin, den wehenden Mantel über der Schulter, auf dem Rücken des jungen, mutig stampfenden Pferdes! – Plötzlich war da ein Mädchen neben ihm und dem Schimmel aufgetaucht, eines mit hellen leuchtenden Haaren und blitzenden Augen. Sie hielt mit dem Schimmel schritt. Als es ihr nach einer Weile zu schwer wurde, fasste sie nach der wehenden weißen Mähne des Schimmels und ließ sich ein wenig ziehen. Vielleicht hätte er ihr die Hälfte seines Mantels geben sollen, so wie es einst der wirkliche St. Martin mit dem Bettler auf der Brücke getan hatte. Aber der wirkliche St. Martin war ein vornehmer Offizier gewesen und der, dem er die Mantelhälfte schenkte, ein armer Teufel. Hier aber verhielt es sich umgekehrt. Der arme Teufel war er, Peter Eschweg, obwohl er den St. Martin darstellte. Nicht einmal der Mantel um seine Schultern gehörte ihm, und er konnte ihn deshalb auch nicht durchschneiden. Jene aber, die da neben ihm dahinschritt und sich mühte, mit dem Schimmel Schritt zu halten, hätte die Mantelhälfte wohl auch nicht angenommen, denn sie hatte ganze Mäntel und schöne Kleider genug in den gefüllten Truhen ihres väterlichen Hofes, dessen einzige Erbin sie war. Nein, es ging nicht an, der Hoftochter Brigitt die Hälfte eines geborgten Mantels zu schenken. Überhaupt konnte er ihr nichts schenken, einen solch armen St.

Martin hatte sich das Dorf in ihm ausgesucht. Er war sehr betrübt darüber, und als das Mädchen immer noch so tapfer neben dem Pferd hinschritt, fiel es ihm ein, dass er sich wohl seiner Armut wegen bei ihr entschuldigen müsse.

»St. Martin ist arm«, sagte er leise, indem er sich zu ihr hinunterbeugte, soviel nur, dass sie ihn verstehen konnte und die Nachfolgenden es nicht merkten. »Ihm gehört nichts als sein Schimmel«, fügte er noch leiser hinzu. Bei Gott, er hatte die Wahrheit gesagt. Als Peters Vater, der ein geplagter Fuhrmann war, von der schweren Holzfuhre zu Tode gedrückt wurde, blieb nach dessen Beerdigung seiner Witwe und dem Sohn nichts als das junge Pferd, das der Vater kurz vorher gekauft hatte, der Schimmel! Hinzu kam die Sorge, wie sie ihn durchhalten sollten.

Die Gemeinde hatte ein Einsehen mit der geplagten Frau in der Fuhrmannshütte, und Peter Eschweg, der wegen seiner Jugend die schweren Waldfahrten, mit denen sein Vater die Familie ernährt hatte, noch nicht machen konnte, bekam von ihr für ihn und seinen Schimmel leichte Fahrten zugewiesen; und als der St.-Martins-Tag heranrückte, meinte der Bürgermeister, dass man gar keinen besseren St. Martin finden könne, als Peter Eschweg mit seinem Schimmel. Da die Gemeinde ihn dann ebenfalls entlohnen wollte, schlug Peter Eschweg ein. Man kannte bald im Dorf nicht mehr anders, als dass Peter Eschweg als St. Martin auf seinem Schimmel alljährlich den Martinszug anführte. Zuerst war Peter ein sehr schmaler und knabenhafter St. Martin. Mit den Jahren aber entwickelte er sich zu einem sehnigen, kräftig und gradgewachsenen Burschen, der stolz auf dem Rücken des ebenso stolzen Pferdes saß. Ein schöneres Bild konnte es nicht geben als Peter Eschweg als St. Martin auf seinem Schimmel.

Das dachte Brigitt wohl damals auch, als sie neben ihm herschritt. Als er von seiner Armut redete, hatte sie zu ihm aufgeschaut; eben unmerklich für die anderen, wie er sich zu ihr hinabgebeugt hatte, vernahm er, kaum hörbar: »Ich bin reich genug für uns beide!«. Ehe er etwas erwidern konnte, hatte sie die Mähne des Pferdes losgelassen und war unter die Zuschauer verschwunden.

Erst einige Tage später sah er Brigitt wieder. Er hatte es sich nicht einfallen lassen, das Wort, das sie ihm am Martinsabend zugeflüstert hatte, ernst zu nehmen. An diesem Abend war ein Scherz wohl erlaubt, und er dachte nicht daran, in der Äußerung Brigitts mehr zu sehen als eine der bekannten Launen,

mit denen sie auch ihre reichlich vorsprechenden Freier, die reichen Bauern-
söhne aus der Umgebung, oft genug foppte und nicht selten an den Rand der
Verzweiflung trieb.

Brigitt aber hatte es anders gemeint, und gegen die Meinung des sehr eigenwil-
ligen Mädchens vermochten auch die Einwände ihrer Eltern nichts. Es verging
kein Jahr mehr und Peter Eschweg zog mit seinem Schimmel auf das Hofgut
um. Er selbst als Eidam und der Schimmel als Kutschenpferd seiner jungen Frau
Brigitt.

»Nun, sie hat es nicht zu bereuen gehabt, die Brigitt«, schloss der Alte laut
den Gang seiner Erinnerungen. »Nicht zu bereuen gehabt mit uns beiden.« Er
gab dem Tier einen letzten freundschaftlichen Klaps und ging hinaus.

Als Peter Eschweg die Stalltür öffnete, stieß er fast mit seiner Frau zusammen.
»Da ist der junge Hölzer«, sagte sie und zeigte auf einen jungen Burschen, der
ein wenig verlegen neben ihr stand. »Er meint, ob er den Schimmel zum Martinstag haben könnte.« »Allemal«, Peter Eschweg nickte zufrieden vor sich hin.
»Der Schimmel gehört zum Martinszug wie der St. Martin selber, und da fragt
mich mein Eidam noch, warum ich den Schimmel füttere. – Komm Brigitt,
schau ihn dir an, unseren Schimmel, er ist immer noch staats, sehr staats«. »Wie
auch der ehemalige St. Martin staats geblieben ist.« Frau Brigitt lächelte ihrem
Mann zu, und dann gingen sie beide hinein und standen bei dem Schimmel
und streichelten das glatte Fell des Tieres.

Wilhelm Hay

Zwei Tage vor der Weihnacht

In dem sonst so friedlich stillen Dorf herrschte seit vierzehn Tagen große Erregung. Wie ein Alp lag es auf allen Herzen. Die Haustüren waren meist geschlossen. Die Frauen, die in Stall und Scheune zu tun hatten, spähten ängstlich umher. Wenn das Halsenbachs Lieschen zur Schule ging, rief es stets ein paar Freundinnen an, und auf dem Weg fassten sich die Mädchen fest an den Händen. Der Lehnen Klaus aber pfiff recht laut, so oft er an dem großen Scholtespäsch vorbeiging, um die Angst nicht aufkommen zu lassen. Dicke Nebelschleier lagen schwer auf Dorf und Flur. Selbst die Männer waren nervös.

Es hatten nämlich einige Frauen, als sie auf dem Nikolausmarkt im Moselstädtchen »den Niklos bestellten«, außer Weckhasen und Plätzchen noch eine Neuigkeit mitgebracht. Am Abend, als die Kinder mit frohen Gesichtern hinter dem Tisch saßen und Nüsse knackten, da hatte die Schusterkathrein, die am Dorfrand wohnt, plötzlich eine ernste Miene und einen Finger gemacht: »Kenner, Kenner, holt euch in acht, de Buschwitt es widder do!« Da machte das vierjährige Mariechen, das gerade einer Weckdutz den Kopf abreißen wollte, große Augen und vergaß das Kauen, die anderen Kinder verzogen das Gesicht zum Weinen; jedoch der Fips drehte den Kopf zur Tür und knurrte leise.

Am andern Morgen aber war wie ein Gespenst die unheimliche Kunde von Haus zu Haus gegangen: Der Buschwitt sei wieder da! Gar auf die umliegenden Orte drang diese Nachricht, erregte Herzen und Nieren, und selbst in Gillenbeuren, das doch am Weltende liegt, wuschen und waschten die Frauen hastiger an dem alten Brunnen, schauten über die Wasserwiese, patschten und baschelten: »De Buschwitt, de Buschwitt es widder do!« –
So hatte es auch Oswald, der Primaner, erfahren, als er frohgemut in Nacht und Nebel von der zwei Stunden entfernten Bahnstation seinem Heimatdorf zuschritt. Dass er fleißig und sittsam gewesen und allerlei Neues gelernt habe, trug er schwarz auf weiß in seiner Tasche. Unendlich weit und schön dünkte ihn die Welt und die Ferienzeit kam ihm schier endlos vor. Da hatte ihm der

Wirt im »Waldfrieden« an der Straße die Neuigkeit erzählt, und zuhause hörte er es gleich noch einmal: der Buschwitt sei wieder da. –

Der »*Buschwitt*« war ein alter Mann mit langem, schneeweißem Bart, aber noch sehr rüstig. Wenn er mit bedächtigem Schritt würdig daherkam und in salbungsvollen Worten sprach, hatte er etwas Ehrwürdiges an sich; man hätte ihn für einen Gottesmann aus alter Zeit halten mögen. Nur wenn man ihn in der Nähe sah, erschrak man vor dem unheimlichen Feuer der Augen und dem unsteten Blick. Unstet und unheimlich war auch sein Leben und Tun. Im Dorf geboren, hatte er früh eine Verbrecherlaufbahn begonnen, den Gerichten manchen Knoten geknüpft und den größten Teil seines Lebens hinter Gitterstäben verbracht. In stillen Stunden aber erwachte auch in diesem Menschen die Sehnsucht nach der Heimat, und war er für kurze Zeit der Haft entronnen, dann tauchte er eines Tages im Dorf auf; irgendwo schien er noch ein Hausrecht zu haben. Oft sah man ihn jahrelang nicht; jedes Mal aber wenn er kam, legte sich ein Druck auf die ganze Gegend. Mit äußerer Freundlichkeit und innerem Zittern gaben ihm die Hausfrauen Eier, Speck und Brot, so oft er mit einem Korb am Arm erschien. Vor dem Schlafengehen aber musste der Vater noch einmal nach dem Stalle sehen; die Mutter schloss selbst die Haustür und schob den Riegel vor. Und das war berechtigt und gut. Denn schon manches Huhn, manch' Lamm oder Zicklein war in solchen Zeiten des Nachts verschwunden; und manches Kälbchen hatte von des greisen Mannes Hand eine »Witt«, das ist ein weidener Strick, um den Hals bekommen und hatte hinter einem Busch sein junges Leben lassen müssen; »*Buschwitt*« war so der rechte Name.

Am liebsten kam der Buschwitt in seine Heimat, wenn die Krähen schrien und Schneewolken am Himmel hingen. Dieses Jahr hatte der Allerheiligensommer recht lange gedauert; dann waren nasse, nebelige Wochen gefolgt. Um St. Thomastag aber war es auf einmal kälter geworden; »'s ist Schnee in der Luft!« rief der Mertesbauer seinem Nachbarn, dem Schullehrer, vom Holzplatz zu. Und als in der Frühe, zwei Tage vor Weihnachten, der alte Küstermatthes die Morgenglocke zu läuten ging, weckte er Sophie, seine Frau, und zeigte zum Fenster: »Frau, guck emol, et leid kneehuch Schnie; dat es schien, esu moß et sein am heiligen Chresttag.« Die Küstermutter aber machte ein verdrießliches Gesicht, sie liebte den Schnee nicht sonderlich, in einer Stadtgasse war sie zur

Welt gekommen. Der Matthes aber läutete heute noch einmal so lange wie sonst. So schön war dieser Morgen im ersten Schnee! Das Rorateamt war stark besucht, auch die Entferntesten scheuten nicht den Weg.

Oswald, der Primaner, wohnte nahe bei der Kirche, und doch hörte er heute morgen nicht läuten. Das hatte er immer so gehalten: am ersten Ferientag schlief er sich mal wieder aus im heimatlichen Bett; auf diesen Genuss freute er sich schon lange im voraus. – Nun stand er am Fenster und schaute in die prächtige Winterlandschaft hinein. Draußen musste es recht kalt sein; ein scharfer Wind heulte um den Giebel des alten Hauses, wehte den Schnee am Wegrand zusammen, und noch immer wirbelten weiße Flocken zur Erde. Erwachsene sah man nicht, nur die Kinder gingen zur Schule, bewarfen sich mit Schneebällen, hatten vergessen, dass »der böse Mann« im Dorfe sei, und sangen ganz unbekümmert:

»Es schneit, es schneit,

O fröhliche Zeit …«

Halsenbachs Lieschen hatte ja am Morgen im Bettchen der Mutter die Arme um den Hals geschlungen und gefragt: »Gelt, Mutter, morgen und wenn wir dann nochmal ausgeschlafen haben, ist Christtag?«

Oswald wäre am liebsten gleich hinuntergelaufen, um sich mit den Kindern im Schnee zu tummeln; doch ein Primaner, ein Primaner! Da hielten gerade die Kinder inne im Spiel und Singen. Eine Frauengestalt kam aus einem Seitenweg; unter dem einen Arm trug sie einen kleinen, weiß gestrichenen Sarg und in der Hand ein weißes Holzkreuz, so wie sie auf den Eifeler Dorfkirchhöfen an den Kindergräbern stehen. Sie ging langsam, und der Kampf mit dem Wetter schien ihr viel Mühe zu machen. Der Sturm war heftiger geworden und schmiegte der Frau das schneenasse Kleid eng an den schmalen Körper. Die Schneeflocken fielen noch dichter und schienen die ganze Gestalt einhüllen zu wollen. Als sie mit der Hand das Haar zurückstreichen sich bemühte, entfiel ihr das weiße Kreuz; ein kleines Mädchen lief hinzu und hob es auf, die Frau fasste es fester und suchte schneller zu gehen. – Da sah Oswald ihr Gesicht, nur für einen Augenblick. Das erschien ihm angstvoll und unsagbar traurig. Eine Weile stand er noch sinnend am Fenster, als die Frau schon in der Richtung nach dem nur wenige Minuten entfernten Weiler verschwunden war. Die Kinder stimmten ihr Lied wieder an, da ging der »Student« hinunter.

Als er später frug, wer die fremde Frau sei, schien man seine Frage zu überhören. Erst als die Schwestern hinausgegangen waren, erzählte ihm die Mutter: Die sei mit dem Buschwitt gekommen, sei erst zwanzig Jahre alt und könne auch gut deutsch sprechen, es sei ein schlechtes Mädchen. Mehr sagte die Mutter nicht, und es war auch nicht lieblos gesprochen. Oswald aber hatte verstanden und es griff ihm tief ins Herz. Den Tag über, wenn der Sturm vor seinem Fenster im Garten heulte und an der alten Eiche die Zweige vor Kälte und Schneelast knackten, dann meinte er manchmal das Wimmern eines Kindes zu hören und sah eine Frau mit Schneesturm und Gedankenwirbeln kämpfen; und sah eine Mutter, die selbst den Sarg für ihr Kind hatte besorgen müssen.

Das war des Primaners Oswald Erlebnis am zweiten Tag vor der Weihnacht. Am anderen Morgen, als der Küstermatthes zur Messe läutete, war Oswald schon wach. Denn wenn er am ersten Ferientag sich ausschlief, so besuchte er am zweiten ebenso gewiss den Gottesdienst in seiner Dorfkirche. Auch darauf freute er sich immer schon lange vorher. Da in dem schlichten Kirchlein seiner Heimat mit den alten Heiligenbildern und den Linden vor der Tür war es viel schöner als in der großen Stadtkirche auf dem kahlen Platz, wo der Priester in unnahbare Ferne gerückt schien und wochentags so wenig Menschen drin waren. Und wie als Kind, so betete er auch heute noch: »Lieber Gott, lass mich meine Heimat immer recht lieb behalten!« – Als der Sturm an den Kirchenfenstern rüttelte, sah Oswald draußen wieder die Flocken tanzen; da fiel ihm das Erlebnis von gestern ein, und unwillkürlich formten seine Lippen die Worte: »Herr, tröste die fremde Frau!« – Das war das erste Mal, dass er die Gemeinschaft bewusst empfunden, ein fremdes Schicksal ihm ans Herz gegriffen und dass er für einen fremden Menschen gebetet hatte.

Draußen an der Kirchentreppe, auf einem Stuhl, stand indessen schon der kleine, weiße Sarg, dahinter die Mutter mit zwei Frauen aus dem nahen Weiler, die damals – es war kurz nach Nikolaustag – der Fremden beigestanden hatten, als sie Mutter wurde. Wieder schienen die Flocken die zarte Gestalt einhüllen zu wollen. Das kleine Holzkreuz trug jetzt eine ihrer Begleiterinnen, die andere hielt eine Kerze; sie beteten leise.

Die Leute verließen die Kirche und gingen rasch an der Gruppe vorbei; die Frauen schlugen sich den Oberrock von hinten um den Kopf, um sich gegen

Schnee und Mitleid zu schützen, die Männer machten empörte Gesichter und stampften fester den weiß-unschuldigen Schnee. Schon zählte die Kirche die Stunden, bis das himmlische Kind käme und den Frieden brächte auf die Erde; doch ihre Gläubigen hier bedachten nicht, dass auch diese Fremde guten Willens sein könnte. –

Oswald hatte sich zu der Gruppe gesellt, als ob das selbstverständlich wäre. Da kamen die Kinder aus der Kirche; für ihre kleinen Gedanken war heut am Vorchristtag das Gotteshaus doch nicht groß genug. Gewohnheitsmäßig stellten sie sich in zwei Reihen vor dem Sarg auf; Kinder stehen ja noch diesseits des Bösen, denken noch groß von allem Tun der Großen und fragen nicht. Auch zwei ältere Jungfrauen hatten sich in unbewusstem Mutterempfinden dem Zuge angeschlossen. Diese trugen nun abwechselnd den Sarg nach dem vor dem Dorf liegenden Friedhof. Nur mehr ein feiner Schneestaub füllte die Luft und ein weicher Wind überwehte das Wintergelände. Der Geistliche, ein schon älterer Mann, änderte nicht die Züge, die ein gütiges Herz und viel Denken verrieten; ein großes Verstehen und ein großen Verzeihen lag auf seinem Gesicht. Der alte Küster aber in schwarzem Talar und Sammetmütze blickte streng wie ein Richter; beinahe hätte ihm dieser »Fall« die Weihnachtsfreude verdorben. –

Der Friedhof mit der lebenden Hecke und den hohen düsteren Tannen bot einen feierlich-ernsten Anblick; die Äste hingen unter der Schnee last tief herab, so als laste ein Verhängnis über der Stätte und der kleinen Menschengruppe, die da an dem schmalen Grabe stand. Es war aber jetzt kein Schnee mehr in der Luft, unmerklich fast ging der Wind. Und als der Totengräber, der immer sehr nachdenklich ging und manchmal laut vor sich hinsprach, den weißen Sarg ins Grab stellte, da wurde es mit einem Mal heller. Die Wintersonne strahlte durch die Wolken, ganz zaghaft, mild; strahlte hinunter bis auf den Kindersarg im offenen Grab, und ein Schimmer kam von da herauf und blieb auf dem Gesicht der jungen Mutter haften. Und die Fichten rauschten leise, ihr tröstend ins Herz. Die Kinder aber vernahmen schon Engelgesang, sahen einen Lichterbaum und gefüllte Teller; hatte doch Lieschens Vater am Morgen den Christbaumständer vom Speicher geholt; und in der Kirche auf der Jungenseite stand schon der Krippenkasten, daraus hatte Schäferchriste Peter während der Messe einen Engelsflügel und ein Eselsohr hervorgucken gesehen. – Oswald hingegen kamen die Tannen, die schon auf viele Tränen und zu Grabe getragene Hoffnungen niedergeschaut hatten, wie die Verkörperung der Tragik vor; das geheimnisvolle Raunen der Wipfel jedoch sagte ihm, dass es etwas gebe, was dem Menschen hinweghilft über alles Erdenleid und alle dunklen Wege. Ein fester Glaube an das Leben, an göttliche Fügung und Führung senkte sich tief in sein Herz.

Das erlebte der Primaner am letzten Tag vor Weihnachten und außerdem dies: Zum ersten Mal in seinem Leben hatte er eines andern Menschen Schicksal mitleidend empfunden und dieses Mitgefühl auch nach außen gezeigt. Das kam ihm auf dem Heimweg vom Friedhof zum Bewusstsein, und da erst fiel ihm auf, dass so wenig Menschen bei diesem Leichenzug waren. Mit seinen Gedanken beschäftigt, merkte er gar nicht, wie die Leute im Dorf ihn groß anschauten und verwundert sich frugen: Was hat denn d e r mit diesem schlechten Menschen zu schaffen? … Er aber hatte das Gefühl, als habe er heute seine erste Mannestat vollbracht. –

Noch an demselben Tag soll die fremde Frau fortgegangen sein, wer weiß wohin. Auch den Buschwitt sah Oswald in diesen Ferien nicht. Später ist er noch oft allein wiedergekommen.

Manfred Lang

Der Danz vom Räuber Horrifikus

Nach Karl Heinrich Waggerl in Nordeifeler Mundart übertragen

Ess Ovends nodemm se sich et ieschte Mohl jereiß hatte, wollt Josef mött de Senge widdetrecke. Häer kroosch sich äve noch der Ößel unn rett böss hönget de ieschte Hövvel für de Wäesch ze erkunde.

»Et kann doch nett mie esu fäer senn böss noh Ägypten«, daht häer.

Bönnet demm blevv de Mutterjoddes mömm Köngk alleen onget enem Struch en de Wüste setze, unn doh passiert et, datt enne jewösse Horrifkus des Weeschs kohm. Unn der wohr witthenn als de schlömmste, de fürchterlichste Frengel va Räuber in de janze Wüste bekannt.

Sujahr et Jras laht sich van alleen flaach an de Boddem, wenn häer des Wäeschs kohm – die Paleme zeddete unn wurpe ihr Dattele alleen unn freiwillig aff unn ömm, dämm Horrifikus, van ove en dr Hoot erenn. Unn sujar de stärkste Löwe trook de Stetz enn, wenn e och nur va väersch die ruede Botz vam Räuber Horrifikus sooch.

Sebbe Metze unn Döllech hatt e em Jüert, jede su schärep, datt e sujar de Wöngk demött dörchschnegge konnt, unn an senge lenke Sitt heng enne Säbel, der nannten se »De krommen Duert«, unn öve de Scholde hatt e en Keul bommele, die wohr mött Skorpiunsstätze jespeck.

»Ha«, reef der Räube unn ress et Schwert uss de Scheed.

»Jooden Ovend«, saht die Motte Maria höesch: »Böeck nett esu laut, der Kleen schlööf.«

Dämm schrecklije Räuber verschlooch et de Sprooch, als e su ahnjekallt wuhr, häer hollt uss unn köpp enn Destel mött sengem »Krommen Duert«.

»Ich benn dä Räube Horrifikus«, lespelt e: »Ich hann att 1000 Mensche ömmbraaht …«

»Jott soll de vezeije!«, saaht Maria.

»Loss mich usskalle«, vespelt der Räuber höersch: »… unn klee Köngde wie et denge, die brooden ich am Spieß!«

80

»Schlömm«, saht Maria: »Äve noch schlömme öss et, datt Du lüschs!«

Bönnet Maria datt saht, laach jett em Jebüsch unn dä Räube sprong en de Luff für Jöff unn Schreck: Noch nie hatt et enne jewaach, enn senge Jäjewart ze laache. Jekechert hatten äve nuer die kleen Engelche, em ieschte Schreck wooren se flöck en die Äss van dem Struch jeflooche.

»Kann et senn, datt Ihr jarken Angss für mir hatt?«, frooht der Räuber kleenlaut.

»Ach Broode Horrifikus«, säht Maria du: »Watt böss Du bloß für enne löstije Mann?«

Datt jeng dem Räuber böss an et Häzz, denn, ömm de Wohrheet ze saache, datt Häzz va Horrifikus wohr en Wohrheet weech wie Waahs.

Als häer sellevs noch en de Wöngdele looch, kohmen de Löck att jeloove unn entsatzten sich: »Wieh sitt der dann uss? Luhr de der ahn«, saahten se: »Sitt der nett wie enne Räuber uss?«

Späde, als häer jrüdde wuhr, kohm jar kenne mie: Se leefen all fott van ömm, wenn sen bloß sooche unn schmessen alles höngett sich, watt se beij sich drooche. Unn Horrifikus lövv jarnett schläech drbeij, obwohl häer jar kee Bloot sehn unn komm e Hohn am Spieß broode konnt.

Darömm däht et ömm och enn de Siel joot, datt e endlich enne fonge hatt, der kenn Angss für em hatt.

»Ich mööch Dengem Jöngelche jett schenke«, säht der Räuber, »bloß hann ich leider nühs wie lutter jeklaut Zeuch beij mir. Äver wenn et de räesch öss, dann well ich jett für der Jong danze.«

Unn du danz der Räuber Horrifikus für dämm Köngk unn kee lebendisch Wesen op de Äerd hätt jemohls esu jett jesehn. Sengen Säbel, der »Krommen Dued«, hoff häer öve senge Kopp wie die sölvene Sechel vam Moond, unn seng Been jengen esu flöck unn esu elejant wie van ene Antiloop unn häer bewäesch se esu seche unn jeschwöngk, datt me se jar nett mie zälle konnt.

Dann wurep häer mött eenem Mohl all seng sebbe Mäzze unn Döllech enn de Luert unn sprong dörch der zeschneddene Wöngk unn fehl, wie en Zong uss Führ, wedde eraff. Häer danz esu jekonnt unn manierlich, häer wohr dobeij prächtisch unn elejant zejlich ahnzeseehn mött senge Uhrrengele unn dämm jesteckte Jüert unn denne Föddere am Hoot, datt sujar die Jungfrau Maria jett Jlanz en ihr Ohre kroosch unn se lüerte dääte.

81

Och die Diere uss de Wüste kohme jeschleche, die staatse Uräusschlang unn die Spröngmuus unn dr Schakal, allemohl stallten se sich em Krees op, für dämm Horrifikus zozeluure unn dobeij kloppten se mött ihre Stetze dr Takk en de Sangk.

Schleeßlich wohr dr Räuber mukk – unn sack mööhtjedanz für de Föhs va Maria enn sich zesamme – unn schleef tirecktemang enn.

Josef unn seng Famelisch wohren att längks wiggejetrocke, als Horrifikus endlich wedde waach wuhr. Häer stond op und trook noch jett benomme senges Wähschs.

Et duehrt net lang, als häer merk, datt kenne mie Angss für ömm hatt. Die Spröngmuss hatt överall erömm vezallt, datt häer en Wirklichkeet e weesch Häzz hääv. »Führ dämm Köngk hätt häer esujahr jedanz«, däht die Schlang erömm zische.

Horrifikus blevv en de Wüste, hätt äve senge fürchterlije Name affjelaat und öss op sengen ahlen Daach enne mächtije Hellije woore. Et soll äve net veroode wäre, wie der Hellije em Kalende heesch.

Wenn äve enne von Üch jett ze vebärje hääv, äve se Häzz wöhr weesch bleffe dobeij, dann soll e sich trüeste losse. Jott widd ömm eenes jooden Daaches wäjen demm Köngk jenau esu vezeije wie dem jruuße Räuber Horrifikus.

Maria Homscheid

Die Guath

An einem späten Adventstag saß die Guath, die Großmutter, im webenden Dämmer der Eifelstube und strickte. Sie konnte ihr Gesetzlein auswendig, aber ihre rindengrauen Altweiberfinger hatten doch viel Mühe mit dem Stricken; denn sie waren gicht- und alterssteif. Und mit achtzig wollen auch die Augen nicht mehr recht dienen.

Ganz rauhfädige Wolle war es, die die Guath von einem ziemlich protzigen Knäuel abstrickte; und diese Wolle stammte von den bräunlichen Schafen, die sommers an den Hängen der Maare weideten. Sie war gewaschen in den wilden Wassern der Kyll und getrocknet von dem noch wilderen Eifelwind. Gesponnen war sie auf dem Spinnrad, das augenblicklich jedoch stumm und still im Stubenwinkel stand, und zwar von der Maarei, der Schwiegertochter.

Für wen die Guath nun strickte, so rührend mühselig sorgfältig strickte? Alle im Hause wussten es, aber keiner durfte ihr auch nur eine Masche stricken. Das litt sie nicht. Großmächtig war der grobe Graustrumpf, schon bis zum Füßling gediehen, und fast konnten ihn die altersschwachen Hände nicht mehr regieren. Aber sie taten es doch und taten es mit merkwürdig liebevoller Sorgfalt, obwohl ein völlig der Umgebung, ja der Gegenwart abgewandtes Sinnen in dem Runengesicht der Guath stand.

Sie war allein in der Stube, und niemand störte sie. Nur die alte Uhr ging und trug ihr gleichmäßiges Ticktack durch die Stubenstille. Der Gang war alt und geruhig wie die Guath selber, war ihr vertraut seit den Jugendtagen und gab den rechten Rhythmus zu ihrem ewigkeitsnahen Sein und Gedankengang. Auch die knisternden Buchenklötze im Ofen sprachen seit alters her dieselbe heimelige Sprache.

Als dann die Stubentür ging, fuhr die versunkene alte Strickerin zusammen. Es war der Sohn, der hereinkam, der Bauer. Er suchte im Wandschrank nach Tabak, stopfte sich den Stummel am Tisch und schaute der alten Mutter ein wenig zu. Und da geschah es, dass mit einem Mal in seine hart gekerbten Züge ein merkwürdiger, beinahe weicher Ausdruck kam. Ach die Mutter! Dass sie es immer noch nicht wahrhaben wollte, dass sein jüngster Bruder, der Mechel, nie mehr wiederkommen würde!

»Modder«, sagte der bereits grauhaarige Sohn, »macht Euch doch nicht so müd'! Lasst ab von dem Stricken!« Die Mutter schaute ihn an, als wenn sie von weither zurückkomme und sagte: »Heute werden es zwölf Jahr, Häns!« – »Ja, Modder«, antwortete der Sohn, bückte sich zur Ofentür und purrte eine Glühkohle in seine frisch gestopfte Pfeife. Er wollte der Mutter nicht in die Augen sehen, nein, er konnte ihr nicht hineinsehen. In den Augen, in denen das alte Herz bebte, das immer noch trauerte.

»Häns, wenn er diesen Christtag käm' …« murmelte sie. »Weilen hab' ich bahl das zwölfte Paar fertig für ihn.« – »Plagt Euch doch nicht so, Modder«, sagte der Sohn und es schwang Zärtlichkeit in der rauhen Stimme. Inzwischen rauchte er heftig seinen Stummel leer, schaute auf die alte strickende Mutter und schaute zu den kleinen Fenstern hinaus über die winterkahlen Höhen. Dann sagte er: »Weilen muss ich füttern gehn!« klopfte seinen Stummel aus und ging.

Wenige Worte, aber viel Verstehen! So waren sie, diese Eifelmenschen. Draußen indessen kämpfte der wenige Tag um sein Leben. Er wollte noch gern zu den kleinen Fenstern herein, um der Guath zu Willen zu sein, aber die düsteren Weidenbäume davor machten es ihm schwer. Hui! kam auch noch der Wind dazu. Kam jetzt aus dem Islek und rollte Wände von Graugewölk heran. Da sah man bald nichts mehr.

Die Guath ließ ihr Gestricktes sinken. Nein, sehen konnte man nun nicht mehr; man verlor nur die Maschen. Sie schaute hinaus. »Der Wind aus dem Islek, der bringt Schnee«, sagte sie vor sich hin.

Im Hausflur gab es Füßegetrappel. »Wupp!« flog die Stubentür. Ein Jungschwarm stürmte herein. Drei Buben und ein Kleinmägdlein. Dahinter kam, den Braus dämpfend, die Bäuerin, die Mutter. Und noch etwas kam mit herein: Eine Woge von gutem Backduft und Äpfeln, Bergfrische und Tannenwald. Den Backduft brachte die Bäuerin mit vom Backofen, wo sie Christwecken buk; Höhenfrische und Tannenatem brachte der Jungschwarm mit aus dem nahen Fichtelwald, wohin er ausgeschwärmt war um Tannenzapfen.

»Hach! was riecht es hier nach Christtag! Fein!« stellte der Älteste fest, und alle vier schnüffelten genießerisch. Sie waren schon am guten Ofen und wärmten die roten Hände. »Ich hab' das Christkind gesehen im Wald!« tat das kleine Mädchen geheimnisvoll. »Ich auch … wir zwei!« bekräftigte ernsthaft der jüngste von den Buben, der kleine Mechel. »Doh, es gibt ja …« lachten die zwei anderen, bekamen von der Mutter einen Puff und waren still. Dann mussten sie in den Stall, um dem Vater beim Futter machen zu helfen. Die beiden Kleinen blieben bei der Guath, um mit ihr wie jeden Abend den Adventsrosenkranz zu beten.

Auch die Jungbäuerin begab sich nun wieder hinaus, und als sie jetzt die Stubentür öffnete, war dem Duft, der nun hereinströmte, dicker Schwaden von warmem Viehfutter beigemischt. Aber auch der roch gut, roch nach Sonne und Klee und Korn.

Eine kurze Weile war es nun still in der Stube. Die Uhr schlug. Trautsam und gewichtig. Und der Schlag ging wie der Schritt eines der heimeligen Gemütlichkeit dieses Hauses zu gehörenden Menschen durch die Stille. »Weilen beten wir!« bestimmte die Guath und fing an. Den freudenreichen Rosenkranz. Aber die Guath verkam mitunter darin und band dann und wann etliche Rosen aus dem Schmerzhaften hinein. Das hatte nicht so sehr seinen Grund in einer gewissen Altersschwäche der Gedanken, als in der Gewohnheit der Guath, ihr ganzes Leben lang mehr und lieber den Schmerzhaften gebetet zu haben.

»Guath«, sagten nachher die Kinder, »wir haben die Gesetze verkehrt und durcheinander gebetet!« – »Das schadet nichts«, tröstete die Guath, »der liebe Gott wird sie sich schon legen!«

Nun aber musste sie erzählen. Der Bub lag schon ausgestreckt auf den Dielen im Feuerschein und bettelte: »Guath, vom Vater und vom Ohm Mechel, wie die noch so klein waren wie wir!« Das Mädchen holte sein Schemelchen herbei und hockte sich am Knie der Guath nieder und schmeichelte: »Vom Christkind, Guath«, gewahrte den Strickstrumpf auf Großmutters Schürze und fragte interessiert: »Habt Ihr 'weil den letzten Strumpf fertig für den Ohm Mechel?« – »Ja, Engelchen, bahl«, beschied es die Guath, »aber wofür sagst du den letzten?« – »Ei, dofür! Zwölef ist doch en Dutzend, und zwölef Paar hat er doch nau fertig, der Ohm Mechel … Weil kann er heimkommen!« meinte der kleine Altklug.

85

Die Guath seufzte und wiegte den weißen Scheitel her und hin und war auf einmal wieder wie ein Mensch, der mit seinen Gedanken auf der Suche ist nach einem anderen Menschen, weit fort in ungekannten Fernen. Dieser Mensch aber, den die bald Achtzigjährige in Gedanken beständig suchte, war sicherlich längst tot: Ohm Mechel, der jüngste Sohn der Guath. Die Kinder wussten von ihm und glaubten mit der Guath, dass er eines Tages doch noch wiederkehre. Er war als Reiter in den Krieg gezogen, in den großen, großen Krieg. Da war eines Tages eine Karte zurückgekommen. »Vermisst« hatte darauf gestanden, wie auf tausend anderen Karten und Briefen damals. Vermisst! Dieses Wort, hinter dem unsichtbar tausend schreckliche Möglichkeiten und unerforschliche Geheimnisse standen. Die Kinder hörten es, seit sie sich der Welt bewusst geworden waren, und stellten sich etwas unerhört Schlimmes und Trauriges darunter vor; denn die Guath weinte fast immer noch, wenn sie es so vor sich hinmurmelte. Vermisst! Nie wieder war Kunde gekommen, aber die alte Mutter hoffte immer noch. Keines widersprach ihr. Und jedes Jahr zu Weihnachten strickte sie ein Paar Strümpfe für ihn, damit er doch Strümpfe habe, wenn er käme. Man ließ sie gewähren. Und dies Jahr nun war ein Dutzend voll geworden. Elf Paar lagen gut aufgehoben in der Truhe, und in jedem Paar war ein blankes Silberstück aus der Vorkriegszeit verborgen. Das sollte dann eine Überraschung für den Heimgekehrten sein. – Das war das Geheimnis der Guath. Keiner wusste darum.

»Guath, je, verzähll!« mahnten und drängten die Enkel aufs neue. »Vom Krieg oder von der Christnacht in Prüm oder in Himmerod, damals!« – Der Bub hatte die Ofentür einen Spalt geöffnet und hin und wieder tastete sich ein heller Schein durch die dunkle Stube, traf bald die paar Bilder an den Wänden, bald das Spinnrad im Winkel, das jetzt einen schimmernden Flachsrocken trug, bald den weißen Scheitel der Guath. Und dann war es am schönsten! Paar Rotäpfel aus dem Halenbungert, die die Mutter vorhin heimlicherweise auf den Taken gelegt hatte, fingen mit einem Mal an zu pruzzeln. Was für einen märchenhaften Duft sie gaben!

Da begann die Guath zu erzählen. Aber nicht vom Krieg. Sie erzählte die alten Geschichten und Christsagen des Eifellandes, die schon, wer weiß wie oft, Mütter und Großmütter in dieser alten Eifelstube erzählt hatten, wenn der

Winterwind durch den Advent ging, über die einsamen Höhen brauste und die Eifelwälder bog. Und die altersschwachen Hände der Guath lagen zärtlich auf dem groben Graustrumpf, den sie zum Christabend fertig haben wollte.

* * *

Als nun die Weihnachtsglocken gingen, lag Schnee im Eifelland. Viel Schnee. Das wäre schön, sagten die Leute, aber so viel brauche es gerade nicht zu sein. Jedoch der Wind kam beständig aus dem Islek und bracht noch immer mehr Schnee.

Trotzdem fanden die Eifelleute das Kirchlein zur Metten. Von den weißen Höhen, aus den begrabenen Mulden, aus den verlorensten Nestern hinter den Wäldern kamen sie her, und die Schneenacht war auf einmal betupft mit Lichtern aller nur möglichen altweltschen und neumodischen Laternen.

Im Eifelhause unter den alten Schirmbäumen, die nun Schneebäume waren, hockten die beiden Jüngsten, der Bub und Engelchen, das Mädchen, am Fenster und zählten die wandernden Lichttupfen draußen. Vor lauter Aufregung aber verkamen sie immer darin.

Die Guath saß in ihrem großen alten Lehnstuhl am Tisch, in dem schon ihre Guath gesessen hatte, und bemühte sich, das Evangelium der Heiligen Nacht zu lesen. Aber es ging nicht mehr gut, trotz der großmächtigen Buchstaben des Altdruckes. Sie waren heute Nacht so furios; wie nichtsnutzige Buben, die Nachlaufen spielen, meinte die Guath, und putzte zum zehnten Male ihre Stahlbrille. Jedoch auch das half nichts. Die Buchstaben blieben kleine schwarze Nichtsnutze, purzelten immer wieder durcheinander und übereinander und schwammen schließlich ineinander zu einem krausen See, darin die ganze heilige Bibelerzählung versank.

Da legte sie das Buch aus der Hand und nahm den Rosenkranz. »Dazu brauch' ich nur meine inwendigen Augen«, meinte sie zu sich selber. – »Jetzt kommen keine Lichter mehr«, stellten die Enkelkinder fest und wandten sich wieder den Spielsachen zu, die ihnen das Christkind gebracht hatte.

Nun war es weihnachtlich still in der Stube, im ganzen Hause. Alle bis auf die Älteste und die Jüngsten hatten den liebsten Kirchgang des Jahres, den Gang zur

Mette, gemacht. Die drei nun – die Guath und die zwei Enkelkinder – waren die Hüter des Hauses. Schwache Hüter, das konnte man wohl sagen, aber wer sollte in einer solchen Schneenacht, und noch dazu in der Heiligen Nacht, ausgerechnet ein fernes Eifeldörflein und ein einsames Eifelhaus aufsuchen? Außerdem muss auch noch der Schäferhund Lux erwähnt werden, der draußen in seiner Hütte Wache hielt.

Die beiden Kinder schliefen allmählich ein über ihrem Spielwerk. Der unterbrochene Kinderschlaf wollte nachgeholt werden. Und es ward tiefste weihnachtliche Stille um die Guath. Und Eifelweihnachtsduft erfüllte die Stube: jener Duft aus Harz und Honig, Wachs und Würz, Christwecken, Äpfeln und ein klein wenig Stall und Heu.

Die Guath saß am Tisch, eingehüllt in die ewigkeitsnahe Ruhsamkeit des Alters. Ihre müden Augen verloren sich im Schmuck und Grün der kleinen Tanne. Den Brauch des Christbaums empfand sie zwar immer noch als »neumodisch«, denn in ihrer Jugend und viel später noch hatte man ihn nicht gekannt im Eifelland. Da hatte das Christkind die Gaben einfach auf den weiß gescheuerten Tisch gelegt. Und auf derselben Tischdecke, wo ihrer Buben Christgaben stets gelegen hatten in fernen Tagen, lagen nun, auf Mechels Platz, die zwölf Paar Graustrümpfe: die Christgabe der alten Mutter, die sie nun seit zwölf Jahren für ihn bereitlegte. Mit einem Paar hatte sie angefangen damals am ersten Christtag.

Die Guath fuhr mit zitterigen Händen darüber hin, und ihre alten Augen verschleierten sich. Wer wohl möchte ermessen können, welches Leid, aber auch welcher Reichtum von Liebe, welch' stiller Schatz von Hoffnung in diesen rauhen Maschen sich barg? … Und welche Sehnsucht!

Ob nun dies alles, die ganze qualvolle Wucht, die heimliche Pein der letzten zwölf Jahre noch einmal hereinbrach über das alte Herz: der weiße Scheitel sank langsam vornüber und sank schwer und müde auf den Berg Graustrümpfe. Still und reglos lag er auf diesem rauhen Kissen.

Die Minuten gingen. Die feinen Atemzüge der schlafenden Kinder wehten leicht durch die Stille, die schon gefüllt war mit dem Atem der Ewigkeit. Draußen brauste der Eifelschneesturm und fuhr wild um das schweigende Haus. Im Stall klirrte eine Kuhkette und ein Kälblein brummte.

Da schlug Lux an, der Schäferhund. Langsam hob sich der weiße Scheitel vom grauen Kissen. Ja, wirklich, der Hund! Er heulte durch die Nacht.

Die Guath hob nun mit unendlicher Mühe vollends den Kopf, den wirren, schweren Kopf, der immer wieder niedersinken wollte. Hörte sie nicht die Haustüre gehen? ... Die Kinder schliefen, schliefen.

Tritte im Flur! Sie lauschte ... Wo waren sie denn? War das nicht ein Tritt, den sie unter tausend Tritten heraus kannte. Sein Tritt ...

»Mechel!« zitterte es von den erstarrenden Lippen. Stand er da nicht in der Stubentür? ... die alten müden Augen wurden weit.

»Mechel!« wehte es noch einmal aus dem Lehnstuhl. Sie wollte auf, ihm entgegengehen. Dann sank sie zurück. Totenstille. –

»Guath, schlaft Ihr?« fragte der Bub, der zuerst aufwachte. – »Guath, wacht doch auf!« bat und bettelte das kleine Mädchen. »Guath, sagt doch was!« riefen beide ärgerlich und fingen zugleich an zu weinen. – Aber die Guath wachte nicht mehr auf. Sie sagte nie mehr etwas. Die Guath war heimgegangen in der Heiligen Nacht.

Karin Paukner

Et schneit

Et schneit
et schneit!
Et juze de Puute,
De Autos rötsche
se krijje Blötsche,
Et rose
op Stroße
weed jitzjeloße.
Kumm nemm mingen Ärm
meer halden uns wärm
un jon per Pedes
dat es jet Schönes
allein zo zwei
dörch der finge Schnei.

Sophie Lange

Die Heimkehr

Ganz instinktiv bog er in den Waldweg ein; er bremste, stellte den Motor ab und schaltete das Licht aus. Im Rückspiegel sah er Autos fahren. Er konnte die Wagen auf der Landstraße sehen, aber auch die Fahrzeuge auf der höher gelegenen Autobahn. Die Landstraße kannte er von früher, die Autobahn war neu. Vor sieben Jahren war diese Schnellstraße noch Utopie gewesen.

Es war ihm nicht klar, warum er kurz vor dem Ziel noch anhielt. Was hinderte ihn, das letzte Wegstück zurückzulegen? Sinnend beobachtete er im Rückspiegel die beiden Straßen und das sich stets ändernde Bild, das ihm wie ein Filmstreifen vorkam; ein Film, in dem er bis eben mitgespielt hatte.

Dann glitt sein Blick in den dämmrigen Wald. Wie oft hatte er in der Fremde im Geiste die Eifelwälder vor sich gesehen: schillernd im satten Grün, farbenprächtig im bunten Laub, schemenhaft verhüllt im wallenden Nebel, sich wiegend und wogend in Wind und Sturm, niedergebeugt von schweren Schneelasten; düster und bedrückend, verheißend und geheimnisvoll.

Er kurbelte die Scheibe herunter. Von ferne drang das auf- und abschwellende Brausen der Autos, ganz nah klang das gleichmäßige, flüsternde Raunen des Waldes; zwei Welten – die Welt der Unrast und Hektik und die Welt der Ruhe und Beständigkeit. Vor sieben Jahren hatte er diese ruhige Welt, das eintönige Leben in dem kleinen Eifeldorf nicht mehr aushalten können. Er war in die große Welt der Abenteuer geflohen. Sein Ziel war »irgendwo« und »anderswo« gewesen. Er wollte die ruhelose Sehnsucht nach der Ferne stillen und lernte das verzehrende Verlangen nach der Heimat kennen. Er wollte dem Dorf entrinnen, wo jeder jeden kannte und erfuhr die Verlassenheit in den Städten, wo niemand niemanden kannte.

Mit all seinen Sinnen nahm er nun die Umgebung wahr. Gleichzeitig durchfluteten und beseelten ihn die beiden Welten, die er stets so drastisch voneinander trennte. Wie das Brausen der Autos und das Rauschen des Waldes zu einem einzigen Geräusch verschmolzen, so wuchsen die beiden Welten in ihm zu einem alles umfassenden Eins. Er spürte nicht die Zeit, die verstrich, er fühlte nicht die Kälte, die ihn anschlich, er atmete nur tief die frische Luft ein. Heimat!

»Was machen Sie denn hier?« Diese Worte rissen ihn aus seiner Versunkenheit. Am Wagen stand ein Mann; ein Förster, erkannte er in der Dämmerung. »Haben Sie nicht gesehen, dass dieser Weg gesperrt ist?« fragte dieser unwirsch.

»Ich wollte nur ein wenig rasten«, kam die Antwort.

»Rasten!« klang es zynisch. »Ich weiß genau, was Sie vorhaben. Sie beabsichtigen, in der Dunkelheit einen Tannenbaum zu stehlen.«

»Aber gewiss nicht«, beteuerte der Angesprochene und mit einem Mal war es ihm wieder voll bewusst, was ihn nach Hause getrieben hatte. Weihnachten! Er hatte nur den einen Wunsch gehabt, Weihnachten zu Hause zu sein. Jetzt flammte eine Taschenlampe auf, deren Licht ihn voll ins Gesicht traf. »Mensch, das ist doch...« rief der Förster überrascht aus, »ja, tatsächlich, das ist ja der Alfred!« Der Lichtschein erhellte jetzt auch das Gesicht des Försters, und Alfred erkannte einen ehemaligen Schulkameraden aus seinem Heimatort. Er stieg aus dem Auto, und es folgte eine freudige Begrüßung.

»Stefan! Du bist wirklich Förster geworden, wie du es dir von Kindheit an gewünscht hast?« »Ja, Alfred, und du bist wieder heimgekehrt«, freute sich der Förster und er drängte, bis Alfred kurz von seinen »Wanderjahren« erzählte; von seiner Arbeit in Nordafrika, seinem Tramp durch Amerika, seiner Rückkehr nach Europa und seinem Heimweh nach der Eifel und seinem Zuhause.

»Die Freude deiner Eltern wird unbeschreiblich sein!« Freundschaftlich schlug der Förster den Heimkehrer auf die Schultern. »Weißt du, Stefan, ich scheue mich etwas, so ohne Ankündigung zu Hause aufzutauchen«, gestand Alfred. »Bitte, sage mir, wie es meinen Eltern geht.« Nun erzählte der Förster von Alfreds Vater, den das Rheuma so sehr plagte, dass er nicht mehr viel arbeiten konnte und der nach dem »Aussteigen« des Sohnes noch wortkarger geworden war.

»Und die Mutter?« Alfreds Stimme brach fast. Der Förster berichtete bereitwillig: »Die Mutter, die schuftet wie eh und je, nicht nur für zwei, sondern für drei. Haus und Hof sollen tipptopp in Ordnung sein, wenn Alfred zurückkommt; das sagt sie jedem, der ihr irgendwie dumm kommt.«

Alfred schluckte. Wie gut, dass er nach Hause gefunden hatte. Hier wurde er gebraucht, hier wurde er voller Liebe erwartet. Deutlich sah er in diesem Augenblick die Begrüßung vor sich. Ein fester Händedruck des Vaters würde mehr sagen als alle Worte. Und auch die Mutter würde keine große Willkommenszeremonie veranstalten; das war nicht Eifeler Art. Sie würde ihre Freude und ihre Rührung hinter geschäftigem Treiben verbergen.

»Der kleine Freddy wird staunen«, unterstrich der Förster Alfreds Gedankengang.

»Wer ist denn Freddy?« kam die verwunderte Frage. Der Förster lachte. »Das kommt davon, wenn man jahrelang durch die Welt bummelt und sich nie zu Hause meldet.« Erklärend fuhr er fort: »Deine Schwester hat schon kurz nach deinem Weggehen geheiratet. Sie hat ein Söhnchen, den Freddy, und du bist in Abwesenheit zum »Pättche« bestimmt worden.«

»Ich muss nach Hause, sofort!« Hastig stieg Alfred in das Auto. Sieben Jahre war er von zu Hause fort gewesen, aber nun durfte die Trennung nicht eine Minute länger währen. Endlich hatte er sein Ziel erreicht, endlich war er da, wo er hingehörte, zu Hause.

Als Alfred schon den Wagen startete, rief der Förster ihm noch zu: »Komm morgen mal zu mir; ich habe einen schönen Weihnachtsbaum für dich.« Weihnachten! Es würde ein frohes Fest werden.

Marga Thomé

Herr Oehmchen

Vorsichtig klopfte der Junge an das Brett, das den Eingang zu der Felsen-höhle verschloss. Zugleich rief er: »Herr Oehmchen, mach auf! Ich bin es, der Lambert.«

Da wurde das Brett drinnen zur Seite geschoben. Ein alter Mann mit schnee-weißem Haar und unendlich gütigen Augen im zerfurchten Gesicht steckte den Kopf heraus. »Du, Lambertchen? Aber was gibt es denn? Komm' herein, es ist hässlich draußen.«

»Sommer ist es noch nicht«, lachte der Junge, der dreizehn Jahre zählen moch-te und wie die Durchtriebenheit selber aussah. Er riss die Mütze vom Kopf und schüttelte den Schnee ab, dass es nach rechts und links nur so spritzte. Dann schob er sich in die Höhle, wo ein kleines Feuer brannte.

Der Priester Anton Zweig streckte die Hände über das Feuer, um sie zu wärmen. »Wärme dich auch, Lambertchen«, sagte er zu dem Jungen. »Und was gibt es denn? Wegen einer Kleinigkeit kommst du doch nicht durch dieses nasskalte Dezemberwetter bis in meinen Schlupfwinkel.«

»Sicher nicht, Herr Oehmchen! Die Großmutter hat mich geschickt, ich solle Euch sagen, die Bertrand-Mutter sei sehr krank und verlange nach Euch. Ob Ihr es wagen wolltet, zu kommen?«

Der Priester seufzte. Es war ein Jammer, wie das jetzt im Lande stand. Nun schrieb man schon 1798, und immer noch hatte diese Gegend der Westeifel, die man den Oesling nannte, so viel durch die französischen Revolutionsmänner zu leiden, die dieses Gebiet erobert hatten. Kein Glockengeläut, kein Gottesdienst mehr. Die Priester verbannt oder vertrieben, weil sie den Eid auf die Republik nicht leisteten.

»Jesus Christus, unser ehemaliger Herr«, hatte ein Republikaner auf das zer-störte Kreuz am Wiesenweg geschrieben.

Nein, den Eid konnte man nicht auf sein Gewissen nehmen. Lieber ließ man sich von Schlupfwinkel zu Schlupfwinkel hetzen und von den Gendarmen verfolgen, wenn man heimlich mit seinen Pfarrkindern die Messe feierte, die Sakramente spendete.

»Die Großmutter hat gesagt, Ihr solltet vorsichtig sein«, sagte der Junge. »Der Gendarm, wisst ihr, der dicke Denis, schnüffelt immer um das Dorf herum. Die Bertrands waren nicht so kühn, Euch zu rufen. Aber die Großmutter hat gesagt: Wenn Herr Oehmchen nachts käme, sollte er nur zu uns hereinkommen. Die Marnachleute machten sich nichts daraus, wenn der Gendarm sie bestrafe, weil sie einen Priester beherbergten.«

Er reichte dem Priester die Hand, und fort war er.

Herr Oehmchen sah ihm ein Weilchen nach, wie er pfeifend durchs Land stapfte. Wie trüb und kalt es war! Schnee und Regen und ein eisiger Wind. Bald war Weihnachten. Ach, ach, und man konnte sich nicht ein wenig freuen.

Er wandte sich wieder in das Innere der Höhle, suchte eine Weile in einem Kleiderbündel und begann, sich umzuziehen. Bald stand er fertig: ein alter Bauer mit grauem Bart und Haar und langem Kittel. Herr Oehmchen lachte über sich selbst. In vielen Verkleidungen war er schon durchs Land gezogen, und immer noch war er den Gendarmen entwischt.

Wenn er diesmal nur unbehelligt blieb! Der armen Bertrand-Mutter hätte er so gerne Hilfe gebracht auf ihrem letzten Weg.

Solange er durch den Wald wanderte, fühlte er sich sicher. Aber dann musste er eine Strecke weit über die Landstraße.

Der Regen peitschte ihm ins Gesicht. Wie Nadeln stach die Kälte. Herr Oehmchen krümmte sich zusammen, schaute die Straße ab, die Straße auf, und schlich voran wie ein Dieb. Da auf einmal Hufgetrappel in der Ferne! Wie ein Blitz fuhr es ihm in die Knochen: die Gendarmen! Wohin jetzt? Keine andere Rettung als das Weidengestrüpp drunten am Bach!

Er kroch den Abhang hinunter in die Weiden hinein und kauerte sich auf den Boden.

Natürlich waren es die Gendarmen. Sie ritten vorüber – dem Dorf zu. Man konnte nicht wissen, wann sie zurückkehrten. Herr Oehmchen wagte deshalb nicht, sein Versteck zu verlassen. Zwei Stunden lag er dort im Gestrüpp, nass bis auf die Knochen, klappernd vor Kälte. Dann hielt er's nicht mehr aus. Eine halbe Stunde weiter den Bach hinauf war eine Mühle. Gute Leute wohnten dort. Und Herr Oehmchen kroch durch die Weiden bis dorthin.

Gerade kam die Mühlenmutter aus der Hintertür, um die Hühner zu füttern. Da sah sie den alten Mann, dem die Weiden das Gesicht blutig geschlagen hatten. Sie blieb stehen. Wer war das? Wie entsetzlich sah der Alte aus.

Da sagte Herr Oehmchen: »Mühlenmutter, habt Ihr kein Eckchen frei für mich alten Landstreicher?«

Die Mühlenmutter stieß einen Schrei aus und ließ die Schüssel mit dem Hühnerfutter fallen. »Maria zu lieben, der Herr Pfarrer ... !«

Niemals hätte sie sich getraut, den Priester Anton Zweig auch nur anzurühren. Aber diesen armen, alten Mann, der vor Kälte zitterte und dem der Kittel wie ein nasser Sack anklebte, musste sie an die Hand nehmen und in die warme Stube führen.

»Jesus, Maria, gewiss sind die Gendarmen hinter Euch«, rief sie, sprang hin und verriegelte die Haustüre und rief ihrem Mann zu, dass er seine Sonntagskleider bringe. Nach einer Weile saß Herr Oehmchen wohlig getrocknet hinterm Ofen, rauchte ein Pfeifchen und trank den Tee, in den die Müllerin ihm einen guten Schluck Kornbranntwein hineingeschüttet hatte. Und dann wollte er wahrhaftig weiter. Aber da rief die Mühlenmutter ihren Mann zu Hilfe, und der große Adam Wiltz kam herein, stellte sich vor die Türe und sagte: »Wir lassen Euch nie und nimmer heraus.«

Gewiss, Herr Oehmchen fühlte wohl, dass sein altes Gebein noch nicht recht wollte. Aber die arme Bertrand-Mutter!

»Da ist nichts zu machen«, sagte der Müller. »Und denkt doch, am Ende sind die Gendarmen noch im Dorf.«

Da ergab Herr Oehmchen sich.

Aber am anderen Morgen stand er in der grauen Frühe marschbereit. Adam Wiltz, der daran war, die Mehlsäcke auf den Wagen zu laden und fortzufahren, musste ihm einen alten Knechtkittel geben und ihn noch ordentlich mit Mehl bestäuben. Dann setzte er sich auf den Wagen und fuhr als alter Müllerknecht mit.

Es wäre nun alles gut gewesen, wenn nicht der Gendarm Denis an diesem Morgen den Einfall gehabt hätte, den alten Priester zu fangen. Am Tage zuvor hatte er herausgekriegt, dass im Bertrandhause eine schwerkranke Frau lag. Ah, da musste man aufpassen! Da stellte der Bürger Zweig sich sicher ein.

Herr Oehmchen mochte vielleicht eine halbe Stunde im Dorf sein, da kam auch der Gendarm. Er band sein Pferd am Eingang des Dorfes fest und ging spornstreichs dem Bertrandhause zu. So rasch kam er, dass selbst Lambertchen, der die ganze Zeit über Wache gehalten hatte, überrascht wurde. Nur einen Augenblick war er weggelaufen, um sich ein Butterbrot zu holen. Und als er zurückkam, sah er eben noch, wie der dicke Denis im Bertrandhause verschwand.

Dem Lambertchen blieb der Bissen im Halse stecken. Das, das war ihm denn doch noch nicht vorgekommen. Aber im nächsten Augenblick schon wandte er sich und schoss wie ein Blitz nach Hause. Wenn einer hier helfen konnte, war es nur noch die Großmutter.

Und »Großmutter, der Denis ist ins Bertrandhaus gegangen. Er wird Herrn Oehmchen fangen«, stürzte er daheim in die Stube. »Helft!«

Die Marnach-Großmutter, eisgrau, aber aufrecht und voll grimmigen Mutes, griff nach einem ordentlichen Besenstiel, schrie ihrer Magd: »Marei, komm mit!« und dann hinaus, von Haus zu Haus. »Du, Lies, du, Bärbel, Madlen, Gritt, Sus, heraus! Der Pfarrer sitzt im Bertrandhause, und der Gendarm will ihn fangen. Können wir das zugeben, dass ein Priester Gottes gefangen wird? Voran, nicht gesäumt! Die Hanfschwinge geholt, den Spinnrocken! Du, Ann, die Heugabel! Sie sollen merken, was es heißt, wenn die Frauen kommen.«

Im Handumdrehen waren alle bereit. Und es war gewiss ein seltsamer Trupp, der durchs Dorf zog. Der Gendarm Denis machte Augen wie Tassen, als er mit dem gefesselten alten Priester aus dem Bertrandhause kam. Was wollten die Weiber denn? Das sah ja ganz gefährlich aus. Und plötzlich stand die grimmige Marnach-Großmutter vor ihm und hielt ihm die Arme fest. Und hinter ihm, neben ihm hängte es sich an ihn, zog und zerrte und ließ nicht los und beschwerte ihn wie mit Bleigewichten. Wie in einem dichten Klumpen Bienen steckte er, und wie er auch fluchte und sie abzuschütteln suchte, er steckte fest, einfach fest. Und da stand zum Überfluss noch eine Gruppe, die schwang ihre Besenstiele und Spinnrocken wie Schwerter, und alle riefen: »Den Herrn Pfarrer wollen wir freihaben. Den rührt nur nicht an!«

Und natürlich hatten sie ihm schon die Fesseln gelöst. Und Herr Oehmchen schritt die Dorfstraße hinab, frei und ungehindert. Der dicke Gendarm tobte und fluchte. Es nützte nichts. Er war in stärkeren als eisernen Ketten. Was konnte er denn gegen diese Weiber machen?

Es war also nichts mit dem Fang für diesen Morgen. Langsam ließ Denis sein Pferd dem Wald zutraben, der, wie er wusste, des Pfarrers Schlupfwinkel barg. Diese wilden Oeslingwälder waren zwar wie Fallen mit tausend Löchern. Aber man konnte nicht wissen, man konnte nicht wissen ...

Denis ritt und ritt durch den Wald. Nichts war zu hören als das Rauschen des Regens und der Schneeflocken im dürren Gelaub. Plötzlich kam Unruhe über ihn. Wie unheimlich es doch hier war! Allerorts gab es Aufstände im Oesling. Nun, wenn ihm hier ein paar von diesen Bauernrebellen begegneten, dann wusste er, was ihm blühte. Er gab seinem Pferd die Sporen und galoppierte durch die Waldstille. Aber auf einmal stolperte das Tier über eine Baumwurzel, und der Reiter flog gegen einen Baum. Mit gebrochenem Bein blieb er liegen.

Das Pferd war weiter gerast. Er hörte nichts mehr von ihm. Furchtbar stand die kalte Einsamkeit des Waldes um ihn. Eine halbe Stunde mochte er so gelegen haben, da machte er einen Versuch, sich weiterzuschaffen. Aber eine solche Qual peinigte ihn dabei, dass er vor Schmerz brüllte.

Herr Oehmchen war indessen in Zickzackwegen durch den Wald geflüchtet, seinem Schlupfwinkel zu. Und je länger er durch die Wildnis irrte, um so schwerer wurde ihm das Herz: »Es ist bald Weihnachten«, dachte er. »Ach, für mich kommt kein froher Christtag mehr. Ewig gehetzt und verfolgt ...«

Da hörte er plötzlich ein lautes Stöhnen.

»Was ist das?« dachte er und blieb stehen. »Sollte da ein Mensch in Not sein?«

Er ging in der Richtung weiter, woher das Stöhnen gekommen war. Und als er die Zweige eines Tannengebüsches auseinander bog, prallte er zurück. Denn dort lag sein Feind vor ihm und konnte nicht von der Stelle.

Einen Augenblick stand Herr Oehmchen fassungslos. Eine Stimme in ihm frohlockte: »Den hat es endlich erwischt ...«

Aber dann schob sich ein mildes Antlitz vor ihn. Und eine andere Stimme sagte: »Liebet eure Feinde!«

Und schon kniete der alte Mann neben dem Verunglückten. »Was ist Euch geschehen? Ich will Euch helfen.«

Es klang warm und brüderlich. Aber der Gendarm gab keine Antwort, biss in ohnmächtigem Schmerz die Zähne zusammen. Wie sollte der Alte dort ihm helfen? Er, der jahrelang von ihm gehetzt und verfolgt worden war. Trieb wohl nur Spott? Aber Herr Oehmchen trieb keinen Spott. »Das Bein scheint gebrochen«, sagte er.

Er erhob sich, brach einen Arm voll Tannenreisig und schob es unter das verletzte Bein, um es gerade zu lagern.

Denis unterdrückte nur mit Mühe ein Stöhnen.

»Welche Schmerzen Ihr doch habt! Wartet!« Herr Oehmchen griff in die Tasche und zog ein Fläschchen Branntwein heraus, das die Bertrandleute ihm im letzten Augenblick beigesteckt hatten. Er hielt es dem Gendarm an die Lippen. »Trinkt, es wird Euch gut tun!«

Denis wollte nicht. Aber Herr Oehmchen schüttete ihm den Feuertrank ein, und da musste er schlucken. Und es tat ihm wirklich gut, das merkte man.

»Aber was nun?« sagte der Priester. »Hier könnt Ihr nicht liegen bleiben. Und allein kann ich Euch nicht fortschaffen. Ich muss sehen, wie ich Euern Leuten Nachricht zukommen lassen kann.«

»Er geht und kommt nicht mehr zurück«, dachte der Gendarm.

»Nur habe ich Angst, was in der Zwischenzeit mit Euch geschehen könnte. Ihr wisst, Freunde habt ihr unter den Oeslingleuten nicht.«

Er zog seinen dünnen, schäbigen Rock aus und warf ihn über den Gendarm. Dann ging er wieder hin, brach Tannenreisig und kraute es über den Verletzten. »So, damit nicht jeder Euch von weitem sieht. Aber Ihr merkt ja, wenn es Freunde sind. Und nun lasse ich Euch allein und hole Hilfe.«

Herr Oehmchen stapfte tapfer voran. »Hätte ich jetzt das Lambertchen hier!« dachte er. »Der Junge wäre der beste Bote, den ich nach Arzfeld zu den Leuten des Gendarmen hinschicken könnte.«

Unverhofft ging sein Wunsch in Erfüllung; denn der Schlingel Lambert hatte sich auf die Beine gemacht und war dem Gendarm in guter Entfernung gefolgt. Er musste nämlich wissen, ob er den Herrn Oehmchen am Ende nicht doch noch finden werde. Er tat so, als sammle er Holz. Hier ein Reis, dort ein Reis. Kein Gendarm hätte Verdacht schöpfen können.

Welch ein Gesicht machte der Junge, als er Herrn Oehmchens Auftrag vernahm. Man konnte ihm deutlich anmerken, dass er dachte: »Aha, der Gendarm! Endlich! Oh, das ist mal gut. Und in diesem Falle habe ich ja Zeit.«

Aber Herr Oehmchen sah ihn ernst an, so als hätte er alles in ihm gelesen. Und er sagte: »Wir sind Christen, Lambertchen.«

Hm, da blieb einem ja nichts anderes übrig, als zu tun, was Herr Oehmchen wollte. Da war wirklich keine Schlingelei zu machen. Und der Junge sauste fort.

Der Priester kehrte zu Denis zurück. »Eure Leute werden bald kommen«, tröstete er ihn. »Es tut mir leid, dass Ihr solche Schmerzen habt.«

Der Gendarm lag in glühender Verlegenheit. »Ich sein Euer Feind«, stieß er schließlich hervor. »Warum helfen Ihr mir?«

»Weil der Herr Jesus mein Meister ist«, sagte Herr Oehmchen und wusste selbst nicht, warum die Tränen ihm in die Augen schossen. Und dann auf einmal war es ihm, als ob sein Herz, das ihm wie ein Eisklumpen in der Brust gelegen hatte, zu tauen beginne. Rasch und selig, dass die Herzflut aufrauschte in Freude: »Christus ist geboren.«

Er kniete da, streichelte Denis die Hände und sprach ihm Worte der Ermutigung zu.

Bis er in der Ferne die Leute von Arzfeld kommen hörte. Da verschwand er im Walde.

Immer noch war Freude in ihm. War der Wald noch kahl? Ach was, dies war der schönste Weihnachtswald! Hinter jedem Busch winkten Wunder. Christus war geboren. Geboren im Herzen Herrn Oehmchens. In seiner Kraft hatte er dem geholfen, der sein Feind war.

Konnte er jetzt noch im Wald bleiben? Er wanderte zurück zum Dorf, spürte nichts von Schnee und Kälte. In einer Scheune sammelte er seine Pfarrkinder und predigte, nein, jubelte ihnen zu, dass Christus geboren, dass Weihnachten war.

Mittendrein fiel ihm ein, dass noch Advent war. Ach, was schadet das! Christus war ja doch geboren. Es war Weihnachten in seiner Seele. Und aus dem Herzen des armen, alten Priesters rauschte eine so überreiche Freude in die Herzen all derer, die dort in der Scheune versammelt waren, dass sie zutiefst begriffen, was Weihnachten war, und dass sie sich reich und glücklich vorkamen in all ihrer Bedrängnis.

Ulrich Mehler

Bald ist Weihnachten

Draußen war es schön warm. Es war einer dieser Tage im Spätsommer, an denen man denkt: »Warum kann das nicht IM Sommer so gewesen sein?« Die Blätter verfärben sich schon etwas, das Laub wird bunt. Die schönsten Tage in der Eifel, bevor die Herbststürme kommen und es ganz ungemütlich wird. Der Sommer grüßt noch einmal, und der Herbst ist noch nicht da.

Ich stand an diesem Samstagmorgen an der Kasse eines Supermarktes. Der Name dieses Supermarktes tut hier nichts zur Sache. Es war in der Eifel, aber ich versichere Euch: Es könnte in jedem beliebigen Supermarkt in ganz Deutschland gewesen sein. Wir standen in einer langen Schlange.

Diese Supermärkte haben ja hinter der Kasse, also in den Verkaufsraum hinein, eine unsichtbare Linie, die elektronisch überwacht wird: Ich weiß nicht, ob Ihr das wisst. Also: Erst wenn diese Linie von der Warteschlange überschritten wird, dann ertönt im Büro, Entschuldigung: im »Office« natürlich, ein Warnsignal und die nächste Kassiererin eilt mit den ermunternden Worten an ihre Kasse »Sie können schon mal auf Kasse 3 auflegen!«

Ich warne Sie: Tun Sie das nicht! Niemals! Verlassen Sie nicht Ihren angestammten Platz in der Warteschlange! Denn sie, also die Kassiererin, kommt erstens noch lange nicht, und wenn sie kommt, dann hat sie tausend Dinge zu tun, um diese Kasse mit ihrem Scanner in Betrieb zu nehmen. Und wehe, wenn irgendwo dieser Strichcode fehlt oder verknubbelt ist!

Können Sie sich noch an diese eisernen halbrunden Apparate erinnern, an denen man den Preis einstellen konnte und die so einen Hebel hatten und dann ging unten eine Schublade auf? »Kasse« stand da drauf, und sie funktionierten immer. Ich habe nie einen Ausfall erlebt, und die Menschen, die sie bedienten, hatten alle Preise im Kopf. Gehirnakrobatik pur.

Also, diese unsichtbare Linie hinter der Kasse, die ist in den verschiedenen Supermärkten auch unterschiedlich lang. Einmal drei Meter, einmal vier, fünf oder sechs. In dem einen Supermarkt, da kommt eine neue Kassiererin bereits nach drei Metern Warteschlange, in dem anderen nach vier oder erst nach fünf oder sechs. Daran kann man übrigens die Qualität der Supermärkte ganz genau abschätzen.

Aber ich glaube, ich schweife wieder einmal ab.

Ich stand also in dieser Schlange – es war ein Markt mit drei Metern, ich hatte also Hoffnung in nicht allzu ferner Zukunft meine Katzenstreu bezahlen zu dürfen – und rückte langsam vor. Rechts und links von mir türmten sich die Auslagen, die immer im Bereich der Warteschlange stehen. Das sind diese Sachen, die gerade aktuell sind und die man verkaufen will. Die Leute haben ja in der Warteschlange genug Zeit, sich das Zeug anzusehen. Deswegen gibt es ja die Warteschlange.

Ich schaute aus dem Fenster hinter der Kasse. Die Sonne schien, die Klimaanlage lief, draußen liefen Menschen im T-Shirt mit einem Eis auf der Hand vorbei. Dann blickte ich auf die Auslagen und sah kleine Tannenbäumchen, Lebkuchen und silbrige Fäden, die versteckt und etwas verschämt an Lametta erinnerten. Ich schaute noch einmal hin. Wir hatten September! Doch, ja, es war kein Zweifel möglich. Je weiter ich vorrückte, desto klarer wurde es: Silberpapier, rote Plastiksterne, Goldfäden, Haselbaumzweige aus Plastik, es war alles da, was so zu Weihnachten gehört. »Santa Claus« und »Renntier Rudolf« fehlten allerdings, auch diese Xenon-Weihnachtsketten für drinnen und draußen waren nicht da. Das hatten sie nun doch nicht gewagt oder es war noch nicht angekommen. Aber sonst: Alles da, da gab es kein Vertun.

Vor mir in der Schlange stand ein Rentner. Woher ich weiß, dass es ein Rentner war? Das ist ganz einfach. Früher, da trugen alte Leute, und Rentner waren früher alte Leute!, auch die entsprechende Kleidung für alte Leute. Dann kam mal eine Zeit, da konnte man die Rentner am Krückstock erkennen. Das ist alles vorbei. Heute tragen die Rentner Jeans, eine Outdoor-Jacke, meistens mit so einer komischen Pfote darauf, ein T-Shirt und vor allem: diese Rentnerkappe. Kennen Sie die? Das ist so eine Golf-Mütze mit einem Schirm vorne dran. Es gab mal eine Zeit, da wurden diese Dinger von ganz jungen Leuten getragen, aber mit dem Schirm nach hinten oder zu Seite. Wenn Sie das sehen, dann haben sie »U 20« vor sich, also einen Mitmenschen, der unter Zwanzig ist. Der trägt zwar auch Jeans und T-Shirt, aber an der Kappe, da kann man ihn auch von hinten erkennen. Rentner tragen genau diese Kappe, aber den Schirm nach vorne. Da weiß man dann: »Ü 60«. Achten Sie auf den Schirm! Das ist ein untrügliches Zeichen.

Vor mir in der Schlange stand also ein Rentner. Ich hatte ihn an seiner Kappe eindeutig als solchen identifiziert. Er guckte nach rechts und links auf diese Auslagen. Er musste an ihnen ja genauso vorbei wie ich auch und alle anderen.

Dann holte er seine Brille aus der Jackentasche, setzte sie auf und betrachtete die Sterne und Bäumchen aus nächster Nähe. Vor ihm auf dem Band zu Kasse lag seine Ware. Farbe und Abkleb-Bänder zum Anstreichen. »So ein Schwarzarbeiter!«, dachte ich. »Tarnt sich hier mit Jeans und Pfoten-Jacke. In Wirklichkeit ist er am Anstreichen!«

Der Rentner musste etwas gemerkt haben. Er drehte sich um und schaute mich an. Ein freundliches Gesicht mit hellen Augen und vielen Runzeln.

»Bin Großvater geworden!«, sagte er stolz. »Muss bei meiner Tochter anstreichen.« Er zeigte auf die Farbe: »Die jungen Leute kommen ja zu nichts mehr!«

Ich schämte mich etwas, sagte aber nur: »Herzlichen Glückwunsch!«

»Danke«, sagte der Rentner und zeigte mit dem Zeigefinger auf die Auslagen. Und dann kam, im schönsten breiten Eiflerisch:

»Joo, bald ess Wiehnachten!«

Ich nickte und sagte:

»Man soll es kaum glauben.«

Da drehte er sich herum zu seiner Farbe, denn das Band war weitergelaufen, und sagte dann auf Hochdeutsch und sehr laut und deutlich, so, dass es jeder hören konnte:

»Man muss ja nicht jeden Unsinn mitmachen!«

Karin Paukner

An der Krepp

Och, Do leever Jott!
Luur ens wä he alles steit
an der Krepp.
Oos un Esell un ärm Lück,
em zeresse Kleid.

Jo, so simmer all.
Janz verbasert unjet domm,
ärch verschlesse,
welle mer uns trüste losse
hück vun Dingem Son.

Han nix en de Häng.
Blos uns Trone un de Ping
sin uns eije.
Schamme uns bal se so zeije,
en däm helle Sching.

Jakob Kneip

Flüchtlinge

Sie zogen ein Leiterwägelchen hinter sich her, das sie sich von ihrem letzten Geld in Altenahr erstanden hatten. In dem Wägelchen schlief ihr Kind, und dahinter stand ein Koffer. Die junge Mutter hatte das Kind vor sieben Wochen in dem Flüchtlingslager zu Uelzen geboren, und der Koffer barg all ihre Habe.

So war Werner Riedel mit seiner Frau Margret und dem Kinde um die Mittagszeit nach Kronert hinaufgezogen. Das kleine arme Eifeldorf lag hoch über dem Ahrtal zwischen den Wäldern. Die Frau hatte gehofft, dass sie hier bei einer verwitweten Schwester ihrer Mutter Unterkommen fänden. Denn nach allen Strapazen und Leiden, die sie seit der Flucht aus Allenstein erduldet hatte, fühlte sie sich am Ende ihrer Kräfte. Oft hatte ihre verstorbene Mutter von der guten Tante Katharina erzählt. Das Dorf Kronert, wo sie ihre Jugend verbracht hatte, war seither auch der Tochter in schöner Verklärung vor der Seele geblieben.

Und morgen sollte des Christfest sein! Margret hatte den ganzen Weg über davon geträumt, wie glücklich sie sein würde, an diesem Abend mit ihrem Kinde unter einem Lichterbaum am warmen Herd der Tante ihre Weihnacht zu feiern.

Doch als sie droben ankamen, fanden sie ein Dorf, das halb in Trümmern lag: selbst diesen entlegenen Ort hatte der Krieg erreicht. Dazu fegte ein eisiger Wind über die Höhe.

Nun mussten sie hören: die Tante war vor zwei Jahren gestorben. Ihr Haus lag zertrümmert. Ihr Sohn war in Russland geblieben, zwei Töchter hatten sich irgendwo am Rhein verheiratet, wie ihnen die Dorfbewohner sagten; und keine Verwandten oder Freunde der Tante fanden sich im Dorfe, die sich ihrer angenommen und ihnen Obdach gewährt hätten. Man riet ihnen, in der Stadt Münstereifel, die hinter den Wäldern, drunten im Tal läge, ein Unterkommen zu suchen. Die Stadt habe große Gebäude für die Flüchtlinge eingerichtet.

Da entschlossen sie sich, dies Letzte zu versuchen. Ein Bauer ging mit ihnen bis vor das Dorf und beschrieb ihnen den Weg. Er sei kaum drei Stunden weit und leicht zu finden. Von einer Anhöhe zeigte er ihnen die Richtung: »Drüben vom Hang,« sagte er, »wo die hohen Tannen stehen, geht es, nach einem kurzen Anstieg, immerfort bergab.« In dunklem Gewölk ging vor ihnen die Sonne unter. So fuhren sie, gegen einen scharfen Westwind auf das Abendrot zu in die dämmernden Wälder. Das Kind lag, in eine Wolldecke gehüllt, im Wagen und schlief. – Kurz hinter dem Dorfe fing es an zu schneien. Werner sah, dass Margret sehr blass war und fror. Ihr Mantel war dünn und ihre Schuhe ließen die Nässe durch. Ihre Hände und Lippen waren blau. Aber nie hatte er von ihr eine Klage gehört. – Er hängte ihr seinen Soldatenmantel um die Schultern, und um sie aufzumuntern und ihre Lebensgeister wieder zu wecken, summte er nun gar im Marschtempo das Lied vom »lieben Augustin«, das Margret früher so gern mitgesungen hatte. Doch diesmal schaute sie nur mit erzwungenem Lächeln zu ihm auf.

Der Schneefall hatte zugenommen, und die Augen von Margret gingen immer wieder zu ihrem Kind, dem die Flocken ins Gesicht trieben. Nun hielt sie an und meinte: »Wir müssen ein Tuch über das Wägelchen legen, der kalte Schnee fällt zu dicht. Das ganze Köpfchen wird ihm nass.«

Dann öffneten sie den Koffer und nahmen eine Schürze heraus, die sie über den Wagen knüpften.Doch das Schneetreiben wurde immer stärker; ihr Weg umdunkelte sich, und sie konnten kaum noch zehn Schritt weit sehen. Darüber waren sie tief in die Wälder gekommen. Es waren hohe Tannen- und Buchenwälder und nirgends bot sich ihnen ein Ausblick ins Tal oder über die Berge. Bald senkte sich, mit dem Schneetreiben, schweres Dunkel in die Wälder. Der Weg wurde weich und schlüpfrig. Nur mit Mühe kamen sie vorwärts. Wie spät es darüber geworden war, konnten sie nicht feststellen: sie besaßen keine Uhr; Soldaten hatten ihnen alle Wertsachen abgenommen. Zuweilen hielten sie nun an, um ein wenig zu verschnaufen und ins Tal zu lauschen. Aber keine Glocke, kein Laut war zu hören, der ihnen die Nähe der Stadt oder eines Dorfes angekündigt hätte. Nur der Wind rauschte in den Bäumen, auch ein Eulenruf ertönte nahe am Weg; ab und zu fiel ein Ast, und ein Wasser rauschte irgendwo aus der Tiefe zu ihnen herauf. Nun begann auch das Kind zu weinen. »Es wird Hunger haben,« meinte Margret; »aber wie soll ich es stillen? Wo könnten wir hier Rast halten?«

»Sei unbesorgt,« sagte Werner. »Ich werde uns unter Tannen aus dürren Reisern einen trockenen Sitz schaffen. Sogar ein Feuer werde ich machen. Das kenne ich vom Krieg her. Und dann wollen wir auch selbst ein wenig essen. Das wird uns gut tun …«

Bald hatte er unter einer hohen Tanne den rechten Platz gefunden und aus trockenen Tannenästen einen Sitz bereitet. Darauf saß nun Margret und gab ihrem Kind die Brust; bald brannte auch vor ihren Füßen ein Feuer.

Werner nahm derweilen Brot und Wurst aus dem Rucksack. Dann setzte er sich neben Margret. Als das Kind gestillt war, lag es mit rosigem Gesicht, von der Flamme beleuchtet, auf dem Schoß der Mutter. Da kam in ihre Augen wieder ein froher Glanz. Dann aßen sie beide, freuten sich an ihrem Kind und tranken dazu von dem Milchkaffee, den eine alte Bäuerin ihnen mitgegeben hatte. Doch nun sahen sie im Schein der Flammen auch, dass sie völlige Finsternis umgab. Und immer fiel der Schnee, und ein scharfer Wind stob vom Westen heran.

»Wie sollen wir aus diesen Wäldern herausfinden?« meinte Margret. »Mir scheint, wir sind schon mehr als drei Stunden unterwegs.«

»Mach dir keine Sorge,« tröstete Werner; »ich habe in Russland schlimmere Märsche gemacht, durch endlose Wälder und Steppen und immer in Gefahr.«

»Ich fürchte nur, wir werden erst in der Nacht die Stadt erreichen. Wer wird uns dann noch aufnehmen ?«

Doch Werner verlor nicht den Mut: »Heute ist Weihnachtsabend;« er ermunterte sich selbst, indem er das sagte: »Da wird in einer Stadt viel Leben sein; und der Pastor und der Bürgermeister sind gewiss noch zu sprechen, wenn wir ankommen. Auch denke ich, dass noch Gasthäuser offen sind.«

Dann aber erhob er sich und rüstete zum Aufbruch. Sie nahmen eine zweite Decke, die im Koffer lag; dann betteten sie das Kind, warm eingehüllt, wieder in den Wagen und zogen weiter. Doch als der Feuerschein ihren Weg nicht mehr erhellte, sahen sie sich völlig von Dunkel umgeben, und der Schnee lag schon so hoch, dass er ihnen bis über die Knöchel ging. Auch die Räder des Wagens wurden gehemmt, und der Weg schien nun sehr rauh und holprig zu werden. Immer wieder tappten sie in Löcher, die der Schnee verdeckte, und der Wagen hinter ihnen flog hin und her.

Plötzlich stutzte Werner und meinte: »Mir scheint, wir haben den Weg verfehlt; wir sind auf einen Waldweg geraten.«

Margret tat einen leisen Schrei: »Dann müssen wir also zurück?«

»Der Feuerschein hatte uns geblendet. Dadurch werden wir vom Weg abgekommen sein,« meinte Werner.

So kehrten sie um. Doch da, wo sie vorher abwärts gegangen waren, mussten sie nun bergan. Das war auf der schlechten Wegstrecke doppelt mühsam. Werner zog nun allein den Wagen und suchte seine Frau zu stützen. Oft hielt er an und sprach ihr Mut zu. So gelangten sie schließlich wieder bis zu der Feuerstelle. Glühende Holzstücke leuchteten noch aus der Asche. Werner fühlte, wie Margret sich auf ihn stützen musste und wankte: »Wir wollen noch einmal rasten«, sagte er und führte sie unter die Tannen zu ihrem Reisigsitz, holte dann eilig trockenes Holz herbei und entfachte wieder die Glut. Das Kind lag noch ruhig in seinen Decken. Werner schob den Wagen nahe ans Feuer. Margret aber saß nun mit geschlossenen Augen, an eine Tanne gelehnt, die hinter dem Reisighaufen stand. Da setzte er sich an ihre Seite und bot ihr Halt. Bald merkte er: sie war eingeschlafen. Ihr Kopf sank schwer auf seine Schulter.

So saßen sie, bis das Feuer herabgebrannt war. Da musste er sich von ihr lösen, um trockenes Holz nachzulegen. Darüber erwachte Margret. Sie schaute verwundert um sich: »Sitzen wir wieder beim Feuer?« Da sah sie den Wagen und ihr Kind und war völlig wach. Sie sprang von ihrem Sitz, bückte sich und hob das Kind aus dem Wagen. Dann saß sie wieder am Feuer und gab ihm die Brust. Werner brachte neues Holz heran; dann stand er, schaute nachdenklich auf Frau und Kind und sagte: »Das soll nun unser Weihnachtsabend sein!«

Da hob Margret den Blick. Sie drückte das Kind an die Brust – ihr Gesicht war ganz von Glück überstrahlt: »Sei zufrieden, Werner – Maria und Josef hatten es nicht schöner als wir!«

Da trat Werner zu ihr heran, legte den Arm um ihre Schulter und sagte: »Nein, wir wollen nicht klagen, Margret. Millionen, die heute Nacht in großen und schönen Häusern wohnen, sind nicht so glücklich wie wir.« Dann blickte er um sich und meinte: »Zudem, der Schneefall hat aufgehört. Der Weg wird heller. Wir wollen den Rest unserer Vorräte aufzehren und uns wieder auf den Weg machen.« Und er öffnete den Rucksack und breitete das, was noch an Brot und Wurst vorhanden war, auf ein Stück Papier neben Margrets Sitz. Wie sie nun aßen und dazu den Rest das Kaffees tranken, meinte Werner: »Wir dürfen jetzt nicht wieder den Weg verfehlen. Bevor wir aufbrechen, möchte ich ohne den Wagen ein Stück voraus gehen und feststellen, wo wir abbiegen müssen. Dann komme ich zurück, und hole dich ab. Wir werden wohl bald ins Tal hinab finden.« Margret stimmte zu, und während Werner nun voraufging, um den rechten Weg ausfindig zu machen, der ins Tal hinabführte, bettete sie ihr Kind in den Wagen, packte den Rucksack zusammen und machte alles zur Abfahrt bereit.

Plötzlich kam Werner eiligen Schrittes zurück und rief: »Eine Glocke – hörst du? Eine Glocke läutet im Tal· und ich glaube, dass ich auch den richtigen Weg entdeckt habe.«

Ja, nun hörte auch Margret die Glocke. In ruhigem Schwung klang sie herauf.

»Der Schall kommt zwar nicht aus der Richtung, in der ich die Stadt suchte; aber wir wollen nun dem Ruf der Glocke folgen. Sind wir einmal auf der großen Straße im Tal, dann werden wir auch nach Münstereifel gelangen,« meinte Werner.

Der Weg, den er entdeckt hatte, führte in großen Windungen bergab. Sie gelangten dann zu einer Stelle, wo der Wald abgeholzt war; da sahen sie bei der Wendung des Weges, wie tief im Tal ein paar Lichter aufblinkten.

Wieder klang nun auch die Glocke herauf. Ihr Schall kam aus der gleichen Richtung. Bald fiel eine zweite Glocke in ihr Geläute. »Jetzt sind wir gerettet,« rief Werner. Sie hatten nun beide die Deichsel des Wagens erfasst, und in eiliger Fahrt ging es weiter hinab. Als sie nach der letzten Kehre aus dem Wald bogen, lag da ein kleines Dorf vor ihren Augen. Nur wenige Fenster waren erhellt; aber auf einer sanften Anhöhe stand hell erleuchtet die Kirche.

»Das ist nicht die Stadt,« rief Margret.

»Ganz gleich,« gab Werner zurück. »Hier werden wir bleiben. Wir steigen zur Kirche hinauf. Irgend eine Seele wird sich schon finden, die mit uns Erbarmen hat.«

Dann hub die Orgel an, und nun schallte in freudigem Aufschwung das Lied zu ihnen herab:

»Heiligste Nacht,
Heiligste Nacht,
Finsternis weichet,
Es strahlet hienieden,
Lieblich und prächtig
Vom Himmel ein Licht.«

Als das Lied verklungen war, hielten sie vor der Pforte der Kirche. Margret hob das Kind aus dem Wägelchen; dann öffneten sie leise das Tor und traten in die kleine Turmhalle. Hier standen die Menschen dichtgedrängt. Eben war der greise Pfarrer auf die Kanzel gestiegen und begann das Weihnachtsevangelium zu verlesen. Nun war er bei der Stelle angelangt: »Und sie gebar ihren Sohn, wickelte ihn in Windeln und legte ihn in eine Krippe; denn sie hatten keinen Platz gefunden in der Herberge.« Da fiel sein Blick auf die junge blasse Mutter, die ihr Kind, in Decken gehüllt, im Arm hielt. Sie trug noch den alten Soldatenmantel um die Schultern; er sah, wie sie erschöpft am Arm ihres Mannes hing – und auch diesem stand die bittere Not des Flüchtlings in den Zügen.

Da stieg der Pfarrer von der Kanzel und schritt durch die Kirche hinab zur Turmhalle. Viele Augen folgten ihm. Und sieh: er nahm die junge Mutter bei der Hand und führte sie und ihren Mann hinauf vor die Krippe, die rechts neben dem Hochaltar stand. Er ließ sie dort niedersitzen. Darauf wandte er sich zur Gemeinde und las das Evangelium zu Ende.

Die Mutter saß derweilen, über ihr Kind gebeugt, neben dem Mann bei der Krippe. Der Pfarrer und solche, die in ihrer Nähe waren, sahen, wie ihr die Tränen rannen.

Da sprach der Pfarrer: »Den Sinn der Weihnachtsbotschaft, die ich euch soeben verlesen habe, liebe Pfarrkinder, brauche ich euch diesmal nicht auszulegen. Der Herr selber hat uns in dieser Stunde ein sichtbares Zeichen und eine Mahnung gegeben, wie wir Maria und Josef bei uns aufnehmen sollen. Wir wollen ihnen nicht, wie die Leute von Bethlehem, die Türen und Herzen verschließen. Wir wollen sie heute brüderlich an unserem Herd sitzen lassen und Leid und Not mit ihnen teilen. Dann wird auch Gnade, Friede und Freude unserem Hause zuteil werden, Amen!«

Dann stieg der Pfarrer wieder zum Altar und feierte mit der Gemeinde die Mette zu Ende.

Danach führte er das junge Paar in sein Haus und bot alles auf, um ihnen mit Speise und Trank und einem warmen Lager eine gute Herberge zu bereiten.

In den nächsten Tagen aber wetteiferten Frauen und Kinder mit ihrem Pfarrer, um ihnen mit Gaben aller Art ein wirkliches Weihnachtsfest zu schaffen.

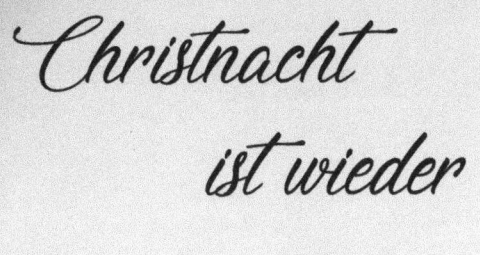

Christnacht
ist wieder

KLASSISCHE UND GANZ AKTUELLE

EIFELER WEIHNACHTSGESCHICHTEN

Weihnachtsevangelium auf Eifeler Platt

Wi eeser Härgott op de Welt kum

Opgeschriwen am Evangelium vum hellige Lukas am 2. Kapitel (Lk 2,1-20)
von Andreas Heinz (Auw a.d. Kyll)

Dumols, an désen Däg, kum en Uerder erous vum Kaiser Augustus fir de Leit ze zielen oechter et ganz Réich. Et wor di eescht Kär, datt su an Schätzung gehal guf, un et wor di Zéit, wi Quirinius eeschte Man a Syrie wor. Al séin se gaang, fir sech opschreiwen ze loassen, jedereeen an séng Hémichsstad.

Su hot sech och de Josef vu Galiläa, aus der Stad Nazaret, op de Wäch gemaach, fir an de Davidsstad ze gon, di Betlehem heescht, dofir, wäl hän ous dem Hous un vun dem David sénger Familech wor, fir sech mat Maria, sénger Brout, di iever hier Kand gung, opschreiwen ze loassen. Nou as et gescheht, wi se do woren, datt hier Zéit kum, datt se Motter gä sollt. Un se hot hiere Jung op de Welt broacht, den Eeschtgeborenen, hot hen a Windelen gewéckelt un an en Krepp geloacht, wäl a keem Wiertshaus en Innerkommen fir séi wor.

An där selwechter Gäjend woren Hiirten op dem Flor un se hun de Noacht iwer gewaacht bei hire Schofen. En Ängel vun eeser Härgott stuung op eemol béi hinen, un de Liichtglanz vum Härgott hot se umfaang, un se hun sech zegoods entsat. Den Ängel sot hinen: Erfeart ech net! Kuckt, ech son ech en good Neiegkeet, en gruuss Fraid fir de Leit allegor: Heit as fir éich an der Davidsstad den Heiland gebor. Et as Christus, den Här! Un huelt dat hei fir Zeechen: Der werd e Kennche fannen, a Windelen gewéckelt un an en Krepp geloacht.

Un är mer sech umsehn hat, wor béi däm Ängel en gruuss Schor vun hiimleche Geester. Séi hun dem Härgott séi Lov gesungen u gesot:

De ler Eesem Härgott am Himel
un op der Welt
Friden de Menschen,
mat dänen Hän et su good meent.

Wi de Ängelen vun hine fort rum hannecht an den Himel gaang woren, du soten de Hiirten eenen zom aneren: Da loass mer dach ees no Betlehem gon u kucken, wat do gescheht as, wat den Härgott ees ze wesse gedon hot. Un andäm se sech dummelen, kommen se dor u fannen Maria un Josef un et Kennchen an der Krepp. Wi se et suuchen, hun se erzielt, wat hinen iwer dat Kand gesot gä wor. Un al, di zogeloustert hun, kumen des net zo iwer dat, wat de Hiirten hinen erzielt hun. Dach Maria hot alles, wat gescheht as, sech zo Häerze gehuel un stell driwer nogedoacht. Un de Hiirten guungen heem. Se hun dem Härgott ler u Lov eropgeschéckt fir alles, wat se gehiert u gesehn haten, groad esu wi et hinen gesot gä wor.

Fritz Koenn

De Weihnachtsjeschicht op Eefeler Platt en ripuarischer Zong

Nohm Lukasevangelium

En dänne Zegge, wo dr Keeser Aujustus rejeert, koom eenes Dahs van Rom ne Bescheed, dat em janze jrueße Reich en Vollekszählung soll affjehalde wäere. Däer wor bos dar noch nie een jewäes. En dr Provinz Syrie wor für die Zällerej ene Statthalter namens Cyrenius zoständich. Jetz moht sich also jedereene en dämm Dorp oder en der Stadt melde, wo hä jeboere wor. Do wuer hä dann ennen lang Liss ennjedroon.

Och Josef van Nazareth maht sich op Jang. Häe moht nooh Bethlehem reese, de sojenannte »Stadt Davids«, denn häe stammb us der Famellich vam alde Könning David. Mot öm zesame trok Maria, seng Frau, die huh en Hoffnung wor.

Sej wore noch net lang do, wie Maria merk, dat et loss jeng. Onn et koom e Kindche op de Welt, e Jöngelche! De Mama doot et wengdele onn laht et en de Foderkrepp van enem Stall – e anger Quarteer hatten se nirjends vonge.

Net wegg drvan stonnen op frejem Feld e paar Hirte onn heelte Waach bej ihre Deerer. Op eemol soochen sej ene helle Lietescheng, onn ene Engel des Häeren koom op sej an. Sej verschreckte sich ärch onn kroochen es mot dr Angs ze dohn. Dä Engel ävver saht für sej: »Nu sed net bangk, ihr Löckcher, denn wat ich üch hee ze verzälle han, dat os en jrueß Freud für üch onn für et janze Vollek: Höck os nämlich hee en Bethlehem dr Heiland jeboere, dr Messias, dr Här! Onn heedran sollt ihr häe kenne: als kleen Ditzje lett häe, enjedräht en Wengdele, ennener Foderkrepp do hönge en dämm Oeßestall.«

Onn emmer mieh Engele koome herbej, su vell, dat mr sej net zälle konnt. Onn sej doote mot ihrem wunderbare Jesang Jott en dr Hüh ihre onn dänne Mensche op dr Erd dr Fredde wönsche. Dann durt et nemmieh lang, onn all die Engele wore wedder en dr Hemmel erop jevahre.

Wie die Hirte sich wedder jätt van der Opräjong erpack hatte, raaften sej sich op onn reefe: »Nu lossemer ävver flöck hönge nooh Bethlehem lofe onn kicke, wat do alles passeert senn soll!«

Onn sej koomen en dr Stall unn sooche do mot eejene Ore Maria onn Josef, onn dat Kindche looch zefredde en dr Krepp.

Nue verzohle sej, wat dä Engel enne des Naht alles övver hee dat Könk jesaht hat. Onn all, die dat huete, konnte sich net jenooch dadrövver wongdere. Maria ävver verwahrt alles stell en ihrem Herze.

Dann troke de Hirte wedder zeröck bej ihr Deerer onn dankte onn loevte Jott für alles, wat sej jehuet onn jesehn hatte onn enne vam Engel jesaht wor wuere.

(Frej »övversetz« nooh Lukas 3, 1-20)

Peter Kremer

Der Gang zur Mette

Als noch die Martentaler Mühle den Bewohnern von Leienkaul und Mül-lenbach und auch den zahlreichen Höfen und Weilern der Umgegend das Korn mahlte, hatten die Müllersleute einen beschwerlichen Kirchweg. Sie gehörten zur Pfarrei Masburg, und bis dahin ist der Gang recht weit und müh-sam. Nur einmal im Jahr hatten sie es leichter: am Ostermontag, wenn von Masburg die Pfarrprozession ins Martentaler Wallfahrtskirchlein kam zum feierlichen Hochamt. Aber trotz des mühevollen Weges fehlten sie in keiner sonntäglichen Messe, und auch an jedem Feiertag knieten sie fromm unter den Masburger Leuten. Selbst in der Heiligen Nacht konnte kein Wetter sie abhalten, im Pfarrdorf die Mette zu besuchen.

Auf einem solchen Gang hatten sie einmal ein seltsames Erlebnis. Den ganzen Tag hatte es gestürmt und geregnet. Lange hatten sie hin und her gesprochen, ob bei diesem Unwetter der nächtliche Gang nicht besser unterbliebe. Doch noch nie hatten sie die Mette versäumt, und so brachen sie um Mitternacht auf. – Es war stockdunkel; man sah keine Hand vor den Augen. Mächtig rauschte der Bach; der Sturm fauchte durch die Wälder. Überall hörten sie neue Quellen sprudeln; ihre Schritte patschten; in allen Weggleisen und Rinnen stand fuß-hohes Wasser. Der Knecht schritt mit der Laterne voran; hinter ihm stapften die vermummten Müllersleute.

Als sie auf der Breitenbacher Höhe waren, sahen sie plötzlich vor sich ein Licht. Es schien über einen Acker zu gehen; es schwankte dicht über dem Boden; sie konnten nicht sehen, ob es jemand in der Hand hielt. Jetzt war es nur noch ein glimmendes Fünkchen. Aber nun kam es denselben Weg zurück; das Fünkchen wurde größer, es näherte sich. Es schien etwas zu suchen. Da blie-ben sie stehen und lauschten. Der Knecht hob seine Laterne; aber das seltsame Licht schritt ruhig weiter. Sie hörten keine Tritte; doch jetzt konnten sie eine Laternenhülle erkennen. Und wie sie nun hinsprangen, sahen sie in der breiten Grenzfurche zweier Äcker einen alten, gebeugten Mann stehen; der hielt das

Licht in der linken Hand und mit der rechten presste er einen schweren Stein an die Brust. Er keuchte und stöhnte; seine Augen irrten durch die Furche, als läge darin seine ewige Seligkeit. Er jammerte und murmelte immerfort vor sich hin: »Wo setz' ich meinen Stein? Wo setz' ich meinen Stein?« – Da wusste der Müller, dass er einen Furchengänger vor sich hatte, der einen Grenzstein schleppen musste, denselben Stein, den er zu Lebzeiten voll Habgier dem Nachbar heimlich versetzt hatte.

Er erschrak zwar, aber der Arme dauerte ihn auch, weil er wegen dieser einen Sünde keine Ruhe im Grabe finden konnte. Und weil jetzt doch die Heilige Nacht war, die der Erde den Frieden gebracht, wollte er auch dem Toten dieser Nacht den Frieden schenken. Er wusste, dass man Furchengänger nicht stören darf und dass sie erlöst sind, wenn sie auf ihre eigene Frage die richtige Antwort erhalten, und die hatte ihm einst sein Vater berichtet. Darum rief er zu dem Männlein, als es ganz nahe vor ihnen stand und seine dunkle Frage murmelte: »Setz ihn, wo du ihn nahmst!« – Da ließ der Alte plötzlich seinen Stein in die Furche fallen und schrie voll unbeschreiblicher Seligkeit: »Hab Dank, du hast mich erlöst!« Das Licht erlosch, und es war nichts mehr zu sehen.

– So hat der Martentaler Müller auf diesem erschwerten Gang zur Masburger Mette einer armen Seele den Frieden gebracht.

Heinrich Ruland

Eifelweihnacht

Diese Nacht ist die Heilige Nacht. –
In den Dörfern und Höfen geht niemand zur Ruh.
Die Scheite im Ofen verknistern sacht;
Und Bauer und Bäuerin, Kind und Magd
Bei der surrenden Lampe halten Wacht
Und sprechen die alten Kindergebete;
Singen von Hirten auf Bethlehems Flur.
Und wird es stille: im Stalle nur
An den Ketten zerren Ochs und Kuh,
Und der Sturm springt ans Fenster und macht Huhu!

Durch die Täler der Eifel geht
Stärker als Angst und Not ein Frohlocken.
Über die Höhen der Eifel weht
Der Hall der sturmverlorenen Glocken.
Alle Wege sind hoch verschneit,
Vom Schnee verschüttet sind alle Pfade.
Läuft der Engel, der Künder der Gnade,
Zwängt sich durch Türen niedrig und schmal,
Drängt sich in dumpfige Stuben hinein,
Tritt wie irgendein Nachbarkind
In grobem Mantel, durchfroren und fahl,
Zu Bauer und Bäuerin in den Schein. –

Wie seltsam und tief seine Stimme spricht,
Heben die Köpfe sich lauschend ins Licht,
Verstummt das Beten mit einem Mal.
Im Stalle schweigen Ochs und Kuh;
Der Sturm legt sich auf der Schwelle zur Ruh.

»Nicht nehme ich Sorgen und Beschwerden;
Euer Teil bleibt Armut und Leid.
Ich bringe den Frieden, den Frieden auf Erden,
Euch, die ihr guten Willens seid.«

Peter Kremer

Bei den Himmeroder Mönchen

Mit einem Freund wanderte ich am Christabend über die Hochfläche zur Mette nach Himmerod. In den Tagen und Nächten vorher war viel Schnee gefallen; aber heute war Tauwetter eingetreten. Drunten im Tal, woher wir kamen, waren die Straßen und Wiesen schon wieder blank gewesen, und nur hier und da hatte im Graben noch Schnee gelegen. Doch auf der Höhe lag die ausgebreitete Landschaft noch tief verschneit um uns. So war es hell ringsum; weiß lief die Straße dahin; auch die Bäume am Rande trugen noch ihren weihnachtlichen Schmuck: auf allen Ästen und Zweiglein glitzerten flockige Schneerippen. Der Wetterumschlag war jedoch auch hier oben bemerkbar. Es ging ein leises Knistern mit uns; bald rutschte hier eine Schneelast, bald zerfiel dort ein Häuflein, auf den Äckern bröckelten Schollen auseinander; überall war geheimnisvolles Leben. Die kleinen Erdgeister waren am Werk, flüsterten miteinander und schafften unter der weißen Decke.

Die Dörfer, durch die wir schritten, schliefen. Hinter den dunklen Fenstern mochten nun wohl die Kinder vom Christkind träumen, vom strahlenden Licht der Mette und von der Krippe mit den Kühen und Schafen. Es ging bald auf Mitternacht zu. Da sahen wir auf freiem Feld einen kleinen Wohnwagen stehen. Aus den Fensterchen fiel ein Lichtschimmer und zeichnete sich auf dem Schnee ab. Wir blieben stehen und gingen dann näher heran. Durch viele Ritzen und Löcher drang die Kälte in das ärmliche Heim. Aber noch mehr sahen wir: ein Tannenbäumchen stand drin, woran zwei Kerzen brannten. Fahrendes Volk, das Weihnacht feierte! Es ergriff uns eine seltsame Rührung. Und als dann auf einmal aus dem Wagen das Lied von den Hirten erklang, denen der Engel auf dem Felde erschien, um zu verkünden, dass das göttliche Licht geboren sei, da sangen wir draußen mit. Und schon in diesem Augenblick hatte uns das Weihnachtswunder ergriffen; wir waren Gott ganz nah, und es war uns, als trügen uns die Töne des frohen Liedes fort aus dieser Schneelandschaft in die große, weite Ewigkeit. Der Hauch der Güte Gottes und ein Ahnen der echten

Weihnachtsfreude drang aus dem bitterkalten Kesselflickerwagen zu uns heraus und wärmte uns wie die Armen darin.

»Das sind die ersten«, sprach mein Freund im Weitergehen, »die zur Krippe eilen dürfen, die Ärmsten, die Ausgestoßenen und Heimatlosen, wie auch die Hirten zuerst berufen wurden; dann erst dürfen die Reichen kommen, die Könige und die Gelehrten.«

Dann schwiegen wir wieder und marschierten still voran, So ein Gang in der Heiligen Nacht durch die winterliche Gebirgslandschaft ist erfüllt von geheimnisvollen Schauern. Kein Stern leuchtet vom Himmel; Nebel verbarg uns die Ferne, Wir suchten nach den Lichtern der Höfe und Forsthäuser, aber es gelang unseren Augen nicht, das graue Meer zu durchdringen. Plötzlich sahen wir vor uns schwankende Lichter, und nun kamen sie von allen Seiten auf uns zu. Es waren Männer und Frauen von den umliegenden Dörfern, die, auch schweigend, mit der Handlaterne durch den Schnee zur Klostermette stapften, auch mit der köstlichen Gewissheit im Herzen, dass das Licht der Welt durch alle Finsternis leuchte.

Als wir in den großen Kunowald kamen, packten uns die nächtlichen Schauern aufs stärkste. Der ganze Wald war verschneit; auf den mächtigen Fichten lag der Schnee in Klumpen, Die Last war den Ästen schier zu schwer; sie bogen sich tief. Aber die große Einsamkeit, die sonst mit hohlen Augen aus diesem Walde schaut, war heute von hundert Geräuschen gestört. Es taute auch hier; es ging ein dauerndes Flüstern durch den winterlichen Forst. Der Wald war lebendig: dürre Zweige brachen, die Schneelasten barsten und ächzten, an den Nadeln hingen wie feine Glaskügelchen durchsichtige Wasserperlen, die sich fortwährend ablösten. So glichen die mächtigen Fichten riesigen Weihnachtsbäumen, an denen knisternde Kerzen tropften.

Auf der Höhe des Salmtales blieben wir stehen. Da lag in der schmalen Lichtung das Kloster dicht vor unseren Füßen. Es war schon erleuchtet. So bot sich uns ein Bild, wie fromme Meister die Weihnacht zeichnen. Von drei Seiten umrahmte der Wald die Gebäulichkeiten des Klosters, das sich in das enge Tal birgt. Nur nach Nordwesten, woher das Bächlein fließt, lag ein offenes Tor. Da sieht man an hellen Tagen grüne Wiesen und ganz weit im Hintergrund Dörfchen, die sich an die Hänge schmiegen. Aber nun war alles zugeschneit. An der

Ringmauer hatte sich der Schnee hochgetürmt, so sah sie aus wie die Schnee-mauer, die in Märchen der liebe Gott frommen Menschen in bösen Zeiten um ihr Haus fügt. Alle Dächer, Erker und Türmchen trugen Pelzkappen. Auch über die gewaltige Fassade und die andern stimmungsvollen Ruinen der alten Barock-kirche zog sich ein weißer Streifen. Dieser silbrig glitzernde Streifen verbarg die augenscheinlichsten Wunden, und die ausgebreitete Schneedecke verband alles, Natur und Bauten, Altertum und Neuzeit, zu einer malerischen Harmonie.

Da hallte der Schlag der Klosteruhr zwölfmal durch die Stille. Und nun fing auch das Glöcklein zu läuten an; es bimmelte überfroh, als wüsste es von der Freude dieser Nacht. Von allen Seiten eilten dunkle Gestalten dem Portal zu. Als auch wir dann in die geräumige Klosterkapelle kamen, waren »die grauen Mönche« schon versammelt und sangen im Wechsel die vorgeschriebenen Gebete für den Empfang des göttlichen Kindes. Noch dämmeriger war es im Raum, und die frommen Väter trugen noch das graue Gewand. Erst als sie alle hinausgegangen waren und das Glöcklein schwieg, ward jäh die Kapelle in eine Fülle von Licht getaucht. Nichts darf dem Dienst Gottes vorgezogen werden, hat Sankt Benedikt gelehrt. Auch die Armut nicht! So entfalteten nun, da die Geburtsstunde des Lichtes gekommen war, die armen Zisterziensermönche alle Pracht, deren sie fähig sind. Da wuchsen die Tannen, über und über mit Silber-fäden umsponnen, da brannten hunderte von Kerzen, an der Decke flammten und gleißten die Kronleuchter, da stand die Krippe mit den Kühen und Schafen, und um sie herum war ein Strahlen und Glitzern wie von überirdischem Schein. Ein Wald voll Licht!

Als dann aus dem Harmonium mit zarten Stimmen das Lied von der Heiligen Nacht anhub, da mussten wir mitsingen, und weil die Kapelle gefüllt war bis zur Tür hinaus und alle einfielen, so klang das Lied mit Kraft und doch voll Bebens hinaus in den Winterwald:

»Stille Nacht, Heilige Nacht!
Alles schläft, einsam wacht
nur das traute, hochheilige Paar
holder Knabe im lockigen Haar,
Schlaf in himmlischer Ruh'!«

Und als wir die dritte Strophe sangen, hielt der Konvent seinen feierlichen Einzug. Noch war die Zahl gering; ein Dutzend Patres zählte ich und fast zwanzig Laienbrüder, und in früheren Glanzzeiten waren es schon sechzig Väter und zweihundert Konversen. Aber es war ein ergreifender Augenblick. Jetzt trugen die Mönche lichte, weiße Chormäntel. Zuletzt schritt in seidenem Schulterkleid und weißseidenen Schuhen Abt Carolus. Ihm trugen zwei Novizen Stab und Mitra nach. Nachdem dem Abt auf seinem Scharlachthron die Festgewänder umgelegt worden waren, begann das heilige Opfer. War das eine erhebende Feier, wie da der Abt unter Assistenz seiner Mönche mitten in der Nacht die Mette zelebrierte! Und die nicht am Altar standen, sangen mit dem Harmonium die alten Weihnachtschoräle. Alleluja! Alleluja! Christus ist geboren. Das Kindlein liegt in der engen Krippe und ruht in Windeln; aber es ist doch der weise, große Gott; es ist der wesensgleiche Sohn des Vaters, der Welt als König und Erlöser geschickt!

Wie jubelt das »Gloria in excelsis Deo« zum Himmel empor; es war, als schwebten Engel um den Altar, und Engel und Mönche riefen es unaufhörlich: »Ehre sei Gott! Friede den Menschen, die guten Willens sind!« – So nahm das nächtliche Opfer seinen Fortgang. Immer wieder klang das Frohlocken durch und die kindliche Freude, dass Gott endlich die Finsternis der Nacht durch den Aufgang des wahren Lichtes erhellt habe.

Und viele Bauersleute, die mit der Laterne gekommen waren, empfingen aus der Hand des Abtes das Christkind in der Gestalt der heiligen Hostie, und sie nahmen den Herrgott mit auf den Heimweg. – Still beglückt gingen auch wir nach der Feier wieder heimwärts. Und siehe! Nun funkelte ein Stern vom Himmel, ein einziger nur; aber in unserer Seele brannte noch hell das Licht der Klostermette. Unser Herz klang voller Weihnachtsweisen. Denn das Wort war Fleisch geworden. Alleluja! Und wir hatten seine Herrlichkeit gesehen, eine Herrlichkeit, wie die des Eingeborenen vom Vater, voll Gnade und Wahrheit. – Als wir wieder im Tal waren, riefen dort die Glocken zur Mette. Und daheim erging es uns wie den biblischen Hirten: Wir erzählten, was wir gehört und gesehen hatten.

Heinrich Ruland

Mathias, der Schäfer

Lukas, 2,8-19.

Ich könnte viele und wunderliche Geschichten aus dem Leben des einfältigen Schäfers erzählen, aber was hat es für einen Wert, dies zu tun, da seine Jahre dahingegangen sind, als wären sie nur ein paar Wintertage in einem abgelegenen Eifeltal gewesen? Nun war es so mit ihm, dass er, auf den Sommer schimpfend, der ihm die saftigsten Weiden versengte, und die Seuche verwünschend, die ihm die besten Tiere dahinraffte, dass er verbittert in seinem kleinen Häuschen saß, das tief im Schnee steckte und so winzig an dem Berge hing, als sei nur ein Dutzend Dachschindeln an diese Stelle geweht worden. Die Bauern hatten ihn aufgegeben, da er tappig und zu nichts mehr nutz sei, und wenn er in den ersten Tagen des März durch keimende Wiesen und Felder den Höfen zuschritt, begegnete ihm allenthalben der junge Schäfer, der flink hinter der Herde her war und, lustig und guter Dinge, über sein breites, frisches Gesicht lachte. Mathias saß wie auf einem Altenteil einsam in dem kahlen Raume, der zum Frösteln kalt war, obwohl in dem gusseisernen Ofen ein Feuer brannte und der rote Schein von Flammen an den Wänden hin- und herzuckte und selbst da ein Lebendiges hinzauberte, wo nichts war, als einige starre und unbewegliche Heiligenbilder. Er hatte eine Kerze, die er sich für die Stunden der Gewitter aufgespart hatte, angezündet und die braunen, knochigen Hände darum gelegt, damit sie von der Wärme ein Strählchen auffangen und dem Blute zuführen sollten. Und die Kerze, die trotz der zugigen Fenster still und ruhig im Schutze seiner breiten Hände glomm, erinnerte ihn mit ihrem Duft und ihrem Schimmer so etwas an das Weihnachtsfest, von dessen Segen und Lieblichkeit die Glocken in den Tälern eben anhuben zu künden und zu singen. Mathias hatte versucht, sich gegen das Fest und seine heimliche Gnade mit der ganzen Rauheit seines gequälten Gemütes zu wehren; aber merkte, dass die Gedanken immer wieder aus dem engen Pferch entkamen, und er sah, dass das Fest ihn nach und nach ganz erfüllte und dass es ihn hinausführte aus der Bekümmernis seines Daseins in den Himmelsfrieden, der von einem lieblichen

Kind betreut war: so, als führte er selber seine von vielen Enttäuschungen und Entbehrungen widerspenstige Herde in ein Tal voller Wiesen und Sternblumen. Und plötzlich nahm er die Hände von der Kerze, dass sie zitternd aufflackerte, und streckte sie der Finsternis des niedrigen Fensters entgegen, hinter dessen Scheiben verlorene Klänge wehten, als riefe auch Nacht und Flockenfall eine Stimme, die dunkel und geheimnisvoll war und von einem großen Geheimnis redete. Der dürre Baum schlug an das Fenster und der Sturm, der mit einem Mal einsetzte, war wie das Rauschen großer Fittiche. Dem alten Schäfer fielen die Worte ein, die er alljährlich um diese Zeit gehört hatte, und die wie ein oft wiederholtes Gebet in seinem armen Gedächtnis geblieben waren: »Und Hirten waren in derselben Gegend, die hüteten und Nachtwache hielten bei ihren Herden.« Wort für Wort des heiligen Evangeliums kam ihm in den Sinn und es war ihm, als enthülle sich ihm erst heute ihre ganze Seltsamkeit: noch nie hatten die Worte so klar, so eindringlich zu ihm gesprochen wie in dieser Stunde, die er um ihrer Trostlosigkeit willen wegtun wollte aus seinem Leben, als hätte er sie nie gelebt. Er begriff, was sie meinten, dass von ihm die Rede war und dass das Schäferamt, das sie ihm bereits genommen hatten, heute seine himmlische Weihe und seinen Segen bekommen sollte. Ja, diese Nacht war wirklich die Heilige Nacht, und die Flur, die sich weit und weiß vor seinem kleinen Hause dehnte, die sich hier hinunter senkte zu den Lichtern des kleinen Dorfes, die drüben hinaus schwoll zu den schwarzen, brausenden Wäldern, war die Flur von Bethlehem. Aus seinem Herzen war alle Trübsal gewichen und es war wieder das alte Kinderherz, das an lustige Dinge dachte und das sich mit einem Mal berufen fühlte, einem kleinen Gotteskinde ein klingendes Spielzeug zu sein. »Ich komme, ich komme!« rief Mathias, suchte in glückseliger Aufregung den schon rostigen Schäferstab und den zerschlissenen, ausgedienten Mantel und stapfte hinunter in das Tal, wo er die Krippe und das Kind fand, wo ihm gute, von der sanften Gewalt dieser Nacht berührte Menschen einen vollen Tisch bereiteten und ein warmes Nachtlager zurecht machten.

Es gibt viele und wunderliche Geschichten aus dem Leben des einfältigen Schäfers, die zu erzählen keinen Zweck hat. Diese eine aber ist erzählt worden, weil sie in den Eifelbergen immer noch umgeht, und weil immer wieder ein Mathias ist, der sie, sich und anderen zum Troste, lebt.

Peter Schröder

Im Weihnachtswald

Der Wintersturm braust heulend durch den Wald,
Verschneit die Fluren und die braune Heide.
Und endlos dehnt sich rings das Eifelland
In seinem lilienfarben Himmelskleide.

Die Tannen stöhnen unter ihrer Last,
Und aus den Zweigen kommt ein banges Ächzen,
Die süße Vogelkehle ist verstummt,
Nur aus der Luft schrillt hohles Rabenkrächzen.

Da bricht hervor aus grauem Wolkenflor
Wie Himmelsgruß ein lichtes Sonnenblitzen;
In Demantpracht erglänzt der Winterwald,
Und Funken sprüh'n von allen Nadelspitzen.

Da geht es wie ein Raunen um und um,
Der Bach im Grunde murmelt holde Kunde:
»Ich weiß«, so flüstert er geheimnisvoll,
»Nun naht das Glück der heiligen Weihnachtsstunde.«

Ludwig Mathar

Weihnachten 1649

War *das* eine traurige Weihnacht anno 1649 in dem Venndorf Kalterherberg!

Noch waren die Gräber frisch zugeworfen, die rings um das Kirchlein die Leiber der Gefallenen deckten. Noch schaute der Friedhof wie eine zertrampelte, barbarisch wüste Walstatt aus. Hatte doch vor zwei Wochen auf dieser gottgeweihten Stätte ein wilder Kampf getobt. Die Lotharingier, die entlassene, zuchtlose, beutegierge Soldateska Herzogs Karl IV. von Lothringen, hatten von St. Vith aus sengend und brennend, mordend und plündernd das Monschauer Land durchzogen. Bis ins Ländchen der Reichsabtei Kornelimünster, ja bis vor die Tore der Reichsstadt Aachen waren sie vorgedrungen und hatten Walheim und Rohren (Raeren) ratzekahl geschoren. Von racheschnaubenden Münsterländern im Verein mit den Monschäuern waren sie auf ihrer Heimkehr, mit Beute beladen, toll und voll gesoffen, in Kalterherberg gestellt worden. Auf dem Kirchhof verschanzt, hatten sie sich gegen die erbitterten Kalterherberger, deren Hütten sie auf dem Anmarsch verbrannt, deren Vieh sie weggetrieben und an ihren Lagerfeuern verschmaust hatten, auf Leben und Tod verteidigen müssen. Dabei hatte aber mancher schlecht bewaffnete Vennbauer trotz aller Tapferkeit dies Wagnis mit dem Leben bezahlt. Auch die Münsterländer hatten manchen Toten und Verwundeten durch die Wälder nach Hause getragen und im nahen Monschau klagte manche Mutter und Witwe, manche Gattin und Braut um ihren Lieben, den sie in dem wilden Getümmel verloren hatte.

Weihnachten? Wie konnte man *das* feiern wo die Toten noch kaum in der entweihten Erde lagen? Weihnachten? Wo sollte man *das* begehen, wenn das Kirchlein ausgeplündert und schändlich besudelt war.Weihnachten? Wie sollte man *dazu* Lust haben, wo das halbe Dorf niedergebrannt war? Weihnachten? Wo gab es denn in den ausgefegten Hütten noch eine Krippe? Weihnachten? Wo man in der ausgeraubten Küche hungern und frieren musste?

Und doch! Einer sann und sann ohne Unterlass darüber nach, wie er seinen lieben Kalterherbergern eine rechte schöne Weihnacht nach altem Brauch bescheren könne: Stephan Horrichem, der Prior von Reichenstein!

War das Christkind nicht auch in einem kahlen, kalten Stall zu Bethlehem geboren worden? Waren seine Eltern nicht auch ohne Herberge gewesen? Und können sie in ihrem ausgeplünderten und verunreinigten Kirchlein nicht Weihnachten feiern, keine Krippe aufbauen, so will ich das in unserer unversehrten Klosterkirche tun! Jahrhundertelang sind die Kalterherberger ja auch auf dem Messe-Weg nach Reichenstein, dem Prämonstratenserkloster, zur Messe gegangen.

Das Herz wurde dem guten Prior von Reichenstein weich. Die armen Leute! Wie tun sie mir leid! Entzünden muss ich das Feuer der Hoffnung wieder in ihren Herzen! Das Christkind, ein Kind armer Leute, geboren in einem Stall, muss ihnen wieder Freude ins Herz lächeln. Hat Christus nicht, vom ersten Schlag seines Herzens, in diesem Tal der Tränen Elend und Schmerzen erlitten, bis zu dem Tage, wo er am Holz der Schmach für uns arme elende Menschen gestorben ist? Und ist er dennoch nicht glorreich wieder auferstanden? Ja, so werde ich zu ihnen sprechen!

Und sind wir Söhne des hl. Norbertus nicht auch selbst elend wie ihr? Ist unser armes wehrloses Kloster nicht auch von diesen Lotharingiern ausgeraubt worden? Ist unsere Klosterkirche nicht auch zugerichtet wie ein Schweinestall? Aber ich werde eine Festhalle daraus machen! Und das Christkind soll in seiner Krippe wie ein Königskind von Lichtern umstrahlt sein! Und allen Hungernden und Frierenden muss geholfen werden. Bruder Norbert Horrichem, der Abt von Steinfeld, muss mir dabei zur Seite stehen. Bin ich nicht der Vater des Venns? Sind die Kalterherberger nicht meine liebsten Kinder?

Und Stephan Horrichem, der Prior von Reichenstein, schuf in kurzer Zeit Wunder. »Sie haben Vater, Sohn oder Bruder, haben Haus und Vieh verloren, sollen sie nun auch zu Weihnachten heimatlos sein?« Damit spornte er seine Mönche an. Da wurde die Klosterkirche blitzblank gefegt und mit Wacholdersträuchern geschmückt. Da zierte eine schmucke Leinendecke, ein Wald von Kerzen, die der Prior mit vielem anderen aus Steinfeld mitgebracht hatte, den Altar, über dem die Krippe des Christkindes zwischen mächtigen Kiefern aufgebaut war. Da wurde der Speisesaal gekehrt und geschmückt und mit roh zusammengeschlagenen

Tischen versehen. Als der Schaffner des Klosters sich darob die Haare raufte, lächelte der Prior verschmitzt: Wenn sie zum Christkind kommen, die Armen, die nicht Hof noch Haus mehr haben, so müssen sie doch eine Herberge finden!

Und am Hl. Abend, als die Nebel dicht über dem Venn brauten, als ein schwerer Mantel von Schnee über den Trümmern des Dorfes lag, pilgerte ein langer Zug von Kalterherbergern über das knirschende Weiß. Wie einst, da noch kein Kirchlein sich über der weiten Höhe zwischen Rur und Schwalm erhob. Sie stapften schwerfällig und traurig über den Messe-Weg dahin, die wenigen übrig gebliebenen Männer, den schweren wollenen Pufant um den Hals über dem vom Kampf noch zerfetzten Leinenkittel, die Frauen und Mädchen die schwarze selbstgestrickte Wollhaube um die verhärmten Gesichter, den schwarz-grün und blau-rot gestreiften Tirteyrock darüber geschlagen.

Hoffnungslos schritten sie in der schmalen Schneespur dahin. Nur die Kinder trippelten sorglos und frohgemut den Eltern voran. Die kecken Buben sprangen sogar aus der Reihe in den tiefen Schnee, warfen die sittsam schreitenden Mädchen mit Schneebällen und rannten Hals über Kopf ins Rurtal hinab, liefen den Hügel zum Kloster hinauf um die Wette: Wer ist zuerst da?

Wie staunten alle, als sie in die Klosterkirche traten! Wie im heimischen Vennwald war dort eine Krippe aufgebaut, von Kiefer und Wacholder umgeben. Und in der Krippe lag auf Stroh ein in Windeln gewickeltes Kind. Ein Armeleutekind. Und Ochs und Esel schauten ihm zu. Wie Bauersleute Maria und Josef, sie im Tirteyrock, in Wolljacke und Haube, er im Blauleinenkittel, in schwarzer Tuchkappe und Pufant.

Nach dem »Gloria in excelsis Deo« trat Pater Stephan Horrichem vor seine Kalterherberger hin: Warum seid ihr so verzagt? Waren Maria und Josef nicht ebenso verlassen wie ihr? Lauerte nicht schon der Tyrann Herodes nach des Kindleins Leben? Mussten sie nicht bald sogar außer Landes, nach Ägypten fliehn? Ihr aber habt doch noch eine Heimat. Liegt sie auch in Schutt und Asche. Aber ihr könnt sie im Frühjahr doch wieder aufbauen. Und ich, der Sohn des Halffen von Erp, ich helfe euch dabei. Kann ich doch auch noch die Axt schwingen. Stämme im Vennwald fällen, sie behauen und zu Fach und Dach fügen. Und meine Mönche werden die Handlanger und Gesellen machen. Schaut nicht so traurig drein, meine Lieben! Kalterherberg wird wieder auferstehn!

Seht das Kindlein an, wie es lächelt! Ein Armeleutekind. Und doch der Herr der Welt, der euch helfen kann und wird. Dies Lächeln bedeutet: Warum denn so kleinmütig? Habt ihr denn nicht noch eure Kinder? Ei, da seh' ich ja, die lieben Spielgesellen? Brav, dass ihr durch Eis und Schnee zu mir gekommen seid! Ich weiß ja, ihr seid mir treu, ihr verliert nicht den Mut. Ihr fürchtet euch auch vor den Lotharingern nicht. Darum versprech' ich, euch groß und stark zu machen, dass ihr euren Eltern in ihrer Not helfen könnt. Schaut sie euch an, die lieben Kleinen! Seid ihr nicht glücklich, nicht reich, ihr Eltern, weil ihr solche Kinder habt? Müsst ihr nicht dankbar sein, dass Gott sie euch behütet hat? Ist das nicht das schönste Weihnachtsgeschenk?

Und die Kinder sangen:

»Zu Bethlehem geboren
ist uns ein Kindelein,
das hab' ich auserkoren,
sein eigen will ich sein!
Eija, eija!
Sein eigen will ich sein!«

Da wurden auch die Augen der Eltern hell und froh. Da erblühte wieder Hoffnung in ihren Herzen. Und welche Freude erst, als die Messe zu Ende war! Als alle in den Remter des Klosters geladen wurden. Welcher Jubel der Kinder, lärmend der Knaben, züchtig der Mädchen. Für jeden ein Teller mit Apfel und Nüssen, mit Printen und Spekulatius.

Stephan Horrichem, wo hast du das alles aufgetrieben? Prior von Reichenstein, bist du nicht ein arger Verschwender? Hat dein Schaffner nicht recht, wenn er knurrt: Das hätten *wir* besser brauchen können! Haben die Lotharingier uns doch auch Küche und Keller gefegt.

Still, still! Pater Norbertus! Haben wir denn nicht noch ein Dach über dem Kopf. Still, still, liebe Mitbrüder! Nach Weihnachten häng' ich mir wieder den Bettelsack um. Ihr kommt schon nicht zu kurz. Ist die Freude dieser Armen denn nicht für uns Diener der Armen das schönste Geschenk?

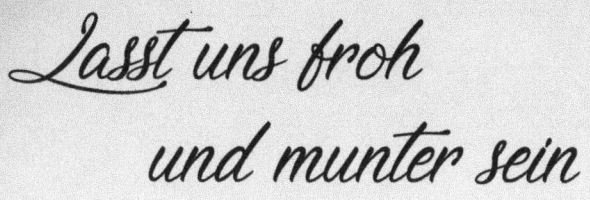

Lasst uns froh
und munter sein

WIE IM ALTEN NIKOLAUSLIED GEHT

ES IN DER KALTEN UND BESCHAULICHEN ZEIT

IN DER EIFEL (GOTTSEIDANK)

NICHT OHNE FROHSINN UND HUMOR ...

Hildegard Moos-Heindrichs

Das Stubener Christkind

Während ihre Mitschwestern in der Kapelle die Christmette feierten, brachte Schwester Hilleburgis, mutterseelenallein in ihrer Zelle, ihren Erstgeborenen zur Welt. Soeben hatte der Propst in der Kapelle nebenan das Gloria angestimmt, als eine letzte Presswehe das Kind zutage förderte und die Angst, entdeckt zu werden, ein Ende nahm. Sie zerschnitt die Nabelschnur, band sie mit einem Faden ab, wusch den Säugling notdürftig in einer Waschschüssel und wickelte ihn in ein Handtuch. Dann beseitigte sie alle Spuren des Geburtsgeschäftes, nicht ahnend, dass in wenigen Minuten die Nachgeburt eine zweite Säuberung nötig machen würde.

Bald betrat die Priorin die Zelle, um nach der Krankgemeldeten zu schauen, und fand ein schmales, blasses Gesicht, fast noch ein Mädchengesicht, den Kopf kahl geschoren, unter den groben, aber reinlichen Leintüchern hervorlugen.

»Oh, Ihr braucht ärztlichen Beistand?«, fragte sie.

Hilleburgis schüttelte den Kopf und schlug die Augen nieder. Aber schon war die Priorin, ohne weitere Untersuchungen anzustellen, wieder aus der Zelle geeilt.

Es dauerte nicht lange, und ein Schwarm junger Novizinnen flatterte herein, die sogleich den Rosenkranz zu beten begannen. Hilleburgis lag regungslos und mit geschlossenen Augen auf ihrem Lager. Nur hin und wieder nippte sie an der Teetasse, die ihr die Küchenschwester gebracht hatte. Im übrigen überließ sie sich gern dem frommen Geschnatter in ihrer Klause nach all den einsamen Stunden der Geburtswehen.

Plötzlich schrie das kleine Wurm unter der Bettdecke. Das Gemurmel brach mit einem Mal ab. Schwester Gertrudis, das Küken im Noviziat, stürzte ans Krankenlager, schlug die Decke zurück und fand das rosige, winzige Etwas in den Armen ihrer Mitschwester.

»Das Jesuskind, wahrhaftig, das Jesuskind«, hauchte Gertrudis fassungslos und sank ehrfürchtig in die Knie. »Wahrhaftig, das Jesuskind«, kam das Echo aus den übrigen Kehlen.

Hilleburgis sah sich unerwartet von lauter Bewunderinnen umringt, die ihrem Entzücken nicht genug Ausdruck verleihen konnten: »Wie niedlich, die Fingernägelchen, die Ohrmuscheln, die Stupsnase!« Bis die Novizinnenmeisterin den Huldigungen ein Ende bereitete, indem sie ihre Schützlinge wegen der Nachtzeit in die Zellen beorderte.

Am nächsten Morgen stellte sich, wie von Engeln herbeigeflogen, alles Erdenkliche ein, was eine Wöchnerin nur so wünschen konnte: Windeln, Babyhemdchen, Gummi- und Brusttücher, Wickelbänder, Rässelchen … Mit Tränen in den Augen umstanden die Spenderinnen das Bett, wagten kaum zu sprechen, aus Furcht, das schlafende Kind zu wecken, und schlichen auf Zehenspitzen wieder hinaus.

Die junge Mutter erholte sich schnell, und schon nach wenigen Tagen war sie in der Lage, am Gebetsleben des Konvents teilzunehmen. Als sie zum ersten Mal nach der Geburt den Nonnenchor betrat, nickte ihr die Priorin nur aufmunternd zu, als hätte sich nichts weiter als die Genesung einer ihrer Klosterfrauen ereignet. Dies war verständlich, weil schon in jener Heiligen Nacht ein Gespräch unter vier Augen zwischen der Priorin und der Novizinnenmeisterin stattgefunden hatte. Darin hatte es immer wieder geheißen: »Der Glaube unserer unschuldigen Vögelchen darf nicht gefährdet werden.«

Bis Maria Lichtmess blieb Hilleburgis noch von allen Klosterarbeiten befreit, aber auch hernach bekam sie mancherlei Rücksichtnahme zu spüren. Wenn sie wegen der Stillzeiten zu spät am Mittagstisch erschien, traf sie kein missbilligender Blick. Im Gegenteil, man suchte ihr die Wünsche von den Augen abzulesen. Sie brauchte nicht nach Babyhütern Ausschau zu halten, jederzeit boten sich mehrere Mitschwestern zur Betreuung des Kindes an. So wuchs der Säugling, von vielen Frauenhänden gehegt und gepflegt, bald prächtig heran, und obwohl er dem Propst wie aus dem Gesicht geschnitten war, wurde er der Anlass klösterlicher Freude, ja, der Stolz des ganzen Konvents.

Endlich sollte in den stillen Gängen ein wirkliches Kind aus Fleisch und Blut herumtollen. Ach, der Jesusknabe auf Marias Schoß hatte sich nie geregt, so oft man die Krippe auch aufgestellt hatte: stets dasselbe unvergängliche Lächeln, stets dasselbe blauäugige Aufschauen, stets dieselbe hingebungsvolle Armhaltung. Dieses lebendige Kind aber, das dem Kloster in der Heiligen Nacht geschenkt worden war, würde lachen und weinen, die Augenlider heben und senken, die Ärmchen ausbreiten und verschränken und für so manche Überraschung sorgen.

Hätten die Novizinnen gewusst, wie man ein solch lebendiges Menschenkind erwerben könnte, gewiss hätten sie keine Mühe gescheut, derselben Gnade teilhaftig zu werden, wie sie Schwester Hilleburgis gewährt worden war.

Als die Zeit des Breiessens nahte, saß der Kleine schon mit am Tisch und beherrschte die Tafelrunde. Alle Aufmerksamkeit galt nur ihm; ein Wink genügte, und ungezählte Leckerbissen wanderten zu seinem Teller. Beim Nachtisch stauten sich die Gaben vor seinem Platz.

Im Sommer lernte der Kleine, seine Gönnerinnen selbst auszuwählen. Auf allen Vieren kroch er in die Kammern seiner Lieblingsfrauen, so dass seine Mutter ihn oft zur Nachtruhe rufen musste. Anfangs ließ er sich geduldig forttragen; als er aber feststellte, dass seiner nur das Bett wartete, schrie er zum ersten Mal so durchdringend, dass im Nu der gesamte Konvent in Hilleburgis' Zelle versammelt war. Sofort verstummte der kleine Schreihals und weidete sich an dem Anblick so vieler besorgter Gesichter. Hände streckten sich ihm entgegen, die eine mit Zuckerstücken, die andere mit Heiligenbildchen, wieder andere mit einem Rosenkranz.

Fortan schlief der Junge nie wieder in seinem Bettchen ein und ließ sich nur schlummernd auf ein Lager betten.

Es war Advent, als der beinahe Einjährige seine ersten freihändigen Schritte wagte. Die Schwestern waren gerade beim Chorgebet, da sprang die Tür auf, und der Kleine stolzierte in die Kapelle. Mit einem Schlag brach der Gesang ab. »Er kann ja schon laufen!«, flog es von Mund zu Mund, und das Gegacker wollte nicht enden. An diesem Tag gab es keine Gebetsstunde mehr. Das Laufenkönnen des Jungen ließ alle Pflichten vergessen.

Der nächste Sonntag war Laetare. Was lag da näher, als einen Dankgottesdienst zu feiern. Der Propst las die Messe und hatte Mutter und Kind in der ersten Reihe Platz nehmen lassen. Da der fremde Herr es immer wieder holdselig anlächelte, rutschte es plötzlich von der Bank und begab sich, abwechselnd kriechend und unsicher tapsend, zum Altar. Schon reckte es seine Ärmchen dem Propst entgegen, so dass dieser, obwohl er gerade zur Wandlung schreiten wollte, das Kind emporhob und laut und vernehmlich sagte: »Deo gratias.« Er vergaß vor lauter Begeisterung, den Gottesdienst zu Ende zu führen; stattdessen ließ er das Kind mit den Wandlungsglöckchen spielen, zeigte ihm, wie man Kerzen auspustet, wie man das Tabernakel öffnet, wie man Weihwasser über die Gläubigen sprengt. Die Nonnen suchten Zuflucht in den Beichtstühlen und zwitscherten, um die Aufmerksamkeit des Kindes auf sich zu lenken, in allen Tonlagen: »Kuckuck!« Nun wollte der Junge den Vogelstimmen nachgehen. Wie jubelte er jedes Mal, wenn er statt eines Kuckucks eine Nonne entdeckte. Zuletzt wollte er sich selbst verstecken. Er deutete auf das kleine vergoldete Kästchen auf dem Altar, das noch einladend offenstand. Niemand von den Großen hätte hineingepasst. So war es nicht verwunderlich, dass dieses Kerlchen, so lange es seine Körpergröße erlaubte, der Einladung zu folgen wünschte. Ehe das Kind seinen Willen deutlicher kundtat, hatte der Propst es schon in das Tabernakel gesteckt und das Türchen zugezogen. Nun aber tobte der Kleine, unerwartet des Lichts beraubt, der Behälter begann zu schwanken, aber nur Sekunden, denn sofort befreite der Propst den Jungen wieder und überließ ihn seinen vielen Ersatzmüttern, die von allen Seiten herbeigeströmt kamen.

Für dieses Mal war damit die Spielstunde beendet. Aber nun drängte das Kind bei der kürzesten Andacht ins Gotteshaus, so dass ohne es keine kirchliche Veranstaltung mehr denkbar war. Es dünkte ihm kein Vergnügen köstlicher, als eine fromme Versammlung in eine fröhliche Spielgemeinschaft zu verwandeln.

Schließlich lag der gesamte Klosterbetrieb lahm. Nicht einmal die Weihnachtskrippe wurde zum Fest aufgebaut, denn das Jesuskind war ja leibhaftig im Kloster anwesend. So kam es, dass weder das Fest der Unschuldigen Kinder noch Dreikönig in das Bewusstsein der Klosterfrauen drang. Nur als sich dann im Februar einige kostümierte Kinder an der Klosterpforte zeigten, begriff Gertrudis, die gerade den Türdienst versah, den Stand des Kirchenjahres. Sie bat einen der kleinen Indianer um seinen bunten Kopfschmuck und drückte ihm ein paar Kerzenstummel in die Hand. Da beeilte sich nicht nur das Angesprochene, sondern auch die anderen Kinder, ihren Federputz abzunehmen und der Schwester auszuhändigen. Über und über mit Federn behängt, tauchte Gertrudis zur Essenszeit im Refektorium auf. »Es ist ja Fastnacht!«, rief der überraschte Konvent. Etliche versuchten, ihrer Mitschwester den Schmuck zu entreißen, andere legten ihren Schleier ab, um ihre Bereitschaft zur Verkleidung zu bekräftigen. Im Nu hatten sich, so weit die Mitbringsel reichten, die Ordensfrauen in eine Gruppe Wilder verwandelt, die mit wichtigen Gebärden bei dem Jesusknaben Eindruck schinden wollten. Doch dieser ließ sich, so lange es ihm mundete, nicht beeindrucken. Endlich war das Dankgebet gesprochen, da zog es die Frauen in ihre Zellen. Die Ordenstracht wurde an den Nagel gehängt und durch eine karnevalistische Kostümierung ersetzt, aus Laken, Tischdecken, Vorhängen, Schals zusammengewürfelt. Die Nonnen waren kaum wiederzuerkennen, als sie sich in ihrer neuen Aufmachung dem Jungen präsentierten. Kreischend und kichernd hüpften sie um ihn her und stießen wilde Schreie aus, die das Kind mit Vergnügen erwiderte.

Über all dem Treiben hatte die »Häuptlingsfrau« den Termin der nächsten Visitation aus dem Auge verloren. Als die Ausgelassenheit dem Höhepunkt zustrebte, meldete der Propst – sein ernstes Gesicht passte so gar nicht zu der lustigen Bemalung um Augen und Mund – die Ankunft des Bischofs. Mit einem Mal erstarb alle Freude, Totenstille trat ein, so dass das Kind vor Schreck zu weinen begann. Einige Nonnen versuchten noch mit Faxen und Grimassen, den Kleinen aufzuheitern, da stand plötzlich Seine Eminenz im Türrahmen, sichtlich erstaunt über das Bild, das sich ihm bot. Die Priorin warf sich sogleich zu Boden, die Novizinnenmeisterin fiel auf die Knie, Hilleburgis kreuzte ergeben die Arme über der Brust. Aber niemand fand ein erklärendes Wort.

»Es ist 19 Uhr«, brach der Bischof das Schweigen, »warum haben Sie sich nicht zur Komplet in der Kapelle versammelt? Warum haben Sie das Ordenshabit abgelegt und gegen eine solch lächerliche Verkleidung vertauscht?« Doch er erhielt keine Antwort.

So streng, beinahe scharf, hatte der Kleine noch keinen Menschen sprechen gehört. Zuerst verzog er nur das Gesicht, dann aber setzte er zu einem solch durchdringenden Gebrüll an, dass selbst der Bischof zusammenzuckte. »Wer ist der Junge«, fragte er verwundert, »wie kommt er in dieses Kloster?«

Nun war es Gertrudis, die als erste die Sprache wiederfand und laut und bestimmt verkündete: »Es ist doch das Jesuskind! Weiß Eure Eminenz nicht, dass es schon vor einem Jahr zu uns gekommen ist?«

»Hm«, stutzte der Bischof, »doch, doch«, und er beugte sich nieder, um es väterlich auf seinen Arm zu nehmen. Das Kind beruhigte sich rasch und legte, sobald es das frisch rasierte Kinn des hohen Herrn spürte, das Ärmchen um dessen Hals. Es schien so, als habe es auf ein männliches Wesen gewartet. Ob nun der Bischof nicht wagte, den Jungen abzuschütteln, oder ob er die Zärtlichkeit zu sehr genoss, es war nicht auszumachen; jedenfalls blieben der kleine und der große Mann für diesen Abend ein Herz und eine Seele, bis das Kind wie in Abrahams Schoß auf den Schenkeln Seiner Eminenz einschlief.

Infolge dieser wundersamen Wendung hätte der Junge vielleicht durch die Protektion des Hochwürdigsten Herrn Bischofs im Kloster zu einem erwachsenen Mann heranreifen können, wäre nicht, ja, wäre nicht ein zweites Jesuskind geboren worden. Jene Verdopplung hätte, offen gestanden, die Erziehung des Einzelkindes vereinfacht. Aber die Wahrheit ist, dass die Zeit der Geburt den Ausschlag gab. Das Kind erblickte nämlich nicht in der Heiligen Nacht das Licht der Welt, sondern am Fest der Heiligen Familie, ich glaube, in der Zelle einer der Oberglucken. Außerdem soll es ein Mädchen gewesen sein.

Manfred Lang

Der Christbaumständer

Nach unbekanntem Verfasser

Jährlich strömen am ersten Adventwochenende Tausende ins LVR-Freilichtmuseum Kommern, um dort einen Advent »wie früher« zu erleben. Vorweihnachtszeit für alle Sinne, so lautet die Devise, die der Museumspädagoge Claus Cepok dem Unternehmen gegeben hat.

Den Leuten werden im Innern der über 50 Fachwerkhäuser und Wirtschaftsgebäude aus den rheinischen Landschaften (Eifel, Köln-Bonner Bucht, Westerwald, Niederrhein und Bergisches Land) Geschichten erzählt, es wird gesungen, Plätzchen, Printen und Bratäpfel gebacken. »Man sollte so tun, als gebe man seine Uhr an der Kasse ab«, rät Claus Cepok den Besuchern jedes Jahr aufs Neue.

Es geht um »Entschleunigung«. Das Konzept hat sich bewährt, es funktioniert. Egal ob es regnet, stürmt oder schneit. Man versammelt sich am offenen Feuer oder um den Herd der alten Häuser, backt Plätzchen oder backt Bratäpfel – und lauscht nebenbei Erzählungen und Geschichten, die sich häufig um den Advent und Weihnachten in früheren Zeiten drehen. Der Autor gehört seit vielen Jahren zum Stammpersonal und erzählt jeweils im »Haus aus Elsig« in der Museumsbaugruppe Eifel. Eine der Geschichten, die er immer wieder erzählen muss – es ist eine Story, deren Ideengeber unbekannt ist –, geht ungefähr so:

Es war in einer Eifeler Kleinstadt, im Haus einer Durchschnittsfamilie: Vater, Mutter, Oma, zwei Kinder, ein Dackel. Da findet der Vater, ein paar Wochen vor »Chressdaach«, beim Aufräumen in einer verstaubten und dunklen Ecke auf dem Speicher einen Gegenstand, den er selbst nur vom Hörensagen kannte. Es war ein uralter Weihnachtsbaumständer. Und zwar ein ganz besonderer Ständer mit einem Drehmechanismus und einer eingebauten Spielwalze. Wenn man das Ding vorsichtig drehte, erklangen tatsächlich Töne. Mit etwas gutem Willen konnte man die Melodie von »O du fröhliche« erkennen.

Das musste der Christbaumständer sein, von dem Großmutter immer erzählte, wenn die Weihnachtszeit herankam. Das Ding sah zwar fürchterlich aus, aber dem konnte man ja abhelfen. Vater kam ein wunderbarer Gedanke. Wie würde sich Großmutter freuen, wenn sie am Heiligen Abend vor dem Christbaum säße und dieser sich auf einmal wie in uralter Zeit zu drehen begänne und dazu »O du fröhliche« zum Besten gäbe?

Nicht nur Großmutter, nein, die ganze Familie würde staunen. Ja.

Es gelang dem Vater tatsächlich, mit dem antiken Stück ungesehen vom Dachboden die Treppe hinunter durch den Wohnbereich und hinab in den Keller zu verschwinden, wo sich sein so genannter Hobby- und Bastelraum befand. Da wurde der alte Drehmechanismus ordentlich gereinigt, geölt, eine neue Feder eingebaut. Auch das Äußere des Christbaumständers überholte Vater, hier war der Lack ab, dort gab es eine kleine Delle im Blech auszubeulen.

Und alles geschah abends, wenn es dunkel war, unter Ausschluss der Familienöffentlichkeit. Geheimnisvoll zog sich Vater jedes Mal in seinen Hobbyraum zurück, verriegelte die Tür und werkelte. Auf neugierige Fragen antwortete er stets ebenso freundlich wie kurz angebunden mit einem einzigen Wort: »Weihnachtsüberraschung …«

Kurz vor Weihnachten hatte er es geschafft. Wie neu sah der Ständer aus, jetzt müsste er eigentlich wieder funktionieren …

Also zieht Vater los in die Stadt zum Alten Markt, einen prächtigen Christbaum besorgen. Mindestens zwei Meter sollte er messen. Vater suchte und suchte, verwarf die ihm angebotenen Bäume als unwürdig, bis er sich schließlich für ein wirklich schön gewachsenes Exemplar entschieden hatte. Mit ihm verschwand er in seinem Hobbyraum, wo er auch gleich einen Probelauf startete. Tatsächlich: Es funktionierte alles bestens. Was würde Großmutter für Augen machen?!

Endlich war Heiligabend. »Den Baum schmücke ich alleine«, tönte Vater. So aufgeregt hatten die Kinder ihn schon lange nicht mehr erlebt, alles sollte stimmen. Einfach alles: Echte Kerzen hatte er besorgt, jede Menge Lametta, Engelhaar, Kugeln. Es war wunderbar!

»Die werden Augen machen«, sagte er bei jedem Naschwerk, bei jeder Wunderkerze, die er im Astwerk des Weihnachtsbaumes befestigte. Vater hatte wirklich an alles gedacht. Der Stern von Bethlehem saß oben auf der Spitze und blinkte – die Feier konnte beginnen.

Vater schleppte für Großmutter den großen Ohrensessel herbei. Feierlich wurde sie in ihrem Zimmer geholt und zu ihrem Ehrenplatz geleitet. Die Stühle hatte er in einem Halbkreis um den Tannenbaum herum gruppiert. Die Eltern setzten sich rechts und links neben die Großmutter, und wir Kinder nahmen außen Platz.

Jetzt kam Vaters großer Auftritt. Bedächtig zündete er Kerze für Kerze an, dann noch die Wunderkerzen. »Und jetzt kommt die große Überraschung«, verkündete er, löste die Sperre am Ständer und nahm ganz schnell seinen Platz wieder ein.

Langsam begann sich der Weihnachtsbaum zu drehen, hell spielte die Musikwalze »O du fröhliche«. War das eine Freude! Die Kinder klatschten vergnügt in die Hände. Oma hatte Tränen der Rührung in den Augen. Immer wieder sagte sie: »Wenn Großvater das noch erleben könnte, dass ich das noch erleben darf.« Auch Mutter war stumm vor Staunen.

Eine ganze Weile schaute die Familie beglückt und stumm auf den sich im Festgewand drehenden Weihnachtsbaum, als ein schnarrendes Geräusch sie plötzlich und jäh aus ihrer Versunkenheit riss. Ein Zittern durchlief den Baum, die bunten Kugeln klirrten wie Glöckchen. Der Baum fing an, sich wie verrückt zu drehen. Die Musikwalze hämmerte los. Es hörte sich an, als wollte »O du fröhliche« sich selbst überholen.

Mutter rief mit überschnappender Stimme: »So tu doch etwas!, Mensch, so tu doch was!« Aber Vater saß da wie versteinert, was den Baum nicht davon abhielt, seine Geschwindigkeit noch weiter zu steigern. Er drehte sich schnell und immer schneller – und schließlich so rasend, dass die Flammenzungen wie Fahnen hinter ihren Kerzen her wehten. Großmutter bekreuzigte sich und betete. Dann murmelte sie: »Wenn das Großvater noch erlebt hätte.«

Als Erstes löste sich der Stern von Bethlehem. Er sauste wie ein Komet durch das Zimmer, klatschte gegen den Türrahmen und fiel dann auf Felix, den Dackel, der dort ein Nickerchen machte. Der arme Hund flitzte wie von der Tarantel gestochen aus dem Zimmer und ab in die Küche, wo man von ihm nur noch die Nase und ein Auge um die Ecke schielen sah.

Lametta und Engelhaar hatten sich inzwischen aus der Erdanziehung befreit und sich von der Fliehkraft packen und in die Lüfte erheben lassen, wo sie jetzt wie ein Kettenkarussell um den Weihnachtsbaum kreisten. Wie lange mochte das gut gehen? Der Baum legte weiter Zahn um Zahn zu.

Mit einem Mal gab Vater gab das Kommando: »Alles in Deckung!« Ein Rauschgoldengel trudelte losgelöst durchs Zimmer, nicht wissend, was er mit seiner plötzlichen Freiheit anfangen sollte. Weihnachtskugeln, gefüllter Schokoladenschmuck und andere Anhängsel sausten wie Geschosse durch das Zimmer und platzten beim Aufschlagen auseinander.

Die Kinder hatten inzwischen hinter Großmutters Sessel Schutz gefunden. Vater und Mutter lagen flach auf dem Bauch, den Kopf mit den Armen hinter dem Nacken schützend. Mutter jammerte in den Teppich hinein: »Alles umsonst, die viele Arbeit, alles umsonst!«

Vater war das alles sehr peinlich. Oma saß immer noch auf ihrem Logenplatz, wie erstarrt, von oben bis unten mit Engelhaar und Lametta behängt. Ihr kam Großvater in den Sinn, als dieser im Weltkrieg 1914/18 in den Ardennen in feindlichem Artilleriefeuer gelegen hatte. Genau so musste es gewesen sein. Genau so!

Als gefüllter Schokoladenbaumschmuck an ihrem Kopf explodierte, registrierte sie trocken »Kirschwasser« und murmelte: »Wenn Großvater das noch erlebt hätte!« Zu allem jaulte die Musikwalze im Schlupfakkord »O du fröhliche«, bis mit einem ächzenden Ton der Ständer seinen Geist aufgab. Und stehen blieb! Mit einem Schlag!

Durch den plötzlichen Stopp neigte sich der Christbaum in Zeitlupe, fiel aufs kalte Buffet, die letzten Nadeln von sich gebend. Totenstille! Großmutter, geschmückt wie nach einer New Yorker Konfettiparade, erhob sich schweigend. Kopfschüttelnd begab sie sich, eine Lamettagirlande wie eine Schleppe tragend, auf ihr Zimmer. In der Tür stehend drehte sie sich noch einmal zu uns um und sagte vorwurfsvoll: »Wie gut, dass Großvater das nicht mehr erlebt hat!«

Mutter, völlig aufgelöst zu Vater: »Wenn ich mir diese Bescherung ansehe, dann ist Dir Deine große Überraschung wirklich gelungen. Einfach wunderbar!« Andreas aber meinte: »Du, Papi, das war echt stark! Machen wir das jetzt Weihnachten immer so?«

Fritz Koenn
Nikolaus-Verlaad

»Niklaus komm in unser Haus,
Pack die jroße Tasche aus …
Hänsje, Fränzje, Trinche, Zöffje,
Flöck die Tellere en dat Stöffje!

Stell das Eselchen unter der Tisch,
Dass es Heu unn Hafer friss …
Junge nee, wat e Verlaad,
War han ich me Kleed jelaht?

Heu unn Hafer friss es nicht,
Zuckerplätzjer kricht es nicht …
Jö nu vüeran, sed'r fäedig?
Höck oß alles wedderwäedig:

Trinche, dohn die Popp op Segg,
Hänsje, dar jehürt deng Schmeck,
Zöffje, kehr enz dörch dat Zemmer,
Unn mom Leedche: wie wegg semmer?

So, nu Schluss mot dem Jewimmels,
Hüert mr net ald jet Jebimmels?
Fränzje, flöck dat Bötzje aa:
Heut is Niklaus-Abend daa … ‚«

Ulrich Mehler

Der heilige Antonius

Ja, die Geschichte, die ich euch heute erzählen will, die hat sich vor langen Jahren zugetragen, genauer, in meiner Jugend, und also ist das über fünfzig Jahre her. Vieles hat sich seitdem geändert, manches aber auch nicht – und genau davon will ich euch heute etwas erzählen. Also etwas, das es auch heute noch gibt.

In der Eifel und auch bei uns zu Hause, da war und ist es auch heute noch Sitte, dass zu Weihnachten in der Kirche die Krippe aufgebaut wird. Das ist dann keine kleine Krippe, wie man sie unter den Tannenbaum stellt. Es ist eine mit Figuren, die fast so groß sind wie lebendige Menschen und die auch so aussehen. Sie haben richtige Mäntel, Jacken und Hosen an, und man kann sie auch anders anziehen, denn die Krippe zu Weihnachten, in der Heiligen Nacht, die sieht natürlich anders aus als die zu Dreikönigen. Am Heiligen Abend, da sind die Hirten dabei, die mit ihren Schafen und Hunden und den Lämmchen auf der Schulter kommen, um dem Christkind etwas zu essen zu bringen. Und am Dreikönigsfest, da kommen Kaspar, Melchior und Balthasar, die Heiligen Drei Könige, und einer davon hat ein schwarzes Gesicht. Aber ich kann euch nicht genau sagen, wer das ist. Ich glaube, es ist Balthasar. Für die Geschichte, die ich euch heute erzählen will, ist das auch ganz unwichtig, denn sie handelt gar nicht von den drei heiligen Königen, sondern von etwas ganz anderem, nämlich von dem Aufbau der Krippe. Jedenfalls wisst ihr jetzt, worum es geht.

Die Krippe war in unserer Kirche so riesengroß, dass sie rings um den ganzen Altar herum aufgebaut wurde und wir Messdiener alle Mühe hatten, zwischen den Hunden, den Hirten und den Schafen zurechtzukommen, besonders in der Christmette, die damals noch um Mitternacht war. Unser Herr Pastor hatte nämlich eine Schwäche für große Aufzüge. Er liebte die feierlichen Gottesdienste über alles, und entsprechend viele Messdiener mussten immer dabei sein. Da wurde der Platz eng, schon beim normalen Hochamt und erst recht in der Christmette. Aber ich glaube, ich schweife ab. Jedenfalls war es eine wirklich große Krippe, und um die aufzubauen, da brauchte man Zeit. Der Küster machte das mit einigen ausgewählten Freunden, denn es konnte natürlich beileibe nicht jeder die Krippe aufbauen! Seit ich Ober-Messdiener war, durfte ich auch dabei sein. Das war eine große Ehre!

Ihr könnt euch jetzt sicher gut vorstellen, wieviel Platz diese riesengroße Krippe brauchte und dass dieser Platz erst einmal geschaffen werden musste. Dazu wurde ein Teil der Kommunionbank weggeräumt. Damals gab es noch Kommunionbänke, und auch die heilige Agnes musste ihren angestammten Platz an der rechten Säule verlassen und für die Weihnachtszeit in die Sakristei umziehen.

Wir konnten natürlich nicht erst am Tage vor Heiligabend anfangen umzuräumen und die Krippe aufzubauen. Das begann alles schon über eine Woche vorher. Meistens lag ja noch ein Sonntag vor dem Heiligen Abend, der vierte Advent. An dem durfte man von der Krippe noch nichts sehen, aber der Platz musste schon da sein, denn sonst wären wir ja nicht rechtzeitig zum Heiligen Abend fertig geworden.

Auf der anderen Seite der heiligen Agnes stand der heilige Antonius. Heilige Antoniusse gibt es ja zwei: der mit dem Schwein und der von Padua. Unser heiliger Antonius war der italienische mit dem Jesusknaben auf dem Arm. Nun hätte der heilige Antonius eigentlich an seinem Platz bleiben können, denn er störte an seiner Säule links vom Altar eigentlich keinen, weder beim Aufbauen noch bei der Krippe. Aber wir fanden eines Abends, als wir wieder einmal dabei waren, die Krippe aufzubauen, dass der heilige Antonius nicht mehr in das Bild passte. Es war eigentlich weniger wegen seiner braunen Kutte und seinem Heiligenschein. Nein, das war es nicht, was uns störte. Aber der Jesusknabe auf seinem Arm, der schien uns ganz und gar unpassend zu sein, denn wir waren der Meinung, dass das Jesuskind ja nun gerade erst geboren würde, in der heiligen Nacht und in der Krippe, die wir aufbauten, und da könnte es nicht zur gleichen Zeit bereits auf dem Arm des heiligen Antonius mit dessen Rosenkranz spielen.

Bisher hatte das zwar keinen gestört, aber unser Herr Pastor sah unsere Gründe ein, und so hatte er seine Erlaubnis dazu gegeben, auch den heiligen Antonius für die Weihnachtszeit in der Sakristei einzuquartieren. Das war für die Zeit zwischen Heiligabend und Mariä Lichtmess, dem 2. Februar, denn so lange dauert die Weihnachtszeit und so lange stand auch die Krippe, mochten die Tannenbäume um sie herum auch alle ihre Nadeln verloren haben.

Mit aller Vorsicht hatten wir also eines Abends, als die Anderen schon gegangen waren, den Heiligen von seinem Platz gehoben und mit vereinten Kräften in die Sakristei geschafft, neben die heilige Agnes. Wir, das waren der Küster und ich. Dann waren wir nach Hause gegangen. Als wir am nächsten Abend wieder in die Kirche kamen und weiter an der Krippe bauen wollten, da stand der heilige Antonius wieder auf seinem alten Platz an der Säule links vom Altar.

»Die Putzfrauen waren das«, sagte unser Küster, »sie haben ihn zurückgestellt, weil sie nicht Bescheid wussten.« So stellten wir denn nach unserer Arbeit den heiligen Antonius wieder in die Sakristei – zusammen mit einem Schild, auf dem stand: ›Liebe Putzfrauen‹ – das konnte man damals noch sagen und sogar schreiben! ›Liebe Putzfrauen‹, stand also da, ›lasst bitte den hl. Antonius hier stehen bis nach Weihnachten. Er stört bei der Krippe!‹. Dann schlossen wir die Kirche ab und gingen nach Hause.

Als wir am nächsten Abend wiederkamen, da staunten wir nicht schlecht, denn der heilige Antonius stand wieder an seinem alten Platz an der Säule. Der Küster sauste in die Sakristei, konnte aber unser Schild an die Putzfrauen nicht finden.

»Irgendwer hat das Schild weggeräumt«, sagte er, »und die Putzfrauen haben den heiligen Antonius wieder aufgestellt.« Dann bauten wir weiter.

Als wir am Abend nach Hause gehen wollten, da wartete der Küster, bis alle, die geholfen hatten, weg waren. Dann sagte er zu mir:

»Heute waren keine Putzfrauen in der Kirche. Die waren gestern dran – und es war auch keine Frühmesse. Die Schulmesse ist erst morgen. Du hast doch gestern Abend auch gesehen, dass ich die Kirche abgeschlossen habe?«

Ich nickte.

»Es war keiner in der Kirche«, sagte er dann finster, »ich weiß nicht, wie der heilige Antonius aus der Sakristei auf seinen Platz an der Säule gekommen ist.«

152

»Vielleicht der Herr Pastor?«, überlegte ich. »Er will ihn vielleicht doch nicht weghaben?«

»Du kennst doch unseren Herrn Pastor«, antwortete die Küster. »Wenn der was sagt, dann hält er sich auch dran. Außerdem ist der heilige Antonius viel zu schwer und ungefüge für einen allein. Du brauchst zwei Leute, um ihn herunterzunehmen und erst recht, um ihn wieder auf die Säule zu stellen. Das weißt du doch aus eigener Erfahrung.«

Ich nickte. Der Küster hatte recht, ganz ohne Frage.

»Also, ich schließe heute Abend auch die Sakristei ab«, sagte der »und die Kirche natürlich. Und du bist mein Zeuge. Morgen früh bin ich da und schaue noch vor der Schulmesse, was los ist.«

Dann trugen wir den heiligen Antonius wieder in die Sakristei. Der Küster schloss Sakristei und Kirche ab, und wir gingen nach Hause.

Als ich am nächsten Mittag aus der Schule kam, denn ich ging damals auf die höhere Schule, als einer der Wenigen aus unserem kleinen Ort, da stand der Küster schon auf unserem Hof. Er war ziemlich bleich und zittrig.

»Uli«, stieß er hervor, »er steht schon wieder da!«

»Wer?«, fragte ich, »der heilige Antonius?«

Der Küster nickte.

»Und wer war es?«, fragte ich.

»Keine Ahnung«, antwortete der Küster, »ich weiß es nicht. Als ich heute Morgen die Kirchentür aufschloss, da stand er da. Auf seinem alten Platz. Genau wie gestern und vorgestern.«

»Und die Sakristei-Tür?«

»Das ist es ja!« Er schüttelte sich. »Die war zu. Abgeschlossen. Abgesperrt wie gestern Abend.«

»Da will uns einer einen üblen Streich spielen«, sagte ich.

»Dem werde ich das versalzen!«, brummte der Küster. »Das macht der nicht mit mir!«

»Und mit dem heiligen Antonius!«, fügte ich hinzu.

»Uli«, fragte der Küster mich und sah mich durchdringend an, »Hast du etwa …?«

»Du spinnst«, sagte ich, »wie denn? Ich habe doch keinen Schlüssel, und du hast doch selbst gesagt, dass es für Einen viel zu schwer ist. Außerdem hast du doch gestern Abend alles abgeschlossen, eigenhändig. Ich war ja dabei.«

Der Küster nickte.

»Das stimmt«, gab er zu. »und die Schüssel hatte ich die ganze Nacht bei mir, neben dem Bett. Die konnte keiner holen.«

»Vielleicht«, überlegte ich, »vielleicht will der heilige Antonius nicht direkt neben der heiligen Agnes in der Sakristei stehen, und darum geht er jede Nacht auf seinen alten Platz zurück?«

»Dummes Zeug!«, knurrte der Küster. »Das ist doch nur eine angemalte Gipsfigur. Die kann nicht laufen.«

An dem Abend stellten wir schon einmal ein paar Schafe auf. Unseren Mithelfern war die Sache mit dem heiligen Antonius noch nicht aufgefallen, denn der Küster und ich hatten ihn immer erst in die Sakristei gebracht, als alle schon weggegangen waren.

So auch diesen Abend. Als alle weg waren, trugen wir den heiligen Antonius in die Sakristei, und als der Küster meinte, »wir könnten ja vorsichtshalber die heilige Agnes etwas weiter wegstellen, man weiß ja nie, und schaden tut's nicht«, da taten wir auch das. Jetzt war der Paramentenschrank, das dicke Trumm mit den Messgewändern, zwischen beiden Heiligen.

»Da werdet ihr euch wohl vertragen können!«, meinte der Küster, »ihr seid jetzt genauso weit auseinander wie in der Kirche auch!«

Dann schloss er alles ab. Draußen vor der Kirche sagte er zu mir:

»Du könntest nicht vielleicht morgen mal die erste Stunde schwänzen? Ich brauche dringend deine Hilfe, wenn ich die Kirche aufmache.«

»Du willst bloß einen Zeugen dabei haben, wenn der heilige Antonius wieder auf seinem Platz steht«, vermutete ich.

»Richtig«, nickte der Küster, »genau das!«

»Und du glaubst, deswegen könnte ich eine Stunde einfach sausen lassen«, fragte ich ziemlich entrüstet.

Der Küster nickte:

»Du musst! Ich glaube langsam, dass ich spinne. Ich kann ja meinen eigenen Augen nicht mehr trauen. Du musst mein Zeuge sein, unbedingt!«

Ich will es kurz machen. Am nächsten Morgen standen wir beide gemeinsam vor dem Portal unserer Kirche. Der Küster schloss auf, wir öffneten die Kirchentür – und da stand der heilige Antonius auf seinem angestammten Platz an der Säule links vom Altar.

»Das darf doch nicht wahr sein!«, entfuhr es mir, und der Küster sagte: »Du bist mein Zeuge! Jetzt hast du es selbst gesehen!«

Den ganzen Vormittag überlegte ich während der Schule, was das denn nun zu bedeuten habe. Es war ziemlich ausgeschlossen, dass uns hier einer einen Streich spielte, denn außer dem Küster hatte nur unser Pastor die Schlüssel zu Kirche und Sakristei. Aber irgendwer musste es doch sein, der den heiligen Antonius immer wieder an seinen alten Platz stellte. Selbst die heilige Agnes kam nun nicht mehr als Grund in Frage, denn sie war ja jetzt weit genug weg. Außerdem hätte das bedeutet, dass der heilige Antonius sich selbst auf die Reise gemacht hätte, auf den Weg von der Sakristei hin zu seiner Säule am Altar. Das war doch alles mehr als unwahrscheinlich. Dann kam mir eine Idee.
Kaum dass ich aus der Schule zu Hause war, ging ich zum Küster. Er öffnete mir missmutig die Türe und sagte knurrig:
»Komm rein.«
»So geht das nicht weiter«, sagte ich, als wir in seinem Wohnzimmer saßen. »Wir müssen es dem Herrn Pastor sagen!«
»Soweit kommt das noch!«, rief der Küster, »damit der so einen Wirbel macht, dass wir uns die ganze Krippe sparen können?!«
»Und was willst du sonst machen?«
»Bis jetzt wissen nur wir beide davon. Sag es bloß keinem Anderen!«
Ich nickte.
»Also: halt deinen Mund. Wir müssen schon selbst herausbekommen, was da los ist. Anders geht es nicht.«
»Gut«, sagte ich. »Heute Nacht schließt du mich in der Sakristei ein, wenn wir den heiligen Antonius hinübergebracht haben. Ich passe auf.«

Genau so geschah es. Wir bauten an der Krippe weiter. Dann, als alle gegangen waren, trugen wir den heiligen Antonius in die Sakristei, und der Küster schloss mich ein. Ich hörte, wie der Schlüssel sich drehte und wie auch die Kirchentüre abgesperrt wurde. Ich war allein mit dem heiligen Antonius und der heiligen Agnes. Die ganze Nacht tat ich kein Auge zu, glaubte ich jedenfalls, doch als der Küster ganz früh am Morgen die Kirche aufschloss, da stand der heilige Antonius wieder an seinem alten Platz.

»Hast du nichts gemerkt?«, fragte mich der Küster, nachdem er die Sakristei aufgeschlossen hatte.

Ich schüttelte den Kopf.

»Nein, nichts.«

»Und du warst die ganze Zeit wach?«

»Ich glaube, ja,«

»Aber du weißt es nicht genau?«

»Nein«, antwortete ich, »aber auch wenn ich eingeschlafen wäre, dann hätte ich doch etwas hören müssen.«

»Das weiß man nicht«, antwortete der Küster düster, »komm heute nach der Schule zu mir. Das geht hier nicht mit rechten Dingen zu.«

Nach der Schule saßen wir wieder zusammen.

»Wir müssen wissen, was passiert«, fing der Küster an. »Wir müssen Gewissheit haben.«

»Die hast du doch!«, sagte ich. »Was willst du noch mehr Gewissheit?«

»Ich brauche die totale Sicherheit!«, sagte der Küster.

»Die totale Sicherheit?«, fragte ich, »für was?«

»Dass er es selber macht, verstehst du? Er läuft selber hinüber.«

Ich sagte nichts. Das hatte ich mir im Stillen auch schon gedacht.

»Aber warum?«, fragte ich dann. »Warum tut er das? Er muss doch einen Grund haben.«

»Er will auf seinen alten Platz«, antwortete der Küster. »Weiß der Himmel, warum! Das ist doch ganz egal – er ist es jedenfalls selbst. Und das müssen wir beweisen.«

Er machte eine Pause.

»Und dazu brauchen wir zwei Leute. Heute Abend geht es nicht, morgen ist Sonntag, vierter Advent. Aber morgen Abend, da schließe ich uns beide in der Kirche ein.«

Genau so geschah es auch, und ich will es wieder kurz machen. Ihr ahnt ja auch sicher schon, was passierte: Am Montagmorgen stand der heilige Antonius wieder an seinem alten Platz.

»Das glaubt uns keiner«, sagte der Küster zu mir. »Und was machen wir jetzt?«

»Wir kriegen ihn von seiner Säule nicht weg«, antwortete ich. »Er will immer wieder dahin.«

»Es hat überhaupt keinen Zweck, ihn jeden Abend in die Sakristei zu schaffen, und jeden Morgen ist er wieder da, wo wir ihn hergeholt haben«, meinte der Küster.

Wir überlegten hin und her. Der Herr Pastor kam nicht in Frage. Auch sonst hatten wir keinen, dem wir es hätten sagen können, und helfen konnte schon gar keiner. Wer würde uns diese wilde Geschichte überhaupt glauben? Keiner.

»Also«, fing der Küster schließlich wieder an, »wenn das so weitergeht, dann macht er uns die ganze Krippe kaputt, und wir haben nicht mehr viel Zeit! Wir sind sowieso zu spät dran. Mittwoch ist Heiligabend.«

»Wir müssen ihn da lassen, wo er ist«, sagte ich.

»Aber das geht nicht! Er hat den Jesusknaben auf dem Arm. Das sieht nicht gut aus – er muss weg!«

»Aber er will nicht, das ist doch ganz klar!«, widersprach ich. »Lass ihn, wo er ist.«

»Aber nicht als heiliger Antonius«, sagte der Küster, »das kommt auf keinen Fall in Frage!«

»Zieh ihm doch eine Jacke an«, sagte ich, »und eine Hose. Dann geht er als Hirte durch und kann bei der Krippe mitspielen. Vielleicht«, überlegte ich, »vielleicht will er ja genau das?«

»Du meinst, er will nicht in die Sakristei, er will an die Krippe?« fragte der Küster etwas zweifelnd.

Ich nickte.

»Aber der Jesusknabe auf seinem Arm! Er kann doch nicht als Hirte zu dem Jesuskind in der Krippe kommen und hat es noch einmal als Knaben auf dem Arm! Unmöglich! Die Leute lachen sich krank. Und das zu Weihnachten! Nein, das geht nicht!«

Dann überlegte er, und plötzlich ging ein Lächeln über sein Gesicht.

»Ich hab's!«, rief er, »ja, das ist es!«

»Was?«, fragte ich neugierig.

»Meine Oma!«, rief er.

»Was hat die denn damit zu tun?«

»Sie kann wunderbar häkeln und stricken, und das auch noch schnell!«

»Ja, und?«, fragte ich.

»Verstehst du denn nicht?«

Ich schüttelte den Kopf.

»Das ist doch ganz einfach«, rief er wieder. »Sie häkelt uns heute und morgen ein Schaf, ein Lämmchen aus Wolle. Und das ziehen wir dem Jesusknaben an, und dann hat der heilige Antonius als Hirte ein Schäfchen im Arm – klar? – und keinen Jesusknaben.«

Ich nickte. Das war eine wunderbare Idee.

»Wir stellen den heiligen Antonius unter die Hirten, und dann wollen wir doch einmal sehen, ob er da bleibt oder ob er wieder auswandert.«

Es wurde das schönste gehäkelte Lämmchen, das ich je gesehen hatte, mit einer schwarzen Nase und langen rosa Schlappohren aus Wolle, und auch der heilige Antonius in seiner alten Wolljacke, der speckigen Ledertasche und den abgeschabten Flickenhosen war als Hirte gar nicht so übel. Wir stellten ihn probeweise unter seine Hirten-Kollegen und waren gespannt, ob er wieder auf seine Säule zurückkehren würde. Aber nichts dergleichen geschah. Er blieb dort, wo er war, bei den Hirten.

»Also«, sagte der Küster, »das war's. Er ist nicht weggelaufen und hat sogar die Hirtensachen anbehalten. Er wollte an die Krippe und nicht in die Sakristei.«

Die Krippe war die schönste, die wir je gebaut hatten. Die ganze Gemeinde war begeistert, besonders aber unser Herr Pastor. Er kam gleich nach der Christmette zu uns und sagte:

»Das ist die schönste Krippe, die ich je gesehen habe. Und wo ihr den heiligen Antonius versteckt habt, das ist mir ganz gleich. In der Sakristei ist er jedenfalls nicht. Hauptsache, er bekommt keinen Kratzer. Ach so, und was ich noch sagen wollte: Von wem haben wir denn in diesem Jahr den wunderschönen Hirten bekommen, links an der Säule, der mit dem kleinen Lämmchen mit den rosa Ohren? Den habe ich ja noch nie gesehen! Das ist die schönste Figur der ganzen Krippe!«

Ludwig Steinbach

Wintermorgen

Schneeverbrämte Tannenforste,
Ackerbreiten, tief verschneit.
Auch das traute Eifeldörfchen
Trägt ein weißes Winterkleid.

Wölkchen müd' und mausgrau steigen
Über Dächern schneebesäumt.
Hinter kahlen Lindenbäumen
Einsam still ein Kirchlein träumt.

Schwarzbefrackte Krähen schreiten
Steif und hungernd durch den Schnee.
Windend, mit erhobnen Lauschern,
Äugt am Wald ein braunes Reh.

Sturmgeschützt in warmer Sasse
Meister Lampe pflegt der Ruh;
Dicht und dichter fallen Flocken.
Decken ihn im Lager zu.

W. Schleicher

Auf dem Teppich

Die Eifellandschaft ist mit einer dicken Schneedecke überzogen. Ringsum herrscht heilige Stille. In der alten niedrigen Bauernstube sitzt das biedere Eifelbäuerlein, ein Mann von echtem Schrot und Korn. Seit mehreren Jahrhunderten ist der große Bauernhof im Besitze seiner Familie. Die Hofbewohner der Vergangenheit erlebten Krieg und Frieden. Sie sahen Freud und Leid.

Langsam bricht über das Eifelland die Abenddämmerung herein. Die Knechte kommen mit einer Fuhre Holz aus dem nahen Walde, sie spannen die schweißtriefenden Pferde ab, die dann stolz über den steinblanken Hof zum Stalle gehen. In der Stube wacht der Bauer auf, geht ans Fenster, stützt die Arme in die Rippenseite und denkt: Nun ist draußen Feierabend. Und morgen läuten die Glocken des Dorfkirchleins drüben am friedlichen Berghang die heilige Weihnacht ein.

Eine angenehme Wärme erfüllt die Bauernstube. Im Herdfeuer knistern lustig die Buchenscheite. Annemarie, die Bäuerin, ist dabei, das Abendbrot herzurichten. Dann hat auch sie ihren wohlverdienten Feierabend, nach den vielen Lasten und Sorgen des Alltagslebens. Ihre Seele wird dann endlich frei werden. Dann wird sie dem Herzen einen Stoß geben und wird es sagen. Warum sollte nicht auch sie mal einen Wunsch haben, den zu erfüllen dem Bauer doch leicht fallen dürfte. Wer könnte etwas einwenden, wenn sie die gute Sonntagsstube um ein schönes Stück freundlicher gestaltete. Die Nachbarsliesbeth hat es mit ihr schon vor langem geplant, als die beiden in tiefem Gespräch miteinander an der Weißdornhecke drüben schwatzten. Man müsse doch endlich mal mit der Tradition brechen, nicht immer so einseitig bleiben und sich doch auch im Eifeldorf mit dem rapiden Fortschritt der modernen Neuzeit versuchen und in etwa Schritt zu halten. Die Liesbeth habe schon recht mit der guten Stube. Zu den harten, kantigen Bauernmöbeln aus dem Eichenholz des Privatwaldes passe nun einmal der weiße Streusand auf den Bohlen der Stube nicht mehr.

Den gleichen Gedanken habe auch die Nachbarsliesbeth vor Jahren gehabt. Sie habe sich damals durchgesetzt, wenn auch der ruhige Hendrich etwas geschimpft habe. Ein bisschen Musik gehöre nun einmal zum Leben. Und so kleine Unstimmigkeiten gehen schnell vorüber und sind bald wieder vergessen. Sie solle eben hart sein, die Annemarie, hart wie der Bauernschädel selbst sei. Die Annemarie sei doch stark, hat die Liesbeth gesagt.

Die Gedanken der Annemarie gingen nun hin und her, sie wollten nicht zur Ruhe kommen. Es heißt eben, den rechten Augenblick abzupassen, um endlich vorzubringen, was sie schon längst so auf dem Herzen trägt.

Im Stall ist das Licht gelöscht. Knechte und Mägde sind schon auf ihre Kammern gegangen. Am hartgeschnittenen Eichentisch der Bauernstube sitzen beim traulichen Lampenschein Bauer und Bäuerin. Das dampfende Tabakpfeifchen im Mund sitzt der Bauer am Tisch und macht Bilanz der in Scheune und Keller eingebrachten Ernte. Über sein Gesicht geht ein zufriedenes Lächeln. Schon lange hat die Annemarie ihn beobachtet. Als der Bauer sich dann vergnügt die Hände reibt, fasst sie sich ein Herz und sagt: »Johannes, wells du mich ens ene Ogeblöck anhüere? Ich hann jätt om Hätz, datt möt ich der ens sage«. Der Bauer hebt langsam den Kopf und stützt ihn mit der derben Hand. »Watt häß du dann? Eruß domött.« »Sich ens, Johannes, wöer et dann net nett un jemütlich, wenn du mir opp Kreßdaach ne feine Teppich för oß jood Stoff schenke dets. Un e sone Teppich det och et janze Zemmer schön ziere. Watt menste dazo?«

Der Bauer dunkelt mit den Augen. Er denkt an die Tradition, an Vaters und Urväters Zeiten. Die Tradition ist ihm allein heilig, nie wird er davon ablassen. »Ne, Annemarie, datt schlag der nur uß dem Kopp. Meenst du, ich jöf et jeld uß für su ne Lappe domme Plunder. Ze iesch moß en neu Koh ene Stall, die öß nüdiger un och mie wiat wie esu ne Teppich. Du kannst dich op der Kopp stelle. Su jett jitt es einfach net, un domöt basta.« Kaum hat er diese Worte gesagt, da schlägt er mit der Faust auf den Tisch, steht auf und verschwindet mit dem grünen Federhut und dem alten Krückstock ins Wirtshaus, wo er zu einer Gemeinderatssitzung eingeladen ist.

Die Annemarie geht und ruft ihm nach, als er durchs Hoftor geht: »Un ne Teppich kütt mer doch en de jood Sonndaachsstoff, du Jeizhals du.«

Längst hat die Mitternachtglocke geschlagen, als der biedere Bauer den Heimweg antritt. Ein paar gute Festtagszigarren hat er sich beim Dorfwirt noch gekauft. Laut schlägt das Hoftor hinter ihm zu.

Vorsichtig und leise schleicht er sich ins Haus hinein. Ein Licht will er nicht anzünden. Nur einen Augenblick macht er ein Streichholz an, um die Zigarren in den Schrank zu legen. Langsam öffnet er die Tür der guten Stube. Wie kommt es ihm hier eigentlich vor? Über die Bohlen gleitet er ganz sanft und weich. Kein vertrautes Knistern des feinen Streusandes ist mehr zu hören. »Soll sie doch? Unmöglich!« Ein paarmal schreitet er kreuz und quer durch die Stube. Aber immer das gleiche, sanfte, weiche Gehen über den Fußboden. »Wahrhaftig«, meinte er, »Sie hätt en at ußgespreet. Datt soll doch der Kuckuck holle. Ich hann nur och jätt om Hätze. Datt maß eraff. Waht bloß, wenn et wedder Morje öß«.

Der junge Tag dämmert, als die Bäuerin sich von ihrem Lager erhebt. Unser biederes Bäuerlein aber liegt noch schnarchend im Bett. Der Bäuerin ihr erster Gang ist heute nicht wie üblich zum Kuhstall, ob dort noch alles im Rechten geblieben ist über Nacht, sondern sie geht diesmal mit großer Neugier zur Sonntagsstube. Doch: »O Schreck, o Jott noch Johannes, watt haß du dann deß Naaht jemaht? Du häs mer ja meng Dotzend Appeltaate und die schön Riesfläddem, die ich für et Kreßdaachsfeeß jebacke han, buchstäblich zertrampelt.«

Karl Georg Klein

Der gestohlene Weihnachtsbaum

Eine wahre Begebenheit aus Blankenheim aus dem Jahre 1928

Wieder einmal stand Weihnachten vor der Türe und auch »Meister Wellem« meinte, nun wäre es wohl an der Zeit, sich in aller Ruhe nach einem geeigneten Weihnachtsbaum umzuschauen. – Insbesondere, da er auch diesmal wieder dem Apotheker einen Baum versprochen hatte, und der war eigentlich noch wichtiger als der eigene. Brachte ihm doch dieser alljährliche »Apothekerbaum« jedesmal ein großzügiges Trinkgeld, wenn nicht gar ein Fläschchen Schnaps ein. Nun hatte aber die Sache (aus heutiger Sicht betrachtet) einen Haken. Meister Wellem war nämlich kein Waldbesitzer und hatte somit auch keine eigenen Weihnachtsbäume. Dies hinderte ihn jedoch nicht, eines schönen Spätnachmittages gegen Abend, wohlausgerüstet mit einer kurzen Handsäge unter der Joppe, in Richtung »Möllemer Huppert« zum Kirchenwald zu ziehen. Hier muss ich nun wohl zu des Meisters Ehrenrettung sagen, dass dieses dazumal keine Seltenheit war und man allgemein die Ansicht vertrat: »Wenn mer keine Schaden deiht (on der Föeschter krett einer net) dusch mer sich röuch ene Chressboum holle!« Und in der Tat, wenn es sich um wild gewachsene Bäume handelte, wurde solches meist von den Förstern stillschweigend übersehen.

Meister Wellem aber ging gleich in der erstbesten Kultur (Fichtenschonung) den zwei prächtigsten Exemplaren zu Leibe und sägte sie ab. Recht zufrieden mit seiner Ernte stopfte er sich dann gemütlich seine Pfeife und wartete die Dämmerung ab. So brachte er denn auch ohne allzu großes Risiko seine Prachtexemplare nach Hause, wo er sich gleich, eingedenk des zu erwartenden Trinkgeldes, gutgelaunt ans Viehfüttern gab. Dann rief auch schon Frau Stine zur abendlichen »Mellichzupp«, und nachdem der Engel des Herrn gebetet war, rauchte Meister Wellem, zufrieden mit seinem Tagewerk. noch »en Pief Tuback on kick ens en de Zeidung«. Die »besorgten« Weihnachtsbäume aber standen inzwischen unbeachtet im Hof neben der Stalltüre, und auch in den nächsten Tagen schaute der Meister, in dem Gefühl, bestens vorgesorgt zu haben, nicht mehr danach.

Aber standen sie wirklich so unbeachtet? Wie war Meister Wellem verbiestert, als er am Heiligabend bei Anbruch der Dämmerung zum Apotheker gehen wollte. Beide Bäume waren verschwunden. – Hackedaus on Doria! Wat nu? – Und da nun wirklich keine Zeit mehr zu verlieren war, konnte man den Geplagten diesmal zum »Möllemer Huppert« rennen sehen. Trotz der Winterkälte schwitzend und ununterbrochen vor sich hinbrummend kam er dann endlich in der Dunkelheit mit zwei »Chressböüm« zu Hause an, wo er sie zunächst mit den Worten »Dressböum« in die Scheune warf.

Nun, der Apotheker hat noch seinen Weihnachtsbaum bekommen, wenn auch nicht ein solches Prachtexemplar wie ursprünglich vorgesehen. Nur Meister Wellem knotterte die ganzen Feiertage herum, wenn er seinen Christbaum sah. Wie aber kollerte er erst los und zappermenterte, als er nach Weihnachten eines morgens in seinen Hof kam. Standen doch auf seinem Misthaufen, prächtig mit Inflationsgeld behangen, die beiden Prachtexemplare von Weihnachtsbäumen und dazwischen ein sauber gemaltes Schild »Mer danken och förr et li-ehne!« (Wir danken auch fürs Leihen.)

Hans Lorenz Lenzen

Die nette Bescherung

Eine Weihnachtserzählung

Der Eifel-Landrat Schenker erfreute sich allgemeiner Achtung. Mit bescheidenem Stolz und nicht minderem Recht genoss er sie, und den Anteil seines Herzens daran legte er keineswegs in irgend einem Aktenfach ab. Seinen Mitbürgern stand er als leibgewordenes Zeichen der Tatkraft an angenehmen wie an beschwerlichen Wegen. Er beschäftigte sich und sie unablässig mit der Prüfung des Straßennetzes, mit der Entdeckung neuer Wanderpfade, mit der Erbauung von Schulen, mit den Führungen in Seenlandschaften, die durch Staumauern entstanden, mit den Beratungen bei Bauern und Handwerkern, Technikern und Fabrikherren. Sein Augenmaß sicherte das Ziel, sein Ordnungssinn bezwang die Fülle ebenso wie den Mangel, sein Wort war genauso frei wie stark.

In seinem Innern, nur vor sich selber, erlitt er, wie er sich gestand, eine Schwäche, die ihn nicht selten und nicht immer nebenbei beunruhigte. Sein peinliches Rechtsgefühl nämlich trug vor der Entscheidung zwischen Strenge und Nachsicht eine Schlappe davon. Er wusste dann nicht, ob er sich schämen oder ob er sich trösten sollte, überantwortete seinem guten Engel das angeschlagene Gewissen und gab sich selber zu bedenken, dass eine allzu ängstlich gefegte Lebensbahn auch einmal unversehens schurfig und glatt werden könne. Bei jedem Mitchristen wie bei sich selbst.

Am Tage vor Weihnachten gelang ihm die Schlichtung eines hässlichen und lächerlichen Streites. Jahre hindurch gab ein kleiner Bergwald den Anstoß zu unliebsamen Reibereien. Prachtstücke alter Lärchenbäume säumten einen leicht gewellten Abhang, der mit den im Lande seltenen Tannen, statt der üblichen Fichten, sachgemäß bestellt war. Zur Ehre der Anwohner, nah und fern, muss bekannt werden, dass niemals eine der Tannen zur Weihnachtszeit gestohlen wurde.

Der Eifler Bergwald, Eigentum eines vergrämt gestimmten und handelnden Tuchmachers, bildete sozusagen den Turmalin im Geschmeide der Kreisstadt.

Er war fachgerecht eingezäunt; ein Unwesen, ein rostsprödes Untier aus Pfosten, Maschen und Stacheln, dessen Tücke Misstrauen und Kränkung handgreiflich bewies, hütete ihn. Die Einwohner drängten auf Niederlegung des Zaunes. Fürsprache weltlicher und geistlicher Würdenträger, Geräusper aus Amtsstuben und Parlamenten, Pfiffe und Kniffe der Rechtsvertreter, all dies führte zu keiner Änderung. Hingegen stürzte der wohlhabende Eigentümer sich ob seines eingefressenen Eigensinns in vermehrte Kosten: er fügte dem Bergwald mehrere Parzellen umgebrochenen Ödlandes hinzu, in welchen weithergeholte und ausgesuchte Jungtannen hinter doppelt gesetztem Zaun, angeblich den Wildsauen zu wehren, sichtlich gediehen. Weniger gedeihlich schlug die Meinung der hochgradig gereizten Bewohner an.

Am Tage vor Weihnachten nun öffnete der Landrat in aller Stille das bewehrte Doppeltor der Einfahrt zum Eifler Bergwald, ganz allein, und er rammte auch ohne viel Geräusch die Anschlagtafel in den Boden, die in höflicher Ansprache den Eintritt freistellte, hinfort. Jedermann wusste bald, dass der gallige Tuchmacher nicht etwa dem Druck der öffentlichen Meinung nachgab. Er war über dem schmorenden Feuerlein des Landrates, den kein Misslingen verdross, schließlich weich und gar und genießbar geworden. Die Zwiegespräche blieben geheim. Kein Zeuge, kein Kobold erfand Anekdoten. Der Hinweis auf die Einsamkeit beider Männer, auf die Erwartung der Glocken zur Mette, auf die Erinnerung an die Anfänge in jugendlichem Freimut genügte, um Spöttern, die im Städtchen schwarmweise aufzutreten pflegten, den Wind oder Hauch aus den Mündern zu nehmen.

Der Tag leuchtete ungewöhnlich lange nach, als sich der Landrat zum Ausgang rüstete. Er trug den Umhang, der in einer Indiohütte unter seinen verzückten Blicken gewebt worden war, einst, papageiengrün mit rostbraun ausgeschlagenen Falten, eine Art Tarnkappe auf Gängen zu Mühseligen und Beladenen. Er ging auf schmalen Umwegen, die das Städtchen in anmutiger und zugleich ungewichtiger Weise erlaubte, zu seinen Einzelgängern, wie er sie nannte. Eben zu jenen Spöttern, zu denen er sich auf eine geheimnisvolle und unerklärliche Neigung hin gerufen fühlte. Es waren recht arme, wenngleich keineswegs kopfhängerische Almosenempfänger. Er schleppte eine Menge kleiner Päckchen, eingebunden in einen Riemen, mit sich, die es in sich hatten. Es ging das Getuschel, dass der Inhalt dieser Päckchen oder Schächtelchen eigens vom Spender in kleinen gerühmten Läden der Großstadt, schon während der Herbstfarbenzeit, ausgesucht wurde, nicht anders, wie für seinesgleichen, aber kein einziger der neugierigen Gerüchteköche hatte seine Nase auch nur in die Nähe der delikaten Düfte zu bugsieren vermocht. Der Landrat schwieg, und hartnäckiger noch wusste sein Haus um den Reiz des Schweigens.

Er ging also seiner Weglein fürbass und verteilte seine Angebinde, klopfte hier an eine Tür, dort an ein Fenster, und machte seinen Gang federnd, ja schwebend, außen wie innen; nicht ohne Gewinn trug er Stiefel, Steppenjagdstiefel aus Elefantenhaut.

Am letzten Haus, hinter dem Bergwäldchen, legte er die drei letzten Schachteln auf die Türschwelle, hinzu stellte er drei einzelne Kerzen in Leuchtern. Er warf keinen Blick auf das Haus, er tat sein Liebeswerk, dachte wohlwollend an seine Schutzbefohlenen, die Drillinge, die da hausten, Spottvögel und Feuerwehrmänner, Totengräber und Fischwilderer großen Formates. Er konnte nicht anders, er lächelte, griff sich an die Nase, zog sich gemessen, da er Lärm, Lärm der Erwartung, im Häuschen hörte, zurück, mit weitausholenden Schritten, feierlich. Aus dem offenen Tor der Weißtannenschonung schaute er dem Tanz der drei Trolle vor dem Wigwam der Eisheiligen, wie er die Hütte schmunzelnd bezeichnete, zu, bis die Tür zischend in das Schloss einklinkte.

Noch ehe es in der Eifler Winternacht völlig dunkel war, hörte er mit den Jägerohren hinter sich einen Laut, Schnaufen, zerpressten Kummer, aufbegehrende Furcht. Er drehte sich um, griff hart zu, lockerte sogleich den Griff. Ein Kind hatte au gesagt, au, du tust mir weh. Das Kind kroch hervor, dicht an ihn heran, hängte sich an seinen Arm. Wie heißt du, fragte der Mann. Schüchtern wurde ein Name genannt, ein Vorname, ein Jungenname. Wo wohnst du, fragte der Mann. Statt einer Antwort verstärkte sich der Druck der Kinderhand. Wie alt bist du, fragte der Mann. Nach einer Pause kam es zaghaft heraus, morgen werde ich fünf. Plötzlich, frisch und munter, fragte die Kinderstimme, wie alt bis du? Der Mann richtete sich straff auf, vergaß die Antwort. So gefragt hatte ihn lange niemand. Wie lange nicht, er konnte sich nicht entsinnen, dass ihm seit der Schulzeit diese Frage je wieder gestellt wurde. Wieviele Jahrzehnte lag sie zurück, drei, vier oder gar fünf, bald ... wie kam es ... was sollte es ... man müsste … aus dem Grübeln riss ihn die dringlichere Frage, willst du mir helfen? Er zuckte zusammen, helfen, ja, wobei soll ich helfen … und hier dicht bei den Tannen … erst müssten wir doch wohl ins Freie …?

Der Junge rührte sich nicht, drängte sich noch stärker an, sagte leise: »Still, dass uns niemand hört, der Alte passt auf«. Der Mann hörte sich sagen: »Keine Angst«. Er sagte es wie zu sich selbst. Er sagte es noch einmal, flüsternd. Der Junge reckte sich hoch am Umhang des Mannes und hauchte empor: »Ich kriege meinen Christbaum nicht ab, willst du mir helfen?«

»Ach so, du willst einen Christbaum abmachen. Abmachen? Womit denn? Hast du ein Beil, oder vielleicht eine Säge?«

»Nein, keine Säge, keine Hacke, er hört es doch, schneiden ist viel besser, schneiden tut leise.«

»Hm, schneiden ist besser … aber, hör mal, das geht doch nicht, weil …«

»Nein, es geht nicht, mein Messer ist zu dünn, aber du hast ein großes Messer. Du bist doch der Herr Landrat …«

Der Herr Landrat straffte sich abermals. Eigentlich müsste der kleine Kerl schon unter dem Christbaum stehen, bei sich daheim. Und eigentlich müsste der Herr Landrat bei der Bescherung sein, bei dem Karpfenessen, bei dem üblichen, statt dessen steht er hier, im frei gegebenen Bergwald, als Komplize eines Räubers, eines niedlichen Fledderers, hm, nette Bescherung, sehr nett … er machte eine ausholende Bewegung und ermannte sich: »Komm, wir gehen einen Christbaum kaufen!« Der Junge pochte mit der Hand auf den Umhang: »Pst, nicht so laut … es gibt keinen einzigen Christbaum mehr … keinen einzigen … in keinem Geschäft … ich weiß das genau … ich hab überall geguckt, also los, sonst kommt der Alte.«

Der Herr Landrat gab noch nicht auf, er spürte, wie er verdrießlich wurde. Die gewohnte Ordnung war empfindlich gestört. Er überlegte hin, er überlegte her, er widerriet seiner Unentschlossenheit und fand keinen Rat. Er murmelte: »Gestern wäre noch Zeit genug gewesen.« Hörbar schnaufte der Junge durch die Nase, leicht röchelnd, würgte mit springendem Kloß im Hals an seinem Geständnis: »Gestern hatten wir auch kein Geld.«

Der Mann hob ein Bein, schleuderte den Fuß vor sich her. Ein paar Augenblicke sah er die fixen Schatten seiner Einzelgänger, sah er seine frommen,

169

unerschrockenen, wildernden Drillinge vor sich, hörte die Piccoloflöte ihres Spottes sich überschlagen, hörte das Knistern der Silberfädchen an den Gabenschachteln, dann sagte er, genau im Tonfall des Jungen vor ihm: »Also los, sonst kommt der Alte!«

Und fand sich, erhitzt und schweißnass, schneidend an einem Eifler Tannenbäumchen, das zähen Widerstand leistet, immer wieder das Messer, sein kräftiges Hippmesser, abgleiten ließ. Seine Finger verklebten mit Harz, der Stamm schleifte wie eine Raspel durch seine Faust. Er säbelte wild, drückte das Bäumchen nach allen Seiten, keuchte, ließ nicht nach, redete kräftige Worte vor sich hin, in Fetzen, und erschrak, als der Junge einen Schrei des Entzückens ausstieß und im Singsang, langgezogen und pausenlos, verkündete: wir haben ihn – wir haben ihn …

Derb hielt der Eifler Landrat dem Jungen den Mund zu, steckte das Messer ein, deckte den unschuldigen Jubellaut, der sich nicht beruhigen wollte, mit beiden Handflächen zu. Und erstarrte zur Bildsäule, nicht anders als der kleine Kerl an seiner Seite, als er nah die Stimme hörte, die heiser quäkende Stimme des Alten. Die Stimme überschlug sich: wer da … wer ist da … Diebe … Spitzbuben … Schnapphähne … Tannendiebe … Die Stimme ging in Heulen über: Hilfe … Baumfrevler … Teufelsbrut … Satansknechte … Waldfrevel …

Der lauschende Frevler fühlte, wie ihm die Rippen schrumpften. Sein Umhang wurde ihm zu Blei, seine Stiefel schienen Wurzeln zu schlagen. Näher quäkte die Stimme, undeutlich, stoßweise sprach sie sich Mut zu, wimmerte in langen Seufzern, leierte schließlich, kraftlos, entleert vor Unsicherheit: wer ist denn da … in aller Heiligen Namen … Die Harfe der Lärchenbäume verstummte, und in den Flug der Engel, die ihren Gruß vorausschickten, sagte die gläubige Stimme des Jungen klar und gedehnt, als ginge ein gewohntes Spiel auf dem Schulhof weiter: »Niemand«.

Den Herrn Landrat schüttelte ein Erdbeben. Er bog sich rasch herab, er stieß mit der Stirn in das Unterholz gegenüber, achtete nicht der ritzenden Nadeln. Sein alter Jägerhut kurvte über seinem Scheitel schmerzhaft weg, ein peitschender Ast riss ihm Halstuch und Hemdkragen ab, ein Knüppel schlitzte ihm den rechten Ärmel auf. Aber er ließ sich nicht halten. Mit zusammengebissenen Zähnen drang er gegen die Mauer von zottigen Borsten vor. Mag's einen Knochenbruch über den klobigen Steinblöcken geben, uns bleibt keine Bedenkzeit, Junge, hier häng dich ein, ja, ich habe den Baum, ganz fest, deinen Baum, nette Bescherung, ein Abenteuer, bös, mit Geld nicht zu bezahlen, vielleicht mit einer Tugend, die umstritten ist, mit der Verwegenheit der Güte, die einem ins Blut schießt, nein-nein, nicht locker lassen, halt durch …

Er wusste nicht, ob er gesprochen hatte. Mit gestrecktem Rücken fand er sich auf einer Lichtung, zwischen einem Jungen, der mit geübter Zunge schnalzte, und einem Nadelbäumchen, das aus glühenden Stiften und Pfriemen geschmiedet sein musste. Rasend schlug sein Herz, er gestand es sich, nüchtern. Er schüttelte den geschwollenen Schädel, stampfte mit den Stiefeln aus Elefantenleder seinen Ärger in die unterste Hölle. »Niederlage, gib's zu, Baumfrevler, Holzdieb, Satansknecht, alter Esel mit Grundsätzen.« Und musste verwundert erfahren, wie in der zunehmenden Dämmerigkeit ringsum seine Lippen sich entzerrten. Und wie um ihn vollkommen zu rechtfertigen, nach der Wertung im Lande der unschuldigen Kinder, piepte der Junge erlöst: »Das wär beinah schief gegangen, sag, hattest du auch ein bisschen Angst?« »Nicht zu knapp«, schmunzelte der Mann, »es war ein scheußlicher, es war ein schwieriger Weg«. Der Junge nickte zustimmend: »Mein Messer war wohl ziemlich stumpf, ja?«

Den Rest des Weges legten sie schweigend zurück. Auf Umwegen, im anderen Halbkreis des Städtchens, an den Hängen, erreichten sie unbeobachtet das Wohnhaus des so seltsam beschenkten Draufgängers. Er trug seinen Christbaum nicht ohne gebotene Anstrengung wie einen Schutzgeist gegen das schwach belichtete Fenster. Auf der Hälfte der kurzen Strecke drehte er sich um und sagte entschlossen: »Sicher bis du der Landrat, du sollst mein Freund sein.« Dann stieg er, aus vollem Halse singend, die Treppenstufen hinauf. Mit sehr schnellem Schritt strebte der Herr Landrat nach Haus. Er atmete auf, als er die Straßen menschenleer vor sich sah.

Hermann Prümmer

Silvesterfahrt zum Nordpol

Eine lustige Geschichte aus der Eifel

Überall in der Eifel kann es geschehen, dass der Silvesterabend nach einer beschaulichen Feier irgendwelche Streiche mit sich bringt. Da sieht man im rauchgeschwängerten Wirtshaus, wie der Herr Bürgermeister Schoppen auf Schoppen vertilgt, wie der sonst abstinent lebende Herr Lehrer dem Steinhäger zuspricht und schon lange vor Mitternacht ganz unpädagogisch über seine Brillengläser blinzelt. Und wenn der Bürgermeister zufrieden ist, hat der Bauer Grund zum Trinken. »Prost Pitter! Prost Michel! Prost Jupp! Prost Hannes! Wir wollen den Streit um den Grenzstein vergessen und auch die Sache mit dem Mühlbach! Wir wollen als friedliche Nachbarn das neue Jahr beginnen. Was meint ihr dazu?« »Ja, er hat recht, der Hannes! Also Prost!« »Gut ist dein Bier, Wirt! Noch 'ne Runde, und noch eine, und noch eine! Das neue Jahr kann beginnen! Prost!«

Der Hannes erhebt sich. »Ich habe große Pläne im neuen Jahr. Eine weite Reise will ich tun, hm, eine sehr weite Reise.« »Hört, hört, er will verreisen!« »Sicher zum Simmerather Markt, haha!« »Nein, Freunde, viel weiter, eine richtige Reise, sozusagen schon eine Expedition – zum Nordpol nämlich. Ja, da bleibt euch die Sprache weg, was? Ich, der Hannes, der Klügste unter euch, will eine Expedition zum Nordpol machen. Glaubt ihr mir nicht? Nun, ich werde sogleich aufbrechen. Und ihr könntet sogar mitkommen. He, Wirt, mach noch 'ne Runde, und dann lass anspannen, wir fahren fort. Zum Nordpol fahren wir. Gib die Kreide her vom Schwarzen Brett. Wir wollen den Schlitten beschreiben: ›Auf zum Nordpol!‹ Jawohl, wir sind eine zünftige Expedition. Gelehrte sind wir und Forscher, Nordpolforscher, tollkühn und den Tod verachtend. Jawohl! Die Pelze an, Brüder, es ist kalt am Nordpol. Und viel Schnaps in die Flaschen, das stärkt uns. So, und nun los, Max, Liese, los!« »Muss i denn, muss i denn zum Städtele hinaus«, klingt es durch die Winternacht. Die Pferde traben ungeleitet den gewohnten Gang ins Nachbardorf. Vorm »Goldenen Schwan« bleiben sie stehen. Der Wirt und die vielen Gäste drängen sich um die interessante Gruppe, die auf dem Wege zum Nordpol sein will. Die vier Bauern müssen erzählen, und sie tun das unter der Einwirkung des Alkohols (für die auch nicht mehr ganz nüchternen Gäste) so plausibel, dass alle ihnen glauben ...

Lange nach Mitternacht verlässt die Expedition mit allerlei »Liebesgaben« gegen den Polarfrost den »Goldenen Schwan« mit dem Ziel »Nordpol«. »Immer nach Norden halten«, ruft Hannes. Und die Pferde traben ungeleitet den gewohnten Gang ins Kreisstädtchen, wohin sie ihren Herrn manchmal zum Einkauf fahren. Vor der »Post« bleiben sie stehen, und die Eifelbauern, die gerade ein kleines Nickerchen gehalten haben, erblicken darin wiederum eine Raststätte auf dem beschwerlichen Weg zum Nordpol.

Auch hier werden sie bestaunt und beschenkt. Man wünscht ihnen gute Reise und lässt sie erst gegen Morgen um Vier fortziehen.

Der Atem der Pferde dampft durch die sternklare Nacht. Die Polarforscher sind in einen tiefen Schlaf gesunken. Max und Liese ziehen ihre Last, wohin es ihnen beliebt. Die Nacht ist schön und morgen ist Sonntag. Da müssen sie sowieso im Stall stehen. Also los, Liese, diesen Berg hinauf, er ist mein Lieblingsberg. Drüben geht es so wunderbar steil hinunter. Da braucht man nicht mehr zu ziehen, da wird man geschoben. Herrlich ist das, einfach herrlich ...!

Mit keuchendem Atem kommt das Gespann auf der Bergkuppe an. Mit allen Sehnen bremsend geht's ins tiefe Tal hinunter, in dem irgendwo der Stall liegt. In rasendem Lauf geht es unerbittlich in die Tiefe, bis – ja, bis der Schlitten sich plötzlich seitlich legt, seine Last an Polarforschern ausschüttet und dann den Pferden folgsam, doch leer nachkommt. Eben verabschiedet der Wirt die letzten Gäste vor der Haustür. Da hört er aus der Ferne die Glocken seiner Pferde. In übermütigem Galopp kommen Max und Liese an. Der Wirt und seine späten Gäste erfassen die Lage, sie ahnen, dass die vier Forscher irgendwo ausgebootet im Schnee liegen müssen.

Eine Suchaktion startet. Sie kann nicht schwer sein, da die Spur im weichen Schnee unfehlbar ist. Der Wirt steigt hinter dem Herrn Bürgermeister in den Schlitten, und der sonst abstinent lebende Herr Lehrer sieht in dem Ausflug

durch die kühle Morgenluft eine willkommene Gelegenheit, seinen Kopf ein wenig zu klären. Bald finden sie am Hang vier große weiße Brocken. Die Nordpolfahrer schlafen immer noch. Auch als man sie wie Mehlsäcke im Schlitten verstaut, werden sie nicht munter. Und da der Silvesterabend nach beschaulicher Feier gern Streiche mit sich bringt, langt der Herr Lehrer nach seinem neuen Notizkalender und schreibt auf die erste Seite: »Dem treuen Hannes als Dank für wertvolle Hilfe bei der Erforschung des Nordpols – Nansen.« Dieses Büchlein findet Hannes nach entschwundenem Rausch in seiner Rocktasche.

Seitdem behauptet er, in der fraglichen Silvesternacht am Nordpol gewesen zu sein. Kommen Ungläubige zu ihm, dann holt er gerne und voller Stolz das Kalenderbüchlein aus der sorgsam verschlossenen Lade und gibt obendrein und zum endgültigen Beweis noch den Jupp, den Pitter und den Michel als Zeugen an.

Peter Zirbes

Chresdaag Morgen

Op Chresdaag Morgen wor es kaalt
On ziemlich hart gefroren,
Dö krieht den Höhn an aler Freh:
»Den Heiland as geboren!«

Dö billt den Hond: »Wuwu, Wuwu,
Wo as en dann je fannen?«
Dö bläzt de Geeß: »Zo Bädleheem!«
On blieb net langer hannen.

Den Hond, dä sät: »Ich lofen dör,
On wär et honnert Stonnen,
On leckt em sei hai Freeßcher wörm,
Wann ich en hätt' gefonnen.«

Dö sät den Höhn: »Ich zeert en schien
Mat Fädern sonnergleichen.«
Dö sät de Geeß: »Ich giev em Melch;
Sang Jusep soll mich streichen!«

On wat geß dau, O Menschenhand,
Deim Gott aus dreiem Herzen?
Wells dau an Send on Onverstand
Dei Sielenheel verscherzen?

Dau brauchs net iwer Land on Meer
Nö Bädleheem se ränen:
Den Heiland fendst de iweral,
Wann dau en wells erkänen.

Ulrich Mehler

Wunder geschehen immer wieder

Also, ich habe euch ja schon von dem Pastor erzählt, der die feierlichen Gottesdienste so liebte. Der mit dem heiligen Antonius und dem Schaf. Da fällt mir ein, dass ich immer wieder gefragt werde, was denn nun eigentlich wirklich mit dem heiligen Antonius los war. Fast jedes Mal, wenn ich die Geschichte mit dem Schaf erzähle, fragt mich einer am Schluss, wie denn der heilige Antonius nun wirklich dahin gekommen ist aus der Sakristei. Ich seh' ja ein, dass das die ganz entscheidende Frage ist, aber ich weiß nichts darauf zu sagen. Ich habe keine Antwort. Ich weiß bis heute nicht, wie der heilige Antonius aus der Sakristei auf seinen alten Platz gekommen ist. Ich kann es nicht erklären.

Der Küster übrigens auch nicht. Mit dem habe ich damals lange darüber gesprochen. Er wollte natürlich unbedingt wissen, wie das vor sich gegangen sein könnte, denn er dachte, er wäre so langsam reif für die Klapsmühle. Ich habe ihn dann getröstet, aber eine Erklärung haben wir damals nicht gefunden. Bis heute nicht. Wenn wir uns sehen, dann kommt der Küster immer wieder auf diese Geschichte zu sprechen, auch heute noch. Mittlerweile ist er über 70.

Wie kam ich jetzt noch darauf? Ach ja! Der Herr Pastor. Also unser Herr Pastor damals liebte die Feierlichkeit und die großen Aufzüge über alles, und ich muss heute sagen, dass er wirklich wusste, wie man eine feierliche Messe oder eine prächtige Andacht halten musste. Es gab zwar ein paar »Fundamentalisten«, so würde man heute wohl sagen, in der Gemeinde, die meinten, das alles sei viel zu barock und verschnörkelt, aber die meisten fanden es schön, und so waren die Gottesdienste immer gut besucht. Die Kirche war an der Feiertagen sogar brechend voll. Ganz besonders natürlich an Weihnachten, und da kamen viele auch von auswärts. Die gehörten gar nicht zur Gemeinde.

Nun gab es bei uns damals am zweiten Weihnachtstag nachmittags eine feierliche Andacht, bei der wir Messdiener alle, aber auch alle!, dabei sein mussten. Ich fand das schrecklich, denn den ersten Weihnachtstag-Nachmittag musste ich, seit ich denken konnte, mit Verwandtenbesuch hinter mich bringen, und am zweiten war immer diese Andacht. Aber weil ich Obermessdiener war, musste ich natürlich dabei sein. Einer sollte auf die ganze Rasselbande aufpassen. Und das war leider ich.

Jetzt könnt ihr euch diese Kirche ja vorstellen. Ich habe sie bei der Geschichte mit dem heiligen Antonius schon ein bisschen beschrieben. Sie sah aus, wie eben Kirchen früher ausgesehen haben. Vorne der Hochaltar, zu dem mehrere Stufen hinauf führten. Der Priester stand oben vor dem Altar, damals noch mit dem Rücken zur Gemeinde. Unten auf den Stufen knieten die Messdiener. Einige von ihnen jedenfalls. Dann kam der Altarraum mit dem Teppich. Rechts gab es eine Türe zur Sakristei, links eine zum Glockenturm. Es folgte eine Stufe, dann kam die Kommunionbank, und dahinter war dann wieder eine Stufe. So ungefähr jedenfalls.

Wir Messdiener zogen dann immer feierlich aus der Sakristei ein. Dann gingen welche von uns nach vorne auf die Stufen am Hochaltar, die mit dem Weihrauchfass und dem Weihrauchschiffchen standen, wenn der Weihrauch gebraucht wurde, in der Mitte des Altarraumes auf dem Teppich. Die meisten von uns aber knieten auf der Stufe vor der Kommunionbank, einmal mit Kerzen, einmal ohne. Ach so, ja, das hätte ich bald vergessen: eine richtige Kanzel gab es natürlich auch noch. Mit einer gewundenen Treppe, einem Türchen und einem Dach. Von dieser Kanzel wurde gepredigt und bei feierlichen Andachten auch gebetet.

Nun verlief eine solche feierliche Andacht so, dass gesungen, gelesen und gebetet wurde. Dann wurde die Monstranz mit der Hostie aus dem Tabernakel, das ist der Tresor für die heiligen Geräte auf dem Altar, genommen und mit ihr der Segen erteilt. Es gab aber auch die noch feierlichere Andacht, bei der die Monstranz die ganze Zeit über auf dem Hochaltar stand. Sie wurde also gleich zu Anfang der Andacht aus dem Tabernakel herausgenommen und auf einen besonderen Platz am Hochaltar gestellt, so dass alle Gläubigen sie gut sehen konnten. Und eine solche Andacht »mit Aussetzung« gab es natürlich zu Weihnachten. So, ich glaube, jetzt habe ich alles erwähnt, was wichtig ist für diese Geschichte. Wenn ich das richtig sehe, dann gibt es das heute ja auch alles nicht mehr. Es gibt ja auch bald keine Pfarrkirchen mehr und keine Gemeinden.

Es war also wieder einmal Weihnachten. Damals, vor über 50 Jahren. Nein, nicht das Weihnachten, an dem der heilige Antonius sich selbständig gemacht hat! Es war ein anderes Weihnachten. Aber es ging zu wie jedes Jahr. Am zweiten Weihnachtstag nachmittags war die feierliche Andacht, und wir Messdiener mussten schon eine halbe Stunde vorher da sein, weil ja alles gut vorbereitet sein sollte, und weil wir zu läuten hatten, denn eine elektrische Läuteanlage gab es nicht, und der Küster hatte bei solchen Anlässen keine Zeit dazu. Außerdem waren natürlich alle drei Glocken in Betrieb zu nehmen, und das schaffte einer alleine sowieso nicht.

Wir hatten also unsere Messdiener-Kleidung an: Rote lange Ärmel-Röcke, die bis auf den Boden gingen, darüber ein weißes Spitzen-Chorhemd, darüber ein roter Kragen, der vorne mit Haken und Ösen geschlossen wurde und je nach Rang des Messdieners Troddeln hatte oder auch keine. Unter den langen Röcken hatten wir unsere Zivilkleidung an, und natürlich schwarze Schuhe – Turnschuhe waren verboten, desgleichen Sandalen oder Schlappen oder so etwas in der Art. Man konnte durch Schlitze in den Röcken in die Hosentaschen greifen, um sein Taschentuch herauszuholen, zum Beispiel.

Wir waren nun feierlich eingezogen. Die Andacht hatte begonnen, die Monstranz mit der gelb-weißen Hostienscheibe war ausgesetzt und stand an ihrem bevorzugten Platz oben auf dem Altar. Der Herr Pastor stieg auf die Kanzel. Als besonderen Clou hatte er sich dieses Mal ausgedacht, dass während der eigentlichen Andacht das elektrische Licht ausgeschaltet werden sollte, welches den Altarraum bestrahlte. Nur die Kerzen am Altar, an den Weihnachtsbäumen und in der Krippe sollten leuchten. Ich hatte die ehrenvolle Aufgabe, das Licht auszumachen, wenn er oben auf der Kanzel war, und ich erinnere mich genau: Es war ein wunderschönes Bild, als das Licht ausging:

Rings um den Altar leuchteten nur noch die Christbäume mit ihren Kerzen, und auch auf dem Altar brannten die Lichter. Der Weihrauch duftete und zog noch leichte Schwaden durch den Chorraum. Die Monstranz glänzte; in der Mitte des Strahlenkranzes in einer goldenen Kapsel und hinter einem geschliffenen Glas die weiße, große Hostie. Wir Messdiener hatten unsere Kerzen wieder in die Sakristei gebracht und knieten nun auf der Stufe vor der Kommunionbank.

Der Herr Pastor fing an zu beten, und die Gemeinde antwortete. Das war der langweiligste Teil der ganzen Andacht, aber es war die Hauptsache, auch wenn man das nicht so merkte. Die Leute beteten und schauten in ihre Gebetbücher

und ab und zu natürlich auf den Altar und die Monstranz, die man im Lichter-
schein dunkel erkennen konnte. Ja, auf Stimmungen verstand sich unser Pastor.

Nun sollte ich noch sagen, dass der Herr Pastor mit dem Rücken zum Altarraum auf der Kanzel stand, genauer gesagt, er kniete dort oben auf einer kleinen
Bank und schaute in die Kirche auf seine Gemeinde herunter. Von dem schönen
Bild am Altar hatte er also eigentlich gar nichts. Er hatte sich am Anfang einmal
kurz umgedreht, wohl um sich zu vergewissern, ob auch alles so war, wie er es
sich vorgestellt hatte. Aber mehr konnte er von seinem Arrangement nicht sehen.

Und ich sollte noch sagen, dass unter den Messdienern einer war, der aus
unserer Straße stammte. Er wohnte zwei oder drei Häuser weiter die Straße
hinunter und hieß Franz, und er war, mit seinem Wort zu sagen, ein, wie sagte
man damals noch zu solchen Jungs? Ein Lausebengel, ein Schlingel, ein Rabauke.
Ich musste auf Franz immer besonders aufpassen, weil er nichts als Unsinn im
Kopf hatte, und das wusste der Herr Pastor auch.

Der Herr Pastor war also auf der Kanzel, wir Messdiener knieten unten, im
Altarraum leuchteten nur die Kerzen. Der Weihrauch duftete. Es war Weihnachten. Da merkte ich, wie die Gemeinde hinter mir unruhig wurde. Sie rutschten in den Bänken hin und her. Ich blickte von meinem Gebetbuch nach vorne
auf den Altar: die Hostie in der Monstranz strahlte in tiefem satten Grün.

Der Herr Pastor sagte die Nummer eines Liedes an. Es war ›Es ist ein Ros'
entsprungen‹. Der Küster begann auf der Orgel mit der Einleitung, und kaum,
dass die Gemeinde anfing zu singen und bei ›Ros‹ war, wechselte die Hostie oben
auf dem Altar ihre Farbe. Jetzt war sie dunkelrot. Nun hatte unser Herr Pastor
eine tiefe, kräftige Stimme, und er sang sehr gerne. Er merkte natürlich auch,
dass irgendetwas nicht stimmte, und sah sich beim Singen in der Kirche um. Als
er sich zum Altar umdrehte, konnten wir es deutlich an seiner Stimme hören,
dass er nun in unsere Richtung sang. Das rote Licht verschwand. Die Hostie in
der Monstranz leuchtete matt und unschuldig in ihrem ursprünglichen Weiß.

Als die Gemeinde ausgesungen hatte, ging es weiter mit dem Beten. Das Gebet
hatte kaum begonnen, und die Hostie erstrahlte in Grün. Unruhe machte sich
breit. Die ersten Gemeindemitglieder rückten nach vorne, um die Erscheinung
näher zu betrachten. Sollte sich hier …? Man wagte es ja nicht zu glauben. Ich
selbst war starr vor Schreck. Was ging hier vor? Ich musterte die Reihe meiner

Mit-Messdiener, blickte verstohlen nach links und rechts, aber keiner hatte etwas gemerkt. Sie beteten alle aus ihren Gebetbüchern. Nur Franz hatte kein Gebetbuch, aber das war bei dem ja auch nicht weiter verwunderlich. Als ich ihn schräg von der Seite anblickte, da schaute auch er mich an und versteckte schnell etwas unter seinem Chorhemd. Dann deutete er mit einem Kopfnicken auf die Monstranz und hob fragend die Schultern. Er hatte es also auch gesehen!

Zu jeder feierlichen Andacht gehörte auch das Beten einer Litanei, und bei ganz feierlichen Andachten wurde die entsprechende Litanei auch gesungen. Nun war das bei uns so geregelt, dass die Gemeinde sozusagen zweigeteilt war, denn die Bänke in der Kirche standen links und rechts und waren durch einen breiten Zwischengang getrennt. Früher hatten links die Frauen, rechts die Männer gesessen, aber die Zeiten waren auch damals schon vorbei, jedenfalls bei uns. Woanders hat sich diese Regelung bis heute gehalten. Bei uns eben nicht, aber bei dem Singen der Litanei hatte sich die Zweiteilung doch gehalten, denn einmal sang die linke Seite, und die Antwort gab dann die rechte. Bei der Allerheiligen-Litanei ging das also so vor sich, dass der Pastor die Litanei anstimmte, und dann sang links zum Beispiel »Sancte Petre«, was nicht anders heißt als »Heiliger Petrus!« und rechts antwortet dann »ora pro nobis«, »bitte für uns«. Nun dauert gerade diese Litanei sehr lange, es gibt ja auch sehr viele Heilige, und das Ganze ging sozusagen automatisch vor sich, denn die linke und die rechte Seite wechselten sich so lange ab, bis die Litanei zu Ende war. Und genau diese Litanei wurde nun gebetet, genauer gesagt: gesungen.

Kaum aber hatte der Pastor sein einleitendes Gebet gesprochen und die Litanei sozusagen in Gang gebracht, da wechselte das Licht in der Monstranz: Bei dem Heiligennamen war es grün, bei der Fürbitte rot. Es wechselte laufend: »Sancta Maria Magdalena« – grün – »ora pro nobis« – Licht rot.

Das Singen der Litanei kam nur schleppend voran. Alle starrten gebannt auf die Monstranz, schließlich auch der Herr Pastor, der jetzt ja Muße hatte, in Ruhe nach vorne zu schauen. In der Zwischenzeit hatte ich fieberhaft überlegt, was das nun sein könnte, und ich bemerkte aus den Augenwinkeln, dass Franz unter seinem Chorhemd etwas ziemlich Langes, Metallfarbenes herausgezogen hatte, das auf die Monstranz gerichtet war. Ich hätte es wissen müssen! Natürlich! Das war die Taschenlampe, die er zu Weihnachten bekommen hatte und die er stolz in der Sakristei beim Umziehen vorgeführt hatte. Sie hatte zwei zusätzliche Schiebeknöpfe, mit denen man eine kleine Farbröhre um die Birne schieben konnte, eine rote und eine grüne! Klar, das war es! Franz benutzte seine Ampel-Taschenlampe zum Anstrahlen der Monstranz und der Hostie, und die ganz Gemeinde glaubte an ein Weihnachtswunder.

Nicht die ganze Gemeinde allerdings, denn während ich noch überlegte, wie ich den Franz dazu bringen könnte, seine Lichtspiele zu lassen, nutzte unser Herr Pastor die günstige Gelegenheit, dass er bet- und singfrei hatte, um sich von hinten an Franz anzuschleichen, der vollauf damit beschäftigt war, die Heiligen grün und die Fürbitten rot erscheinen zu lassen.

Leise schlich der Pastor die Kanzel hinunter und ging durch den Mittelgang auf die Kommunionbank zu, stellte sich hinter dem leuchtenden Franz auf und unterbrach mit seiner Bass-Stimme bei »Omnes sancti Apostoli et Evangelistae« »Alle heiligen Apostel und Evangelisten« »orate pro nobis« »bittet für uns« die Allerheiligen-Litanei: »Ja alle Heiligen mögen für uns bitten. Und weil Weihnachten die Geburt des heiligen Kindes ist, da bitten wir« und damit griff er Franz von hinten in seinen roten Messdienerkragen – »auch für alle geratenen«, er klatschte Franz eine Ohrfeige, die sich gewaschen hatte, »und« – er drehte Franz zur Gemeinde um – »alle ungeratenen« Klatsch rechts, Klatsch links, »Kinder Gottes«. Franz stand vor der Gemeinde mit der Taschenlampe in der Hand, die noch rot blinkte und seine von den Ohrfeigen des Herrn Pastors ohnehin schon geröteten Backen noch roter erscheinen ließen. »Und deswegen singen wir jetzt alle ›Ihr Kinderlein kommet!‹, denn der Herr hat gesagt« – Klatsch – » ›Lasset die Kindlein zu mir kommen‹, aber von roten und grünen Taschenlampen hat er nichts gesagt!« Mit zwei weiteren Ohrfeigen, die gewiss nicht von schlechten Eltern waren, schloss der Herr Pastor seine klärende Ansprache.

Während die Gemeinde sang, und ich glaube heute noch, dass zwischendurch Gekicher zu hören war, wurde Franz durch den Pastor eigenhändig in die Sakristei abgeführt. Dass seine Messdienerkarriere damit beendet war, brauche ich euch wohl nicht weiter zu erzählen.

Und über das Donnerwetter, das der Herr Pastor trotz Weihnachten über mich herabprasseln ließ, da schweige ich lieber auch.

Fritz Koenn

Weihnachts-Sorje

Wat schenken ich dem Finche?
Wat schenken ich dem Trinche?
Wat krett des Johr da Bäetes?
Wat krett des Johr dä Mätes?

Unn Mama moß jett han!
Unn Papa moß jett han!
Dat Lenche solt jett kreje!
Irenche sol jett kreje!

Dat kleene Zibbels Zöffje
Dat well e Poppe-Stöffje,
Dat kleene Botze-Jüppche
Dat well e adig Püppche!

Unn menge Schwoger Franz,
Unn Denge Schwoger Hans:
Die mossen alle beez jet han,
Unn och die Schwäjesche kunn dran!

Do wid et eenem heeß!
Mr putz sich av dr Schweeß!
Mr kick ent Portmannee erenn:
Fur eene sellever bliev nix drenn …

Rosemarie Bierganz

Wie der Christbaum auf den Marktplatz kam

Da lagen sie nun auf dem Platz vor dem Supermarkt, die großen und kleinen Tannenbäume, mit und ohne Wurzelballen. Sie warteten drauf, gekauft zu werden, denn in zehn Tagen war Heiligabend; dann sollten sie in strahlendem Glanz das Fest der Liebe ins rechte Licht setzen.

Aber was sie jetzt mitmachen mussten, war christbaumunwürdig. Sie lagen völlig ungeschützt auf der schmutzigen Erde, nebeneinander, übereinander, man trampelte über sie hinweg; die kleinen Vierbeiner machten sogar ihr »Geschäftchen« auf die Zweige.

Die größte Tanne begann zu schimpfen: »Man redet heute soviel vom sterbenden Wald, von kranken Bäumen, und dass man etwas zu ihrer Rettung tun müsse; alles nur scheinheiliges Getue. Wir waren gesund, doch man hat uns einfach abgeschlagen und nach hier verschleppt, weil es Weihnachten werden will. Und hier werden wir elend und krank, weil wir eine so unwürdige Behandlung erfahren.«

Einer hatte die Klagen der verzweifelten Tanne vernommen: Knecht Ruprecht, der gerade auf dem Rückweg zum Himmel war. Er sagte zu dem Baum: »Recht hast du; ich werde euch helfen.« Als das große Kaufhaus sich nach Ladenschluss geleert hatte, wurden die Tannenbäume wieder auf den Lastwagen geworfen. Zum Glück war es ein offener Lastwagen, und darin lag die große Chance für die misshandelten Bäume.

Plötzlich stand Knecht Ruprecht am Wagenverschlag, begleitet von vielen Engeln. Der Gehilfe des Christkindes hob die Bäume – einen nach dem anderen – auf und reichte sie den Engeln, die sie auf die Straße stellten. Hurtig ging es zu, und bald war der ganze Laster leer. Ganz in der Nähe war ein Wald; dorthin zog nun die weihnachtliche Schar, vergnüglich anzusehen: in der Mitte latschten die

Tannen, links und rechts flankiert von den kleinen Himmelsboten; allen voran schritt Knecht Ruprecht.

Als sie den Hain erreicht hatten, wurden die Bäume mit Wurzelballen in den Waldboden eingegraben. Mit den Tannen, die einfach nur abgeschlagen worden waren, zogen Knecht Ruprecht und die Engel bis vor die Stadt, wo es eine alte, leerstehende Fabrikhalle gab. Die Bäume wurden geschmückt mit silbernen und goldenen Kugeln, mit Glitzerwerk und vielen Leckereien und mit unzähligen Kerzen.

Am Heiligen Abend wurden die so wunderbar geschmückten Christbäume in die Stadt gebracht zu jenen Menschen, die ganz einsam waren. Da waren die Tannen so ungeheuer stolz, und alles Leid war vergessen. Die große Tanne aber, die durch ihr Schimpfen Knecht Ruprecht zu seiner Hilfsaktion angestiftet hatte, wurde auf den Marktplatz in Monschau gestellt. Hier strahlte sie nun die Aukirche und die Häuser und die Straßen ringsum an. Die Monschauer blieben bewundernd stehen und sagten zueinander: »Wie einmalig schön ist doch dieser Weihnachtsbaum!« Die Tanne war glücklich wie nie zuvor in ihrem Leben, und sie reckte sich vor Stolz.

Als der Bürgermeister der Stadt mit seiner Gattin in aller Frühe zur Christmette ging und den strahlenden Weihnachtsbaum gewahrte, sagte er zu seiner Frau: »Komisch, wie der Baum hierher kommt! Wir hatten nämlich im Stadtrat beschlossen, in diesem Jahr aus Ersparnisgründen keinen Christbaum aufzustellen; das verstehe, wer kann!« »Ach, ohne Weihnachtsbaum wäre es doch gar nicht richtig Weihnachten!«, meinte seine Frau, und der Bürgermeister antwortete: »Du hast recht, und ich werde auch nicht nachforschen wer dafür verantwortlich ist!« Na, das hätte er wohl kaum erfahren! Denn wer käme schon auf den Gedanken, dass dies ein Weihnachtswunder und auf die Rebellion der großen Tanne zurückzuführen war.

Die aber hatte das Gespräch des Bürgermeisters mit seiner Frau belauscht und schickte einen fröhlichen Blick zum Himmel hinauf. Dort stand Knecht Ruprecht und lachte ihr verschmitzt zu. »Fröhliche Weihnachten!«, rief er zur Erde hinunter, und der Christbaum rauschte hinauf: »Hab' Dank, du guter, alter Geselle für deine Hilfe, und fröhliche Weihnachten!«

Dieser Gruß fand ein tausendfaches Echo in der kleinen Stadt; er hallte wider in der Laufenstraße, auf dem Stehling, in der Stadtstraße, in der Kirchstraße, überall, und er schwang sich auf den Haller, auf die Burg und auf den Turm der kleinen Lourdeskapelle. Die Menschen wurden froh und glücklich und vergaßen für eine Weile ihre Sorgen.

Nur einer hatte an diesem Tag ein griesgrämiges Gesicht; das war der Mann, dem die Tannenbäume davongelaufen waren …

Fritz Koenn

Die drej Könninge

Sej koome jetrocke van Morjenland wegg
dörch Berch unn dörch Wüste – sej hatte keen Zegg:
Wat hatten sej vüer, wat wollten die Drej?
Dat Kindche em Stall, dat sohten sej.

Des Nahts wor et kalt, et schnaaf ene Wönk,
sej aachten et net unn dahten ant Könk,
dä Schnie weffelt enne su fies ent Jesiet –
Am Hemmel doot lüete dat blenkije Liet.

Dämm retten sej tröilisch moondelang nooh,
dann woren se endlich nes Nömmedahs do.
Sej soochen e Schöppche, su vimschich unn kleen:
Dodrenn soll dr Heiland jeboere senn?

Sej klomme janz flöck van de Deerer eraff
unn jengen erenn. Dä Sturm hatt jeschnaaf
dörch Retze unn Läuchelcher onger dm Daach –
Dat Könk looch em Kreppche, unn wirklich, et laach!

Et stiep die keen Ärmcher eruss us dr Rööf,
die Könninge knieten sich dreef ent Jelööf,
sej hoelte die jöldije Kruene vam Kopp
unn faldten de Hänk unn kecke net op.

Sej krooste jätt en ihre Teische eröm
unn joofen ihr Jold unn bubbelte domm.
Dat Patschhänkche pok zart dä Melchior an,
dout drop e Küssje, dann koom Balthasar dran.

Verjeiße die Rees mot all ihrem Leed:
Et Könk os am strahle! Kickt nur enz, seht!
Dann retten sej sielich en alle Welt vott:
Dämm Könk senge Säje, dä hoelten sej mot.

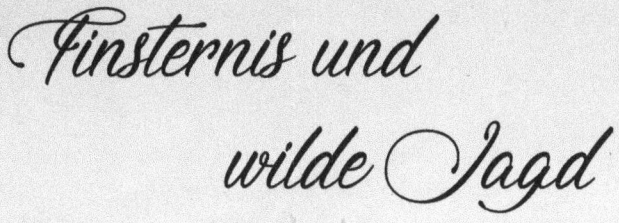

Finsternis und wilde Jagd

MYSTIK UND DÜSTERNIS, ABERGLAUBEN

UND DAS REALE GRAUEN VON KRIEG UND

WOLFSRUDELN IN DER EIFEL

Sophie Lange

Zwischen den Jahren

Eine unheimliche Geschichte

Das hochheilige christliche Weihnachtsfest ist für Familie Heinmann in den letzten Jahren immer mehr zu einer wenig beschaulichen Familienfeier geworden. Wie jedes Jahr waren auch diesmal an Heiligabend die erwachsenen Kinder mit ihren Familien zum traditionellen Weihnachtsessen dagewesen. Die Geschenke hatten wie seit einigen Jahren hauptsächlich aus Gutscheinen bestanden, für eine Buchhandlung, für die Apotheke, für ein Konzert, ein Fußballspiel, ein Wellness-Wochenende und so weiter. Die Kinder waren wieder abgereist, nur Peter war noch da. Mit seinen 20 Jahren wusste er noch die Vorteile von Hotel Mama zu schätzen, vielmehr zu nutzen.

Am ersten Weihnachtstag hatte man die Eltern von Vater Heinmann besucht, am zweiten Weihnachtstag waren die Eltern von Mutter Heinmann zu Besuch gekommen. Jetzt am dritten Weihnachtstag war wieder Normalität ins Haus eingekehrt. Während die beiden Männer nichts mit sich anzufangen wussten, hetzte die Mutter durchs Haus, um wieder die vorweihnachtliche Ordnung herzustellen.

»Schade, dass ich nicht waschen darf«, seufzte Frau Heinmann und betrachtete die vollen Wäschekörbe. Auf den fragenden Blick ihres Sohnes erklärte sie, dass doch jetzt vom Heiligabend bis zum Dreikönigstag die Lüstertage seien, auch Rauchnächte oder Raunächte genannt. Und in dieser Zeit zwischen den Jahren seien die Grenzen zwischen Himmel und Erde offen und Dämonen, Geister und unerlöste Seelen zögen in der wilden Jagd durch die Lüfte und bedrohten die Menschen.

»Und was hat das mit der Wäsche zu tun?« fragte Peter etwas verwirrt. Das schien die Mutter selbst nicht so genau zu wissen und half sich mit der Ausrede, die gang und gäbe in der Eifel ist: »Das war immer so.« Doch dann überlegte sie laut: »Es sollen stille Tage sein und alle unnötigen Arbeiten sollen ruhen, sonst werden die Geister auf die Menschen aufmerksam und dann … ja dann, dann kann allerhand Unheil geschehen.«

»Zum Beispiel, dass einzelne Socken in der Waschmaschine verschwinden oder so etwas?« fragte der Sohn grinsend. Die Jugend von heute! Nie nahm sie die alten Traditionen ernst.

»Früher hat man die Wäsche doch draußen auf der Leine getrocknet«, suchte nun Vater Heinmann nach einer Erklärung für das Wäscheverbot. »Dann stolperten die Geisterpferde wohl über die Wäscheleine und die Dämonen verfingen sich in lange Unterhosen oder flatternde Unterröcke. Auch erzählt man sich, dass Geister die Betttücher stahlen und als Leichentücher im Laufe des Jahres wieder ins Haus zurück brachten.«

Jetzt war sogar der Hund erschrocken, spitzte die Ohren, schüttelte sich und schaute dann sein Herrchen bittend an. Vater Heinmann rappelte sich auf. »Ein Spaziergang mit dem Hund wird mir gut tun«, murmelte er. »Peter, gehst du mit?«

Doch der konnte sich nicht aufraffen. »Ach Peter, du könntest staubsaugen, das ganze Haus von oben bis unten hat es nötig«, freute sich die Mutter. Peter sprang auf. Das war ja noch schlimmer. Da ging er doch lieber eine Runde mit dem Vater. Die beiden Männer wechselten ihre legeren Trainingshosen mit Thermojeans, zogen Winterjacken, Stiefel, Mützen und Handschuhe an. Der Hund schleppte mit dem Maul seine Leine herbei. »Geht aber nicht in den Wald!« mahnte die Mutter. »Das ist streng verboten in der Spukzeit – wegen der wilden Jagd.«

»Fang die Geister nicht mit dem Staubsauger auf«, rief Peter der Mutter zum Abschied zu. Durfte man Staubsaugen zwischen den Jahren, überlegte die Mutter. Das gehört ja wohl zu den notwendigen Arbeiten, fand sie und so machte sie sich ans lärmende Werk. Aber ihre Gedanken blieben doch bei den Spukgestalten. Auf jeden Fall würde sie später eine geweihte Kerze anzünden und einige Blättchen aus dem »Krukwösch« von Mariä Himmelfahrt abbrennen, denn vom Ausräuchern hatten ja wohl die Rauchnächte ihren Namen.

Es war kalt draußen, bitterkalt. Die gefrorene Schneedecke knirschte unter ihren Schritten. Peter ließ Bello von der Leine. »Bleib aber bei Fuß!« ermahnte er. Der Hund gehorchte brav, blieb nur manchmal etwas zurück, wenn er mit der Schnauze im Schnee wühlte, um einem interessanten Geruch nachzuspüren.

»Das mit dem Herumspuken zwischen den Jahren ist doch wohl ein blödsinniger Aberglaube«, nahm Peter das Thema wieder auf. Doch der Vater schüttelte den Kopf. »So kann man das nicht sagen«, meinte er grübelnd. »Diese Tage und Nächte sind schon eine bedeutsame Zeitspanne, nicht nur bei uns. Der alte Volksglauben hat wohl damit zu tun, dass jetzt zur Wintersonnenwende nach dem kürzesten Tag und der längsten Nacht die Sonne wieder an Kraft zunimmt. Das wollen die Winterdämonen verhindern und so poltern die unruhigen Geister durch die Nacht. Der germanische Göttervater Wodan jagt sein wildes Heer durch die Lüfte und die Winterfrau Persch schließt sich mit ihrem Gefolge an.«

Der Vater erzählte von einem alten Bauern, der sorgfältig Tag für Tag das Wetter zwischen dem 24. Dezember und dem 6. Januar notierte. Denn das Wetter der »Zwölfen« würde sich im entsprechenden Monat des kommenden Jahres wiederholen. »Das ist immerhin etwas Praktisches«, fand Peter. »Da braucht man sich nicht andauernd die ätzenden Wettervorhersagen reinzuziehen.«

Ohne nachzudenken waren die Wanderer den Wiesenweg entlang gegangen, der zum Wald führte. Als sie kurz vor dem dunklen Tannendickicht standen, schauten Vater und Sohn einander an und lächelten. »Na, dann mal rein in die Gespensterwelt«, sagte Peter und der Vater nickte. »Nimm aber besser Bello jetzt an die Leine«, riet er.

Allein Bello reagierte schneller als Peter und mit einigen großen weiten Sprüngen war er im Unterholz verschwunden. »Bello, du kommst sofort zurück! Ich warne dich!« Peters Stimme klang ärgerlich und auch ein wenig besorgt. »Er wird schon zurückkommen!« beruhigte der Vater ihn. »Lass ihm seinen Spaß!«

Schweigend schritten sie weiter. Nur Peter pfiff manchmal nach Bello. Der Schnee lag hier viel höher als auf dem Feldweg. Keine Spuren waren zu sehen. Es herrschte eine feierliche Stille, die jedoch etwas Beklemmendes an sich hatte. Obwohl es an diesem Tag ganz windstill war, bewegten sich sanft die Äste hoch in den Baumspitzen. Es schien fast so, als riefen die beiden Wanderer den Wind hervor.

Die Mutter erzählte gelegentlich, dass es ihr mehrmals gelungen sei, den Wind zu beschwören. Wenn sie unter einem bestimmten Baum stand und sich ganz auf den Erdkontakt konzentrierte, begannen die Blätter zu säuseln. Peter hatte das nie geglaubt. Doch jetzt schien die Luftbewegung tatsächlich von ihnen auszugehen. Je fester sie ausschritten, je tiefer sie in den Wald stapften, desto stärker wurde der Wind. Er knirschte und knisterte, raschelte und rauschte, wuchs sich zu einem Gebrause und Getöse aus.

Das Merkwürdige war allerdings, dass es unter den Bäumen total windstill blieb. Nur in den Baumspitzen und in den Lüften stürmte es – und das immer ungestümer. Ertönten da nicht Stimmen in dem Getöse, hohe, verzerrte Laute? Und dann ein Gekicher, ein Hohngelächter, ein gruseliges Gejauchze! Beide Männer dachten nun das Gleiche, aber keiner wagte es, in Worte zu fassen. Die Geister! Wodans wildes verwegenes Heer! Perschs Hexenschar!

Mit einem Mal hörten sie von weitem ein Brummen, ein tiefes, böses Knurren. Was war das? Doch dann schloss sich ein Bellen an. Bello!

»Wahrscheinlich ist er auf etwas gestoßen!« meinte der Vater. Peter nickte. Vielleicht hatte er sogar eine Leiche entdeckt. Solche Szenen kannte man zur Genüge aus den Fernsehkrimis. Da buddelte ein Polizeihund mitten im Wald einen Leichnam aus dem Boden. Manchmal lebte die Leiche sogar noch – na ja, das Opfer halt. Aber das Knurren und Winseln des Hundes hörte sich irgendwie anders an, heiser und furchtsam.

Peter und der Vater stürzten in den Wald hinein. Sie stolperten über schnee-bedeckte Äste. Von oben schlugen ihnen frostklirrende Zweige ins Gesicht. Riesige Farnhände schienen mit einer wilden Sturmgebärde nach ihnen zu greifen. Es tobte und toste immer dämonischer.

Bello schien manchmal ganz nah zu sein, dann aber klang sein Gejaule wieder wie aus weiter Ferne. Zuweilen kam es von rechts, dann von links, dann orteten sie es direkt vor sich, dann glaubten sie sogar, es sei hinter ihnen. Sie riefen jetzt fast ohne Pause: Bello! Bello! Doch das Sturmgetose riss ihnen die Worte vom Mund, zerstörte sie im gleichen Moment.

Plötzlich blieb Peter mit einem Ruck stehen. Er starrte in die Luft, zeigte mit zitternder Hand nach oben. Der Vater folgte dem Fingerzeig. In den Baumwip-feln bewegte sich etwas. Es war wie ein gespenstischer Schatten, der wuchs und wieder zusammenschrumpfte. Andererseits glich es einem weißen Gewoge, das Figuren schemenhaft erstehen und ersterben ließ. Dazu erklang ein schrilles

Gekreische und Gejohle. Peter hielt sich die Ohren zu, kniff die Augen zusammen und stolperte weiter.

Und da geschah es. Er übersah einen Ast, strauchelte, suchte einen Halt, griff ins Leere und sank wie in Zeitlupe zu Boden. »Hilfe!« schrie er. Im gleichen Moment wurde er von etwas Riesigem hochgehoben. Es war ein stark behaartes Wesen, das einen penetranten Gestank ausströmte. In Windeseile erhob sich das teuflische Monster, raste mit ihm hoch in die Lüfte, wo es auf gleichgestaltete Kreaturen stieß, in deren wilde Horde es sich einordnete. Ab ging es in die Finsternis. Willenlos ließ Peter alles mit sich geschehen, starr, erstarrt.

Doch dann ganz unerwartet ließ sein Entführer ihn los, ließ ihn einfach fallen. Und Peter fiel und fiel. »Hilfe!« schrie er wieder und erneut wurde er aufgefangen, diesmal von einer kichernden Schar mit Fell bekleideter Ungeheuer. Knochendürre Hexenfinger griffen nach ihm, fassten seine Beine und Arme und warfen ihn tollkühn hin und her, von einer Hexenfrau zur anderen, schnell und immer schneller. Eine riss ihm die Mütze vom Kopf und warf sie johlend hoch in die Luft. Eine Sturmböe fing sie auf und spielte ein neckisches Spiel mit der Beute. Eine andere Luftgestalt umschlang ihn mit eisernem Griff. Jetzt war er verloren, für ewige Zeiten festgebannt in einer überirdischen, dämonischen Welt.

Im nächsten Augenblick fühlte er etwas Feuchtes in seinem Gesicht. Voller Panik riss er die Augen auf – und sah Bello über sich, der liebevoll sein Gesicht abschleckte. Und dann entdeckte er auch den Vater, der sich besorgt über ihn beugte. »Peter, ist alles in Ordnung?« fragte er. Peter rappelte sich auf. »Was ist denn geschehen?«

Der Vater erzählte kurz: »Du bist gestolpert und ganz langsam zur Erde gesunken. Während des Sturzes hast du zweimal ›Hilfe‹ gerufen.« »Hilfe gerufen«, wiederholte Peter schaudernd. »Zweimal?« »Ja, und dann warst du für einen Moment benommen.« Peter starrte den Vater an: »Benommen? Für einen Moment?«

Der Vater half seinem Sohn. »Komm, wir verschwinden. Hier ist es nicht ganz geheuer.« Dem konnte Peter nur zustimmen. Sie warfen einen ratlosen Blick um sich. Wo waren sie nur? Und wie kamen sie raus aus diesem Irrwald? Doch da machten sie sich unnötige Sorgen. Ein kurzes Bellen des Hundes und zielsicher ging er ihnen voraus. Sie folgten ihm und fanden tatsächlich aus dem Wald heraus und konnten bald ihren Feldweg Richtung Zuhause einschlagen. Es dämmerte bereits.

Das Haus tauchte wie eine Insel auf. Draußen an der Fichte war die elektrische Beleuchtung eingeschaltet, auch die Kerzen am Tannenbaum drinnen leuchteten durch das Fenster. Alles sah so anheimelnd und friedlich aus, das Bild einer heilen, geordneten Welt. Die Mutter hatte hinter der Fensterscheibe ängstlich Ausschau nach »ihren Männern« gehalten, nun lief sie ihnen erleichtert entgegen.

»Da seid ihr ja endlich«, rief sie aufgeregt. »Wo wart ihr nur so lange? Und wie seht ihr aus? Und wieso ist der Hund von oben bis unten voller Dreck? Den nehme ich mir gleich mal vor. Ab in die Waschküche! Peter, du siehst ja total verfroren aus und so verstört, als hättest du eine Erscheinung gehabt. Du nimmst am besten gleich ein heißes Bad. Wo ist denn deine Mütze abgeblieben?«

Zum Glück redete die Mutter ununterbrochen und so brauchten die beiden Wanderer nichts zu erklären. Zum Schluss meinte sie noch: »Und legt die schmutzigen Jeans in den Wäschekorb!« Nun machte Peter den Mund auf: »Aber erst waschen, wenn die Spukzeit vorbei ist.« Die Mutter suchte nach einem spöttischen Grinsen in dem Gesicht ihres Jungen. Doch dieser blickte sie ernst an, ungewöhnlich ernst. Und auch der Vater verzog nicht mal die Mundwinkel zu einem Schmunzeln.

»Ich brauche einen Grog!« grummelte er, warf einen verstohlenen Blick in Richtung Wald und verschwand ins Haus.

Laurenz Kiesgen

D as Häuschen lag in der Eifel am Ende des Ortes, der sich langgedehnt ins Tal schmiegte. Wenn man von der hart daran vorbeilaufenden Straße ins Haus wollte, musste man Treppenstufen steigen; aber vom Hofraum führte ein Pfädchen gleich in die Feldflur und weiter aufwärts in den Bergwald.

Seit Menschengedenken hieß es in dem Häuschen »An Mülfarts«, obschon die Bewohner die Böckers waren. Und Böcker, der Schneider, hieß im Dorf Meister Meck; aber er nahm es nicht krumm. Wozu auch? Er selbst konnte auch einmal, wenn es nottat, einem mit einem treffenden Wort übers Maul fahren, dass es ihm war, als hätt' er mit dem glühenden Bügeleisen einen drüber gekriegt, und dann, er konnt' es aushalten mit den anderen! Er hatte sie nicht nötig, wohl aber sie ihn. Sein Handwerk nährte den Mann, und auch die Frau; und wer lieferte Arbeit bis nach Kyllburg und Trier? Damals, in den 90er Jahren, begann die Eifel sich langsam zu machen, das Interesse der Außenwelt wandte sich ihr zu; aber bar Geld ist immer dort rar gewesen, und wer, wie Meister Böcker aus Gomperfeld, vom Großkaufmann regelmäßig Arbeit ins Haus bringen durfte, der konnt' sich ins Fäustchen lachen. Zumal, wenn er mit der Frau allein fleißig dahinter sein durfte, also aller Verdienst in die eigene Tasche floss.

Im übrigen waren die Böckers immer ernstgerichtete, raffige, ja man darf es sagen, geizige Menschen gewesen; und wer von ihnen abhängig war, hatte es zu fühlen. So auch die Frau, die Susanne, Sus genannt. Darum freute sie sich, wenn der Mann ab und zu zur Ablieferung auswärts war. Das waren Tage, in denen sie einmal aufatmen und ihr eigener Herr sein konnte.

An einem solchen Tag war es, nicht lange vor Weihnachten, als der Sus jenes Begegnis zustieß, das ihr ganzes Leben in andere Bahnen lenkte, und das hier erzählt werden soll. – Es ist ja merkwürdig im Menschenleben! Du gehst deinen Weg, wie träumend, vielleicht unwillig unter harten Bresten, aber doch im Bewusstsein: Ja, dies ist mein Weg! Was kümmern mich Abgründe und Schlünde, die zur Seite drohten? Und dann, eines Tages, tust du den Gedanken, machst den verhängnisvollen kleinen Schritt, die verstohlene Schwenkung. Vielleicht unter einem Zwang, aber doch nur und allein mit deinem Willen. Und was geschieht? Du hast deinen Weg verlassen, ein fremdes Land umfängt dich. Wohl kann der Wanderer noch durch zeitige Umkehr auf sein richtiges Ziel zu den rechten Weg wieder finden: er hat es besser als die Seele des Menschen, die oft nimmer heimfindet von der Abirrung, die anfangs so unbedeutend, so lächerlich klein schien.

Sus sah an jenem Dezembertag von ihrer Näharbeit auf in die frühe Dämmerung, unwillig, dass die Tageshelle so bald wich und sie nun ihre Arbeit bei der Petroleumlampe fortsetzen musste. Das teure Öl! Und nun, als ob eine Tür aufgemacht worden wäre, strömten und stürmten ihre unruhigen, bohrenden Gedanken alle hinaus und umklammerten mürrisch den, an dem sie schon den ganzen, traurig-trüben Nachmittag herumgebissen hatten: ihren Mann. Genau zwei Tage hatte sie seine nörgelnde, scherenscharfe Stimme nicht zu hören brauchen; aber morgen kommt er wieder; dann ist alles wie sonst. Die Arbeit ist nicht genug bezahlt, das Material ist zu teuer, die Tage sind zu kurz, sie, die Frau, tut zu wenig. Sie arbeitet nicht genug auf den Haufen, es türmt sich nicht schnell genug. – Ja, so war er nun einmal, der Böcker, und nichts dran zu ändern.

Dass ihr all das heute auf einmal so zum Greifen nah und hässlich-hell vor Augen stand! Jetzt, nachdem sie die zwei Jahre schon mit ihm verheiratet war. Eigentlich hätte sie ja damals der Mutter nicht zu glauben brauchen, als die zu ihr sagte: »Die Eh' ist meist ein Weh, und wenn sie nix an den Füßen hat, ist sie die Höll'. Man kann auch einen liebkriegen, der was in den Brei zu brocken hat.« Da hatte sie den Geliebten, den schwarzen Girret, laufen lassen und dem Meister Böcker ja gesagt.

Aber es war nicht wahr, was die Mutter als so selbstverständlich hingestellt hatte. Den schwarzen Girret konnte Sus nicht verschmerzen, zumal, als er als Forstgehilfe in den Hochwald weit fortgezogen war. Dann aber hatte es sich gegeben, sie hörte und sah nichts mehr von ihm, er wurde vergessen. – Bis heute auf einmal! Das kommt vom dummen Alleinsein. Da kommen dir die Mucken. Hastig stand sie auf und trat ans kleine Fensterchen.

Sie zog das Gardinchen beiseite. Puh, wie düster schon! Kaum dass man drüben noch die schwarze Barre des Loskopps sah, über den der Weg in ein paar Stunden ins Kylltal führte. Wahrhaftig, es war eine so trostlos graue Düsterkeit, noch nicht Nacht, aber alles bedeckend, niederdrückend, und nicht viel anders war es den ganzen Tag gewesen. So, als wenn noch etwas Besonderes, Unheimliches in der Luft läge. Kaum konnte sie noch den großen Lindenbaum in der Wegebiegung erkennen; aber dennoch unterschied sie, wie sein kahles Astgewirre sich durcheinanderbog und wallte und gitterte: horch, der Wind fegte mit kurzen, wütenden Stößen um den Berg.

Wer jetzt draußen sein muss! Und sie dachte an ihren Mann; aber der saß sicher gemütlich in Trier oder in der Bahn, und blieb heute in Kyllburg. Auf den war Verlass, der ging und kam auf die Minute.

Zeit war's, den Stall zu besorgen. Aber was ist denn das? Wie Sus auf den dämmerigen, schmalen Hof hinaustrat, taumelte etwas Gespenstisches, Weiches und Kaltes auf ihre nackten Arme, sprang ihr wie Spinnweb ins Gesicht: Wahrhaftig! Schnee! Na den hatte man schon gespürt in den Knochen, und die Zeit war ja auch dafür da; eigentlich merkwürdig für die Jahreszeit war ja, dass er jetzt erst kam! Sonst um Allerheiligen herum war der Schnee meist schon derart, dass man von der übrigen Welt richtig abgeschnitten war. Aber es war eben ein so ganz seltsames Jahr gewesen: Altweibersommer mit Sonne und Wärme bis tief in den November hinein, und dann auch noch nichts vom Winter. Und jetzt, als wirklich der Schnee sich meldete, da kam er wie etwas Überraschendes. So eilig, so haltlos eilig und dicht begann das helle Geriesel im Abenddämmer. Sus schaute erstaunt in den Himmel hinauf, aber der war jetzt nur wie eine einzige, wehende, fallende Decke, wie eine wogende, graue Wolke. Das war kein Geplänkel, das war Ernst.

Der erste Schnee! Und wie sich ein Kind darüber freut, jedes Jahr, und ihn als ein Geschenk köstlicher, kommender Winterspiele begrüßt, so war es auch der jungen Frau während der ganzen Stallarbeit zumut. Ein Schullied summten halb unbewusst die Lippen. Als sie damit fertig war und lachend, mit den Armen ins Gestiebe schlagend, ins Haus zurück wollte, da musste sie doch stutzen: Ihr Fuß verschwand schon völlig in dem flockigen Weiß. Hu, das schüttet mit einer Gewalt, als wenn ein Schneeberg herunterflösse, ja wirklich, flösse wie ein starker Strom.

Nun zündete sie im Zimmerchen die Lampe an. Deutlich sah sie die weißflaumige Einfassung der Scheiben wachsen und dichter werden, so stark floss der

Schneestrom. Und während ihre Hände wieder fleißig die Nadel führten, kam in der wohligen Wärme ein Gedankenspiel wie lustiges Schneetreiben daher: was wunder, dass ihnen allerlei Erinnerungen entstiegen an Unfälle, die der Schnee gebracht, an einsame, lautlose Winterstille im Schnee, an grenzenlose Einsamkeit auf schneeglänzender Höhe ... Und an Wanderer im Schnee!

Wer jetzt draußen sein musste! Immer wieder tauchte in ihr die Erzählung von Ohm Johann auf, die sie als Kind so oft gehört, und in welcher der Ohm erzählte, wie er einmal mit genauer Not dem Tod im Schnee entging und wie es seinem Kumpan, den Gesellen Michel, gekriegt hatte.

Ja, da waren die beiden, von der Arbeit am Turm in Hahnenspey heimkehrend, vor dem Wald auf dem Loskopp von einem Schneeunwetter eingeholt worden, das war, sagte der Ohm, als wenn tausend Hexen mit Hühnerfedern dir händevoll in die Augen werfen, dich dann rund und rund drehen und mit einem Geheul um dich tanzen, dass du ganz geckig wirst. Der Michel hatte ein Viertelchen zuviel gehoben. Der geriet in Wut und sagte, das ließe er sich nicht gefallen, und schlug mit den Armen in das Gewölk. Aber das half natürlich nur, da er bald matter wurde, und wider den Sturm, der gegen uns anstieß, wie mit schweren, nassen Tüchern, kaum noch ankonnte.

»Ich«, so erzählte der Onkel, »war anfangs gutgemut, denn ich wusste, dass wir keine Halbstund mehr vom Ort waren; hatte dabei aber nicht berechnet, dass wir nicht allein müde von der Arbeit, sondern auch schon zwei Stund' unterwegs waren. So sagte ich dem Michel, er sollte sich dicht hinter mir halten, ich wüsste den Weg wie meine Tasche, ich hielte ihm den ersten Anstoß des Unwetters ab. Wenn wir im Wald erst wären, das gäb' gewonnen Spiel. – Ja, ich meint so; aber es kam anders. Wer nie im Schneesturm war, macht sich da keinen Begriff. Es ist, wie wenn eine Fliege in die Suppe fällt. Sie dreht sich, sie will fliegen, sie zerrt, sie brummt, sie hält auf den Rand des Tellers hin, bald ist sie dran, bald wieder ein Stück davon ab, und immer tiefer gerät sie in die Brüh', darin sie nachher doch verkommt und einsinkt. Und dann ist sie verloren! Grad so ist es mit dem Menschen im Schnee. Ich meint als immer, ich geh' grad auf den Wald zu und wunder' mich nur, wie weit der Weg ist; und endlich merk ich, dass ich wohl einen ganz falschen Weg eingeschlagen hab' bei dem Gequirl und Getanz, das um mich stiebt und stürmt, und da dreh ich mich um und schrei dem Michel zu: Michel, schrei ich, wir sind fehl gegangen, wir gehn ab und müssen auf! Aber da war kein Michel mehr hinter mir!«

Die Sus fühlte jetzt wieder den Schauder, den die Kinder bei dieser Stelle empfanden, wenn der Ohm das erzählte, und dann pflegte er stets eine lange Pause zu machen, die er durch mächtiges Paffen ausfüllte, wobei er dann alle der Reihe nach ansah.

»Und da«, hatte der Ohm weiter erzählt, »bekam ich ordentlich Angst und wusste nun, dass ich um mein Leben marschierte, und da hab' ich ein paar Vaterunser zum heiligen Antonius gebetet und bin gradaus gegangen immer bergan, wenn ich auch meint', der Schnee ging über den Stiefelschaft, und ich hatt' die ganz langen, die Winterstiefel, an, und es war manchmal, als hing ein halber Zentner am Bein. Aber ich fühlt' es, es muss! Und wie ich so noch ein halb' Stund' gestiefelt war, hundmüd' zum Umsinken, da war ich im Wald. Da kann ich euch aber sagen, da war ich am End'! Keine Minute hätt' ich noch fertig gebracht in dem Getratsch und Gewirbel. Meine Spazierhölzer waren rein fertig gebracht in dem Getratsch und Gewirbel. Meine Spazierhölzer waren rein wie taub und tot, ich fiel gegen einen Stamm und muss wohl was eingedöst sein; aber der Schreck macht mich gleich wieder wach, ich zitterte wie ein Hündchen, und gleich kam mir der Gedanke: Wo ist der Michel? Ist er schon vor oder liegt er im Schnee? Da macht' ich mich denn durch den Wald so schnell wie 'n Spitzbub und war heraus eh' ich's dachte. Und Gott sei Dank! Als ich heraus war, da hörte das Schneien auf wie abgeblasen, der Mond kam grad heraus, und Gomperfeld lag vor mir wie ein schönes, helles Spielzeugdörfchen, und ich war gleich daheim, denn die Lampen blinkten mich an, und hier hatt' es nicht so stark geweht.« –

Wahrhaftig, Sus fühlte noch den ganzen Tonfall dieser gruseligen Schneegeschichte, die aber noch glimpflich ablief, denn der Onkel hatte noch gleich in der Nacht, da kein neuer Schneefall mehr drohte, Alarm gemacht und war mit Leuten vom Ort den Michel suchen gegangen. Und sie hatten ihn auch bald gefunden, er war kurz vor dem Wald auf der Höhe in ein Schneeloch gefallen; aber da er eine Dachleiter auf der Schulter getragen, war die im Fallen aufrecht im Schnee stecken geblieben, als Wahrzeichen: hier liegt der Michel! Und auf der Leiter konnten sie ihn bequem heimtragen; denn er war ohnmächtig. Es hat sich herausgestellt, dass ihm der rechte Arm erfroren war, der ihm auch abgenommen werden musste. Und wenn er nicht zufällig die Leiter bei sich gehabt hätte …

Die junge Frau schrak zusammen, ihr war, als höre sie das Rieseln draußen in einem unendlichen, weithallenden Ton, und bisweilen glaubte sie, als riefe jemand aus weiten, weiten Fernen. Ihr Mann?

Unsinn, der saß sicher jetzt warm. Und beim Gedenken an die Unwirtlichkeit da draußen, floss es wie eine Welle der Zärtlichkeit über ihr Herz: Ja, in diesem Augenblick wählt er gewiss das Weihnachtsgeschenk für sie, – er hatte so etwas halb schalkhaft angedeutet! – vielleicht eins von den wunderschönen bunten Kopftüchern, einen Baschlick, wie die Mode war, unter dem man herausschaute wie die Mutter Gottes in der Kirche zu Klausen! Oder gar das wertvolle Halskreuz von dem Goldwarenhändler in der Fleischstraße zu Trier, das sie beide im Sommer so bewundert hatten!

Ach ja, der Böcker war doch noch lange nicht der Schlechteste. Und dann wieder, aufhorchend, vernahm sie den gleichmäßigen Ton aufseufzend sich steigern und heben, den der Wind in den wallenden Schneevorhang hauchte. Jetzt: die Uhr schlug sieben. Schon so spät! Aber still! … Ging da nicht die Hoftür? Wer mochte das denn noch sein?

Die Hände ruhten; lauschend saß sie. Wie, war der Böcker trotz des schlimmen Wetters doch schon zurück? Aber warum kam er dann von der Dorfseite, nicht vom richtigen Weg? Aber wahrhaftig, es stampfte mit Mannesschritten, jetzt an der Tür, stampfte den Schnee ab … erregt stand Sus auf … Girret! Der in der Tür stand bei diesem schrillen, ängstlich flatternden Schrei, das war der schwarze Girret. Haben ihre Gedanken, ihre Wünsche ihn gerufen? Unbeweglich stand Girret, rätselhaft auf sie blickend, indes der Schnee von seinem Rock tropfte; fast wild sah das dunkle Gesicht aus dem weißflaumigen Schneebehang. »Sus!« ächzte er.

Nur dieser eine Laut, dieser Name, aber es lag darin der Ausbruch des Schmerzes, lang verhaltener Sehnsucht; es war wie der Aufbruch einer alten Wunde. Sus lehnte am Tisch, ihre Stimme war tot. Aber Abwehr sprach aus ihrem Blick, so deutlich, dass Girret nicht wagte, einen Schritt näher zu kommen.

So blieb er denn im Dämmer, man merkte ihm die Erregung an aus seinen Worten, die sie trank, die in ihr Ohr sanken wie langentbehrte Musik, wie Heimatklang. Was er aber da alles berichtete von sich, von seinem Tun seit der Zeit, da sie sich nicht mehr gesehen, das nahm ihr Sinn nicht auf; erst als er sagte: »Und da musst' ich doch heut' mal wieder nach meine Leuten, und konnt' es nicht überwinden, und ich musst' dich mal sehen!« Da horchte sie dem Sinn seiner Worte zu.

Stumm wies sie ihm einen Stuhl zum Sitz: es dauerte noch geraume Zeit, ehe ihr aus der Schwüle des so ganz überraschenden Zusammentreffens die Gelassenheit wiederkam, so dass sie ihm auf seine Fragen zögernd, zurückhaltend antwortete. Und er las die Besorgnis auf ihrem Gesicht und kam ihren Gedanken zuvor: »Nein, Sus, das gibt nun kein Geschwätz im Dorf, meine Leut' wissen, dass ich ins Wirtshaus bin. Und der Schnee verwischt die Spur, weißt du.«

Da musste sie lächeln, und es kam ein gleichgültiges Gespräch zustande, unter dem freilich das alte Feuer züngelte und sich reckte. Und es musste etwas von diesem Feuer in den Augen der jungen Frau herausgeblitzt sein, es musste wohl von ihren dunkelgefärbten Wangen hauchen; denn Girret fasste ihre Hand, als er von seinem einsamen Leben sprach, als er von jenen Tagen zu sprechen anfing, da sie glaubten, sie würden das Leben zusammen gehn und glücklich sein. Sus ließ ihm die Hand; eine seltene Schwere spürte sie, wie eine Welle warmen Glückes schien es von diesem Händedruck sie zu überfluten, da …

Ihr Blick, aufs Fenster gerichtet, schien plötzlich etwas Fürchterliches zu sehn. Sie stieß seine Hand zurück, sprang auf, schrie gellend: »Der Böcker!« und sank dann, immer noch entsetzt auf das Fenster starrend, wie gebrochen auf ihren Stuhl.

Was war das? Girret fühlte es wie einen furchtbaren, eiskalten Schlag durch sein Blut rinnen, er sah ihrer ausgestreckten Hand nach, das Fenster gähnte ihn schwarz unter flirrenden weißen Schneewehen an; sonst nichts, nichts.

Ganz verstört war die Frau, nur mühsam war aus ihr herauszubringen, dicht vorm Fenster habe sie den Böcker, ihren Mann, gesehen, seinen hasserfüllten Blick auf Girret, und dann sei er langsam, wie müde, abgeglitten, versunken!

Da aber musste der Girret lachen! »Menschenkind, wenn ich deinen Mann nicht diesen Morgen in Kyllburg gesehen hätte, wenn er mir nicht selbst gesagt hätte, dass er noch nach Trier müsse, dass er erst morgen heim käme, dann könntest du ja vielleicht – vielleicht recht gesehen haben, dann täten wir ihn hereinholen! Der Mensch sieht als mal Gespenster.« – »So, und darum, weil du weißt, dass er nicht im Weg ist, kommst du her!« blitzte sie ihn an; jetzt hatte sie ihre ganze Nüchternheit wieder: »Nu mach aber, dass du 'raus kommst.«

Damit war der Zauber vollends gebrochen; Girret suchte verstimmt noch etwas zu plänkeln, sprach von Weibereinbildung, dass er es gut gemeint habe, dass es doch keine Schande sei, alte gute Bekannte mal zu besuchen; aber aus ihrer Aufgestörtheit parierte sie jede Bemerkung, so dass er bald gereizt seiner Wege ging. Im Wirtshaus begoss er seinen Groll; am andern Tag musste er wieder fort.

An diesem andern Tag kam der Böcker nicht heim. – Sus sorgte sich nicht allzusehr, denn, dass er bei diesem hohen Schnee noch nicht gleich die Heimkehr wagte, das verstand sie. Wie der andere, der Girret, bei diesen Wegen an die Bahn und sein Ziel gekommen, danach fragte sie nicht. Mit Gewalt unterdrückte sie die Gedanken an ihn. Er war doch, das fühlte sie, ein gefährlicher, ein wüster Kerl.

Was aber hatte sie am Fenster gesehen? Es schauderte sie noch. War sein Bild eine Warnung? Sie wollte dafür dankbar sein! –

Die Tage liefen. Eine Woche verging. Der Böcker kam nicht.

Ach, dachte sie, der geckisch Kerl! macht Spergenzchen und wartet bis zum Christtag. – Und wie eine feste Botschaft, so stand es in ihr, dass er am Weihnachtsabend erscheinen würde, mit einem hellen Schein in seinem sonst immer so ernsten Gesicht, und in der Hand das Geschenk, … wahrhaftig, mit dem kostbaren goldenen Kreuz!

So fest hatte sie sich diese Sache eingeprägt, dass sie mehrmals davon träumte, ihren Mann blass und hinter Atem auf sich zutreten sah, die Hände vorgestreckt, – was hatte er denn darin? …

Das konnte sie niemals recht sehen, und fieberhaft wartete sie am Heiligen Abend, wartete und wartete. Aber es kam keiner. Und so unheimlich und trostlos erschien ihr die eigene Wohnung, dass sie ihr Haus in wilder Hast verließ und Zuflucht suchte bei der Franziska, ihrer Freundin, wo sie im Kreise der beschenkten glücklichen Kinder still weinend stand, das Herz dumpf pochend in namenloser Angst ...

Und keine Nachricht auch nach Weihnachten. Der Bürgermeister, grollend, dass die Sus ihn erst jetzt in Anspruch nahm, ließ den amtlichen Apparat spielen. Er erkundigte sich in Trier, in Kyllburg, und dort hatte man wohl den Meister Böcker am Tage des ersten Schneefalles auf der Station gesehen, – aber wer gab sonderlich acht auf alles? Nichts war an ihm aufgefallen, wahrscheinlich hatte er richtig den Zug bestiegen, – der eine meinte so und der andere so. In Trier war er danach nicht mehr gesehen worden.

Ein Donnerschlag für Sus. Böcker war und blieb verschwunden, trotz aller Nachforschung, trotz aller Aufrufe. Schließlich musste man annehmen, dass er irgendwo und irgendwie verunglückt sei, wenn er nicht einem Verbrechen zum Opfer gefallen war. – Und wie oft sah Sus den Verschollenen in ihren Träumen! Schreckhaft, wie ein Alp sie ängstigend. Und sie dachte, dass er doch vielleicht an jenem Tage die Heimkehr versucht, irr gegangen sei wie der Ohm Johann. Auf welchem Plätzchen der weiten Bergwelt mag er sein Ende gefunden haben? Und fast schien es ihr, dass er sich in der Stunde der Versuchung bei ihr angesagt.

Der Frühling wollte und wollte nicht kommen. So einen Winter wie 189... hatte die auch sonst nicht verwöhnte Eifel seit Menschengedenken nicht mehr erlebt. Noch im März schneite es, dass es zum Erbarmen war. Wenn laueres Wehn vom Süden her Tauwetter brachte, dann stemmte sich bald die Kälte mit ungebeugter Kraft dagegen. Die Menschen hatten übergenug mit sich selbst und ihrer Not zu tun. An den Böcker dachte man schon nicht mehr. Nur die Sus wurde ihre Angst nicht los, und manche stille Messe ließ sie für den Vermissten lesen.

Sie durchlebte eine wunderliche Zeit. immer war ihr, als müsse der Mann eines Tages wiederkommen, als müsste ein Ungeheures, Ungeahntes sich ereignen, es müsse für sie ein ganz neues Leben beginnen ... Und immer so allein sein mit schweren, schuldbedrückten Gedanken!

Endlich schien der Tauwind Meister zu werden. Seine Stöße wurden machtvoller, anhaltender. Die Barriere von Eis, die das Häuschen wie ein Zapfenbart bis tief in die Straße umgab, brach in einer Nacht vor dem heftigen dunklen Wind klirrend zusammen, Sus erwachte von dem Prall, hörte den schwellenden Gesang des Frühlingswindes und das Tropfen des warmen Regens. Gottlob, der

Winter scheidet! Unruhe gärte in ihrem Blut. Frühling, neues Geschehen nahte; was wird werden? … Erst gegen Morgen schlief sie wieder ein.

Da rief es schreiend in ihrem Halbtraum: »Frau Böcker! – Böckersch! – Sus – Vor eurem Haus! – Vor euerer Tür! – Marju! – Im Schnee! – Marju!« – Es bedurfte nicht des langgezogenen Entsetzens in »Marjuh!«, um Sus aufzujagen. Sie wusste gleich, was war. Im Zittern ihrer Hände war gleichwohl eine kalte Gelassenheit; das Geläuf draußen aus den nächsten Häusern sagte ihr, dass das Rätsel der Wintermonate im ersten Frühjahrshauch entwirrt war. Als sie aber schneebleich an die Tür trat, griff es sie doch mit spitzem Entsetzen am Herzen: er lag gerade vor dem Fenster, wie abgeglitten, die Faust geballt! Und als sie, wie er umgewandt wurde in seine grau zerfallenen Züge sah, da umfing sie die Ohnmacht.

Das Dorf war wie ein aufgestörter Immenschwarm. Er war schon eingesargt, als Sus recht zur Besinnung kam. Sie wollte ihn nicht mehr sehen. Es war ihr zu graulich … Sie hatte seinen letzten Blick aufgefangen, damals … Es war kein Trugbild gewesen, es war grauenhafte Wahrheit!

Kein Wort darüber kam ihr auf die Lippen. In ungeheurer Erschütterung hielt sie immer und immer wieder das goldene Kreuzchen vor Augen, das man wohl verpackt beim Böcker in der Tasche gefunden hatte; dasselbe Kreuzchen, das so oft ihre Gedanken beschäftigt hatte. Der arme, gute Kerl! Wie sah sie jetzt in sein Herz! Und fort für immer! Tot ist tot! Er war schon begraben, ehe er auf den Friedhof kam.

Schnee! Er fällt über dich, plötzlich und ungerufen; kann sein, du wirst von ihm überschüttet und begraben. Und auch mit den Schicksalsschlägen geht das so. Und mit dem, was die Welt »Glück« nennt.

Die junge Witwe, deren blasse Wangen allmählich wieder Farbe bekamen, wie sich die Natur draußen aus dem Totenweiß zu Leben und Farbe langsam wieder bekannte, grübelte viel über Schein und Sein, über Gedanke und Tat. Aber immer war das Schlussergebnis: »Ich bin nicht schuldig! Gotteswille; ich darf mich noch in der Sonne sehen lassen!«

Und es war, als wenn überreich die Sonne ihr noch scheinen müsse. Die tragische Geschichte, dass der müde Heimkehrer, im Begriff, über die Schwelle seines Hauses zu treten, noch in der tückischen Schneewelle ertrinkt, erregte ungeheures Aufsehen. Sie erregte die Teilnahme der ganzen Welt, die damals gern in die Tasche griff, zumal, wenn die Angelegenheit in der Zeitung mit geschickter Aufmachung den Spendern öffentliche Ehrung brachte. –

Sus hatte sich um nichts bekümmert, wusste von nichts. Eines Tages stand der Bürgermeister vor ihr, mit schalkhafter Würde: »Susi, wenn du nun noch eine reiche Frau würdest? Hm.« Sie sah ihn an, halb beängstigt. Machte er mit ihr, der armen Witwe, einen Scherz? Sie eine reiche Frau? Hatten nicht schon die Brüder Böcker, weil der Ehe keine Nachkommenschaft geworden war, in bestimmtester Form auf Haus und Acker Anspruch erhoben. Musste sie nicht heute oder morgen aus dem Haus? – Diese Gedanken bewegten ihr Gemüt. Kaum klug wurde sie aus dem, was der Bürgermeister da sprach von »Sammlung« und »bedeutender Höhe der Spenden«. Erst als er lachend mit dem Finger drohte und sagte: »aber den schwarzen Girret, den Luftikus, heiratest du mir nit!«

Wahrhaftig, es war so. Sus wurde so reich, dass Verwandte in Trier, die sie sonst nur von oben herab angesehen hatten, sie freundlich einluden, das unglückliche Dorf, in dem nur traurige Erinnerungen für sie wären, mit der schönen Stadt zu vertauschen. Sie sei noch jung und müsse mal das Leben kennen lernen.

Und von jetzt ab ist das Leben der Witwe Sus nur noch eine Komödie; wert, dass sie bald ausgespielt war. Denn man konnte noch verstehen, dass sie nunmehr dem schwarzen Girret, der plötzlich an seinem Posten im Wald keinen Spaß mehr hatte und den Beruf eines Kneipwirtes in sich entdeckte, bei seinem stürmischen Werben nachgab; so war sie quälender Gedanken und peinigender Einsamkeit ledig und sagte trotzig »Ja!« zu dem Spiel der Gefühle, das sie am Unglücktag verwirrt hatte. Aber dass sie ihn frei mit dem ganzen Sammelfonds – man sprach von sechzigtausend Mark! – schalten ließ, das war Blindheit und gänzlicher Abfall von der Erziehung, die ihr erster Mann ihr hatte angedeihen lassen.

So kam es dann sehr rasch, wie es kommen musste. – Das arme Dörfchen, wo man die Sus seit dem ungeheuerlichen, unbegreiflichen Geldsegen wie eine goldbehangene Märchenprinzessin im Gedächtnis hatte, erlebte noch ein neues Wunder mit der Böcker-Sus, deren Schicksal das kleine Nest weithin bekannt und berühmt gemacht hatte. Das war jener Tag, als sie gar armselig von Trier wiederkam und, abermals Witwe, ihren Einzug hielt. Der Goldglanz war gründlich abgestreift, den hatte der Girret die Gurgel hinabgewaschen und sonst mit allerlei unsauberen Geschichten verwischt; ein Glück, dass der Bürgermeister noch einen kargen Rest des Segens festgemacht hatte, ehe der Girret infolge »schweren Lebenswandels« abfahren musste.

Der Bürgermeister, der nun einmal eine Schwäche für Susi hatte, riet ihr auch, das teure Trierer Pflaster gegen die gewohnte einfache Straße im alten Dorf zu vertauschen; eine geschickte Schneiderin käme da immer noch ganz gut fort. »Ja, Susi«, sagte er, »das Geld schüttelte ja damals herein wie ein plötzliches Schneewetter, aber es ist auch richtig schnell geschmolzen wie Schnee.« Sus sagte nicht viel. Sie wusste besser, warum eine höhere Gerechtigkeit ihr diese Sühne auflegte. Und sie trug sie ohne Zagen. Wir sind für alles verantwortlich, auch für jeden Gedanken; denn aus Gedanken wächst die Tat.

Auf dem schönsten Grab des kleinen Kirchhofs trägt der Stein, vor dem alle Fremden mit leisem Schauder stehn, folgende Inschrift:

Am ... Dezember 189... wurde Karl Böcker, Schneidermeister, von einer Reise heimkehrend, vor seinem Hause von Müdigkeit überfallen und fand sein Grab im Schnee. R. l. P.

Fritz Koenn

Der Gang nach Harperscheid

Bliev hee, Angnes«, mahnte Karl, als er draußen die ersten zarten Flocken tanzen sah.

Aber Agnes knotete schon das große, gestrickte Kopftuch fest unter dem Kinn zusammen, band die groben Arbeitsschuhe zu und scherzte: »Ich senn doch net us Zucker!« Dann zog sie den groben Mantel aus schwerem Wollstoff über, der ihre Gestalt vollkommen verhüllte und sie rund machte wie eine Tonne.

Karl betrachtete sie amüsiert und grinste: »Su deck hät ich dich dumols bestemmb net jehieroot, Niesje ...«

Der Wind pfiff eisig, als Agnes, zwei leere Kartoffelsäcke unter dem Arm, den steilen Kohlseifen hochstapfte.

Bevor der Weg auf die offene Hochfläche der *Breet* hinausführte, verschnaufte sie kurz und warf einen letzten Blick zurück auf die Häuser von Hellenthal, die sich, geschützt und geborgen unten im schmalen Tal, unter ihrer Schneelast duckten.

Für einen Augenblick wünschte sie sich, jetzt dort unten mit Karl und dem Kleinen um ihren warmen Herd herum zusammenzusitzen, anstatt wegen etwas Mehl und Milch mutterseelenallein durch Kälte und Wind nach Harperscheid ziehen zu müssen.

Aber der Gedanke an den leeren Brotkorb daheim und das hungernde Söhnchen verscheuchte rasch ihre Wünsche.

Entschlossen zog sie das dicke Kopftuch fester und trat nach der obersten Wegebiegung hinaus auf die Hochfläche, wo sie unversehens ein plötzlicher Schneewirbel packte und fast umgerissen hätte.

Agnes stemmte sich mit aller Kraft gegen die brausende Sturmgewalt.

Über die grauweißen Felder und Wiesen trieb der Wind lange Schneefahnen vor sich her, und die scharfen Eiskristalle stachen unbarmherzig in Agnes' gerötetes Gesicht.

Verbissen kämpfte sie sich weiter durch die schnell wachsenden Schneewehen. Bald erkannte sie schräg vor sich den Tannenwald, der sich aus den Tiefen des Oleftals hoch auftürmte. Der dunkle, dichte Forst wirkte heute auf sie ungewöhnlich drohend und unheimlich. Sonst eine beherzte und unerschrockene Frau, hätte sie jetzt um keinen Preis einen Schritt in den Wald gewagt. Bei seinem Anblick begann ein unerklärliches Angstgefühl in ihr hochzusteigen.

Vielleicht war es aber nur die ungewohnte Anstrengung und der heulende Sturm, die hier oben auf der eisigen *Breet* ihre Gedanken verwirrten, versuchte Agnes sich ihre ungekannte Furcht zu erklären. Immer öfter musste sie stehenbleiben, um den schnellen und keuchenden Atem zu beruhigen. Agnes spürte, wie die magere, ungesunde Kost dieses fürchterlichen Hungerjahres 1816 ihre Körperkräfte geschwächt hatte.

Sie drehte dem tosenden Sturm den Rücken und spähte durch das undurchdringliche, trübe Grau in die Richtung, wo Harperscheid liegen musste. Aber kein Haus war zu sehen. Dann wanderte ihr Blick wie magisch angezogen noch einmal hin zum starren Schwarz des Oleftalwaldes.

Da! Was war das?

Auf der schneebleichen Wiese erkannte sie plötzlich einen dunklen Fleck. Vielleicht ein knorriger Baumstamm, den sie bisher nicht bemerkt hatte. Oder war dieser unförmige Klumpen nichts anderes als ein verlassener, fauliger kleiner Heuhaufen, den der frühe Schnee dieses Herbstes überrascht hatte? Aber warum war er jetzt nicht auch mit Schnee bedeckt?

Agnes wischte sich die Schneeflocken aus den Augen und starrte wie gebannt auf den unheimlichen Punkt.

Da! Jetzt bewegte er sich.

»Mein Jesus Barmherzigkeit, wenn et ene Wollef wär!« Sie schauderte.

Im Höfener Wald, nicht weit von hier, soll kürzlich ein ganzes Rudel gesehen worden sein, hatte Palms Mättes erzählt. Jetzt bewegte es sich wieder, vollführte irre Sprünge, wurde größer und kleiner.

Es flimmerte ihr vor den brennenden Augen. Plötzlich überfiel sie panisches Entsetzen. Einen Schrei ausstoßend, raffte Agnes ihren langen Mantel zusammen und hastete quer über die schneebedeckten Felder in die Richtung, wo sie ihr Ziel vermutete.

Nicht lange, und sie musste erneut einhalten. Jeder ihrer schnellen Atemzüge schmerzte stechend in der Brust. Die zitternden, eiskalten Hände gegen das rasend klopfende Herz gepresst, blickte sie abermals zurück. Sie erkannte ihre Fußspuren vom Weg herab. Die Vorstellung, dass dort oben plötzlich die Gestalt des Wolfes auftauchen könnte, verlieh ihr Riesenkräfte. Sie warf die hinderlichen Säcke fort und streifte im Laufen den schweren Mantel ab. Jetzt kam sie leichter vorwärts.

Immer wieder wandte sie, während sie über Furchen und Schneehügel stolperte, den Kopf und schaute angsterfüllt zurück. Aber hinter sich sah sie nichts als den Wind, der sein tolles Spiel mit den sausenden Schneefahnen trieb. Auch der drohende Wald war in sichere Entfernung zurückgewichen, und kein Verfolger nahte. Und endlich: Jenseits einer Mulde tauchte der Hof des Bruders aus dem Flockenwirbel auf.

Gott sei Lob und Dank!

Völlig entkräftet schleppte sich Agnes über die Schwelle des Wohnhauses und fiel halb ohnmächtig in die Arme der Schwägerin. Ein heißer Trank Fleischbrühe brachte sie bald wieder zu sich. Bruder Jüpp und seine Frau Greta waren nicht wenig überrascht über den unerwarteten Besuch. Derart abgehetzt, durchnässt und sogar ohne Mantel bei diesem Wetter, so war die Hellenthaler Agnes aber noch nie bei ihnen erschienen.

Agnes stand der überstandene Schrecken noch ins Gesicht geschrieben. »Ich senn baal jestorve van Angs«, bekannte sie zitternd.

Für ihre Beteuerung, sie habe einen leibhaftigen Wolf gesehen, hatte Jüpp allerdings nur ein ungläubiges Kopfschütteln. Zwar seien vor einigen Wochen einmal einige Tiere im Höfener Wald gesehen worden, und ein Monschauer Jagdherr hatte erst vor kurzem einem stattlichen und wohlgenährten Exemplar den Garaus gemacht, aber Menschen anzugreifen, hätten sie trotz der üblen Wetterverhältnisse der vergangenen Monate keinen Grund. Es liege genug verendetes Wild im Wald herum.

Ob es vielleicht nicht doch nur ein fauliger Heuhaufen war, der Agnes so erschreckt habe, scherzte Jüpp beruhigend. Und um ihren zurückgelassenen Mantel sollte sie sich nicht grämen. Den würde sie sicher morgen auf dem Heimweg wiederfinden.

Inzwischen hatte Greta ihre durchfrorene und erschöpfte Schwägerin in warme Decken gepackt. Sie rückte Agnes vor den prasselnden Herd, damit sie die steifen Füße im Backöfchen aufwärmen konnte. Am Abend wickelte sie einen heißen Ziegelstein in einen bibernen Lappen und legte ihn in das Flockenbett, in dem Agnes bald in einen unruhigen Schlaf fiel.

Im Traum erschien ihr ein riesiges, schwarzes Untier, das mit glühenden Augen und gefletschten Zähnen aus dem dunklen Wald hervorbrach und ihr mit wütendem Geheul den Mantel vom Leibe reißen wollte.

Mit einem Schrei fuhr sie hoch. Drang da nicht ein greuliches Hundejaulen durch die brausende Nacht? Atemlos horchte sie in die Finsternis. Aber kein Laut war mehr zu hören.

In dieser Sturmnacht schlich mit dickverschneitem Pelz und gespitzten Ohren ein ausgewachsener Wolf witternd um den Hof des Bauern Josef Heinen. Als Karo, der Hofhund, wie toll anschlug und wild an der Kette riss, trottete er zurück in Richtung Oleftalwald.

Am nächsten Morgen tauchte eine gleißende Sonne die weiße Landschaft zwischen Harperscheid und Hellenthal in ein blendendes Licht. Agnes trat, gestärkt nach deftigem Frühstück und reich beschenkt mit Kartoffeln, Brot und Milch, den Heimweg an. Unterwegs hielt sie vergeblich Ausschau nach ihrem weggeworfenen Mantel.

Die breiten Wolfsspuren zwischen dem Oleftalwald und dem Heinenhof hatte der Wind über Nacht mit einem Tuch aus feinem Schnee zugedeckt.

Peter Zirbes

Die Spieler

Christabend war's, in unser's Nachbarn Haus
war alles just zum Kirchgang schon versammelt.
In dumpfer Stube herrscht der Rohheit Graus,
die schwere Tür' von innen fest verrammelt.

Zur Mettenstunde ist es noch zu früh.
Doch Langweil' findet sich bei müß'gem Warten.
Drum kürzte man die Zwischenzeit sich hie
beim Fuseltrank mit einem Spielchen Karten.

Wie nun das Glas so in der Runde kreist,
werden die Sinne von wüstem Rausch befangen,
bis jede Fessel frommen Anstand's reißt.
Zum Gotteshaus trägt keiner mehr Verlangen!

So haben nun bis spät nach Mitternacht
in wilder Lust die Frevler hier gesessen.
Fast wie gebannt durch finst're Zaubermacht.
Die fromme Pflicht hat jeder längst vergessen.

»Trumpf!« – »Aufgespielt!« – »Mir fehlt der höchste Brief!«
»Ihr Galgenstrick! Wer hat ihn mir gestohlen?«
Man tobte, zankte, fluchte, schrie und rief:
»Wo bleibt Herzass? Der Teufel soll ihn holen!!«

So war der grause Fluch noch frisch,
– begleitet von unbänd'gem Lachen –
ein Schrei der Angst, da liegt am Tisch
ein schwarzer Hund, das Kartenblatt im Rachen!

Aus Maul und Nase drang ihm heißer Rauch
Die glüh'nden Augen sprühten Feuerfunken
– es meldet uns die Sage auch –
nach Pech und Schwefel hat's gestunken.

Entsetzt stürzt jeder schnell zur Tür hinaus,
um aus des Bösen Nähe sich zu retten.
Da kehrten eben aus dem Gotteshaus
von Landscheid her die Beter aus der Metten.

Als warnend Beispiel der Verworfenheit
ist treu die Sage bis auf uns geblieben.
Doch fraget mancher Christ zur Zeit,
ob auch dieselbe Früchte hat getrieben?

Läg unter'm Tisch auch heut' der Höllenhund,
man würde sich recht bald an ihn gewöhnen.
Man riss ihm selbst die Karten aus dem Schlund,
um ungestört der Leidenschaft zu frönen.

Felicitas Schulz

Mit dem Ende der Napoleonischen Herrschaft und nach dem Wiener Kongress von 1814/15 kam politisch wieder Ruhe in die Eifel. Nicht so einfach wars mit den vielerorts gesichteten und Schäden verursachenden Wölfen. Einer der ersten Erlasse der im April 1816 eingesetzten Königlich Preußischen Regierung in Trier galt dem Eindämmen der Wolfsplage. Gar zu viele Wölfe hielten sich in den dünnbesiedelten Gebieten der Eifel auf. Besonders in langen Winternächten zogen die Dämmerungs- und Nachttiere bis an die Dörfer heran, rissen Schafe, Ziegen und anderes nützliches Vieh. Ihr Heulen ließ nicht nur die Kinder, sondern auch manchen fleißigen Bauern erschaudern.

An den von Zeit zu Zeit veranstalteten öffentlichen Wolfsjagden wurden laut Verordnung im Amtsblatt von 1816 zur Teilnahme aufgefordert *alle Ackerbau treibenden Einwohner, sowohl in den Städten wie in den Dörfern, desgleichen diejenigen, welche zwar keine Äcker besaßen, jedoch Pferde, Rindvieh, Schafe und anderes Getier hielten.*

Trotz hoher Fangprämie war die Beteiligung bei den anberaumten Wolfsjagden gering. Von 1816-1885 zahlte man für 1700 geschossene oder anders erlegte Wölfe annähernd 11000 Taler gleich 30000 Mark. Den Wolf (Canis lupis) umgab damals wie heute ein Flair des Unheimlichen. Waren es nur die gelben Augen und das meist gelblichgraue Fell, was die Menschen von jeher ängstigte, oder war es die jahrhundertelange Überlieferung der Scheu vor dem sogenannten Windhund?

Erlegte einer einen Wolf, so erhielt er nur dann die Prämie, wenn er beim Bürgermeister den Kadaver vorzeigen konnte. Die abgeschlagene rechte Vorderpfote musste, zwecks Beweismaterial, zum Forstamt gebracht werden.

Schon lange sind die Wölfe aus der Eifel verschwunden. Wer sich dennoch an den scheuen und sozial verhaltenden Tieren erfreuen möchte, dem sei der Wolfspark an der Kasselburg bei Gerolstein zu empfehlen. Dort finden regelmäßig Wolfsfütterungen statt.

Rainer M. Schröder

Das Geheimnis der weißen Mönche

Zitternd vor Kälte und Erschöpfung stand Jakob in der stürmischen Februarnacht und rang nach Atem, während der Himmel in wildem Zorn Blitze wie Speere aus gleißendem Licht nach ihm schleuderte. Ein böiger Wind schlug ihm den Regen, der halb Schnee und halb Hagel war, wie eine Peitsche aus messerscharfen Eisschnüren schmerzhaft ins Gesicht.

Sie würden beide elendig in dieser eisigen Sturmnacht zugrunde gehen, wenn das Kloster nicht bald auftauchte! Jakob war am Ende seiner Kraft und konnte den einachsigen Eselskarren mit der Last des alten Mönches nicht länger ziehen! Er hatte in den Händen, die wie festgefroren um die Deichsel des Karrens und den ledernen Zuggurt lagen, kaum noch Gefühl.

Wieder erhellte ein Blitz für kurze Momente die Finsternis der Nacht, die ihm wie der schwarze, gierige Schlund des Verderbens vorkam. Jakob konnte erkennen, dass der schlammige Pfad vor ihm auf die Kuppe eines sanft ansteigenden Hügels führte. Ein mächtiger Eichenbaum mit ausladender Krone erhob sich auf der kleinen Anhöhe, die wie der Rest des Eifellandes unter einer knöcheltiefen Decke alten, harschen Schnees lag. Dahinter zeichnete sich ein Waldstück ab, schwarz wie ein Henkerstuch und abweisend wie eine Wand aus Festungspalisaden.

An jedem anderen Tag wäre es für Jakob ein Leichtes gewesen, den Eselskarren mit dem eingefallenen, alten Mönch den Hügel hochzuziehen. In dieser Nachtstunde jedoch bewirkte der Anblick der Steigung, dass ihn ein Gefühl der Verzweiflung und des zornigen Aufbegehrens gegen ein allzu ungnädiges Schicksal überkam.

»Ich kann nicht mehr!« schrie er in die Nacht hinaus, als dem Blitz nun ein scharfer Donner folgte, der wie das Krachen von Kanonen über das bergige Eifelland rollte. Er hatte Tränen der Erschöpfung in den Augen. »Ich will nicht mehr! Ich habe mich genug geplagt!« Und in Gedanken stieß er eine lästerliche Verwünschung aus. Verflucht sei der Morgen vor drei Tagen am Laacher See, als er sich hatte beschwatzen lassen, dem alten Kuttenträger seine Dienste zu verkaufen!

Jakob wandte sich um und warf einen gehetzten Blick auf das gekrümmte Bündel, das unter zwei räudigen Pferdedecken auf den Brettern seines Wagens lag. Deichsel und Zuggurt entglitten seinen kraftlosen Händen und fielen in den Schlamm des aufgeweichten Weges.

Mit tauben Fingern zog er die nassen Decken über dem Kopf des alten Mannes zurück. Er konnte dessen ausgezehrtes Gesicht in der Öffnung der Kapuze nicht sehen, doch er spürte, dass die Augen des Klosterbruders ihn anblickten, und er hörte ihn etwas murmeln.

Jakob beugte sich zu ihm hinunter. »Ich kann nicht weiter. Es tut mir leid, ich bin am Ende meiner Kräfte, Bruder Anselm«, sagte er keuchend und dachte an den versprochenen Lohn. Der Mönch hatte einen kleinen Beutel um den Hals hängen, in dem Jakob vor drei Tagen den verlockenden Klang von Münzen vernommen hatte.

»... heilige Jungfrau ... an dem Busen der Gottesmutter ...« Bruder Anselm stieß die Worte abgehackt hervor und war offensichtlich nicht mehr fähig, einen ganzen Satz zu formulieren. »... auch die grässlichste Schuld ... barmherzige Aufnahme ... Hort der Gnade und Sicherheit ... mich ihr anvertrauen ... ihr Angesicht ... dein Erbarmen ... deine Huld ...« Er versuchte, sich aufzurichten, fiel jedoch mit einem schwachen Stöhnen sofort wieder auf die harten Bretter zurück.

»Schon gut, schon gut, der Herr wird sich Eurer gewiss erbarmen«, antwortete Jakob und berührte die Stirn des alten Mönches. Er zuckte zurück, als hätte er eine feuerrote Herdplatte berührt. Der Mann glühte vor Fieber!

Dem Mönch war nicht mehr zu helfen! Er war schon so gut wie tot. Es machte also keinen Sinn mehr, sich weiter mit ihm abzuplagen. Bruder Anselm würde ihn bloß noch mit sich ins Grab ziehen, wenn er sich seiner Last nicht endlich entledigte. Der kranke Mönch war für ihn zu einem lebensbedrohlichen Ballast geworden, denn wer weiß, wie weit es noch bis zu dieser Abtei Himmerod war. Wenn er sich verirrt hatte, konnte das Kloster im Salmtal noch viele Meilen entfernt sein.

Ich werde ihn dort oben unter der Eiche zurücklassen, beschloss Jakob. Bis dahin bringe ich ihn noch. Dann möge ihm der Herr gnädig sein!

Er zog den Ledergurt aus dem Schlamm, legte ihn sich wieder über die linke Schulter, packte mit der Rechten die Deichsel und setzte sich mühsam in Bewegung.

Das Gewitter tobte mit unverminderter Gewalt. Immer wieder rissen grelle Blitze die Nacht auf und tauchten das Land in ihren gespenstisch hellen Schein. Das Krachen des Donners, der nun fast gleichzeitig mit jedem Blitz erfolgte, war so ohrenbetäubend, als wollte das Himmelsgewölbe in tausend Stücke zerbersten und auf ihn niederstürzen.

Jakob quälte sich den Hügel hinauf. Bei jedem Schritt verfluchte er den maulfaulen Fuhrmann, der ihm am Nachmittag beim Hunnenkopf den Weg gewiesen hatte. Es hatte so geklungen, als läge das Kloster dieser Zisterziensermönche gleich hinter der nächsten Hügelkette. Die Landstraße war trocken und der Himmel sonnig gewesen, und so hatte er die letzte, scheinbar kurze Wegstrecke guten Mutes in Angriff genommen. Und dann, noch vor Einbruch der Dunkelheit, hatte sich das Unwetter zusammengebraut und war über ihn hergefallen, kaum dass er den Manderscheider Wald hinter sich gebracht hatte. Die Pest und Krätze über den Fuhrmann, der ihn über die wahre Entfernung zur Abtei so getäuscht hatte!

Wenn er den falschen Weg eingeschlagen hatte, konnte er noch die ganze Nacht herumirren, ohne auf das Kloster oder sonst eine Behausung zu stoßen, wo man ihm ein Dach über dem Kopf und ein trockenes Lager gewähren konnte. Dann blieb ihm nichts anderes übrig, als irgendwo im Wald Schutz zu suchen und unter seinen Karren zu kriechen.

Voller Bitterkeit dachte er daran, dass er gestern noch einen Esel besessen hatte. Das Tier war zwar mager, äußerst übellaunig und bissig gewesen, aber es hatte doch den Karren mit ihm und dem Mönch gezogen. Aber dann, beim Abstieg ins Tal von Manderscheid, hatte das störrische Biest auf dem verschneiten Berghang den Tritt verloren, war gestürzt und hatte sie mit sich gerissen. Dass der Mönch und er den Sturz überlebt hatten, ohne sich auch nur einen Knochen gebrochen zu haben, war ein kleines Wunder gewesen. Der Esel hatte weniger Glück gehabt. Er hatte sich das Genick gebrochen. Und so hatte dann er, Jakob Tillmann, der vom Pech verfolgte Bastard einer Bauernmagd und eines durchziehenden Landsknechtes, sich den Zuggurt über die Schulter legen müssen.

Jakob blieb stehen, als er sah, dass der Weg nicht direkt zu der Eiche auf dem Hügel führte, sondern ein gutes Stück unterhalb davon links abbog und Richtung Wald lief. Im Licht eines Blitzes entdeckte er rechts vom Weg eine Mulde, die von einem Dickicht halb überwachsen war. Er zögerte kurz und zuckte dann die Achseln.

»Dies ist ein ebenso guter Platz zum Sterben wie die Eiche. Besser liegt er da oben auch nicht«, murmelte er grimmig vor sich hin. Was nützte es dem alten Mönch, wenn er ihn noch bis unter den Baum schleppte, sich dabei völlig verausgabte und dadurch selbst dem Tod zum Opfer fiel? Gott oder Teufel, wer auch immer Anspruch auf seine Seele hatte, er sollte die des alten Mönches nun endlich haben!

Sein Gewissen, das sich dennoch zu regen begann, beruhigte Jakob damit, dass er wahrhaftig alles getan hatte, was in seiner Macht stand, um den alten Mann nach Himmerod zu bringen. Er hatte seinen Esel dabei verloren und sich selbst nicht geschont. Mehr konnte keiner von ihm verlangen. Was die großzügige Belohnung anging, die ihm Bruder Anselm versprochen hatte, so musste er sich diese wohl selbst nehmen. Der fiebernde Mönch hatte gewiss nicht mehr die Kraft dazu, ihm seinen Lohn zu geben.

Jakob fragte sich, wieviel Geld wohl in dem kleinen Lederbeutel sein mochte. Wenn er es recht überlegte, hatte er eigentlich Anspruch darauf, auch für seinen Esel entschädigt zu werden.

Ich werde mir an Münzen nehmen, was er im Brustbeutel mit sich trägt! Wenn es nur ein paar lausige Heller sind, will ich mich damit zufriedengeben. Wenn es jedoch ein hübscher Batzen Geld ist, soll er mir als Belohnung ebenso recht sein, beschloss er und vergaß vor Aufregung einen Augenblick sogar die Kälte, die ihn quälte, und das Wüten des Unwetters. Gerechter kann ich es gar nicht machen als mein Glück dem Zufall zu überlassen.

Jakob hatte seine Hand um den Lederbeutel gelegt, fühlte unter seinen Fingern den harten Widerstand von mindestens einem halben Dutzend Münzen und versuchte, ihren Wert schon anhand ihres Gewichtes zu schätzen, als erneut ein Blitz aus dem Himmel zuckte.

Dieser gleißende Blitz übertraf mit seiner blendenden Helligkeit alle anderen um ein Mehrfaches, zumindest kam es Jakob so vor. Begleitet von einem unbeschreiblich lauten Donner und Bersten, das Jakob durch Mark und Bein ging, fuhr der Blitz in die Eiche und spaltete den Baum wie ein Henker mit seinem Richtschwert sein Opfer.

Jakob schrie, zu Tode erschrocken, auf, ließ den Lederbeutel mit den Münzen los und stürzte rücklings in den Schlamm. Mit entsetztem Blick starrte er zur Eiche hinüber, deren mächtigen Stamm der Blitz wie ein Bündel Stroh auseinander gerissen hatte. Ein Schauer, der diesmal von innen kam, durchfuhr ihn und ließ ihn erzittern. Hätte er den Mönch unter die Eiche geschleppt und dort von seinem Karren gezogen, hätte der Blitz sie beide erschlagen!

Waren der Blitz und die gespaltene Eiche direkt vor seinen Augen ein Zeichen? Eine letzte Warnung? Und wenn ja, galt sie dann nur dem irdischen Besitz des todkranken Mönches, den er gerade an sich hatte nehmen wollen? Oder wollte ihm dieses zeichenhafte Geschehen etwas anderes sagen?

Am ganzen Leib wie Espenlaub zitternd und von beklemmenden Ängsten bedrängt, rappelte er sich auf, zog die Decken hastig wieder über den Fieberkranken und beeilte sich, von diesem schauerlichen Ort fortzukommen. Die Furcht vor den dunklen Mächten, denen er weder einen Namen geben konnte noch wollte, weil sie ihm auch namenlos Angst genug machten, weckte Kräfte in ihm, die er nie in sich vermutet hätte.

Fast im Laufschritt hielt er mit seinem Karren auf den Wald zu. Vergessen war der Entschluss, sich des Mönches zu entledigen. Er würde ihn in dieses vermaledeite Kloster Himmerod bringen, tot oder lebendig!

Peter Kremer

Die Weihnachtsglocken

D ie Geschichte, die nun erzählt werden soll, stammt von unserem Nachbarn, dem Thullenohm. Er hat sie uns erzählt, als er dreiundachtzig Jahre alt war und mit zitternden Gliedern im Lehnstuhl hockte. Man möchte sie leicht für eine alte Sage halten, und auch wir hätten sie für eine solche genommen, wenn nicht eine breite Narbe auf dem Rücken seiner rechten Hand, mit der er die Pfeife hielt, unsere Augen immer wieder hinüber gezogen hätte.

* * *

Es war im Kriegswinter 1870. Der Thullenohm, der zeitlebens ein Junggeselle geblieben war, stand in den besten Mannesjahren, war aber gerade über das Kriegsdienstalter hinausgewachsen. Am Tage vor Weihnachten, an dem doch nichts Besonderes zu arbeiten war, schickte ihn seine Mutter hinüber ins Nachbardorf Masburg, damit er dort beim Drechsler ihr Spinnrad abhole, an dem irgend etwas zu flicken gewesen war. Am Mittag, gleich nach dem Essen, machte er sich auf die Beine, und zum Kaffee wollte er wieder daheim sein. Wie er aber in der warmen Werkstatt des Drechslerfranz saß, zwischen Spänen und Pfeifenqualm, erhob sich draußen ein furchtbarer Schneesturm. Schon auf dem Hinweg hatte es nach Schnee ausgesehen; die Luft war so diesig gewesen, bleischwer und dunkelgrau.

Nun entlud sich das Unwetter. Ein toller Schneesturm brauste über das Eifelland. Dicht fielen die Flocken hernieder, die ganze Welt war zugehangen, Man konnte nicht hindurchsehen durch den bleiernen Vorhang; nur für Augenblicke riss der Sturm ihn entzwei, und dann konnte der um seinen Heimweg Besorgte durchs Fenster sehen, wie immer höher und höher der Schnee Weg und Wald und Dorf bedeckte. Allein den Turm der hochliegenden Kirche sah er noch schwarz emporragen; denn so schnell der Schnee dort niederfiel, fegte der Sturm ihn vom steilen Dache, Es knarrten und ächzten die Scheunentorflügel der Nachbarschaft; immer rasender tobte das Unwetter über das Dorf. Zwar saß der Thullenohm warm und trocken, und den Kaffee gaben ihm die Drechslerleute; aber die Nacht senkte sich schon über die Häuser, und so war er froh, als endlich das Schneetreiben nachließ. Er nahm sein Spinnrad auf den Rücken und stapfte heimwärts.

Öde lief die Dorfstraße dahin, hoch mit frischem Schnee bedeckt. Hineingebettet lagen die zusammengekauerten Häuser da, mit Pelzkappen überzogen. Hier und da fiel aus einem Hause schon ein Lichtschein; aber die Fenster waren so dicht mit Schnee beworfen, dass der Blick nur ganz matt durch die Scheiben drang.

Der Thullenohm nahm, als er das offene Feld hinter sich hatte, den Weg durch das Wehrholz; da konnte er in einer guten halben Stunde bei seiner Mutter im Stübchen sitzen. Es war auch fast taghell um ihn, weit sah er über die weiße Fläche.

Wie er aber die feste Straße verlassen hatte und in den Wald kam, fühlte er bald, dass dort an der Westseite ungeheure Schneemassen aufgeworfen waren. Er brach sich einen Knüppel und stapfte damit hindurch. Nur langsam kam er vorwärts, seine Beine waren ihm bald zentnerschwer. Er rastete, fand ein Stück Seil in der Tasche und band damit das Spinnrad hinterrücks um Hals und Schultern. Nun hatte er beide Hände frei, konnte mit beiden Armen sich stützen und tastete weiter, bei jedem neuen Schritt bis an die Knie einsackend in den knirschenden Schnee. So merkte er nicht, dass es immer dunkler geworden war, bis ihn plötzlich völlige Finsternis umhüllte. Und jetzt brach von neuem der Schneesturm los. Es war, als sei das Ende der Welt gekommen. Riesige Schneewehen fuhren ihm ins Gesicht; von den Ästen peitschte der Sturm die Lasten. Brausend jagte es durch den Wald; es bogen sich krachend die Kronen. Der Wald brüllte, und mitten darin kämpfte ein Mensch. Der Schweiß rann ihm über den ganzen Leib; er raste wie gehetzt voran. Er fiel nieder, kroch auf Händen und Füßen weiter, brach zusammen, sprang wieder auf, stolperte und torkelte vorwärts. Schnee tanzte wirbelnd um ihn, blendete seine Augen, machte seine Sinne wirr. Vorwärts – vorwärts! »O Gott, errette mich aus dieser Not!«

Hat er schon geholfen? Es ist plötzlich hell um ihn. Es schneit nicht mehr; es ist so still, und blink und blank hängt der Vollmond mitten im hellen Himmel über dem Walde. Doch was nützt ihm das? Wo ist er? Hat er sich nicht verirrt im furchtbaren Schneegestöber? Er müsste schon längst daheim sein! Welche Richtung soll er jetzt einschlagen? Liegt das Dorf links oder rechts? Liegt es vor ihm oder hinter ihm? Er steht und sinnt. –

Da läuft es ihm jäh und kalt über den Rücken. Was war das? Ein hohles Heulen kam durch die Stille. War es ein Hund? So ähnlich heulen sie, denkt er, wenn sie fühlen, dass der Tod durchs Dorf geht. Noch einmal dringt es zu ihm, langgezogen und näher. Da ist es ihm plötzlich, als rausche es leise im Unterholz hinter ihm, und wie er sich blitzschnell umdreht, vernimmt er ein kurzes, trockenes Schnaufen. Eine Kreatur, einem dürren, hochbeinigen Hunde vergleichbar, hatte seine Witterung aufgenommen und folgte ihr. Das ist ein Wolf, weiß er. Man hatte schon viele in diesem Winter in der Eifel gefangen und erschossen. Der Krieg hatte das Raubzeug aus den Vogesen und den Ardennen vertrieben. War nicht erst neulich erzählt worden, drüben in der Dauner Gegend habe der Schäfer aus Steineberg einen Wolf mit dem Knüppel totgeschlagen? Das jagt ihm durch den Kopf; aber schon ist er, den Knüppel fester packend, hinter einen dicken Buchenstamm gesprungen. Jetzt gilt es, Mut und Sinne zu behalten. Sein Rücken ist gesichert. Scharf hält er das Tier im Auge.

Der Wolf stutzt jetzt. Er sträubt sein Rückenhaar; hager, grau und groß hebt er sich von der weißen Fläche ab. Er zittert und stößt ein gieriges Winseln aus. Er zieht Kreise um die breite Buche; sie werden enger und näher. Er äugt und spitzt die Lauscher; er nimmt wahr, wie der Mann dort sich mit ihm bewegt, immer rund um den Stamm herum. Wie ein Spiel sieht es aus und ist doch das Lauern zweier Todfeinde.

Der Mensch hat alle Sinne und Muskeln aufs äußerste angespannt. Er sieht, wie sich der Wolf plötzlich in den Schnee drückt. Den Mondschatten des Stammes hat er sich ausgesucht; aus dem grauen Schatten sieht er nur noch das grüne Glühen der Lichter. Da hebt sich der graue Fleck, wird länger, und jetzt reißt die hungrige Gier hin zum Sprung, doch im selben Augenblicke rückt der Mond weiter und wirft sein Licht mitten in des Wolfes Gesicht. Da trifft auch schon mit furchtbarer Kraft ein Schlag des Knüppels ihn wider den Kopf, dass er heulend zurückfliegt. Ein klägliches Winseln stößt er aus, kriecht in den Schatten und bleibt da eine Sekunde mit flackernden Flanken liegen. Doch jetzt – jetzt springt er wieder auf, jetzt ganz Raubtier, ganz Bestie, alle Gefahr missachtend. Hager und hoch steht er mitten im Licht. Die Flanken beben vor Gier. Silberne Fäden laufen ihm von den Lefzen; er stürmt, fliegt in furchtbarer Wut wider den Feind. Ein Schlag pfeift vorbei, schon hängt er an seinem Opfer, beißt sich fest in die Hand und schlägt ihm die Tatze ins Gesicht. Er reißt und faucht, und der Arme denkt: Jetzt ist es aus, und vor Angst und Schmerz wollen ihm die Sinne schwinden.

Da spürt er, wie die Bestie plötzlich locker lässt und erschreckt zusammenfährt. Und jetzt hört auch er es. Da schallt und dröhnt von irgendwoher Glockenklang herüber. Ganz dicht summt und tönt das Läuten, so klar und voll und nah, als ob es aus der Krone der Buche riesele.

Der Wolf stutzt. Er wird ängstlich und fängt an zu zittern; er lässt sein Opfer, duckt sich und lauscht; doch wie noch voller und lauter die reine Luft und die Abendstille den Klang herüber schwingt, dass er sich am Walde bricht, an jedem einzelnen Stamm, dass es hallt, als sei der ganze Wald klingend und tönend und summend geworden, da rennt, jagt er von dannen, stürmt wie gehetzt von hundert Hunden über den Schnee.

Dem Thullenohm war es bei dem Glockenklang, als sänge der Himmel. Den Klang kannte er, das waren die Glocken seines Dorfes. Morgen war Weihnachten! Der Küsterhannes läutete mit seinen Jungen das Fest ein. Friede auf Erden den Menschen!

Er rannte atemlos dem Glockenklang entgegen; sie läuteten noch, als er zu seiner Mutter in die helle Stube trat.

* * *

Von allen Leuten, die am andern Morgen in der Mette knieten, sang keiner die kindlichen Weihnachtslieder so froh und dankbar wie der Thullenohm mit seiner dick verbundenen Rechten, weil keiner da war, dem sich das Glück und die Herrlichkeit und die Schauer der Heiligen Nacht so wundersam geoffenbart hatten.

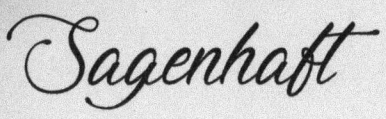

Sagenhaft

AUS DEM REICH DES LEGENDÄREN …

Theodor Seidenfaden

Wasser zu Wein

Zu Deilbach in der Eifel lebte ein Bauer, der zwar seine Saat mit einem Gebetsspruch streute, sonst aber nicht viel von geheimen Mächten hielt und vor sich hin lachte, wenn er über seltsame Zeiten des Jahres und ihre Wunder sprechen hörte. Er glaube nur, was er sehe oder fühle, pflegte er zu sagen, halte mehr von einer guten Karre Mist als von einem Segen, und außerdem liebe er lange Bratwürste und kurze Predigten.

Da saß er einmal um Weihnachten, als der Schnee die Berge zugedeckt hatte, abends hinter einem Korn zwischen Nachbarn in der Schenke. Buchenscheite knisterten im Ofen, und das Öllicht warf gespenstige Schatten. Sie sprachen von den Heiligen Nächten und ihren Merkwürdigkeiten und meinten, in der Andreasnacht werde man leicht von unsichtbaren Händen verprügelt, gewinne hingegen in der Matthiasnacht das Glück, so man den Mut aufbringe, zwölfmal allein um den Kreuzweg zu gehen, und wer in ihr geboren werde, bringe eine Gabe mit, um die er nicht zu beneiden sei: Er müsse als Geisterseher schaffen! In der Christnacht aber falle zwischen zwölf und ein Uhr Frucht vom Himmel in den Schnee, und die gedeihe, von der das meiste falle und liegen bleibe.

Der Bauer zog an seiner Pfeife, stieß den Rauch in die abendliche Stube und lächelte so spöttisch, wie er es bei solchen Reden immer tat. Das ärgerte den alten Feldhüter, und der fuhr ihn an: Ein Bauer pflüge die Erde umsonst, wenn nicht der Herr das »Werde« spreche, und einen Spötter mache auch der beste Mist kaum zum reichen Manne, das werde er noch erfahren, und es gehe ihm wie dem buckligen Lohmar.

Und dann erzählte der Feldhüter, wie dieser nicht habe glauben wollen, dass sich während der Christnacht Wasser in Wein wandle, wie er an den Bach gelaufen sei und gerufen habe: »Wasser werde Wein«, dass der Teufel gekommen sei, ihn gepackt und gekrächzt habe: »Und du bist mein!« »Und der bucklige Lohmar«, schloss der Feldhüter, »kam heim und hatte schlohweißes Haar. Acht

Tage später aber starb er, und nie gedieh auf seinem Grab eine Blume. So erzählte mein Vater selig, und der wusste es von seinem Großvater. Spötter sind Hundsfötter, und nur der Esel hat lieber Stroh als Gold.«

Der Bauer versetzte: Wer nach dem Mond greife und dabei die Erde vergesse, sei nicht klug; er wolle prüfen, was die Christnacht mit dem Wasser fertig bringe, bleibe aber in seiner Stube, und der Feldhüter könne mit ihm wachen.

Nach einigem Widerstreben willigte der Feldhüter ein, und als die Christnacht da war, saß er neben dem Bauer in der Stube und sah den Topf mit Wasser, der auf dem Tisch bei dem Öllicht stand. Es blieb totenstill; denn die Frau und die Kinder des Bauern hatten sich zeitig ins Bett gelegt, weil sie um vier Uhr aufstehen und wie alljährlich zur Christmette gehen wollten. Außerdem hatte ihnen der Bauer von seinem sonderlichen Vorhaben nichts gesagt, und er wusste wohl, warum er es verschwieg.

Sie saßen also, bis die alte Standuhr die zwölfte Stunde schlug.

Da begann der Bauer an dem Wasser zu schmecken. Zunächst merkte er nichts und hielt den spöttischen Zug im Gesicht. Wie er aber nach einer Weile den Finger wieder eintauchte und schmeckte, schwand der Spott, und da er zum dritten Mal versuchte, wurde er bleich wie ein Laken, sah den Feldhüter an und stammelte: »Das Wasser ist Wein!«

Der Feldhüter bekreuzte sich, stand auf und ging wortlos heim, damit er die Christmette nicht versäume und auf dem Wege erzählen könne, was sich begeben habe.

Wie dann, gleich nach der Mette, die Nachbarn kamen, in der Stube des Bauern das Wunder zu sehen, staunten sie, dass die Bäuerin und ihre Kinder da saßen und weinten und der Bauer irr auf den Topf blickte. Sie versuchten, schmeckten jedoch nur Wasser, und als sie den Bauern fragten, konnte der nicht antworten: Er hatte die Stimme verloren und war taub geworden in dem gleichen Augenblick, in dem sich der Wein wieder wandelte.

Die Frau, die nicht wusste was geschehen war – sie hatte ihren Mann stumm vor dem Topf gefunden, als sie zur Mette wollte –, hörte erst jetzt, wie er sich versündigte, und sie faltete die Hände und betete. Da nahmen die Nachbarn die Laternen, die ihnen den Christnachtweg erhellten, und gingen erschrocken fort.

Der Bauer verlor den spöttischen Zug seines Gesichtes, blieb aber taub und stumm sein Leben lang und kam nie wieder zu einem Korn in die Schenke.

Den Topf, berichtet die Sage, bewahrten seine Kinder und Kindeskinder lange als ein Heiligtum, und noch vor hundert Jahren lebten in Deilbach Leute, die ihn gesehen hatten.

Theodor Seidenfaden

Das Licht im Totenmond

Vor Zeiten lebte in einem Dorfe der Eifel ein Bauer, dem sieben Jahre hintereinander die Ernte verhagelte und das Jungvieh starb, wenn er es zwei, drei Monate gefüttert hatte. Da ließ er schließlich, als er im letzten der sieben unfruchtbaren Jahre sah, dass auch sein Kartoffelacker nur geringen Ertrag brachte, den Kopf hängen, obwohl er sonst ein Kerl war, dem die Arbeit der beste Schlaftrunk und das Jahr ein Wunder Gottes blieb. Er ging am Allerseelenabend, weil er nicht aus noch ein wusste und mit keinem Menschen sprechen mochte, von einer seltenen Unruhe getrieben aus dem Hofe, ohne seiner Frau und den Kindern ein Wort des Abschiedes zu sagen.

Der Totenmond hatte die grauen Wolken vorgezogen, und kein Stern schien, derweil er hinter den Lohhecken des Dorfes bergan stieg und vor sich hin sann: Nun brenne im Kirchhof das Licht auf den Gräbern der Ahnen, und sie schliefen in ewigem Frieden; er aber, der Enkel, könne sich, seitdem ihn jedes Jahr das gleiche Missgeschick treffe, auf dem Hofe nicht halten; er wolle zum Hochwald, vielleicht finde er da Hilfe, und wenn er nicht heimkehre, sei es auch gut; schlechter als jetzt könne es seiner Frau und den Kindern nicht gehen.

Er rechnete, während sein Fuß durch das welke Laub strich und er nicht wusste, wohin ihn der dunkle Weg führte, hinauf und hinab, denn der Martinstag war nicht mehr weit, und mit ihm musste er Zinsen zahlen und die erste ›Stäg‹ des geliehenen Geldes, und woher sollte er es bei so schlechter Ernte nehmen?

Er merkte kaum, wie stark er stieg, dass er bald die Haselbüsche und die dünnen Birken verließ und schon durch die Fichten schritt, die ihre Zweige düster über den Weg streckten und mit ihnen seine Mütze streiften.

»Nein«, sagte er in das Dunkel, »es geht nicht!« Die Bläß lahme, und die beiden Ochsen glotzten müde und hungrig; es fehle noch, dass ihm der Fuchs oder das Wiesel in den Hühnerstall breche; dann krähe ihm nicht einmal mehr ein Hahn auf dem Mist, und wer vorübergehe, lache.

Als er eine Stunde und mehr unterwegs war, kam er an die Lichtung, von der sieben Waldpfade ausgingen, und er fasste den Stecken, auf den er sich stützte, fester, weil es im Dorfe hieß, an den sieben Wegen lungere der Teufel.

»Mag kommen, was will«, murmelte der Bauer, »wenn ich auch arm bin, schnappen soll mich keiner, sicher der Schwarze nicht, der hier lauert.«

Da stand plötzlich ein Wanderer vor ihm, ein hoher Mann, der einen Sturmmantel trug, einen breiten Schlapphut und einen Stab, und der Wind spielte in seinem Bart, indes sein Blick leuchtete, als hinge eine Lampe im Dunkel des Fichtenwaldes.

»Erschrick nicht«, sagte der Wanderer. »Ich kenne deinen Kummer und will dir helfen, wenn du dem folgst, was ich dir sage.«

Der Bauer wunderte sich zwar, blieb aber an dem Eichenstecken stehen und fragte den Wanderer nach seinem Begehr, woraufhin der, sich zu ihm niederbeugend – er war zwei Ellen höher als der Bauer, erwiderte: »Jeder Tag deines Lebens ist ein Blatt deiner Geschichte, das Testament der Verstorbenen, Spiegel der Lebenden. Auf die Wurzel kommt es an, nicht auf die Blüte, und der Pflug in der Erde nützt wenig, wenn nicht ein anderer das ›Werde‹ spricht. Auch nach der schlechtesten Ernte muss man wieder säen.«

Da fuhr der Bauer auf: mit Sprüchen sei ihm nicht gedient; die habe er selbst zur Hand; wenn er nichts anderes wisse, möge er ihn ziehen lassen und sich nicht um ungelegte Eier kümmern.

Das sprach er laut und hart, und die Worte hallten durch das Dunkel und weckten in den Bergen ein hohles Echo. Doch der Wanderer blieb ruhig und fuhr fort: »Der schmale von den sieben Wegen führt über drei Berge und durch drei Täler zu einer Höhle, darin man dir sagt, was zu tun ist. Gehe hin, drei Nächte hinauf, drei Tage hinab, und kehre nach diesen Tagen und Nächten über deinen Pfad zurück. Aber sei still, und wandere, was auch geschehen mag. Der Pfad ist schmal, und die Toten helfen dir leben. Hier hast du Brot für den Weg. In den Tälern darfst du ruhen, auf dem Hinwege über Tag, wenn du heimkommst, nachts.«

Im gleichen Augenblick verschwand der Wanderer, und der Bauer stand allein auf der Lichtung zwischen den Fichten, dem verhangenen Himmel und der Bergstille, durch die, wie er erst jetzt merkte, hin und wieder ein herber Windstoß fuhr. Er hielt ein Stück Brot, das ihm der Wanderer gegeben hatte, in der Linken und bedachte die Worte von Wurzel und Blüte und das nächtliche Gebot, nach dem man selbst nach der schlechtesten Ernte wieder säen müsse. »Wunderlich«, sagte er, »als ob ich das nicht wüsste! Und doch war in dem Worte des Alten ein Klang, der mich zwingt, seinem Auftrage zu folgen.«

Also tastete er mit dem Stecken die Wege so lange ab, bis er den schmalsten Pfad gefunden hatte, barg das Brot in der Tasche und ging, immer noch bergan, und die Fichten zu beiden Seiten wurden höher und höher.

Es mochte gegen Mitternacht sein: Da kam er auf dem höchsten Punkt des ersten Berges an, einer kahlen Felsplatte, über die der Wind fegte. Der Mond war blass durch die Schleier der Wolken getreten, so dass der Bauer die Fläche übersehen konnte und eine Gruppe von Krüppelkiefern entdeckte, an denen er vorbei musste.

Als er in ihre Höhe kam, erhob sich über ihm ein tolles Gepfeife, so dass er zusammenschrak, aber weiterging. Im gleichen Augenblick saßen zwischen den Kiefern zwei Männer, die auf einem breiten Stein Karten spielten. Sie trugen Eifeler Kappen und Kittel und hatten lange Bärte, warfen die Karten in ziemlichem Eifer und brummten unverständliche Worte.

Der Bauer erkannte, näher zusehend, zwei Nachbarn, die schon lange tot waren und ihr Hab und Gut verkartet hatten. Er wollte sie ansprechen. Da fiel ihm die Mahnung des Wanderers ein, nach der er still sein und wandern sollte, was ihm auch begegne, und er schritt zu, vorbei an den Kiefern. Indem sprangen die Kartenbrüder auf, schmissen ihr Spiel hin und schossen auf ihn zu, dergestalt, dass dem Bauer das Herz lauter schlug, denn sie blickten ihn mit glühenden Augen an.

Wer den Schritt an ihr Spiel wage, riefen sie hohl, der müsste zahlen oder sterben.

Da der Bauer jedoch stumm blieb und sich nicht aufhalten ließ, johlten sie, und das Gepfeife in den Lüften klang bedrohlich genug. Sie tanzten um den Schreitenden, zupften ihn hier und zupften ihn dort, schlugen auf seine Mütze und griffen nach seinem Stecken. Er aber ging seinen Weg, und da sie merkten, wie wenig sie über ihn vermochten, brachen sie vor ihm ins Knie, reckten die Arme gespenstisch und stöhnten: »Gehe nicht weiter, hilf uns, dann sind wir erlöst! Der Pfad, den du schreitest, führt in den Abgrund. Unten zerschellst du.«

Doch der Bauer verhielt auch jetzt nicht und kam auf dem Pfade endlich an den jenseitigen Wald, der bergab fiel. Während er hineinbog, fegten die Kerle vorüber, wandten sich plötzlich zurück, prallten vor ihn und umklammerten seinen Hals. Aber er blieb keinen Schritt stehen, schüttelte sie von sich und stieg bergab. Da verstummte das Gepfeife, und der Spuk war verschwunden.

Der Bauer wischte sich den Schweiß von der Stirn. Trotz dem nächtlichen Winde war es ihm warm geworden. »Den ersten Berg habe ich hinter mir«, sagte er zu sich selbst, »und die Kartenbrüder konnten mir nichts anhaben. Sie werden weiterspielen müssen. Ich merke: Der Totenmond ist da, und die Verstorbenen gehen um, die keine Ruhe finden können. Wer weiß, wen ich noch sehe. Ich will auf der Hut sein.«

Gegen Morgen kam er, ohne wieder belästigt zu werden, in ein Tal, das er nicht kannte, fand eine Viehhütte, schritt hinein und legte sich, als er von dem Brot des Wanderers gegessen hatte, hin und schlief, da er todmüde war, bald ein.

Erst am Abend wachte er auf. Er rieb die Augen und merkte allmählich, wo er war, erhob sich und fand den schmalen Pfad wieder. Langsam griff er nach dem Brot in der Tasche, wunderte sich, dass es nicht abgenommen hatte, biss zu und ging, als er gesättigt war, an seinem Stecken dem Pfade nach in den Abend, der bald stichdunkel stand. Er wanderte ruhig, allmählich wieder bergan, durch einen Buchenschlag, dann zwischen Eichen her und zuletzt abermals durch Fichten, die wie Fürsten der Nacht aufragten und den Berg bewachten. Kein Windzug wehte, und kein Laut störte die Stille. Da auch der Mond ausblieb, packte den Bauern doch eine gewisse Furcht, und er begann zu wünschen, es möge irgend etwas geschehen: Diese Stille auf ansteigendem Waldwege sei unerträglich.

Aber erst nach Stunden erfüllte sich sein Wunsch. Als er nämlich gegen Mitternacht die Höhe des Berges erreichte und der Wald aufhörte, kam über die Kuppe eine schrecklich lange Prozession auf ihn zu. Es waren Kinder, Frauen und Männer in Totenmänteln, und alle trugen Kerzen in der Hand und beteten dumpf und schwer. Fast wäre er stehengeblieben, so erschreckte ihn der Lichterzug. Da erinnerte er sich an das Wort des Wanderers, fasste den Stecken fester und ging seinen Pfad entlang. Je näher der Zug kam, um so deutlicher wurde sein Gemurmel, das im Gleichtakt der Schritte zum schwarzen Himmel schwebte und also lautete:

»Das Leben ist Irrlicht,
ein Windstoß der Tod.
Oh, lebten wir wieder:
Wir litten nicht Not!«

Es wiederholte sich unzählige Male, und als der Bauer mit der Spitze der Prozession zusammentraf, schlug sie einen Bogen und kreiste ihn langsam ein. Die Kerzen schwelten, und die Worte hingen als dumpfer Chor über der Kuppe. Doch er ging ruhig und stumm, ob ihm auch das Herz klopfte, spähte und versuchte, in dem flackernden Lichte ein Gesicht zu erkennen, was ihm jedoch nicht gelang, wiewohl er scharf zublickte.

Die Prozession der Abgeschiedenen geleitete ihn über die Kuppe des Berges, fast eine Stunde lang, und als er in die Nähe des jenseitigen Waldes kam, bewegte sich einer der Toten mit seinem Lichte auf ihn zu und sang, ohne ihn anzuschauen:

»Dies sah ich inmitten der Nacht:
Ein Zeisig pickte den Zapfen der Tanne,
da fiel ein Sämlein zur Erden.
Oh Wunder: Das Körnchen wird sprießen und wachsen,
wird Bäumchen, dann Baum.
Ich sehe ihn ragen, düster und hoch:
Oh Wunder und Traum,
du heiliges Werden
im Walde!
Dann kommen die Fäller
mit blitzblanker Axt und schlagen ihn nieder.
Ein Schreiner zimmert aus Brettern
ein Särglein, drei Schuh in die Länge,

ganz schmal für ein unschuldig Kind.
Oh Wunder und Traum,
du heiliges Werden
im Walde!

Der Tod nimmt das Kindlein
und legt es ins Särglein.
Und wenn es geschieht,
singen die Vögel das selige Lied:
Dann bin ich erlöst und finde Ruhe im Grabe.
Nun stehe und sinne am Stabe.
Ich sah es inmitten der Nacht:
Der Tod ist des Lebens gewaltigste Macht!«

Aber der Bauer blieb nicht stehen, sondern ging schweigend weiter, indes der Chor noch einmal sang:
»Das Leben ist Irrlicht,
ein Windstoß der Tod.
Oh, lebten wir wieder:
Wir litten nicht Not!«

Dann verschwand er, und der Bauer stand zwischen den ersten Bäumen des Waldes, der zu Tal stieg, verschnaufte und dachte: »So wäre auch die zweite Kuppe überstanden, und ich will hinab, zu sehen, ob ich wieder eine Hütte für den Tag finde. Wenn es nicht schlimmer kommt, lässt sich der Auftrag des Wanderers wohl erfüllen.«

Morgens kam er ins Tal und fand auch, nicht weit von dem Bach, der hindurchlief, eine Viehhütte, tat wie am ersten Morgen und schlief ruhig bis zum Abend.

Da sein Brot nicht abnahm, konnte er den Weg neugestärkt fortsetzen. Doch diesmal trieb ein wirrer Wind Regen auf, und während er auf dem schmalen Pfade bergan stieg, zischte das Wetter bald so toll durch die Kronen der Bäume, dass er Mühe hatte, sich an seinem Stecken zu halten. Äste brachen und knackten, und es war, als stürzte das wilde Heer durch die Gipfel ihm entgegen. Er keuchte bergan, kam auch glücklich auf die Höhe und stand mit einem Mal vor einem alten Galgen, der sich am Waldrande erhob. Indem hörte das Unwetter auf, und aus gespenstisch jagenden Wolken trat der Mond und warf sein Licht über die Hochfläche, die ein paar einsame Bäume, Birken und Kiefern, eine hohe Eiche und verstreute Ginsterbüsche wies.

Während er rüstig schritt und in die Runde blickte, stieg aus dem Hügel unter dem Galgen ein Totengerippe auf, das zu tanzen begann und ihm den Weg verlegen wollte. Es sprang immerzu vor ihm her, drei Schritte rückwärts, zwei vorwärts, über den schmalen Pfad, und dem Bauer war es, als hörte er es rufen: »Meng orm Sil, meng orm Sil!«

Da fiel ihm ein, dass sich in einem Dorfe der Nachbarschaft ein Bursche an einem Galgen erhängt hatte, ein Pflänzchen, das ganze Nächte außer dem Hause geblieben und seinen Eltern der Nagel zum Sarge geworden war, und von ihm hieß es, er jage im Totenmond als Gespenst über die Eifelhöhen.

Da das Gerippe merkte, dass der Bauer sich nicht fürchtete, wurde es zudringlicher und begann, wie ein Stier zu brüllen. Im gleichen Augenblick fegten von verschiedenen Seiten drei Wölfe an, und als sie näher kamen, wurden sie so groß wie Pferde. Das Gerippe tanzte wie wahnsinnig, drei Schritte vorwärts und zwei zurück, und die Wölfe wuchsen noch stärker und waren schließlich so groß wie Heuwagen.

Dem Bauer tropfte nun doch das Wasser von der Stirn, und er wäre gern zurück gelaufen, aber das Wort des Wanderers schenkte ihm die Kraft, stumm und straff durch das Grausen zu schreiten. Als das Gerippe dicht bei ihm war und wie es jammerte: »Meng orm Sil, meng orm Sil!«, erreichte er das Ende der Hochfläche und mit ihm den jenseitigen Wald, der talwärts führte.

Da hatte er auch die dritte Probe bestanden, und das Gerippe verschwand mit den Wölfen, so dass er nun ruhig schreiten konnte. Der schmale Pfad bog nach einer Weile seitlich ab und führte zu einer Höhle, die im Hang des Berges lag und ihn düster anblickte. Während er, dem Pfade folgend, hineinschritt, schimmerte in der Ferne ein Licht auf, und da er näher kam, weitete sich die Höhle zu einem Saal, in dem eine Ampel hing und das Geäder der Wände ausstrahlte. Auf dem schwarzen Marmorsessel aber, der da stand, saß ein Ritter, ein freier und edler Mann, gelassen in der Haltung, leidenschaftlich im Blick, und um die Schultern hing ihm ein Purpurmantel, dessen rechte Hälfte fehlte. Auf den Knien lag ein Schwert, und unter dem Mantel schimmerte eine silberne Rüstung.

Als der Bauer vor ihm stand, erhob er sich und sprach: »Du bist es, auf den ich warte. Der Wanderer schickt dich her; stehe also und höre, was ich dir sage. Alle hundert Jahre weile ich einmal um diese Zeit im Berge der Nacht, den Bauern zu helfen, wenn sie das Dunkel der Zeit drückt.«

Seine Worte klangen ruhig, und der Bauer blieb stehen, zu hören, was der Ritter verlangte.

»Viel ist, was Gott den Menschen gönnt«, fuhr er fort. »Sonne dient ihnen, Mond, Stern und Engel, Luft und Regen, Schnee, Hitze und Kälte, Wind, Wasser, Berg und Tal und Licht und Finsternis. Gutes tun ist das Wichtigste auf Erden, und nur eine Sünde gibt es, die man durch Reue nicht loswerden kann: Das ist der Zweifel, das mangelnde Vertrauen auf Gott und die Kraft des Ackers. Du leidest am Zweifel, aber weil du den Weg über die drei Kuppen des Totenmondes gläubig zurücklegtest, will ich dir helfen. Warum brennt ihr am Vorabend meines Festes das alte Feuer nicht mehr? Ordne du die Abendstunde neu, und sammle die Asche des Feuers! Sie streue auf deine Äcker, und du wirst sehen, wie gut die Ernte gedeiht. Nur Boden, den der Väter Sitte weiht, trägt reine Frucht, und hoher Mut bewahrt das Ahnenwerk vor dem Frevel der Zeit.«

Indem erlosch das Licht, und der Ritter war verschwunden, so dass der Bauer zunächst wie geblendet stand und nicht wusste, wohin er sich wenden sollte. Als er sich drehte, sah er am Ende des langen Ganges, durch den er gekommen war, das Dämmerlicht des Morgens, und er machte sich auf, wie wenn ihn neue Kraft erfüllte: So hatte ihn das zuversichtliche Wort des Ritters getroffen, in dem er Martinus erkannte, der mit seinem Schwerte dem Bettler die Hälfte des Mantels geschenkt hatte und deshalb unsterblich blieb.

Er ging zurück, tastete sich mit dem Stecken durch den Gang und schritt, als er draußen war, frischen Mutes dem Pfade nach auf die Höhe des Berges, an dem Galgen vorbei und jenseits wieder hinab zu Tal. Das Brot des Wanderers nahm nicht ab, und er erreichte am Abend dieses Tages die Viehhütte des zweiten Tales, schlief in ihr, wanderte am nächsten Morgen bergan, kam über die

Kuppe der Prozession, ruhte nachts in der Hütte des ersten Tales und kam am sechsten Tage der Wanderung über die Höhe der Kartenspieler. Die Wolken hingen grau, und Nebel stiegen und fielen, aber niemand begegnete ihm, und was sich in den Nächten erhoben hatte, ihn zu bedrängen, schlief über Tag.

Am Abend des sechsten Tages seiner Wanderung kam er heim und klopfte ans Tor des Hofes, und da der Hund seinen Schritt erkannte, winselte er froh auf und bellte Frau und Kinder aus dem Hause. Die Frau öffnete, und als sie ihren Mann sah, war sie über die Maßen froh und fragte, wo er geblieben sei, sie habe Tag und Nacht mit den Kindern gesucht und geweint.

Er sagte, Martinus sei ihm begegnet: er wisse nun, was zu geschehen habe, den Ernten aufzuhelfen. Nächstes Jahr stehe es besser, und nichts schade dem Bauer mehr, als der Zweifel an seinem Acker. Die Kinder nahmen ihn an den Händen und führten ihn in die Stube, und der Hund sprang mit und lärmte derart, dass auch die Nachbarn kamen, zu hören, was geschehen.

Der Bauer erzählte, was ihm begegnet war und verschwieg nur, dass er den Auftrag habe, die Asche des Feuers über den Acker zu streuen. Auch von dem Brot des Wanderers sprach er nicht, und alle, die saßen und lauschten, wunderten sich und meinten, man müsse tun, was er sage. Es sei wenig schön, dass am Vorabend zu Martin nur noch Kinder mit Rübenfackeln umgingen und Gaben heischten: Das große Feuer vergesse man seit Jahren.

Der Bauer ging am nächsten Morgen von Haus zu Haus und besprach die Feier, und da ihn die Kraft des Wortes erfüllte, das er von dem Ritter gehört hatte, dem gleichen, der seit Jahrhunderten in Stein gemeißelt von der Kirchenmauer auf die Gemeinde herabschaute, gelang es ihm, alle Bauern zu gewinnen.

So aber vollzog sich die Feier am Vorabend des bitteren Zahltages: Dunkel lag der Dorfplatz, und im Halbkreise standen die Glieder des Dorfes, vorne die Kinder, auch die Kleinen, hinter ihnen die Burschen und großen Mädchen, dahinter die Frauen und zuletzt die Männer, die jungen zuerst, dann die alten, und alle trugen auf langen Stöcken ausgehöhlte Rüben mit Gesichtern als Fackeln, aber keine brannte. Da klagten die Kinder, es sei dunkel, Frost drohe und der Nordwind komme über die Berge, und als die Burschen und Mädchen, auch Frauen und Männer einsetzten, klang das Lied der Klage, das der Bauer aufgesetzt hatte, wie ein düsterer Chor vom Dorfe bergan. Indem blitzte weithin eine Fackel auf, und da sie näher kam, sahen sie auf hohem Schimmel den Ritter Martinus, der das Licht trug, und mit ihm in den klagenden Ring ritt. Er grüßte und mahnte, wieder in wohlgesetzten Strophen, und sagte, dem, der ans Leben glaube, vermöge das Dunkel nichts, ihm lösche auch der schärfste Wind das Licht nicht, und des Bauern gewaltigste Kraft sei der Glaube! Die Alten erkannten die Stimme des Bauern, indes das junge Volk nur den Ritter Martinus in dem Reiter sah, den gleichen, der an der Kirchenmauer stand, der kam, dem Dorfe das neue Licht zu schenken. Er brannte dem ersten Fackelträger die Kerze an, und der gab das Feuer weiter, so dass es von einem zum andern lief und erst ruhte, als auch der letzte Fackelträger leuchtete.

Da wandelte sich – so hatte der Bauer es vorher angeordnet – die Klage zu frohem Sang, und der Lichterzug begann zu wandern. Vorne an ritt Martinus. Ihm folgten die Kinder, die Burschen, Mädchen, Frauen und Männer in schöner Ordnung und zogen singend durch die Dorfstraße, dann um die Felder und schließlich zu der Berghöhe, auf der ein mächtiger Holzstoß wartete. So aber lautete das Lied, das sie sangen:

»Martin, Martin,
Martin, bist ein Flammenheld,
du besiegst die Nacht der Welt.
Feuer, das vom Himmel fällt,
trägst du froh durch Wald und Welt …«

Oben ritt Martinus in weitem Bogen um das Holz und führte den Lichterzug wieder zu einem Ring. Dann wandte er sich und sprach zu allen von dem neuen Jahr, der Saat und dem Glauben an die künftige Ernte, von den Sternen im Dunkel und dem ewigen Lichte, und die Jungen und Alten, Männer und Frauen antworteten, wenn er fragte. Schließlich zündete er mit seiner Fackel den Holzstoß an, und der Brand loderte auf, spritzte Funken und schlug seine Flammen zum Nachthimmel. Indem aber sprachen alle gemeinsam den Schwur, zu hoffen und zu glauben und sich zu helfen, wenn Not komme: Es gebe keine Nacht ohne Morgen, keinen Winter ohne Frühling. Als das Feuer niedergebrannt war, führte Martinus den Zug zum Dorfplatz zurück und bescherte jedem Kinde einen weißen Weck. Sie sangen ihm das Danklied, woraufhin er seine Fackel noch einmal zum Himmel reckte und in die Nacht ritt, aus der er gekommen war.

Alle Frauen und Männer und Burschen und Mädchen freuten sich mit den Kindern und gingen heim, wie wenn sie im Dunkel des Totenmondes bereits das Licht des Frühlings ahnten, das Lied der Finken, den Duft der Veilchen und den frischen Saft der Bäume.

Der Bauer hingegen, der sich den Schimmel im Nachbardorfe geliehen hatte, ging, als er aus der Nacht, in die er als Ritter Martinus geritten war, zurückkehrte, auf die Höhe und sammelte die Asche des Feuers in einen kupfernen Kessel. Den trug er heim, barg ihn in der Scheune und trat in die Stube, wo auch seine Kinder mit dem weißen Weck saßen.

Da fiel ihm erst wieder das Brot des Wanderers ein, an das er seit der Heimkehr von der Wanderung durch den Totenmond nicht mehr gedacht hatte, griff in die Tasche seines Rockes und zog es hinaus, es den Kindern zu zeigen. Im gleichen Augenblick verwandelte es sich, und er hielt statt des Brotes zwanzig Goldstücke in der Hand. Die Frau und die Kinder wunderten sich, sprangen um den Tisch und freuten sich, denn nun konnte er die Zinsen und die erste ›Stäg‹ bezahlen.

Am nächsten Morgen stand er früh auf, nahm den kupfernen Kessel aus der Scheune und ging ins Feld, er ganz allein. Er streute die Asche über seine Äcker, sprach ein frohes Wort dazu und schaute zuversichtlich die Berge hinauf.

Und es geschah, dass die nächste Ernte über die Maßen gut war, und da der Bauer nicht aufhörte zu arbeiten, blieb es so, Jahr und Jahr. Seitdem aber feierte sein Dorf den Vorabend vom Martinstage gemeinsam, brannte das große Bergfeuer ab und schenkte den Kindern weiße Wecken. Man merkte auch bald, dass er die Asche des Feuers sammelte, tat es ihm nach und streute sie am frühen Morgen über die Äcker, und ein großer Segen ging von diesem Brauche aus, so dass sich erfüllte, was der hohe Wanderer in der Allerseelennacht versprochen hatte, und wer es nicht glauben will, der mag gehen und das Dorf suchen.

Peter Kremer

Die Weissagung

Zu Waldkönigen droben im Herzen der Eifel lebte vor Zeiten ein Bauer, der war ungläubig, und selbst die Heilige Nacht war für ihn eine Nacht wie jede andere auch. Er lachte über den Glauben seiner Nachbarn, dass in dieser Nacht das Göttliche, aber auch das Teuflische, sich besonders lebendig zeige, und wenn ihn einer warnte, die jenseitigen Mächte herauszufordern, so hatte er nur Spott und Hohn für den Mahner übrig.

Einmal am Weihnachtsabend nahm er sich vor, den Dingen auf den Grund zu gehen. Man erzählte und glaubte in seinem Dorfe, in der Heiligen Nacht bekäme das Vieh im Stall die Gabe der menschlichen Sprache. Zur Mitternachtsstunde würden die Haustiere sprechen, prophetisch mit dem zukünftigen göttlichen Willen und Wissen vertraut.

Als die Kinder zu Bett gebracht waren, ging der Bauer hinunter in den Stall, um die Heilige Nacht bei den Tieren zu verbringen. Er glaubte nicht an die Wunder dieser Nacht, sollte aber doch etwas daran sein, so war dies ja eine billige Gelegenheit, die Schicksale des kommenden Jahres zu erfahren.

Er setzte sich im Dunkel des Stalles auf ein Bund Stroh und war nun ganz allein mit seinem verstockten Herzen. Die Ochsen und Kühe schnauften, und der Bauer glaubte sie schlafend. Als es aber Mitternacht war, da hörte er, wie der Anderhandsochse zu reden anfing und mit leiser Stimme zum Vanderhandsochsen sprach: »Wenn die Bäume wieder Blätter bekommen, wird man uns an den Wagen spannen, und wir werden unsern Bauern hinausfahren, dahin, wo die vielen Kreuze stehen.« – »Ja, ja«, antwortete der Vanderhandsochse, »dann wird er begraben.« –

Der Bauer erschrak, fiebernd schlich er hinauf ins Bett, und nun dachte er die ganze Nacht darüber nach, was er tun müsse, um dem angekündigten Schicksal zu entgehen. Er wollte die Ochsen noch vor dem Frühjahr verkaufen; dann war ja ein anderer ihr Bauer, und so musste das Schicksal diesen treffen und nicht ihn.

Er suchte im Kalender den ersten Markt nach Neujahr, an diesem Tage zog er mit den Ochsen hinunter nach Wittlich und verkaufte sie an diesem entfernten Ort. Als aber der Winter wich, die Sonne stieg und die Erdkräfte sich regten, wurde der Bauer krank, so dass er im Bett liegen musste. In diesen Tagen hatte sein Nachbar auf dem Dauner Viehmarkt ein paar Ochsen eingehandelt und heim gebracht. Es waren die Ochsen, die unser Bauer beim Sprechen belauscht hatte. Die Krankheit nahm ein schlimmes Ende. Er starb. Der Gottesacker aber war weit von seinem Hofe entfernt, so dass man die Toten immer auf einem Wagen hinausfahren musste. Weil nun des Nachbarn neue Ochsen gut gewöhnte Zugtiere waren, so spannte man sie vor den Leichenwagen. Und sie fuhren ihren Bauern hinaus, dahin, wo die vielen Kreuze standen.

nach Michael Zender

Der Fischerknabe

Am winterlichen Herdfeuer hatte die Großmutter des Fischerbuben Herm viele Abende von großen, fernen Städten mit prachtreichen Palästen, von guten und bösen Geistern in Wäldern und Wassern und manches Wundersame vom heimatlichen Grunde erzählt. Immer lauschte der Knabe mit ganzer Seele. Wie schön musste es doch sein, so dachte er oft, in dieses wunderliche Land zu schauen! Einmal erzählte ihm die Großmutter von einem versunkenen Schloss und großen versunkenen Schätzen auf dem Grunde des Laacher Sees. So märchenschön hatte die Großmutter das Schloss und die Schätze geschildert, dass ihn eine namenlose Sehnsucht trieb, diese Pracht einmal selbst zu schauen. Und er machte sich auf den Weg und kam ans Ufer des blauen Sees. Obgleich es schon dämmerte, stieg er in einen Nachen und ruderte über das Wasser. Als er sich der Mitte näherte, hörte er aus der Tiefe ein wundersames Klingen von Harfen und Flöten. Da beugte er sich aus dem Kahne und sah tief unten einen herrlichen Palast mit hellerleuchteten Sälen, in welchem glänzende Nixen und Feen sich in anmutigem Tanze drehten. Sobald sie den Buben gewahrten, schwebten sie nach oben und luden ihn mit holdem Lächeln ein, mit ihnen den Reigen zu tanzen. »Großmutter, du logest nicht,« sprach er leise vor sich hin und fasste die weiße Hand, die sich ihm aus den Wellen reichte. Langsam glitt er aus dem Nachen und verschwand in den Fluten.

Als der Morgen von den Höhen ins Laacher Tal kam, stand ein Fischer am Ufer des Maares. In der Mitte des Sees sah er einen leeren Kahn treiben, und es wurde ihm bang in furchtbarer Ahnung. Rasch zog er die Netze ein, zog sie ans Land und sah darin die Leiche seines Kindes.

Manfred Lang

Der Ritter und der Abt

Nach einer alten Sage

Von den Sagen und Legenden, die man sich früher in der Eifel erzählte und die man heute noch in Büchern nachlesen kann, sind die meisten von der bekannten Art, in denen das Gute siegt und das Böse unterliegt. Gerade darin, dass das Leben in Wahrheit nicht immer so klar entscheidet, offenbart sich das »Sagenhafte« dieser Kaminfeuer-Geschichten. Ließe man den moralisierenden Schlussstrich der Erzählenden am Ende fort, wäre es oft eine Bereicherung – wie eine Kohlezeichnung, die plötzlich Farbe bekäme, oder doch wenigstens viele Grautöne zwischen Schwarz und Weiß. C'est la Vie.

So ist das Leben. Eben: Und so war es vermutlich auch zu der Zeit, als die realen Figuren lebten, die den Stoff für die Eifelsagen lieferten, wie etwa der Ritter und die Mönche von Maria Laach. Geben wir dem in der Sage namenlosen Ritter ruhig einen Namen. Nennen wir ihn Trutz, das könnte gepasst haben, denn Trutz, so erzählt die Sage, soll ein Bösewicht gewesen sein. Ein richtiger Eifeler Knüppel. Punkt.

So was gibt es im so genannten richtigen Leben ja auch. Trutz raffte und schaffte, was wertvoll war oder aus sonst einem Grund begehrenswert. Er schaffte es in die eigenen Vorratskammern, und ins eigene Bett, je nachdem, und er scherte sich dabei nicht um Mein und Dein. Ob er den Bauern die ohnehin erbarmungswürdig karge Ernte vom Feld raubte oder ihr knochiges Vieh forttrieb, auch Frauen und eher noch die Töchter der Bauern sollen nicht vor dem Ritter sicher gewesen sein.

Aber das eigentliche Objekt seiner Habgier sollen gar nicht die Kleinbauern und Handwerker der Gegend gewesen sein, sondern das Kloster am anderen Ufer des Laacher Sees. Irgend etwas mochte Abt und Ritter verbinden, wenn auch auf die dunkle Art, die keiner verstand.

Die Erzähler der im Eifelraum verbreiteten Sage warnen mit Nachdruck davor, den raubenden Ritter auch nur in die Nähe jener edlen Wegelagerer zu rücken, die den Reichen ihren Überfluss nehmen, um ihn unter die Armen zu verteilen. Deshalb folgt in der Überlieferung stets mit dem nötig erscheinenden Nachdruck der Hinweis: Ritter Trutz war böse – und zwar ausschließlich böse. Als ob es so etwas gäbe – mit einer Ausnahme abgesehen, natürlich.

Doch egal, wie durchtrieben und gierig sein Lebenswandel tatsächlich gewesen sein mag, die Strafe folgte jedenfalls auf dem Fuße. Denn die Mönche von Maria Laach hatten sich entsprechend ihrer gewaltlosen Glaubensideale nicht mit Prügeln und Sensen gegen den Bösewicht am anderen Seeufer zusammen gerottet. Auch hatten sie den Bauern nicht geraten, sich mit Waffen zur Wehr zu setzen. Sie hatten Trutz vielmehr, was ihnen naheliegend erschienen sein muss zu jener Zeit, beim Papst in Rom und beim für das Kloster zuständigen Landesherrn angeklagt.

Auch Letzterer schickte keine Truppen gegen den Bösewicht vom Laacher See aus, um ihn zu fangen und in den Kerker zu sperren, dafür schickte Ersterer den Kirchenbann aus Rom, was schlimmer war zu der Zeit als Geldstrafe und Kerker. Denn es bedeutete doch in einem mittelalterlich noch wohlgeordneten Kosmos Strafe über den Tod hinaus bis in alle Ewigkeit. Und damals war es nicht das höchste für die Menschen, ins Fernsehen zu kommen. Sie wollten in den Himmel …

Kaum hatte man Trutz die schlechte Nachricht des Papstes überbracht, er sei von Kirche und Sakramenten und damit von ewiger Glückseligkeit ausgeschlossen, da wütete er – immer laut Sage – in einer Art und Weise, dass seine früheren Taten nahezu harmlos erscheinen mussten. Er legte Feuer und plünderte die Wagen und Reiter aus, die vom und zum Kloster unterwegs waren. Alleine den Abt, der den Bannstrahl auf ihn gelenkt hatte, konnte er auf seinen Streifzügen nicht greifen. Der wusste vermutlich, was ihm hätte blühen können und bewegte sich fortan nur noch in der Sicherheit der Klostermauern.

Da klopfte es eines Tages an die Klosterpforte, und ein Reiter in kriegerischer Rüstung verlangte nach dem Abt. Es war harter Winter und er war direkt über den zugefrorenen See ans Klosterufer geritten. Der Mönch an der Pforte schloss Tor und Riegel und führte ihn zum Abt. Der Reiter hatte ausdrücklich nach ihm verlangt.

»Wer bist Du und was willst Du?«

»Ich bin Harre, einer von den Leuten des Ritters Trutz, der, wie Ihr wisst, auf der Burg am anderen Ufer wohnt.«

»Trutz schickt nach mir?«, warf der Abt ein – und er sah möglicherweise entsetzt dabei aus.

»Trutz will sich mit Euch versöhnen. Ihr sollt kommen. Und es eilt, denn er wird sterben. Er hat nicht mehr lange, vielleicht zwei Tage, vielleicht drei, höchstens vier.«

Solche Auskunft freute den Abt, das sah man ihm an. Was ihn befriedigte, so steht zu vermuten, das war mehr der nahe Tod des Ritters als dessen Wunsch nach Frieden.

»Gut, wenn er bereut, dann wird der Herr ihm verzeihen. Ich werde Dir einen Pater mitgeben. Der kann Trutz die Sakramente geben.«

»Nein, der Herr Trutz hat ausdrücklich nach Euch verlangt, ehrwürdiger Abt. Kommt Ihr.«

Und als der Abt weiter darauf bestand, einer seiner geweihten Mönche sei dazu viel eher als er selbst geeignet, da er wichtige Aufgaben im Kloster zu erfüllen habe, da kniete der Gefolgsmann des Ritters vor ihm nieder: »Ich bitte Euch, kommt. Trutz will sich mit Gott und mit Euch versöhnen. Kommt, bevor er stirbt.«

»Und in die ewige Verdammnis kommt ...«, warf der Abt ein und schüttelte den Kopf, Triumph im Gesicht.

Der Gefolgsmann des Ritters war längst ohne die erhoffte Antwort und ohne den Abt im Gefolge abgetreten, da regte sich beim Abt doch so etwas wie Mitgefühl mit dem Ritter auf der anderen Seite des Laacher Sees. Und er erwog einen Augenblick lang, dem Boten über das Eis nachzureiten und sich zum sterbenden Trutz bringen zu lassen. Dann packten ihn wieder Zweifel – und er ließ es bleiben.

Ein weiterer Tag verging, da ließ der Abt von einem Nu zum andern den Schlitten anspannen: »Lasst uns keine Zeit verlieren. Es geht um seine unsterbliche Seele«.

Zwei Mönche und das, was er zum Spenden der Sakramente brauchte, nahm er mit und befahl dem Kutscher, geradewegs über das Eis zum anderen Ufer zu fahren.

In der Mitte des Sees, es schneite schwere Flocken, kam dem Gespann ein einzelner Reiter entgegen. Er wies sich nicht aus, er sagte nicht, woher er kam und wohin er ritt, er hielt nur kurz in Höhe des Schlittens und raunte: »Wenn ich Ihr wäre, ehrwürdiger Abt, würde ich umkehren. Sofort. Da hinten habe ich Reiter im Harnisch gesehen und sie kommen wohl nach hier zu. Und es scheint mir, sie haben nichts Gutes vor mit Euch und Euren Gefährten.«

Noch ehe der Abt etwas sagen oder fragen konnte, wendete der Reiter sein Pferd und ritt dahin zurück, woher er gekommen war. Für Augenblicke schien der Abt wie eingefroren, eine dicke Flocke schwebte ihm geradewegs in den geöffneten Mund. Dann packte ihn unversehens die Angst und er befahl hastig: »Wendet, Kutscher. Wendet sofort. Zurück.«

Gerade war das Schlittengespann in entgegengesetzter Richtung angetrabt, da schien die Eisdecke unter dem dicken Schneeteppich zu beben. Galoppierende Pferde kamen rasch näher.

»Schneller, Mann Gottes, treibt die Pferde an.«

Der Kutscher knallte mit der Peitsche, die Pferde streckten sich im Galopp, doch die Schemen aus dem Schneegestöber kamen immer näher. So nahe schließlich, dass man sie schreien hörte. Sie riefen etwas, doch man konnte es nicht verstehen. Der Schnee in der Luft und der Schnee auf dem zugefrorenen See dämpften alles wie in Watte. Hinzu kam das dumpfe Geräusch der Eisdecke, auf der die Pferdehufe in schwingender Abfolge trommelten.

Dann, sie waren vielleicht noch eine Minute vom Klosterufer entfernt, berichtet die Sage. Da fing einer der beiden Mönche einen Wortfetzen aus der wollenen Luft: »Sie rufen, wir sollen warten. Wir sollen um Gottes Willen warten.«

Der Abt warf den Kopf herum, starrte über die Schulter und durch den aufgewirbelten Schnee nach hinten. Er sah, wie die schemenhafte Front aus Reitern näher kam. Und schüttelte den Kopf …

War es das Entsetzen, das ihn nun vollends packte? Oder hieß das Kopfschütteln, es solle auf keinen Fall angehalten werden?

Der Mönch, der das Rufen verstanden hatte – und es hatte für ihn etwas Flehendes darin geklungen – er klopfte dem Abt auf die Schulter: »Sollen wir anhalten? Sagt doch, soll der Kutscher anhalten?«

Und während der Abt weiter mit weit aufgerissenen Augen in die Schneefront starrte, zerriss die Eisdecke. Es krachte, als würden mehrere Stämme hundertjähriger Eichen zerbrechen. Die Eisdecke zerriss zwischen dem Schlitten des Abtes und der heranstürmenden Reiterschar. Der Abt auf der sicheren Seite – die Reiter und Pferde in der eisigen Flut.

Die Geräusche, die der Todeskampf von Mensch und Tier verursachte, drangen nicht bis ans Ufer. Vom Kloster aus, wie von der Burg des Ritters Trutz aus war nichts zu hören und nichts zu sehen.

Der Schlitten des Abtes setzte sich Richtung Ufer in Bewegung – unsichtbar, eiskalt und stumm schwebte der Tod über den treibenden Eisschollen hinter ihm. Der Leichnam des Ritters, so überliefert die Sage, ruht noch heute irgendwo auf dem Grund des Laacher Sees. Aber ganz sicher sei das nicht …

War es eine Falle? Wollte der Ritter dem Abt ans Leben? Oder wollte er Versöhnung und Frieden finden? Ist es wahr, dass sich beide kannten? Stimmt es, dass der Abt etwas murmelte, als der Ritter und seine Leute im See versanken? Stimmt es, dass manchmal in der Nacht der Wind wie ein Geist um die Maria Laacher Klostermauern streicht und ein einziges Wort murmelt. Stimmt es, dass dieses Wort so ähnlich klingt wie »Bruder«?

Wilhelm-Ernst Asbeck

Der gläserne Wald

Nicht nur unter den Menschen, auch unter den Bäumen gibt es Unzufriedenheit. Die Weisheit der Natur ist nicht allen fassbar. Ja, im Frühling, da ist es leicht, zufrieden zu sein. Ein gewaltiges Knospen und Keimen beginnt, ein jeder Strauch glänzt in der Pracht seiner Blüten. Auch zur Sommerzeit zeigen Bäume und Büsche in ihrem grünen Laub eine frohe Miene. Selbst im goldbraunen Kleid des Herbstes finden sie ihr Dasein noch erträglich. Wenn dann aber der Sturmwind die welken Blätter von den Zweigen nimmt und sie alle nackt und kahl dastehen, da murren sie alle: die Bäume, die Sträucher und die Hecken.

Einmal drang die Kunde von der Unzufriedenheit bis zu dem Thron des Herrgotts. Der lächelte milde und ließ den Schnee in dichten Flocken zur Erde wirbeln. Weit und breit hüllte er die Landschaft in seinen weißen, schützenden Mantel. In seiner unermesslichen Güte fragte der Weltenvater: »Nun, habe ich es jetzt recht gemacht?« Es ward ihm die Antwort: »Wir sehen zwar nicht mehr kahl und öde aus, aber die Menschen sagen, Du hast ein Leichentuch über uns ausgebreitet«. Da wurde Altvater zornig: »Soll ich euch vielleicht in ein gläsernes Gewand kleiden und euch mit Gold, Silber und Diamanten überschütten?« Keck erwiderten die Unzufriedenen: »Gar nicht übel! Wir wären schon damit zufrieden!« »Gut, ihr eitlen Wesen«, sprach der Herr, »euer Wunsch sei erfüllt!«

Am Abend begann der Regen. Er dauerte die ganze Nacht und den nächsten Tag an. Der Schnee schmolz. Im Walde hub ein großes Weinen an. Alle fürchteten sich, bald wieder nackt dazustehen. Da aber machte sich in der folgenden Nacht der Nordwind auf. Sein kalter Atem drang tief unter die Erde bis zu den Wurzeln vor. Jetzt erstarrten alle Tränen. Die schützende Schneedecke verwandelte sich in eine dicke Eisschicht, von der lange Zapfen herunterhingen. In Wald und Flur war alles wie mit einer starren, durchsichtigen Glasschicht überzogen.

Aus den großen Städten eilten die Menschen herbei, sich an dem Wunder und der Schönheit des gläsernen Waldes zu erfreuen. Bedeckten Wolken den

Himmel, leuchtete er wie Silber. Sandte die Sonne gar ihre Strahlen zur Erde hernieder, so blitzte es von den Abhängen, als sei die Märchenfee selbst hernieder gestiegen und habe pures Gold darüber geschüttet. Von den Ästen, Zweigen und Stämmen blitzte und funkelte es in allen Farben wie von unzähligen Diamanten. Die Bäume und Sträucher bogen sich unter der Last des eisigen Panzers. Oftmals, wenn der Wind über sie hinstrich, hörte man das Knacken der brechenden Zweige und es klang, als wenn Glas am Boden zersprang. Jetzt wären die Unzufriedenen glücklich gewesen, wenn sie sich mit ihrer schlichten Schneedecke begnügt hätten. Langsam begannen sie zu verstehen, dass ihre Wünsche eitel und töricht waren.

Maria Scherrer-Fäßler

Es ist ein Ros' entsprungen

Eine Trierer Weihnachtslegende

Das alte Kloster lag ganz in der weißen Stille der Winternacht, kaum eine halbe Wegstunde entfernt von Trier. In seinem getäfelten Gemach las der Abt ein Pergament. Dann zog er am Glockenstrang. Der metallene Ruf klang klang etwas scherbig durch den Gang. Bald hörte man den trippelnden Schritt des Bruders und den jungen Pater, den er rufen sollte. Der Abt wies diesem einen Stuhl zum Sitzen an.

»Wir schreiben jetzt den 23. Tag des Christmonats 1509; ich möchte das erste Jahrzehnt dieses Jahrhunderts nicht beschließen, ohne einen alten Streit zu begraben. Ihr wisst um des Klosters Streit mit dem Fürsten von Hohenfels drüben am Moselstrand wegen des Jagd- und Fischfrevels in unsern Gründen. Wenn Ihr mir diese Friedensbotschaft zum heiligen Weihnachtsfest bringen könntet, dann macht Ihr mich überfroh.«

Im Frühschein des anderen Morgens schritt Pater Wendolin durch die Pforte hinaus in die langsam aufblühende Helle des Tages. Gegen Mittag überschritt er die Zugbrücke und schlug den Klopfer fest an das Tor. Nur zu gut kannte er das Wappen über dem Burgtor; es zierte seinen Siegelring, als er noch Samt und Seide trug und Sporen. Auf Hohenfels war er oft zu Gast gewesen. Er wurde ohne Zögern eingelassen, und der Burgherr empfing ihn mit spöttischem Schmunzeln: »Ei, ei! Euer altehrwürdiger Abt und Gebieter hat es eilig, dass er Euch bei der Härte des Winters den weiten Weg machen heißt um unnützes Disputieren. Ihr müsst Euch sputen, wenn Ihr vor dem Zunachten wieder im Kloster zur Weihnachtsmette sein wollt. Es wird ein Schneegestöber geben!« Zwei ungleiche Gegner standen sich gegenüber; aber der junge Mönch ließ nicht locker; er kreuzte die Klinge seiner Rede und blieb Sieger. Ungelenk setzte der Burgherr sein Zeichen unter das äbtliche Siegel. Ein halbes Jahrhundert hatte man gestritten um eine Frage des Rechts und in knapp einer halben Stunde wurde man sich einig, weil man den guten Willen hatte und die rechten Worte fand. Als Pater Wendolin als Gast zu Tisch gebeten wurde, sagte er schlicht: »Verzeiht, ich möchte auch hier die Klosterregel halten. Wir fasten heute bis zur Mette und feiern morgen die Geburt des heiligen Christ. Eine Schale Milch und ein Stück Brot setzt mir vor, das genügt!« Und als er zur Heimkehr rüstete, stand ein Mägdlein vor ihm, verneigte sich artig und sagte: »Kehrt Ihr noch heute in Euer Kloster zurück? Habt Ihr in Eurer Kirche auch ein wächsern Jesukind auf Stroh? Ich hätt Euch etwas mitzugeben, wenn dem so ist. Kommt, folgt mir in des Schlosses Garten«. Wie ein scheues Reh huschte sie an ihm vorüber aus der Halle hinaus. Mit ihren Händen grub sie im vereisten Schnee und jubelnd rief sie aus: »Seht, Herr, seht doch, sie blüht, die Christrose, für Euer Jesukind!« Fünf zarte weiße Blätter sternrund und in der Mitte ein Büschel gelber Strählchen, eine kleine Sonne, eine weiße Rose im Schnee! Und sie grub mit verklemmten Fingern das Pflänzlein mitsamt dem kargen Grün aus der gefrorenen Erde und hielt es wie eine Schale in den schmalen Händen vor sich hin. »Nehmt, Herr Pater, und tragt es heim und betet in der Mitternachtsmesse für den Frieden auf der Welt!« Der Mönch nahm die Gabe und barg sie in seinem Gewand. Er schritt durch das Tor wie einer, der ein großes Licht gesehen. Als er wieder unter der Weite des freien Himmels stand, holte er tief Atem und begann auszuschreiten wie ein junger Knabe, der es eilig hatte, zum Christfest heimzukommen. In seinen Kuttenärmeln barg er die Pergamentrolle und die kleine weiße Rose. Vergessen konnte er nicht die Bitte des Mädchens um ein Gebet zum heiligen Christ. Und seine Lippen formten Verse besonderer Art. Je lauter der Sturm orgelte in den hohen Tannen, desto froher sang er:

Es ist ein Ros' entsprungen
aus einer Wurzel zart,
Wie uns die Alten sungen,
aus Jesse stammt die Art,
und hat ein Blümlein bracht,
mitten im kalten Winter,
wohl zu der halben Nacht.

Und so kam er zum Kloster, das schon im Glanze der heiligen Weihnacht voller Lichter stand. Als er um die zwölfte Stunde in der schmalen Kirche die Klostergemeinde »Eia Weihnacht« sang und über die zitternden Lichter hin zum Jesukind in der Krippe schaute, saß keiner so froh im Gestühl wie Pater Wendolin. Das Weihnachtsevangelium erfüllte sein Herz, und die Prophezeiung Jesaias hatte vor seinen Augen Gestalt angenommen in der weißen Christrose. Und wiederum formte er sich einen Vers:

Das Röslein, das ich meine,
davon Jesaia sagt,
Maria, ist das Reine,
die uns das Blümlein bracht.
Aus Gottes ew'gem Rat
hat sie ein Kind geboren
und blieb die reine Magd.

Als das Alleluja verklungen und die vielen Kerzen längst ausgeblasen waren, kam Pater Wendolin noch einmal mit einem Talglicht in die Kirche, schlich sich auf den Zehenspitzen vor zur Krippe, wo das wächserne Jesukind lag, und stellte die Christrose, die er zuvor in ein irdenes Gefäß gepflanzt hatte, davor auf. Ihn dünkte, als hätte ihm das Bild zugelächelt, und leise kniete er nieder und formte zum Liede den dritten Vers:

Das Blümelein so kleine,
das duftet uns so süß,
mit seinem hellen Scheine
vertreibt's die Finsternis.
Wahrer Mensch und wahrer Gott,
hilf uns aus allen Leiden,
rett uns vor Sünd und Tod.

In seiner Zelle schrieb er die Verse kunstvoll auf einen Streifen Pergament und schenkte es dem Abte mit der Friedensbotschaft aus der Burg. Alsbald wurde

dieses Weihnachtslied das »Trier'sche Christkindlein« genannt und schon bald darauf in den Kirchen alljährlich im Advent gesungen. Meister Michael Prätorius schrieb zu Anfang des 17. Jahrhunderts einen vierstimmigen Tonsatz dazu, und der Nachwelt ward der Christgesang geschenkt, in dem heute noch etwas Unnennbares von den geheimnisvollen Zusammenhängen zwischen Mensch und Gott und der Natur und ihrem Walten rätselhaft verborgen ist.

Wilhelm Hohn

Stille Nacht auf dem Addig

Es muss schon lange her sein, da kommt einer am Abend vor der Weihnacht vom Eifelstädtchen Münstereifel. Er hatte dort das Christkind bestellt, schritt aber nun rüstig aus, um noch vor dem Dunkel sein Heim zu erreichen. Der gute Mann hatte die Nöthener Tannen bereits hinter sich und schritt auf sumpfigem Wiesenpfade der bewaldeten Addighöhe zu, um so auf kürzestem Wege sein Heimatdörflein Pesch zu erreichen.

Kaum ist er im Walde da oben angelangt, fallen graue Nebelschleier wie dichte Wolkenknäuel herab in das Gebüsch. Woher sie so plötzlich gekrochen kommen, ist nicht festzustellen. Wer hätte auch ahnen können, dass die Feen oder Waldfrauen oder Matronen in der Christnacht ihr Fest haben und dann in langen, dichten Nebelgewändern majestätisch durch ihr Reich schreiten.

Die Nebelballen sind diesmal so undurchdringlich, dass der Heimkehrende tatsächlich die Hand nicht mehr vor den Augen sieht. Er denkt an Frau und Kinder; kalter Schweiß dringt ihm aus den Poren. Er ruft und schreit, nirgends eine Antwort. Er möchte aus dem Walde zurückgehen. Auch das ist unmöglich. Tastend wankt er vorwärts, stolpert, fällt, steht wieder auf, bleibt im dornigen Gestrüpp hängen. Waldgottheiten, Feen und Matronen sind unverzeihlich, sobald der ahnungslose Wanderer zu ihrer Stunde die festliche Ruhe stört. »Wie werden Mutter und Kinder sich ängstigen, da ich nicht zurückkehre!«, seufzt der unglückliche Vater. Indem er so von Baum zu Baum strauchelt und tastend torkelt, fühlt er sich auf einmal vor einem niedrigen Gemäuer. Dem schreitet er vorsichtig entlang und wendet seitwärts seine Schritte ins Ungewisse. Unheimliche Angst befällt ihn. Ein unsichtbares Etwas hält ihn an; der vorgestreckte Fuß findet nicht festen Boden; er tastet und sucht ins Leere. Unwillkürlich taumelt er ein wenig zurück, sein Atem stockt. Eiskalter Schweiß rieselt über den Rücken, die Glieder zittern, er sinkt in sich zusammen.

Drüben im kleinen Häuslein des Eifeldörfchens Pesch falten unschuldige Kinderherzen ihre Händchen zum Abendgebet und bitten das liebe Christkind, es möge den lieben Vater doch recht bald wieder zurücksenden. Die sorgenvolle Mutter weint nicht vor den Augen der Kinder; sie unterdrückt den Schmerz. Nachdem sie die Kinder zu Bett gebracht, durchwacht sie qualvolle Stunden mit Beten, erwartungsvoller Spannung, böser Ahnung. Immer wieder öffnet sie das Fenster, dann die Türe. Der Nebel hat sich unterdessen in das Tal gesenkt. Sie schaut in den grauen Dunst, möchte hinausstürmen und alle Nachbarn um Hilfe bitten. Alles ringsumher liegt in mitternächtlicher Stille. Sie fürchtet sich selbst. Um ihrer Kinder willen will sie stark bleiben; sie kann und mag sie jetzt nicht verlassen. Ausharren will sie bis zum frühen Morgen, da die Nebel hoffentlich schwinden.

Währenddessen liegt der Vater im Nebeldunst auf der Addighöhe. Er horcht! Was schallt da geisterhaft aus der Tiefe? Geisterhaft, feierlich klingen aus naher und unsichtbarer Tiefe Glockenklänge an sein Ohr. Aus dem Schoß der Erde, einer andern Welt, scheinen sie zu strömen, harmonisch und voll. Nicht wagt der Dörfler sich zu rühren; immerfort klingen die Glocken; bum-bam-bim-bum! Unwillkürlich richten sich die Blicke dorthin, von wo das Geläute heraufdringt zu seinem Ohr. Er schaut, ja stiert durch das Grau gespenstischen Nebeldunstes. Täuschen ihn nun die Augen? Da erblickt er prunkvolle Tempel mit vornehmen, antiken Säulen und prachtvollen römischen Hallen. Und darüber wölbt sich der tiefblaue Himmel über rotschimmernde, übersonnte Dächer.

Und seltsame Menschen mit schwarzhaarigen Köpfen, fremden, sonnenverbrannten Gesichtern wandeln dort einher. Die Männer tragen kurze Beinkleider, wallende Mäntel hängen um ihre Schultern. Die Frauen sind in weite, faltige Kleider gehüllt. In der langen Wandelhalle drüben schöpfen einige zierliche Mädel aus tiefem Brunnen frisches Eifelwasser. Eine muntere Kinderschar umlagert den geschmackvoll eingefriedeten Brunnen; sie lässt mit Wohlbehagen den Becher kreisen. Vor einem zierlichen Tempel in Quadratform steht – in Andacht versunken – eine Pilgerschar. Vom Opferstein inmitten des Tempelinneren kreist in feinen Wölkchen Weihrauch empor; vorsichtig tritt er aus der geöffneten Tür des heiligen Raumes und hüllt den angrenzenden Säulenrundgang, die dort stehenden Weihedenkmäler und Matronenverehrer mit seinem ehrfürchtigen Dufte ein.

Im Hintergrunde des Tempelinnern fällt der Blick auf drei sonderbare Figuren, sitzend auf einer Steinbank. Sie stellen die ehrwürdigen Göttinnen, Matronen oder Mütter der Kelten dar. In der Hand und im Schoße halten sie Blumen und Fruchtkörbchen. Kinder treten herzu, legen Blumen auf den Opferstein; Männer, darunter auch Krieger mit wetterfesten, braunen Gesichtern und kurzem Seitenschwert, werfen römische Münzen in die Opferschale. Behäbige Keltenfrauen drängen sich vor, Brot, Geflügel, Fleisch und andere Speisen weihend. Eine hohe, sehr ernste Männergestalt, der Tempelpriester der Heiden, tritt nun vor den Opferstein. Jünglinge mit brennender Fackel stellen sich vor das Bild der Gottheiten. Der Templer murmelt unverständliche Worte über die Opfergaben. Die Pilger sinken in die Knie, voll Ehrfurcht das Gesicht verhüllend. Aus einem weiteren größeren Festtempel erschallen Gesänge, brennende Fackeln erhellen den Festraum, duftende Wolken glimmenden Harzes erfüllen ihn. Auch hier atmet alles Weihe und kultische Feier. Glanzvolle Feststunden keltischer Matronen!

Wie lange unser verirrter Dörfler diese alte Tempelherrlichkeit geschaut, ist nicht bekannt geworden. Da nach Mitternacht die Nebel weichen, sieht der vom Schauer erfüllte Mann gleich vor sich eine gähnende Tiefe. In Eile stürzt er aus dem Walde seinem Dorfe und seinem Hause zu. Hier findet er die weinende Mutter, die bangend und betend die Christnacht durchwacht und soeben ihre Kinder zur Mette geweckt hatte. Der Vater umarmt die Kinder und erzählt sein Erlebnis.

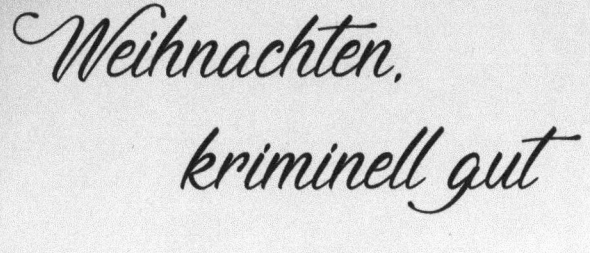

Weihnachten, kriminell gut

DIE KRÖNENDEN WEINBRANDBOHNEN

AUF DEM WEIHNACHTSTELLER, MIT DER RIEGE

DER BERÜHMTEN KBV-EIFELKRIMI-AUTOREN

Carola Clasen

Das Fest des Friedens

Er war gekommen, meinen Garten winterfest zu machen, weil ich angeblich zu alt sei für die harte Gartenarbeit. Mein Garten war groß, und mein Rücken machte mir seit einiger Zeit Probleme. Und auch in den Knien zwickte der Rheumatismus, wohl wahr, in meinem Alter war das aber kein Grund zur Besorgnis. Ich kam immer noch gut zurecht. Und was ich nicht schaffte, würde eben liegen bleiben.

Er dagegen war noch jung und sah das anders. Vielleicht deswegen hatte er es schon am Herzen. Ich solle ihn bloß nicht aufregen, wurde mir gesagt.

Er meinte es ja auch gut.

Im Sommer kam er sogar jede Woche, um den Rasen zu schneiden. Er hatte flinke Hände, das muss ich zugeben, die er auch im Haus für kleinere Reparaturen einsetzte. Tropfende Wasserhähne und quietschende Türen waren eine Kleinigkeit für ihn. Und er wollte niemals Geld dafür, wo findet man das heute noch?

Nur von der Elektrik verstand er rein gar nichts. Dafür hatte ich einen Fachmann aus dem Ort, der sich nie lange bitten ließ. Hubert. Kleinere Dinge erledigte ich selbst. Das hab ich immer schon gemacht, schon als ich noch nicht alleine lebte und alt war wie jetzt. Was man einmal gelernt hat, vergisst man nicht so schnell.

Ein Nachteil an ihm war auch, dass, obwohl es ihn nichts anging, er immer wieder versuchte mir seinen Geschmack aufzudrängen. Manchmal diskutierten wir und ich setzte mich durch, aber meistens dachte ich an sein Herz und gab nach.

In diesem Jahr musste der Garten neu angelegt werden, hatte er beschlossen. Von mir aus hätte er so bleiben können, ein wenig verwildert, mit vielen alten, verholzten Büschen und Sträuchern, passte er zu mir.

Außerdem war es jahreszeitlich schon zu spät dafür, fand ich. Der Rasen würde nicht mehr richtig anwachsen, alles wäre kahl und ich hätte monatelang einen Truppenübungsplatz vor dem Wohnzimmerfenster liegen, ähnlich dem, der die nahe liegende Burg Vogelsang umgibt.

Gut, wenn er sich mit seinem kranken Herzen die Arbeit unbedingt machen wollte, bitte schön. Aber eine Bedingung hatte ich.

»Nur, wenn du es bis zum ersten Advent schaffst, die Lichter wieder aufzustellen!«

In acht Wochen war Weihnachten. Meine Tochter und mein Enkelkind Lara würden kommen. Ich hab sie so lange nicht gesehen. Die kleine Lara, wie würden ihre Augen strahlen, wenn alles im Dunkeln weithin leuchtete. Weihnachten war doch das Fest der Lichter.

»Du und deine Lichter!«

Ich hatte ihm erlaubt, mich zu duzen. Obwohl er mir immer fremd geblieben war. Es hatte sich nicht vermeiden lassen.

»Ich denke, die sind inzwischen kaputt!«

»Ich habe neue angeschafft.«

»Oh nein!«

»Doch! Sie sollen wieder im ganzen Garten verteilt sein! Wie ein Lichtermeer!«, wünschte ich mir und breitete die Arme aus.

Mein lieber Mann, Gott hab ihn selig, hatte vor vielen Jahren eine Steinpalisade mit fünf Außensteckdosen neben der Terrasse angebracht, die separat abgesichert und über einen Schalter neben der Terrassentür leicht zu bedienen war. Im Sommer für Rasenmäher, Elektrogrill etcetera gedacht, hielten sie im Winter für meine geliebten Lichterketten mitsamt den entsprechenden Verlängerungskabeln her.

Mit den Jahren war aber das eine oder andere Birnchen defekt geworden, richtig mickrig war die Beleuchtung geworden.

Für dieses Weihnachten hatte ich mich, wie gesagt, mit fünf neuen, besonders schönen Ketten versorgt, auf deren nackte Birnchen sogar Sterne geschraubt werden konnten. Welch eine Verbesserung! Die Industrie erfand immer Neues, Schöneres. Ich war dankbar dafür und hatte zu preiswerter Ware aus den asiatischen Ländern gegriffen und den Hinweis *Nur für innen* erst zu Hause gelesen. Aber mit den Warnhinweisen wird ja immer so was von übertrieben. Ich sah das nicht als Bedingung, sondern eher als Vorschlag.

»Ich werde sie dieses Jahr die neuen Gartenwege entlang setzen. Das ist viel schöner. Du wirst sehen«, sagte er und entfernte bald darauf die Gehwegplatten, grub den Rasen um, machte sich daran, die Hecke und die alten Büsche herauszureißen. Er buddelte einen riesengroßen Krater neben der Terrasse, knapp neben der Palisade. Die überschüssige Erde häufte er zu einem Hügel am anderen Ende des Gartens auf. Tagelang war er beschäftigt, lief mit der Schubkarre hin und her. So krank konnte sein Herz also gar nicht sein.

Der Hügel war keine schlechte Idee, das musste ich zugeben. Man könnte eine Bank darauf stellen und hätte von dort einen guten Blick.

»Hinten links baue ich einen kleinen Spielplatz für dein Enkelkind.«

Dagegen war auch nichts einzuwenden. Obwohl Lara nur dreimal im Jahr zu Besuch kommen durfte. Zu meinem Geburtstag, der im Februar liegt, zu Ostern und eben zu Weihnachten.

»Aber wozu die Grube?«

»Das wird ein Teich. Den lege ich im Laufe des Winters an. Hast du was dagegen?«

Nein, dachte ich. Ein Teich gefällt vielen Menschen. Meiner Tochter zum Beispiel, die neuerdings nicht mehr mit mir sprach. Ob sie wohl Weihnachten den Mund aufmachen würde? Ob wir uns endlich vertragen würden? Weihnachten ist doch das Fest der Liebe.

Wenn dazu ein Teich nötig wäre, von mir aus. Ich würde das Gequake der sich dort bald ansiedelnden Frösche versuchen zu ertragen.

»Aber Vorsicht! Da liegt irgendwo das Kabel für die Außensteckdosen«, erinnerte ich ihn.

»Das ist auch gut so, dann kann ich die Pumpe und die Lampe für den Teich direkt anschließen.«

»In der Garage liegen Bretter. Es wäre besser, du würdest die Grube solange abdecken, damit niemand hineinfällt«, riet ich ihm.

»Ja, ja. Später.«

Aber natürlich hörte er nicht auf mich. Das hätte ich mir denken können. Das tat er nie.

Dann kam er eines Tages vom Gartencenter zurück und hatte den Hänger voller Sträucher. Er hatte mich nicht gefragt, welche mir gefallen würden.

Als er wieder weg war, stieg ich in meine Gummistiefel, umrundete vorsichtig die offene Grube, beugte mich über den Rand. Und was sage ich, da blitzt doch unter einem Erdklumpen ein Stück Draht hervor. Blanker Draht. Ich schüttelte den Kopf, sah es als Chance und stapfte durch das, was von meinem Garten übrig geblieben war. Ich begutachtete die Etiketten an den nackten Zweigen. Auch wenn mir die lateinischen Namen zumeist fremd waren, so gefielen mir doch die Abbildungen umso mehr. Alles sehr schön. Kann man nicht anders sagen. Ich wäre mit jedem einzelnen einverstanden gewesen.

Als alles so war, wie er es sich vorstellte, überreichte ich ihm die Lichterketten, die ich bereits mühsam aus ihren Kartons entwirrt hatte. Dorthin würden sie nach getaner Arbeit Ende Januar wieder wandern und bis zum nächsten Jahr ruhen.

Er setzte die Erdspieße der Reihe nach entlang der neuen Gartenwege, führte die Verlängerungskabel bis zur Steinpalisade, steckte die Stecker in die Steckdosen, kam auf lehmigen Sohlen in mein Wohnzimmer, drückte auf den Schalter und betrachtete zufrieden sein Werk.

Dabei ist es in meiner Familie eine heilige Regel, die ich immer beachtet habe, die Beleuchtung nicht vor dem ersten Advent anzumachen. Auch nicht probeweise. Das bringt Unglück. Erst mussten die traurigen Tage vergehen – Sie wissen schon, Volkstrauertag, Totensonntag und so.

Kaum war ich wieder auf mich selbst gestellt, schaltete ich die Festbeleuchtung aus und verteilte alle Erdspieße so, wie es mir passte und soweit die Länge der Kabel es gerade noch zuließ.

Ein paar Tage später kam mein selbst ernannter Gärtner ungebeten zur Inspektion. Es regnete seit Tagen, mein Truppenübungsplatz stand völlig unter Wasser. Dabei war es ungewöhnlich mild, fast drückend für Ende November. Aber vielleicht kam es mir auch nur so vor. Der Backofen glühte. Ich buk gerade Plätzchen. Die Küche dampfte.

»Ich sehe, du hast deinen Willen wieder mal durchgesetzt.«

Ich bestrich das letzte Blech mit Butter, entwarf kleine Kreise und Achten, nickte beiläufig und sagte: »Weihnachten ist doch das Fest der Plätzchen!«

»Sieh dir das an. Die Verlängerungskabel stehen ja unter Spannung. Das kann ich so nicht lassen.«

»Wenn du meinst.«

Ich wusste, dass er sich die Gelegenheit nicht entgehen lassen würde, die Erdspieße wieder zu versetzen, und sah ihn fluchend durch den Matsch stapfen. Über ihm braute sich am Himmel ein drohendes Wolkengeflecht zusammen, als ich dachte, er wolle sicher gleich wieder die Lichter überprüfen, ins Wohnzimmer ging und den Schalter schon mal im Voraus drückte.

Im gleichen Moment erleuchtete ein weißes, grelles Licht den ganzen Truppenübungsplatz, das umliegende Gelände und mein komplettes Wohnzimmer für Sekunden, ein Schrei verhallte in der Einsamkeit meines kleinen Heimatortes, wie der Schrei eines Raubvogels, den niemand beachtet, zumal er von einem krachenden Donner in der Folge nahezu vollständig übertönt wurde.

Ich zuckte zusammen, wich von der Terrassentüre zurück und floh in die Küche. Heute kam aber auch alles zusammen. Es würde mich nicht wundern, wenn im Keller die Sicherung für die Außensteckdosen herausgesprungen wäre. Gut, dass wenigstens die Hauptsicherung durchgehalten hatte, sonst wären meine Plätzchen in Gefahr. Etwas irritiert stach ich die letzten Herzen, Tannenbäume und Engel aus und legte sie sorgfältig aufs Blech.

Hoffentlich war er jetzt nicht vor Schreck in die Grube gefallen, womöglich auf das blanke Kabel, kam gleich wieder herausgekrabbelt und machte mir Vorwürfe. Vorwürfe waren das Letzte, was ich im Moment gebrauchen konnte.

Ich leckte die Teigschüssel aus. Zehn Minuten später klingelte der Küchenwecker und ich holte das Backwerk heraus und legte es zum Abkühlen auf einen Rost.

Ein kleines Herz zerbrach dabei.

Er war noch immer draußen unterwegs. Das Gewitter hatte sich über meinem Heimatort festgebissen. Schwarze Dunkelheit machte sich zwischen den Blitzen breit. Der Regen prasselte gegen die Fenster.

War er so unglücklich in die Grube gestürzt, dass er nicht imstande war wieder hinauszuklettern? Hatte er vorerst nur das Bewusstsein verloren und bedurfte dringend meiner Hilfe? Oder klebte er etwa mit verbrannten Fingern aufgrund einer Muskelverkrampfung mit der durchnässten, billigen asiatischen Innenbeleuchtung an der Palisade? Mit Strom war nicht zu scherzen. Ich gebe zu, dass mich die Neugier packte. Aber nur bis zu einem gewissen Grad. Nicht so weit, dass ich während eines schrecklichen Unwetters nach ihm sehen würde. Sicherheitshalber stellte ich den Schalter wieder auf Aus, knabberte an dem zerbrochenen, warmen Herz und beschloss früh zu Bett gehen.

Am nächsten Morgen, es dämmerte noch nicht einmal, hielt mich nichts mehr in den Federn. Das Unwetter hatte sich verzogen, der Himmel war wieder klar. Nur eine dünne, nasse Schneedecke zeugte noch vom nächtlichen Inferno und lag wie eine fleckige Tischdecke über meinem Truppenübungsplatz. Die kleinen, durchsichtigen Sternchen meiner Lichterketten blickten wie Schneeglöckchen daraus hervor.

Zuerst legte ich die Plätzchen in die Weihnachtsdose, nicht ohne wieder ein weiteres davon zu naschen. Sie schmeckten immer noch wunderbar, auch wenn ich ofenwarmes Gebäck bevorzuge.

Dann sah ich im Keller nach dem Sicherungskasten. Alles okay.

Draußen fand ich ihn. Seltsam verrenkt, die Beine breitbeinig, den Kopf ungewöhnlich weit im Nacken, quer über einer Zuleitung, die schwarz verbrannten Finger seiner Rechten umkrallten einen Netzstecker, die Linke steckte wie ein vergessenes Gartenhäckchen im Schnee …

Nach dem heillosen Durcheinander, das in der letzten Nacht auf meinem Truppenübungsplatz geherrscht hatte, wollte ich wirklich wissen, woran er denn nun gestorben war, und rief sofort Hubert, meinen Elektriker, an.

»Kann man davon sterben?«

Er tröstete mich. »Keine Sorge, von 220 Volt ist noch keiner gestorben.«

»Wirklich nicht?«

»Nein, höchstens ein Kind.«

Ein Kind war mein Gärtner schon lange nicht mehr.

»Auch nicht, wenn man es am Herzen hat?«, wollte ich wissen.

»Ne, dazu braucht es schon höhere Spannung, Hochspannung oder …«

»Oder was?«

»Na, 'nen Blitz, zum Beispiel. So wie gestern Nacht. Warum fragst du?«

Auch wenn mich seine Antwort in gewisser Weise enttäuschte, hatten sich doch, wenn er Recht hatte, all meine Vorkehrungen als überflüssig erwiesen und stattdessen eine höhere Gewalt sich der Lösung angenommen, so war das Ganze trotzdem befriedigend, vom Ergebnis her.

»Bist du noch da?«, fragte Hubert.

»Ja, ja«, besann ich mich.

Seine erneute Frage: »Warum willst du das alles denn wissen?«, ließ ich unbeantwortet.

Als Nächstes hatte ich die traurige Pflicht, meine Tochter anzurufen.

»Ich muss dir etwas Trauriges mitteilen, mein Kind.«

»Ist *ihm* etwa was passiert?«, fragte sie prompt zurück. Und ich würde lügen, wenn ich sagte, es klang nicht ein wenig hoffnungsvoll.

»Wie kommst du denn darauf?«

»Schon gut, vergiss es.« Ihre Stimme wurde wieder harsch und nüchtern. »Was ist denn los? Ich hab wenig Zeit.«

Nun teilte ich ihr mit, dass sie mit ihrer Vermutung alles andere als falsch gelegen habe, dass in der Tat ihr geliebter Ehemann in meinem Garten liege, von einem Blitzschlag tödlich getroffen, und das kurz vor Weihnachten, dem Fest der Liebe.

»Es tut mir leid, mein Kind«, fügte ich hinzu, was nicht stimmte.

Denn er hatte uns entfremdet, hatte sie fast überredet, mich für unmündig erklären zu lassen und ins Heim zu stecken, damit er es sich in meinem Haus und Hof bequem machen konnte. Er hatte es weiterhin eingerichtet, dass Lara mich nicht öfter als dreimal im Jahr sehen durfte, und dann auch nie allein.

Betretene Stille am anderen Ende der Telefonleitung. Jetzt wollte sie sicher erst recht nichts mehr mit mir zu tun haben. Ich wollte schon auflegen, als ein markerschütternder Schrei ertönte.

»Kind beruhige dich doch! Ich kann wirklich nichts dafür.«

Aber dann ging der Schrei in ein schrilles Lachen über, zwischendurch rief sie japsend. Ich traute meinen Ohren nicht, als sie losprustete: »Vom Blitz getroffen? Ach so, Gott sei Dank, ich dachte schon, du hättest was damit zu tun!«

»Ich? Aber Kind, wie kommst du denn darauf?«

»Entschuldigung. Ich weiß, das würdest du nie tun! Wie auch?«

»Eben! Im Gegenteil, ich hatte ihn noch gewarnt.«

»Mach dir keine Gedanken. Hauptsache, wir sind ihn endlich los! Das wird ein Fest! Hahaha! Wir kommen sofort, Lara und ich. Können wir bis Weihnachten bleiben?«

»Aber ja«, stammelte ich, »solange ihr wollt.«

Später umwickelte ich das blanke Kabel in der Grube mit Isolierband und buddelte es tief ein. Ich kaufte neue Lichterketten. *Für außen* stand groß und breit drauf und auch noch *Made in Germany*. Sicher ist sicher.

Als pünktlich am ersten Advent auf meinem Truppenübungsplatz vor meinen Augen ein Lichtermeer erstand, konnte ich mich im Kreise meiner beiden Lieben kaum satt sehen daran. Und trotzdem hatten sie ein wenig von ihrem Glanz verloren und etwas anderem Platz gemacht. Etwas Größerem. Lichter und Plätzchen kann man sich das ganze Jahr über gönnen.

Aber Weihnachten, finde ich, Weihnachten sollte eigentlich nur das Fest des Friedens sein.

Ich hatte ihn gefunden.

Ralf Kramp

Schottenkaros

»Herr Breuer für Kasse Fünfzehn … Herr Breuer bitte.« Im Kaufhof roch es nach nassen Mänteln. Draußen wirbelte der Schnee um die Häuser, und hier drinnen hatten sie die Heizung bis zum Anschlag hochgedreht. Die Verkäuferin schwitzte, sie hatte richtige Schweißperlen auf der Stirn stehen. Ihre Wimpern flackerten nervös, als sie sich eine ihrer blonden Strähnen hinters Ohr zurückschob. »Mein Kollege hilft Ihnen gleich weiter«, sagte sie beiläufig zu dem jungen Mann, der zur Seite trat, um der nächsten Kundin Platz zu machen, die einen Schal auf den Tresen legte: Schottenkaro.

»Was stimmt nicht damit?« fragte die Kassiererin in einem Tonfall, der nur mühsam verbergen konnte, dass die letzten Tage sie ganz nahe an den Rand der Verzweiflung getrieben hatten. Weihnachtsrummel, Umtauschstress, Inventur … Im Januar würde sie in ein tiefes Loch fallen, sich einfach fallen lassen, die Augen schließen und zwei Wochen krankfeiern. Ihr rotlackierter Fingernagel kreiste über dem Schal. Ein einfacher Herrenschal, fünfzig Prozent Wolle, fünfzig Prozent Acryl, gedecktes Schottenkaro.

»Den möchte ich gerne umtauschen«, kam es von der anderen Seite der Verkaufstheke.

Warum tauschte man einen solchen Schal um? Sie musterte die Kundin. Eine kleine Frau in den Fünfzigern, mollig, graumelierte Löckchen unter einer Pelzmütze. Rote Apfelbäckchen und ein Lippenstift, der sicherlich im Dunkeln leuchtete. »Passt der nicht?« fragte sie, während sie den Stoff nach einem Preisetikett absuchte. »Oder hatte Ihr Mann schon einen anderen?« Sie spürte, dass sie gleich kichern musste. Zeit, dass all das hier vorbei war. Auf der Silvesterfete bei Achim würde sie sich die Kante geben, so wie noch nie zuvor!

Die Kundin lächelte ungetrübt vor sich hin. »Er hat meinem Mann nicht gefallen«, sagte die kleine Frau. Dann kramte sie in ihrem Portemonnaie herum und förderte einen Kassenzettel zutage, den sie der Verkäuferin über den Tresen schob. »Hier ist der Beleg.« Die Verkäuferin prüfte den Zettel und murmelte:

»Neunundzwanzig fuffzich. Geld kann ich Ihnen aber keins zurückgeben. Da müssen Sie sich schon was anderes für sich aussuchen.«

Jetzt wurde ein buntes Halstuch über den Tresen geschoben. Pantoffeltierchenmuster mit bordeauxfarbener Umrandung. Seniorenabteilung. Die Kundin strahlte. »Wenn meinem Mann der Schal nicht gefällt, dann kaufe ich mir eben selbst was von dem Geld. Dann tu ich mir halt selber mal was Gutes.« Die Verkäuferin lächelte falsch zurück und tippte auf ihrer Kasse herum.

Zufrieden verstaute die Kundin wenige Augenblicke später das Tuch und den Kassenbon in ihrer grauen Handtasche. Sie wünschte der Kassiererin einen guten Rutsch und machte dem nächsten Kunden Platz. Die kleine Frau wackelte in ihren ausgetretenen Lederstiefeln zwischen den Regalen her auf den Ausgang zu, und das Lächeln wich dabei nicht aus ihrem Gesicht.

Ihrem Mann hatte der Schal wirklich nicht gefallen. Eigentlich seltsam, da es sich um ein wirklich unauffälliges Muster in gedeckten Farben handelte. Etwas, das er ganz gut zu seiner dunklen Winterjacke hätte tragen können. Oder auch zu dem beigefarbenen Kamelhaarmantel. Wahrscheinlich aber hatte er wieder einmal nur an dem Schal herumgemäkelt, um sie zu kränken. Wenn sie über die zurückliegenden sechsunddreißig Jahre nachdachte, kam ihr in den Sinn, dass sie bei ihm eigentlich nie so richtig gewusst hatte, ob ihm etwas wirklich nicht gefallen hatte, oder ob er nur nörgelte, um sie damit zu verletzen. Wahrscheinlich war es beides gewesen. Fünfzig Prozent Unzufriedenheit und fünfzig Prozent Bosheit. Am Anfang hatte es ihr wehgetan, aber später hatte sie sich damit eingerichtet. Es konnte sogar ganz leicht sein, mit einem notorischen Nörgler zusammenzuleben. Wenn man sich erst einmal damit abgefunden hatte, dass der Mensch, mit dem man Tisch und Bett teilte, ohnehin kein gutes Haar an dem ließ, was man tat, dann konnte man nicht mehr viel falschmachen.

Sie hätte das mit dem Schal schon in dem Moment wissen müssen, in dem sie ihn gekauft hatte. Ein einfacher Herrenschal, nichts, aus dem man einen Streit hervorzaubern konnte. Nur ihr Mann beherrschte das. Schottenkaros möge er grundsätzlich nicht, so hatte er sie angefahren. Das müsse sie doch langsam wissen.

Der Kartoffelsalat, den es am Heiligabend gab, seit sie denken konnte, war ihm zu salzig gewesen und der Weißwein zu warm. Der Christbaum stand zu nah an der Heizung, und die Lichterkette im Vorgarten war ungleichmäßig in den Baum gehängt worden. Mit den Meisenknödeln war sie zu verschwenderisch gewesen und mit dem Streusalz zu sparsam. Auf dem Weihnachtsteller lagen zuviel Printen und zuwenig Zimtsterne. Die Batterien in der Fernbedienung waren leer, die Kerzen rußten, die Weihnachtsschallplatte hatte seit dreizehn Jahren immer noch den selben Sprung. Das Rasierwasser, das sie ihm schenkte roch zu aufdringlich, die neuen Filzpantoffeln waren zu unbequem, der silberne Füller lag nicht gut in der Hand, und der Schal ...

Den Schal hatte sie ihm um den Hals geschlungen, als er um acht Uhr die Nachrichten gucken wollte, hatte fest an beiden Enden gezogen, amüsiert beobachtet, wie sich sein schlecht rasierter Nacken oberhalb der Schottenkaros rötete, anschwoll, wie er wild mit den Armen ruderte, den Weihnachtsteller von der Sofalehne stieß, wie seine neuen Pantoffel ihm von den Füßen glitten, seine Finger sich in die Brokatkissen gruben, wie seine Bewegungen immer langsamer und schwächer wurden, und sie hatte erst wieder losgelassen, als der Nachrichtensprecher ihr ein frohes und gesegnetes Weihnachtsfest gewünscht hatte.

Ihre Finger tasteten nach der seidigen Oberfläche ihres neuen Halstuchs in ihrer Handtasche. Dann verließ sie das stickige Kaufhaus und trat in die erfrischend kühle Winterluft hinaus.

Guido M. Breuer

Santa Klaus bittet zur Kasse

K laus, nun fahr doch mal ein bisschen schneller!«
Der Alte seufzte und schüttelte stumm den Kopf. Er hätte seinem Sohn
nie erlauben dürfen, ihn zu duzen. Ein wenig mehr Respekt, und manches wäre
vielleicht besser gelaufen.

Klaus seufzte nochmals und schob die Mütze zurecht, die ihm etwas zu tief in
die Stirn gerutscht war. Er wollte nicht nur die kurvige Straße, die von Schmidt
ins Rurtal hinunter Richtung Nideggen führte, besser im Auge behalten. Da er,
wie sein Sohn Waldemar genervt schon mehrfach bemerkt hatte, sehr langsam
fuhr, konnte er auch immer wieder seinen Blick über die tief verschneiten Wiesen schweifen lassen. Viel Schnee für die Nordeifel, dachte er. Und das Mitte
Dezember. Von wegen Erwärmung. Nicht in Preußisch-Sibirien, wie man die
Eifel schon genannt hatte, als Klaus noch gar nicht auf der Welt war – und das
war er immerhin schon knapp siebzig Jahre.

»Aber echt, Opa!«, schimpfte nun auch sein Enkel. »Angeblich warst du
mal der beste Fluchtwagenfahrer weit und breit. Den Bleifuß haste aber nicht
erfunden!«

»Genau«, motzte Waldemar weiter. »Kevin hat Recht. In 'ner halben Stunde
schließt die Sparkasse in Nideggen. Wenn du so weitermachst, scheitert mein
genialer Plan an deiner Zuckelfahrt. Gib doch endlich mal Gummi!«

Der Alte intensivierte sein Kopfschütteln, wobei der Zipfel seiner rot-weißen
Mütze in seinem Nacken hin und her pendelte.

»Es liegt frischer Schnee auf dem Asphalt, du Dummbeutel«, sagte er ruhig.
»Wenn ich so weiterfahre, sind wir in einer Viertelstunde in Nideggen. Fahr
ich schneller, liegen wir in einer Minute vielleicht im Graben. Diese modernen
Riesenkisten tun doch nur so, als wären es Geländewagen.«

Er ließ den frisch gestohlenen Audi Q7 ruhig um eine Kurve rollen. Nun
durchquerten sie einen Wald, der mit seinen schneeverzuckerten Ästen wie
verzaubert dalag. Klaus hatte, während er konzentriert lenkte, genug Muße,

im Vorüberfahren ein Eichhörnchen zu beobachten, wie es gerade von einem Baum zum nächsten sprang. Der Alte hoffte, dass das possierliche Tierchen im Herbst gut vorgesorgt haben und wohlbehalten durch den Winter kommen mochte.

Der Wald lichtete sich wieder, und die Nideggener Burg kam auf der gegenüberliegenden Anhöhe des Tals in Sicht. Es dämmerte bereits, und die alten Mauern wurden von einem geheimnisvoll durch den Dunst des Winterabends glimmenden Licht beleuchtet.

Kevin schüttelte den Sack, der neben ihm auf der Rückbank lag. »Sag mal, Papa, sollten wir uns nicht vielleicht damit zufrieden geben? Das sind eine Menge Geldkassetten, darin ist bestimmt genug Kohle für eine Tour. Warum jetzt auch noch die Sparkasse in Nideggen?«

Waldemar, der auf dem Beifahrersitz neben Klaus saß, drehte sich halb zu seinem Sohn um und zeigte ihm einen Vogel.

»Warum? Weil ich das so geplant habe! Und weil es bei dem Plan nicht nur darum geht, den Kassettentresor einer Knollenbank in Schmidt zu leeren. Nein – ich will den Coup schlechthin landen! Der fette Reibach, den die Geschäfte in der Weihnachtszeit machen, beschert uns den größten Bankraub in der Geschichte der Eifel. Dazu brauchen wir die Bargeldeinnahmen der Sparkasse Nideggen. So ist es geplant, und so wird es ausgeführt. Basta!«

»Schon gut«, maulte Kevin. »Das mit den blöden Weihnachtsmannkostümen wäre aber echt nicht nötig gewesen.«

»Es ist der sechste Dezember, also Nikolaus, und gestern war der zweite Advent. Der Termin ist optimal, und keine Verkleidung ist besser als dieses Zeug hier, kapiert?«

»Aber warum muss sogar Opa den künstlichen Bart anziehen, obwohl er doch einen echten weißen Vollbart hat?«, fragte Kevin weiter. Waldemar verdrehte die Augen. »Weil es sonst keine Verkleidung wäre, du Vollidiot. Und jetzt halt die Schnauze und konzentrier dich. Ist deine Wumme in Ordnung?«

Kevin zog eine Pistole hervor und begann diese zu inspizieren.

Klaus beobachtete seinen Enkel dabei im Rückspiegel.

»Ist denn das nötig? Wozu braucht der Junge eine Waffe? Schon blöd genug, dass du mit so einem Ding herumfuchtelst, Waldi!«

»Der Junge ist neunzehn«, bellte Waldemar zurück. »Wie alt warst du, als du deinen ersten Ballermann hattest?«

Der Alte seufzte wieder. Er wusste selbst, dass er in seinem Leben schon viele Fehler begangen hatte. Als kleiner Junge hatte er Kaffee von Belgien über die Grenze geschmuggelt, mit zwölf besaß er seine erste Knarre. Aber benutzt hatte er sie nie. Das hatte er später seiner Frau schwören müssen, die zeitlebens fürchtete, einer ihrer Jungs käme eines Tages nicht mehr nach Hause. Sie war gestorben, während Klaus im Knast gesessen hatte. Immer hatte sie die selben Worte gesagt, wenn Klaus und die anderen das Haus verließen, um ein Ding zu drehen:

»Passt auf euch auf – und dass mir keiner ohne den anderen wiederkommt!«

Der Alte wies auf den Sicherheitsgurt, der sich vor vor seinem Oberkörper spannte. »Schnallt euch wenigstens an.«

Sohn und Enkel lachten nur. »Du wirst alt«, meinte Waldemar. Klaus nickte. »Das stimmt. Ich bin alt. Und deshalb weiß ich auch mehr als ihr. Ein bisschen Vorsicht schadet nicht.«

Er dachte daran, wie er seinen Sohn in das Geschäft eingeführt, ihm alles beigebracht hatte, was man wissen musste, um fremde Leute ungestraft um ihr Geld zu bringen. Jetzt wünschte er, einen ruhigen Lebensabend verbringen zu können, ohne ständig Angst zu haben, seine Jungs könnten ein Ding vermasseln.

»Ich wäre längst nicht mehr dabei, wenn ich nicht auf euch aufpassen müsste. Wenn ihr erst einmal ein paar Jahre im Knast gesessen habt – und das werdet ihr irgendwann, so dämlich wie ihr seid – dann seht ihr klarer, glaubt mir das. Und Waldi, was machst du, wenn dein Sohn erschossen wird? Wie zum Teufel wirst du damit leben können?«

Waldemar zog seine Waffe aus dem Nikolausmantel und schnaubte verächtlich. »Bevor jemand meinen Jungen erwischt, erwische ich ihn. Das schwör' ich dir!«

Klaus seufzte ein viertes Mal und schwieg. Mittlerweile hatten sie Brück erreicht. Nun überquerten sie die Rur und fuhren die steile Serpentine nach Nideggen hinauf.

»So, Männer, fertig werden«, kommandierte Waldemar. »Opa hält vor der Sparkasse und bleibt bei laufendem Motor am Steuer sitzen, egal was passiert.

Kevin und ich gehen rein und holen uns die Kohle. Die werden uns einen Quatsch erzählen von wegen automatischer Kassentresor und dass man nicht an die Scheine rankommt – ich zeig den Schlipspiraten was 'ne Harke ist, und dann wird's plötzlich gehen. Die ganze Chose dauert maximal fünf Minuten. Wir fahren durch das Zülpicher Tor die Landstraße in Richtung Berg und an Thuir vorbei nach Thum. Da schmeißen wir die albernen Klamotten weg, wechseln in das saubere Fluchtauto, zotteln gemütlich zurück nach Mützenich und fröhliche Weihnachten. Alles klar?«

Niemand widersprach. Bald lenkte Klaus den breiten Audi durch das enge Sträßchen, welches zum Nideggener Marktplatz führte. Trotz der nervösen Spannung nahm er die Festbeleuchtung in der Straße und an den Geschäften wahr. Überall standen kleine, hübsch geschmückte Weihnachtsbäume an den Eingängen. Vor der Sparkasse hielt er an. Es gab dort eine Parklücke, die aber zu klein war um dort einzuparken. Deshalb fuhr er nur halb hinein, aber so dass er gleich wieder vorwärts würde losfahren können. Kevin packte sich den leeren Sack, der für die Beute vorgesehen war, und stieg aus. Waldemar verließ ebenfalls den Wagen und übernahm die Führung. Die beiden betraten die Sparkasse. Klaus sah ihnen nach, bis sich die Tür hinter ihnen geschlossen hatte. Er blickte auf die Uhr. Fünf Minuten konnten sehr lang werden. Schon viel zu oft hatte er so in einem Auto gesessen, bei laufendem Motor und auf alles gefasst. Es waren noch keine dreißig Sekunden vergangen, als ein lautes Hupen ihn aufschreckte. Er sah sich um. Hinter ihm stand ein Müllwagen, der beinahe so breit war wie die Gasse, dem er offensichtlich den Weg versperrte. Der Fahrer schrie ihn durch das offene Fenster an: »Mach dat du wegkommst, du Weihnachtsmann!«

Der Atem des wütenden Fahrers formte eine dichte Dampfwolke in der Kälte des Dezemberabends. Klaus spürte, wie ihm trotz des Frosts heiß wurde. Er konnte nicht hier stehen bleiben, das Theater konnte er sich nicht leisten. Aber weit weg durfte er den Wagen nicht bewegen. Er murmelte: »Ist ja schon gut«, und fuhr langsam an. Glücklicherweise trennte nur wenige Meter hinter der Sparkasse ein Brunnen die Straße, die sich dort zum Marktplatz öffnete. Er lenkte den Wagen nach links, während der Müllwagen nach wenigen Metern schon wieder stehenblieb. Klaus stoppte vor einem hell erleuchteten Schaufenster. Hier würden ihn Waldi und Kevin sicherlich schnell finden. Er winkte dem Müllwagenfahrer freundlich zu, der ihm als Erwiderung einen aus seiner Hand herausragenden Mittelfinger zeigte.

Klaus atmete tief durch. Ruhe bewahren, das war nun wichtig. Er versuchte sich zu entspannen und betrachtete den Marktplatz. Ein großer Weihnachtsbaum stand dort, geschmückt mit Geschenkpaketen und Lichterkerzen. Dann fiel sein Blick auf den Laden, vor dem er geparkt hatte. Es schien eine Buchhandlung zu sein. Die Tür öffnete sich, und das Herz des Alten schlug sofort schneller. Es war ein uniformierter Polizist, der schnurstracks auf ihn zuging. Als dieser vor dem Wagen stehenblieb, den Türgriff packte und sogar die Fahrertür öffnete, stockte Klaus der Atem. Panik stieg in ihm auf. Was zum Teufel sollte das? Der Polizist lächelte: »Na kommen Sie, worauf warten Sie denn noch? Die Kinder warten schon sehnsüchtig auf den Weihnachtsmann!«

»Ich, äh -«, stammelte Klaus. »Ich hatte gerade nur, äh -«

»Ach wo, jetzt nur rein in die gute Stube«, sagte der Uniformierte. Dann öffnete er die hintere Tür des Wagens und schnappte sich den Sack, der auf dem Rücksitz lag. »Und das sind ja die Geschenke für die Kleinen«, meinte er. »Ganz schön schwer.«

Klaus schaltete den Motor ab und stieg aus. Den Zündschlüssel des Audi ließ er stecken. Seine Knie zitterten. »Ja – also – klar – das sind die Geschenke für – für die lieben Kinder.«

»Na also«, lächelte der Polizist und ging voran. Er öffnete die Tür zu der hell erleuchteten Buchhandlung, die mit einer Feiergesellschaft gut gefüllt war. Der Alte folgte zögernd. Klar, dachte er. Heut ist Nikolaus. Alle Wetter aber auch.

Dann trat er ein. Eine Frau begrüßte ihn freundlich lächelnd, bevor sie sich umdrehte und einer Gruppe von Kindern zurief:

»Liebe Kinder, endlich ist er da: der Nikolaus!«

Klaus hörte, wie sich die Türe hinter ihm mit einem Klingeln schloss, und schluckte. Sein Hals war sehr trocken. Er musste hüsteln. Es wurde sehr still im Raum. Alle starrten ihn an. Eine ganze Reihe weit aufgerissener Kinderaugen hingen an seinem weißen Bart und warteten, welche Worte aus dem darin versteckten Mund nun an sie gerichtet werden würden. Klaus schluckte nochmals. Dann sagte er, so laut er konnte: »Ho ho ho!«

Seine Stimme erstarb, und Stille kehrte wieder ein. Der Alte zog den Sack, den der Polizist vor sich auf den Boden gestellt hatte, zu sich heran. Dann fasste er sich ein Herz und sprach weiter:

»Ho ho ho, ich komme gerade aus dem Wald, wo alle Tiere jetzt zusammen-rücken, um sich zu wärmen, damit sie die kalte Nacht gut überstehen. Und auch wir rücken zusammen, um uns gegenseitig Wärme zu spenden. Aber das sollten wir das ganze Jahr über tun, nicht nur zu Weihnachten! Wart ihr alle brav?«

»Jaaaa!«, riefen die Kinder und lachten durcheinander. Klaus lachte mit. Es war schön, die hellen Kinderstimmen so freudig klingen zu hören. Da fiel ihm ein Junge auf, der nicht »Ja« gerufen hatte und etwas betreten dreinblickte.

»Und du«, sprach er den Kleinen an. »Warst du auch brav?«

»Nee.«

»Ach was«, meinte Klaus. »Erzähl. Was glaubst du denn Schlimmes getan zu haben?«

Der Junge piepste: »Ich hab' meinen kleinen Bruder verhauen.«

»Warum das denn?« Der Alte trat einen Schritt auf den Kleinen zu. »Er hat mich beklaut. Ein paar Mal hat er mir meine Spielsachen geklaut. Da hab ich ihn verkloppt.«

»Hm. Und dann – hat er dich danach nochmal beklaut?«

»Nee.«

Klaus zuckte die Achseln. »Naja, dann war es vielleicht gut, ihn einmal zu verhauen, wer weiß das schon?«

Wieder wurde es sehr still im Raum. Der Alte merkte, dass sein Tipp einige Verwirrung gestiftet hatte. Deshalb sagte er:

»So, und wer trägt mir jetzt ein schönes Gedicht vor?«

Die Kinder riefen alle durcheinander, und es dauerte einige Zeit, bis Klaus merkte, dass die Rangen umgekehrt von ihm ein Gedicht erwarteten. Offenbar hatte man ihnen dies tückischerweise angekündigt. Wieder musste er schlucken. Er begann fieberhaft zu überlegen. Den Sack, den er bis jetzt in beiden Händen krampfhaft vor dem Körper gehalten hatte, schwang er dabei über die Schulter. Die Geldkassetten schepperten darin herum. Dabei fielen ihm Waldi und Kevin wieder ein. Er hatte nicht mehr viel Zeit. Ein Gedicht, ein Weihnachtsgedicht musste her. Früher hatte er oft den Nikolaus gegeben, es war ja sein Namenstag, und die Familie hatte darauf bestanden. Da hatte er doch dieses Gedicht – Klaus glaubte, den Text wieder zu erinnern. Er holte tief Luft und begann zu rezitieren:

»Von hinter der Baraque Michel
   kommt Santa Klaus – ganz leis, doch schnell.
Hirsche zieh'n den Schlittenwagen
eisbesetzt der warme Kragen.
Glocken klingen, Englein singen
Nebel wallen, Peitschen knallen
schwere Lederstiefel scharren
auf dem Dach da hört man's knarren
aus dem Schornstein tönt Gewimmer
Pardauz – der Niklaus steht in uns'rem Zimmer!
Groß von Gestalt, Gesicht wirkt alt
der Bart ist schmutzig (das Dach war rutschig)
vom dicken Sack gebeugt der Rücken
dieses Bild kann nicht entzücken.
Die Mütze schief auf greisem Kopf – Niklaus ist ein armer Tropf.
Der Weihnachtsmann beginnt zu nicken
er leidet unter uns'ren Blicken.
Ja – sagt er endlich leise dann,
die Zeit ist schwer für'n alten Mann.
Wer außer mir sich schon so plagt
an seinem eig'nen Namenstag!«

Der Alte war überrascht, dass er den Text so flüssig hatte vortragen können. Als nun die Kinder zu lachen und zu klatschen begannen, erwärmte sich sein Herz, und er fühlte sich im Kreis dieser fremden Menschen sehr wohl. Im Überschwang dieses Gefühls lachte auch er laut auf, dann griff er in den Sack.

»So, liebe Kinder, jetzt wollen wir doch mal sehen, was der Nikolaus euch mitgebracht hat!« Er zog die Hand wieder heraus. Eine silbrig blitzende Metalldose kam zum Vorschein.

»Was ist das denn?«, fragte der Polizist, dem eine solche Kassette bekannt vorkam. »Ja, was ist das denn?«, wiederholte Klaus.

Die Tür wurde aufgestoßen. »Was ist denn das?«, brüllte Waldemar und rannte mit vorgehaltener Pistole in den Raum. Die Kinder lachten, ein zweiter Nikolaus, noch dazu mit einer Pistole, das war eine gelungene Überraschung. Dann kam noch ein dritter Nikolaus hinzu, der einen weiteren, prall gefüllten Sack auf dem Rücken trug. Waldemar brüllte so laut, dass den Kindern das Lachen verging:

»Ich glaub' es hackt bald! Bist du bescheuert?«

Ohne eine Antwort abzuwarten, entriss er Klaus den Sack und machte kehrt. »Raus hier!«, kommandierte er und rannte auf die Straße zurück. Kevin folgte ihm auf dem Fuß. Die beiden stürmten in das Fluchtauto. Klaus blieb wie angewurzelt stehen. Waldemar sah ihn einen Augenblick lang intensiv an. Als er realisierte, dass der Alte keine Anstalten machte, ihm zu folgen, setzte er sich selbst ans Steuer. Kevin warf die Säcke auf die Rückbank und sich selbst hinterher. Waldemar glotzte noch einen Moment ungläubig auf seinen Vater. Dann startete er mit einem Wutschrei den Motor, knallte die Tür zu und brauste davon.

Klaus spürte sein Herz im Halse schlagen. Er stand immer noch unbeweglich herum. Es dauerte noch eine Sekunde, dann tauchte die Frage in seinem Kopf auf: Warum saß er jetzt nicht am Steuer dieses Wagens, zusammen mit seinen beiden Jungs und dem Diebesgut? Er murmelte: »Verdammte Scheiße.«

»Allerdings«, sagte der Polizist. »Die Weihnachtsmänner haben Ihren Sack und Ihr Auto geklaut. Hinterher!«

Der Uniformierte rannte hinaus. Jetzt kam Bewegung in Klaus' Glieder. So schnell er konnte, folgte er dem Polizisten. Und als dieser den Motor seines Dienstwagens anließ, saß der Alte neben ihm. »Los geht's«, sagte Klaus, als der Polizist ihn etwas verwundert ansah. »Ja meinen Sie denn, ich lasse mir von ein paar dahergelaufenen Weihnachtsmännern meinen Sack klauen?«

»Und erst mal dieses teure Auto«, ergänzte der Polizist, als er seinen Wagen auf die Straße gelenkt hatte und sie beobachten konnten, wie der breite Q7 bei dem Versuch, in hoher Geschwindigkeit das alte Stadttor zu passieren, einen Kotflügel an dem Sandsteingemäuer verlor. Und nur wenige Meter später krachte der schwere Wagen mit hoher Geschwindigkeit über die künstlichen Bodenwellen, die den Verkehr normalerweise zum Schrittempo zwangen. Funken sprühend trennte sich der Auspuff vom Fahrzeug. »Das muss Ihnen weh tun«, meinte der Polizist bedauernd. »Nicht so, wie Sie glauben«, versetzte Klaus.

»Festhalten!« Im nächsten Moment krachte auch der Passat der Verfolger über die Hindernisse.

»Wollen Sie sich nicht anschnallen?«, fragt der Alte.

»Keine Zeit«, antwortete der Uniformierte, schaltete Blaulicht und Martinshorn ein und umklammerte fest das Lenkrad, als er über die Kreuzung schoss, die auch der Audi gerade überquert hatte. Dessen Rücklichter verloren sich im Dunkel hinter der nächsten Kurve. Nun, als sie auf der Landstraße fuhren, gestattete sich der Polizist, über Funk seine Kollegen von der Verfolgung zu informieren und Verstärkung anzufordern.

»So bald bekommen wir keine Hilfe«, sagte er dann.

»Großeinsatz in Schmidt. Da ist eine Bank überfallen worden. Hoffentlich verlieren wir die Kerle nicht.«

»Sie werden sich doch wohl von ein paar Weihnachtsmännern nicht abhängen lassen«, meinte Klaus und grinste in seine beiden Bärte. Dann lehnte er sich zurück und überließ sich dem Eindruck der nächtlichen Verfolgungsjagd.

Die Perspektive gefiel ihm. Bislang war er immer der flüchtende Fahrer gewesen. Hinter den Bösewichtern her zu fahren, war gar nicht so übel. Das Blaulicht wurde von den verschneiten Feldern vielfach glitzernd reflektiert. Klaus sah aus dem Fenster nach oben. Es hatte aufgeklart. Die Sterne funkelten vom beinahe wolkenlosen Himmel. Die Nacht würde bestimmt sehr kalt werden. Auf der Fahrbahn glitzerte der frische Schnee im Scheinwerferlicht, als sei der Weg nach Berg ein Teil der Milchstraße, auf dem Myriaden winziger Sterne funkelten. Die Erinnerung an den kleinen Waldi, wie er als Siebenjähriger mit Hilfe der Mama einen Brief an das Christkind in der Milchstraße 1 schrieb, zauberte ein Lächeln auf das Gesicht des Alten. Der Brief war natürlich eine Wunschliste für Weihnachtsgeschenke. Die hatte er dann bekommen und das eine oder andere ehrlich gestohlen.

Der Polizeifunk meldete in diesem Moment einen soeben erfolgten Überfall auf die Sparkasse Nideggen. Vor ihnen leuchteten die Bremslichter des Audi auf.

Der schwere Wagen schlingerte in eine Kurve, kam von der Straße ab, pflügte sich durch das Feld und kam dann mühsam wieder auf die Fahrbahn zurück. Dadurch kamen die Verfolger dichter heran. Auch der Passat kam ins Schlingern. Klaus spürte deutlich, wie die Reifen die Bodenhaftung auf dem glatten Untergrund verloren, aber der Ausflug durch das Feld blieb ihnen erspart. Die ersten Häuser von Berg tauchten auf. Die Fahrzeuge rasten durch den Ort. Klaus wusste, dass sie nach links auf die L250 in Richtung Thum abbiegen würden. Er hatte alle Einzelheiten des geplanten Fluchtweges im Kopf. Wie immer. Der Alte sah Waldi und Kevin wie in einem Schattentheater im Scheinwerferlicht, wie sie offenbar miteinander stritten. Klar, dachte der Alte, sie wissen nicht, wie sie in das zweite Fluchtauto umsteigen sollen, wenn sie einen Verfolger direkt im Nacken haben. Sie ließen Berg hinter sich und fuhren auf Thuir zu. Gleich würde die Straße über den Thuirer Bach führen. Achtung, da ist bestimmt höllisches Glatteis, ihr Dumpfbacken, dachte Klaus. Und der Polizist, der die gerade Landstraße vor sich sah, trat das Gaspedal durch und zischte: »Jetzt holen wir uns die Kerle, passt nur auf!« Klaus wusste, dass sie gleich in eine Kurve kommen würden, in welcher der nahe Bach für sehr ungünstige Bedingungen gesorgt haben dürfte. Vor der Kurve mit Gefühl anbremsen, dachte der Alte, sauber durchrutschen lassen, ganz vorsichtig.

Keine Bremslichter leuchteten, auch der Verfolger machte keine Anstalten, Fahrt zurückzunehmen. Im Gegenteil, der Polizist war vom Jagdfieber gepackt und fuhr noch schneller. Klaus machte sich bereit für das Unvermeidliche. Sie erreichten den Audi. Jetzt leuchteten plötzlich die Bremslichter, beide Autos schlingerten, flutschten unkontrolliert über das Glatteis wie betrunkene Elefanten auf Schmierseife, der Passat krachte in das Q7-Ungetüm. Blechteile verkeilten sich ineinander. Ungebremst sausten die beiden Wagen miteinander weiter, Schneefahnen stoben auf, als sie gemeinsam in den Graben krachten, daraus wieder hervorsprangen und sich einen der wenigen Bäume, die rechts im Feld standen, als Endpunkt der wilden Jagd aussuchten.

Klaus war einen kurzen Augenblick benommen. Als er wieder klar war, fand er sich in einem Schrotthaufen voller aufgeblasener Airbags wieder. Er entledigte sich seines Sicherheitsgurtes und schaute nach dem Fahrer. Der war bewusstlos, schien aber nicht ernsthaft verletzt, soweit Klaus das erkennen konnte. Seine

Kollegen würden bestimmt in wenigen Minuten hier auftauchen, soviel war sicher. Der Alte erleichterte den Polizisten, einer plötzlichen Eingebung folgend, um dessen Handschellen und kletterte aus dem Wagen. Er näherte sich dem Wrack des Audi. Die beiden Weihnachtsmänner hingen regungslos in einer Wolke von Airbags.

»Warum schnallt sich denn keiner von euch Dumpfbacken an, wenn ihr schon nicht fahren könnt«, knurrte Klaus, als er Waldemar und Kevin untersuchte. »Das Glück ist mit den Dummen«, stellte er dann erleichtert fest. Er nahm den beiden die Waffen ab und warf sie in den Schnee. Kevin regte sich als erster. Der Alte packte seinen Enkel am Handgelenk und ließ die Handschelle daran einrasten. Dann führte er das andere Ende durch die Speichen des Lenkrades und klickte es ans Handgelenk von Waldemar, der ebenfalls im Begriff war, das Bewusstsein wieder zu erlangen. Kevin schlug die Augen auf.

»Opa, wat machste denn da?«

»Ich versuche Ordnung in dieses Chaos zu bringen, was wir da angerichtet haben«, antwortete der Alte. Dann nahm er sich den Sack, den die beiden in der Sparkasse gefüllt hatten, und schaute hinein. »Ho ho ho, das hat sich aber wirklich gelohnt«, staunte er.

»Was hast du denn gedacht?«, versetzte Waldemar, der gerade wach geworden war.

»Bis heute Abend viel zu wenig, mein lieber Junge.«

Klaus packte die beiden Säcke und zog sie aus dem Auto. Waldi rüttelte an den Handschellen und fluchte: »Leck mich am Arsch! Was ist denn das für eine Kacke? Biste jetzt total verkalkt?«

»Im Gegenteil, mein Sohn«, sagte Klaus leise. »Ich war nie klarer. Es ist jetzt höchste Zeit, für meinen Winter vorzusorgen. Und für eure Zukunft die Weichen richtig zu stellen. Ihr seid noch jung. Und ihr habt es besser als ich – wenn ihr ein bisschen Glück habt, kommt ihr in den Knast nach Rheinbach, während ich für einige Zeit meine geliebte Eifel verlassen muss. Aber andererseits – wer stirbt schon gern in Mützenich.«

»Papa, du spinnst doch! Was denkste dir denn dabei?«

Der Alte grinste. »Dieses letzte Ding reicht aus, um meinen Lebensabend zu finanzieren. Und für euch hoffe ich, dass ein Knastaufenthalt euch dieselben

Einsichten bringen wird wie mir. Ich habe euch immer nur das Falsche beigebracht. Nun tilge ich einen kleinen Teil meiner Schuld, indem ich euch an andere Lehrmeister übergebe. Und übrigens: das mit der Seife in der Dusche – keine Angst, das ist nur ein dummes Gerücht.«

Waldemar durchbohrte seinen Vater mit wütenden Blicken.

»Verflucht sollst du sein! Glaub mir, ich werde dich finden!«

Klaus schulterte die beiden Säcke und sah in den Nachthimmel.

»Nein, mein Junge. Ich werde dich finden, wenn es an der Zeit ist. Und bis dahin – finde dich selbst und versuche deinem Sohn ein besserer Vater zu sein als ich es dir war. Ich wünsche euch von Herzen eine frohe Weihnacht.«

Er winkte den beiden noch einmal zu. Dann stapfte er über das Feld davon. Der Schnee knirschte unter seinen Stiefeln. Klar und sehr kalt würde die Nacht werden. Aber dies war dem Nikolaus doch gerade recht. So musste es in der Eifel zu Weihnachten sein. Der Alte lächelte still.

Erika Kroell

Von drauß' vom Walde ...

Sitzt mein Bart richtig?« Klaus wandte sich zu Olli um und hob ein wenig das Kinn an. Olli betrachtete ihn prüfend und nickte. »Perfekt.«

Klaus krauste die Nase. An dieses wattige, kribbelige Gefühl konnte er sich einfach nicht gewöhnen. Es fühlte sich immer wie kurz vor dem Niesen an. Aber es war nun mal die perfekte Verkleidung. Der weiße, lockige Bart, die rote Mütze mit den weißen Wattehaaren am Rand, die runde Fensterglasbrille, die rotgeschminkte Nase und der ausgestopfte dicke Bauch: Niemand würde ihn ohne diese Verkleidung wiedererkennen. Das gleiche galt für Olli. Ganz in Schwarz mit dunkel geschminktem Gesicht und schwarzumrandeten Augen gab er den perfekten Knecht Ruprecht.

Das war jetzt schon der zweite Winter, in dem sie diese Methode erfolgreich durchzogen. Ziel aussuchen: große Häuser, dicke Autos davor, möglichst mehrere, teure Kleider und mindestens ein Kind. Das war der einzige Nachteil, den Klaus bisher ausgemacht hatte. Für Leute ohne Kinder kam ein Besuch des Nikolaus nun mal nicht in Frage.

Stand das Ziel fest, warf er seine Visitenkarte in den Briefkasten: »Überraschen Sie Ihre Kinder mit einem Besuch des Nikolaus und seines treuen Knechts Ruprecht. Leuchtende Kinderaugen sind garantiert.« Darunter die Nummer eines Prepaid-Handys, die nirgendwo registriert war.

Im letzten Winter hatten sie bei drei Besuchen derart Beute gemacht, dass sie für das restliche Jahr gereicht hatte und sie nur hin und wieder eine gute Gelegenheit nebenbei nutzten, eine abgestellte Handtasche etwa oder ein auf dem Tresen vergessenes Portemonnaie. Ein entspanntes Leben war das, ganz anders als früher, als sie noch Fensterscheiben eindrücken oder Türen aufbrechen mussten, um ihren Lebensunterhalt zu bestreiten. Jetzt öffnete man ihnen die Tür, bat sie sogar herein, bewirtete sie gelegentlich mit Keksen und Milch und drückte ihnen zum Abschied noch einen Zwanziger in die Hand. Klasse!

Klaus sah auf die Uhr, trank einen kräftigen Schluck aus seinem Flachmann und reichte die Flasche an Olli weiter. »Los geht's.«

Er nahm den groben Leinensack aus dem Kofferraum und reichte Olli seinen eigenen Sack und die Weidenrute. Der Weg zum Haus war schneebedeckt. An den Stufen vor der Tür klopften sie sich die Stiefel ab. Man will ja die Hausfrau nicht verärgern. Klaus drückte auf die Klingel und strich noch einmal seinen langen weißen Bart glatt, während er dem melodischen Ding-Dong lauschte. Hinter der Tür hörte er langsame Schritte und undeutliches Flüstern.

»Hohoho, hier kommt der Nikolaus!«, tönte Klaus im tiefsten Bass und lauschte wieder. Das Flüstern wurde etwas lauter, blieb aber unverständlich. Endlich öffnete sich die Tür, und Klaus blickte in das blasse Gesicht einer jungen Frau.

»Guten Abend, Frau Heller. Ich bin der Nikolaus, den Sie bestellt haben.« Klaus sprach leise, damit das Kind im Haus nichts mitbekam.

Die Frau nickte stumm und trat zwei Schritte zurück. »Seltsam«, dachte Klaus und betrat die unbeleuchtete Diele. Olli folgte ihm auf dem Fuß, zusammengekrümmt wie ein Buckliger. Diese Haltung hatte er lange einstudiert. Er fand sie lustig.

Jetzt erst bemerkte Klaus den Mann, der hinter der Frau stand. »Guten Abend. Herr Heller, nehme ich an?«

Der Mann nickte, sprach aber ebenfalls kein Wort.

Klaus zog die Augenbrauen in die Höhe und wartete. Der dicke Schnurrbart kitzelte in seiner Nase. Olli checkte derweil mit raschem Blick die von der Diele abgehenden Räume. Links Wohnzimmer, hinten rechts wahrscheinlich Schlafzimmer und geradeaus Bad. Noch mehr Türen. Vielleicht Gästezimmer und Büro. Die Küche, als einziger Raum beleuchtet, gleich hier vorne rechts.

»Bitte, gehen Sie in die Küche«, sagte Frau Heller jetzt, und Klaus fand ihre Stimme mädchenhaft klein und irgendwie verschreckt. Er nahm den groben Leinensack von der Schulter.

»Ach ja, hier ist noch der Zettel.« Frau Heller zog rasch ein Blatt Papier aus der Hosentasche und steckte es ihm zu. Klaus legte es in ein großes goldenes Buch, das er aus seinem Sack genommen hatte.

»Was ist das für ein Zettel?«, fragte der Mann und starrte die Frau unter gerunzelten Brauen an.

»Da stehen die Dinge drauf, die Katrin falsch gemacht hat. Dann hat der Nikolaus was zu schimpfen«, erklärte Frau Heller leise. Der Mann nickte nur.

»Merkwürdige Leute«, dachte Klaus und trat in die Küche. An einem runden, mit einer Weihnachtsdecke und Kerzen geschmückten Tisch kauerte ein kleines Mädchen auf einem Hocker. Aus aufgerissenen Augen starrte es ihn und Olli an.

»Hohoho, hier kommt der Nikolaus«, tönte Klaus wieder und ließ seinen Leinensack schwer auf den Boden plumpsen. Das Mädchen verzog nicht die Lippen. Dafür schienen die Augen aber noch etwas größer zu werden.

»Wieder so eine kleine Heulsuse«, dachte Klaus genervt.

»Vielleicht lassen wir den Knecht Ruprecht erst einmal draußen warten«, brummte er mit tiefer Stimme. »Ich glaube, wir haben hier ein braves kleines Mädchen und brauchen die Rute nicht.« Er wandte sich um und nickte Olli zu, der daraufhin in den Flur zurück buckelte. Klaus schloss die Küchentür und begann mit seiner Vorstellung. Unterdessen würde Olli sich in den anderen Räumen umsehen und seinen eigenen Sack füllen.

Die Eltern standen jetzt, er dicht hinter ihr, vor der Kochzeile, beide stumm und ernst. Auch das Kind war offenbar keine Frohnatur.

Bestimmt wird sie gleich anfangen zu plärren, wenn sie ein Gedicht aufsagen soll, dachte Klaus.

Umständlich klappte er das große goldene Buch auf und versuchte dabei, die merkwürdige Stimmung in diesem Raum zu erfühlen. Normalerweise grinsten die Erwachsenen die ganze Zeit wie blöde, und die Kinder waren aufgeregt und hatten rote Bäckchen. Irgendwas stimmte hier nicht. Möglicherweise hatte es kurz vor ihrer Ankunft einen Riesen-Familienkrach gegeben. Alle drei schienen traurig, wütend oder ängstlich zu sein. Die Kerzen auf dem Tisch waren nicht angezündet worden, und es lief keine Weihnachtsmusik im Hintergrund.

Egal, bring es hinter dich, dachte Klaus.

»Dann wollen mal im Goldenen Buch des Himmels nachsehen, ob sich die kleine Katrin das Jahr über auch gut benommen hat«, deklamierte er und schob den Zettel zurecht, den Frau Heller ihm gegeben hatte.

»Katrin ist ein braves Kind«, stand in einer hübsch gerundeten Schrift in der obersten Zeile.

»Sie hat ein Gedicht auswendig gelernt.«

»Oh, ich sehe, dass du ein braves kleines Mädchen bist«, lobte Klaus und lächelte das Kind an. »Und du möchtest mir ein Gedicht vortragen?«

Katrin blickte ihre Mutter an. Die nickte, und Katrin stand auf und verschränkte die Hände hinter dem Rücken. Es schien, als habe sie diese Haltung lange eingeübt. Dennoch wirkte sie völlig verschüchtert und unglücklich.

Mit zitternden Lippen begann sie zu sprechen:

»Von drauß' vom Walde kommt er her.«

Ihre Stimme vibrierte leicht, und sie holte tief Luft.

»Ich muss euch sagen, ich fürchte ihn sehr.«

»Das reicht«, sagte Herr Heller barsch, legte eine Hand auf die Schulter des Kindes und drückte es wieder auf den Stuhl hinunter.

Klaus runzelte die Stirn. Etwas an dem Gedicht stimmte nicht. Und am Benehmen des Vaters mangelte es ebenfalls.

»Ja, meine Kleine, ich denke, das genügt fürs erste«, sagte er. Er blickte zu Katrins Mutter, die ihn mit weit aufgerissenen, feuchten Augen anstarrte. Verwirrt senkte er den Blick wieder auf das Buch hinab.

»Katrin räumt ihr Zimmer nur sehr ungern auf und schludert manchmal bei den Hausarbeiten.«

»Ich sehe hier, dass du ordentlicher werden musst«, sagte Klaus und hob mahnend den Zeigefinger. Katrin sah zu ihm auf, und ihre Augen füllten sich mit Tränen.

»Nana, so schlimm ist es nun auch wieder nicht«, tröstete Klaus rasch und fühlte sich zunehmend hilflos. Er musste das hier so schnell wie möglich zu Ende bringen. Hoffentlich war Olli bald fertig. Sobald das verabredete Husten im Flur zu hören sein würde, könnte er das Theater hier beenden.

Sein Blick glitt wieder über die handschriftlichen Zeilen hinweg.

»Er hält uns gefangen und hat eine Waffe.« Die Worte waren hastig hin gekritzelt, doch Klaus konnte sie deutlich lesen. Er schluckte und sah unwillkürlich zu der Frau hin. Ihr Blick bekam etwas Beschwörendes, Drängendes. Sie bat ihn stumm um Hilfe. Klaus rang sich ein Lächeln ab.

Doch etwas mehr als ein Ehekrach. Jetzt nur keinen Fehler machen. Er sammelte sich einen Moment und wandte sich wieder dem Kind zu.

»Du musst auch deine Hausaufgaben sorgfältiger erledigen«, sagte er und warf aus den Augenwinkeln einen Blick auf den Mann. Seine Lippen waren fest zusammengepresst, die Stirn gerunzelt. Offenbar verlor er allmählich die Geduld. Seine hinter dem Rücken der Frau verborgene Hand hielt vermutlich die Waffe.

»Aber im Großen und Ganzen bist du wohl ein liebes kleines Mädchen, Katrin«, sagte Klaus. »Deshalb habe ich dir auch ein Geschenk mitgebracht.« Er bückte sich und entfernte die Kordel, die den Sack zusammenhielt.

»So, nun wollen wir mal sehen, was mein großer Sack alles für euch bereithält!«

Klaus schickte ein stummes Gebet zum Himmel und hoffte, dass in dem Sack irgendetwas drin war, das ihm weiterhelfen könnte. Er packte immer ein paar Süßigkeiten ein, die er an alle Anwesenden verteilte. Das stimmte sie heiter und half ihm, einen guten Eindruck zu hinterlassen.

Mehrere größere und kleine in Weihnachtspapier eingeschlagene Päckchen lagen im Sack und eine Flasche Wein. Halleluja.

»Hier haben wir schon das erste Geschenk für die liebe, kleine Katrin.« Klaus nahm eines der größeren Päckchen und drückte es dem Kind in die Hand. Katrin nahm es ohne ein Wort und ohne es eines Blickes zu würdigen.

»Und dieses hier ist für die Frau Mama.«

Frau Heller dankte überrascht und nahm ein kleineres Päckchen entgegen.

»Und natürlich haben wir auch den lieben Papa nicht vergessen.« Klaus packte die Weinflasche am Hals und richtete sich auf.

»Oh, wer ist denn das?«, sagte er und blickte über die Schulter des Mannes an die Wand. Spontan drehte der sich um. Ohne zu zögern hob Klaus die Flasche und schmetterte sie auf den Kopf des Mannes. Mit einem lauten Stöhnen drehte er sich halb um sich selbst und sackte dann zusammen.

»Oh, Gott sei Dank«, rief Frau Heller und riss ihre Tochter an sich.

Die Flasche hatte den Schlag gut überstanden. Klaus stellte sie auf den Tisch und bückte sich zu dem Bewusstlosen hinunter. Mit tastenden Fingern überprüfte er am Hals des Mannes den Puls. Er lebte noch.

»Geben Sie mir die Kordel«, sagte er. Frau Heller wischte Tränen von ihren Wangen und reichte ihm die Schnur, die neben dem Sack auf dem Boden lag.

Mit geübtem Griff verschnürte Klaus die Hände des immer noch Ohnmächtigen auf dem Rücken. Er sah sich um. »Katrin, Schatz, gibst du mir deinen Schal?« Das Mädchen löste den dünnen weißen Schal von seinem Hals und reichte ihn Klaus. Er knotete ihn fest um die Fußgelenke des Mannes. Dann packte er ihn an den Füßen und zog ihn aus der Küche in den Flur. Als sein Kopf über die Schwelle holperte, stöhnte er leise. Der wacht gleich auf, dachte Klaus.

»Rufen Sie die Polizei.«

Frau Heller griff nach dem Telefon.

Ein paar Sekunden später zog Klaus leise die Haustür hinter sich ins Schloss. Olli rannte bereits den Weg entlang. Klaus folgte ihm mit großen Schritten und zog im Laufen die rotweiße Jacke aus. Den Bart nahm er erst im Wagen ab, startete und fuhr los. Im Rückspiegel sah er eben noch das Blaulicht eines Streifenwagens um die Kurve biegen.

»Was war denn los?« Olli hatte nur mitbekommen, wie Klaus den Mann im Flur ablegte und sofort begriffen, dass sie schnell weg mussten. Klaus berichtete, was vorgefallen war. »Ich fürchte, die Bullen werden den Braten schnell riechen, wenn sie erzählt, was passiert ist«, sagte er. »Wir müssen uns eine Zeitlang bedeckt halten.«

Deutlich außer Reichweite der Polizei lenkte er den Wagen in eine Parkbucht und schaltete die Innenbeleuchtung ein. »Lass mal sehen!« Olli hob seinen Sack auf den Schoß und öffnete ihn: ein paar Kreditkarten, 1.350 Euro Bargeld und eine ganze Handvoll Ketten, Ringe und Ohrringe aus Gold und Silber und mit Juwelen besetzt.

Nicht schlecht, dachte Klaus. Aber dennoch: Für den Rest des Winters würden sie sich wohl einen anderen Job suchen müssen.

Seufzend ließ er den Schmuck in den Sack zurückfallen. Schade. Es wäre schön gewesen, einfach so weiter zu machen.

In seiner kleinen Zwei-Zimmer-Wohnung am Ende der Stadt setzten sie sich an den Küchentisch und teilten die Beute. Das Geld wurde exakt hälftig geteilt, die Schmuckstücke suchten sie sich nacheinander aus. Klaus wählte als erster. So machten sie es seit jeher. Beide schnitten dabei gut ab. Mal hatte der eine ein besseres Auge, mal der andere. Sie stritten sich nie um die Höhe des Gewinns.

Als alles aufgeteilt war, stand Klaus auf, holte eine Flasche Wodka aus dem Küchenschrank und schenkte zwei Gläser voll.

»Auf den guten Job, den wir heute Abend verloren haben«, prostete er Olli zu. Olli wischte mit zwei Fingern helle Streifen in seine dunkel gefärbte Stirn und nickte düster, bevor er das Glas hob und es auf einen Zug austrank.

Ein Klingeln durchbrach die trübselige Stille, die sich zwischen ihnen ausgebreitet hatte. Verwirrt sah Klaus an sich hinab. Das Handy in seiner Hosentasche klingelte. Das besagte Handy …

Er schob die Hand in die Tasche und zog das kleine Telefon heraus. Das Display zeigte eine Nummer, die ihm bekannt vorkam. Plötzlich dämmerte es ihm.

»Das ist Frau Heller«, flüsterte er und starrte Olli an. Olli riss die Augen auf, was angesichts seiner schwarzen Schminke einigermaßen bizarr wirkte. »Geh nicht dran«, flüsterte er zurück.

Doch Klaus Zeigefinger hatte fast ohne sein Zutun den Annahmeknopf gefunden und gedrückt. Schweigend hielt er sich das Handy ans Ohr.

»Hallo?«, klang es aus dem Hörer. »Hallo, Nikolaus? Hören Sie mich?«

Klaus überlegte, wie gefährlich es sein könnte, zu antworten, als die Stimme fortfuhr.

»Sie müssen keine Angst haben, Ich habe Sie nicht verraten.« Eine Pause. Tiefes Atemholen.

»Ich bin Ihnen so dankbar für das, was Sie getan haben. Ohne Sie wären Katrin und ich jetzt womöglich tot, zerstückelt im Keller oder noch viel Schlimmeres. Haben Sie keine Angst. Ich verrate Sie nicht.« Frau Heller schwieg und schien auf eine Antwort zu warten.

Klaus holte tief Luft.

»Okay«, sagte er. »Ich danke Ihnen dafür. Und es tut mir leid, dass wir Sie beklaut haben. Ich bringe Ihnen morgen alles zurück …«

Olli starrte ihn an, als hätte er gerade einen Schlaganfall erlitten. Frau Heller fiel Klaus ins Wort.

»Nein, das müssen Sie nicht. Behalten Sie gern alles, was Sie mitgenommen haben. Nur eines hätte ich gern zurück: Den alten Ehering meiner Mutter. Er ist nicht zu ersetzen.«

Klaus ließ die Schultern sacken. »Gut. Wie sieht er aus?«

»Ein einfacher goldener Ring. Mit einer Gravur innen: Für Katja in ewiger Liebe. Josef.«

Klaus durchwühlte erst seinen Schmuckhaufen, dann Ollis und wurde fündig. »Sie kriegen ihn zurück«, sagte er in den Hörer. »Gleich morgen.«

»Ich danke Ihnen so sehr«, sagte Frau Heller. »Und viel Glück für Ihr weiteres Berufsleben. Vielleicht können Sie ja wieder mal jemandem das Leben retten.«

»Tja, vielleicht«, stammelte Klaus hilflos.

»Ach, übrigens, meine Nachbarn, die Michels, müssten auch mal gerettet werden«, sagte Frau Heller und legte auf.

Klaus stopfte das Handy zurück in die Hosentasche und starrte Olli wortlos an. Der starrte seinerseits zurück und wartete auf eine Erklärung, was mit dem Ring passiert war, der sich eben noch in seinem Haufen befunden hatte.

Schließlich schüttelte Klaus den Kopf, als wolle er Spinnweben abschütteln, und sagte: »Wir müssen uns doch keinen neuen Job suchen.« Dann wählte er aus seinem Haufen einen rubinbesetzten Platinring und schob ihn zu Olli hinüber.

»Ich muss nochmal weg«, sagte er, stand auf und ließ den verdutzten Olli in seiner Küche sitzen.

Er parkte den Wagen an der gleichen Stelle wie früher am Abend, schlich den verschneiten Weg zur Haustür hinüber und warf den Ring durch den Briefschlitz an der Tür. Das Haus war vollkommen dunkel, doch als Klaus sich auf halbem Weg zurück umdrehte, sah er eine dunkle Silhouette am Küchenfenster. Zögernd hob er die Hand, und die Silhouette winkte zurück. Bevor er wieder in seinen Wagen stieg, warf er noch schnell eine Visitenkarte in den Briefkasten der Michels nebenan.

Jacques Berndorf

Minna, die Euskirchener Mumie

Ein Tartarbrötchen, eine entsetzte Nachbarin und
ein mysteriöser Weihnachtsmann – Die Geschichte zum Fest

Mittlerweile ist es eine ekelhafte Tradition in unseren Landen geworden, mich mit allen möglichen Leichen schnell und direkt in Verbindung zu bringen, hingleich ich für die Herstellung derselben selten verantwortlich bin: Ich finde sie nur. Das geschah auch mit der Letzten, die ich liebevoll »meine Euskirchener Mumie« nenne. Da mogle ich ein bisschen, denn ich fand sie nicht in Euskirchen direkt, sondern in dem weiten Viereck Swisttal – Zülpich – Mechernich – Rheinbach.

Es geschah in einem dieser Dörfer, von denen man sagt, dort hause ein Aufsässiger, stets auf Krawall versessener Menschenschlag. Wie auch immer, ich ahnte nichts, kam vom WDR in Köln von einem Interview mit dem Titel »Seine fiesen Leichen« - und ich fand, ich hatte mich gut geschlagen. Hungrig fuhr ich in Wisskirchen von der Autobahn ab, nichts anderes im Sinn als eine freundliche Metzgerin, die mir ein Tartarbrötchen verkaufen sollte. Zum Tartar kam es nicht, stattdessen zur Mumie.

Sie wissen, wie das in den letzten Jahren ist: In der Vorweihnachtszeit schneit es häufig, auch wenn an den hohen Festtagen doch alles in Nebel und Nässe ersäuft. Nun aber schneite es, das Land atmete Frieden, das Fest des heiligen Nikolaus lag hinter uns, ich bereitete mich seelisch auf das Eifeler Christkindchen vor: Auf jedem Baum-Ast sah ich eine weihnachtlich strahlende Putte mit einem Lendenschurz aus vergoldetem PVC hocken. In dieser Sekunde plante ich, meiner Katze »Krümel« eine lebende Ratte unter den Weihnachtsbaum zu setzen.

Ich erspähte an der Dorfstraße eine Metzgerei, ahnte schon köstliches auf der Zunge, hielt an, stieg aus und starrte in das vor Entsetzen angegraute Gesicht einer betagten Frau, die in einem offenen Fenster lag, irgendetwas sagen wollte, aber nicht konnte. Sie deutete hinter sich und stotterte: »Mimimi – ah – nana – ah!«

»Was ist mit Minna?« fragte ich beiläufig.

»Tot«, sagte sie nur, um in der Tiefe des Zimmers zu verschwinden. So etwas regt mich an, so etwas regt mich auf. Ich verzichtete auf das Tartar und betrat zunächst das Treppenhaus dieses langweiligen, rotgeklinkerten Kastens. Sechs Mietparteien in drei Geschossen, man kennt das. Ich schellte in der linken Erdgeschosswohnung, und die Frau mit dem grauen Gesicht machte dicht vor mir äußerst fahrige, bedrohliche Handbewegungen. »Da!« sagte sie nur und deutete mit einem krummen Zeigefinger zittrig in ein offenstehendes Zimmer. »Wer ist denn Minna?« fragte ich freundlich. Freundlichkeit ist immer ein Gegengewicht zum Tod.

»Die wohnt hier«, murmelte die Frau: »Ich wohne über ihr.«

»Wann haben Sie sie zum letzten Mal gesehen?«

»Am Nikolaustag. Mittags war das. Sie wollte eine Rinderbrühe kochen.«

Dazu war sie nicht mehr gekommen. Die Tote lag dicht vor dem Doppelfenster auf dem Rücken. Sie war eindeutig eine sehr alte Frau. Das Leben auf Mutter Erde hatte sie klein und krumm gemacht. Sie wies keinerlei Verletzungen auf, kein Blut – »Gott sei Dank«, dachte ich, »das ist keine von deinen fiesen Leichen«.

Nach dem Gesicht zu urteilen, lag sie schon eine ganze Weile da, zehn Tage vielleicht. Sie trug ordentliches, komplettes Grau mit einer bunten Küchenschürze um den Bauch. Minna roch nicht, ich würde eine mittelstarke Aussage bevorzugen: Es müffelte. »Es ist kalt hier«, murmelte ich, »wird nicht geheizt?«

»Och«, antwortete die Frau, »unser Hausbesitzer ist so geizig.«

»Wie sind Sie hier hineingekommen?«

»Ich habe einen Schlüssel. Ich dachte: irgendetwas stimmt hier nicht.«

Das Gesicht der Toten war eine Mischung aus Erstaunen und panischem Schrecken. Aber da war noch etwas anderes, schwer zu sagen. »Holen Sie die Polizei«, riet ich. Dann stopfte ich mir die »Vario« von »Danish Club«, hockte mich auf einen Stuhl und sah Minna liebevoll an. Nach einer Weile kam die Nachbarin wieder und nuschelte: »Die Polizei beeilt sich. Komme ich jetzt ins Fernsehen?«

»Ich weiß nicht«, sagte ich. »Was war an diesem Nikolaustag los? Irgendetwas Besonderes?«

»Nein, eigentlich nicht. Der Nikolaus kam. Den schickt die Gemeinde eigentlich jedes Jahr zu uns Alten. Der sah aus wie Schorsch, ich könnte wetten, es ist Schorsch. Aber geht ja schlecht.«

»Wer ist denn Schorsch?«

»War, war«, antwortete sie schnell. »Er war Minnas Mann. So ein großer, kräftiger Kerl. Hat immer gelacht. Ist aber schon vor zehn Jahren gestorben, kann also nicht sein.«

»Unwahrscheinlich«, nickte ich.

»Wie alt war sie?«

»Dreiundneunzig. Kann ja nicht sein, dass das Schorsch war. Sah aber so aus, sah ganz genauso aus. Er liebte Rinderbrühe. Und …«

»Ja?«, fragte ich lockend, aber nicht zu sehr.

»Naja«, wiederholte die graue Frau, »es ist doch komisch. Bei mir war der Scho…, äh, der Nikolaus nicht. Eigentlich bei keinem sonst, nur bei Minna.«

»Aha«, sagte ich mit einem Unterton, der sie zum Erzählen ermutigen sollte. Und es klappte: »Ja also, die Gemeinde hat ja kein Geld mehr. Die müssen Straßen und so was bauen. Ich kenn mich da nicht so aus. Und da haben sie in diesem Jahr den Nikolaus gestrichen – eigentlich …«

Das stimmte, so etwas hatte ich auch gehört oder gelesen. Mir wurde seltsam warm ums Herz.

In diesem Moment kam, ohne Tatütata und Blaulicht, ein Streifenwagen, ein älterer uniformierter Beamter stieg aus. Er schellte, die Frau öffnete. Der Polizist hatte eine schmale, hagere Figur, einen Schnurrbart, sah magenkrank aus und erinnerte mich an einen Habicht – einen Habicht mit Schnurrbart. Er schoss auf Minna zu, ging elegant in die Knie, beugte sein Haupt und sagte zufrieden: »Glatter Exitus der normalen Art, würde ich sagen. Und wer sind Sie?«

»Siggi Baumeister«, sagte ich.

»Und was machen Sie hier?«

Meine Leserinnen und Leser werden das kennen: Nichts verursacht mehr Stress als die Frage der Obrigkeit, wieso man ausgerechnet in dieser Minute hier ist – und nicht woanders.

»Also, das Ganze hat mit einem Tartarbrötchen zu tun …«, begann ich. Er war helle, er kannte die Menschen. Er vermutete Lügen und Beschönigungen, er bellte: »Blutiges Tartar, häh?«

»Wieso blutig? Ich denke … Also, ich bin zufällig hier.«

»Zufällig?« Er wuchs ein paar Zentimeter. Dann bückte er sich erneut: »Keinerlei Fremdeinwirkung!«. Er richtete sich wieder auf. »War sie herzkrank?« – »Herzkrank? Krank am Herzen, ja, das ist irgendwie anzunehmen«, murmelte ich, »schließlich liegt sie da.«

»Kannten Sie sie?«

»Nicht die Spur. Ich kam zufällig des Wegs, als sie gefunden wurde.«

»Zufällig des Wegs? Hm. Ach so.« Er zupfte seinen Schnurrbart und wurde wieder wichtig: »Haben Sie bemerkt, dass Sie im Halteverbot stehen?«

»Nein.« Ich fühlte mich schuldig. »Manchmal bin ich schusslig.«

»Auch das noch.« Er schüttelte den Kopf. Dann entnahm er seiner Ledermappe ein kompliziert aussehendes Formular, setzte sich an den Tisch und fragte frohgemut: »Also, dann wollen wir mal. Normaler Todesfall, vollkommen klar…«

»Also, normal würde ich das nicht nennen«, unterbrach ich ihn sanft. »Ich weiß schließlich, wer der Täter ist.«

»Wie bitte?« schrillte er hoch. Sein Kopf war hochrot, wahrscheinlich tat er nichts gegen seinen Bluthochdruck. »Und wer?«

»Der Weihnachtsmann«, sagte ich, »der hat sie sich geholt.«

An die ersten Kilometer aus dem Raum Euskirchen hinaus kann ich mich nicht erinnern. Alles flimmerte, immer wieder tauchte das Gesicht des Beamten auf, rot, brutal, wutentbrannt. Ich höre sein Keifen: »Sie Weihnachtsmann, Sie!« Dabei heiße ich gar nicht Schorsch, sondern Baumeister. Siggi Baumeister.

Die Autoren und ihre Texte

Stefan Andres, * 26. Juni 1906 in Dhrönchen/Mosel, † 29. Juni 1970 in Rom, begraben auf dem vatikanischen Friedhof der Deutschen, dem Campo Santo Teutonico. Deutscher Schriftsteller, Mitglied im Bamberger Dichterkreis, war in den 1950er Jahren einer der meistgelesenen deutschen Autoren. Seine bekanntesten Werke sind die Novellen El Greco malt den Großinquisitor (1936) und Wir sind Utopia (1942). Andres' Werke standen in Deutschland regelmäßig auf den Bestseller-Listen; die Gesamtauflage seiner Bücher erreichte mehrere Millionen. Mehrere seiner Werke wurden verfilmt. Stefan Andres, der als neuntes Kind eines Müllers aufwuchs, erhielt zahlreiche Auszeichnungen, unter anderem 1933 den Preis der Abraham-Lincoln-Stiftung, 1949 den Rheinischen Literaturpreis, 1952 den Literaturpreis von Rheinland-Pfalz, 1954 den Großen Kunstpreis von Nordrhein-Westfalen, 1956 das Komturkreuz des Verdienstordens der italienischen Republik, 1957 den Dramatikerpreis der Stadt Oldenburg, 1959 das Große Verdienstkreuz der Bundesrepublik Deutschland und 1963 den Ersten Preis beim Internationalen Dramenwettbewerb von Assisi.
Moselweihnacht aus: »Vom Himmel hoch«, mit freundlicher Genehmigung der Stefan-Andres-Gesellschaft und der Erben des Dichters

Wilhelm-Ernst Asbeck, * 1881 in Hamburg, † 1947 in Burg/Dithmarschen. Autor. Arbeitsgebiete: Roman, Erzählung, Bühnendichtung.
Der gläserne Wald aus: Eifelkalender 1956.

Jacques Berndorf, eigentl. Michael Preute, * 1936 in Duisburg, † 2022 in Dreis-Brück, Eifel. Nach journalistischer Ausbildung Arbeit als Zeitungs- und Magazinredakteur, zuletzt Reportagen über vorwiegend sozialpolitische Themen im »Spiegel«. Schöpfer der Detektivfigur Siggi Baumeister, mit der er den Grundstein für das Genre »Eifelkrimi« legte. Erhielt 1996 den Eifel-Literaturpreis. Zahlreiche Buchveröffentlichungen, u.a. Magnetfeld des Bösen (1970), Der Monat vor dem Mord (1972) als Fortsetzungsroman im »Stern«, erst 2009 bei KBV als Buch, Mord-Schmitt (1975), Elvis Presley – The King – mit Beate Guldner (1977), Vera Brühne – Ein Justizirrtum? (1982), Aberglauben GmbH

(1984), *Vom Bunker der Bundesregierung* (1984) und die Eifel-Krimi-Reihe, zuerst im grafit-Verlag, später bei KBV. Zuletzt: Eifel-Krieg, Hilleheim, 2013.

Minna, die Euskirchener Mumie erschien 1993 im »Kölner Stadt-Anzeiger« als Weihnachtskrimi

Rosemarie Bierganz, Heimatkundlerin, Autorin im Monschauer Land.
Wie der Christbaum auf den Marktplatz kam aus: Jahrbuch Monschau 1990

Guido M. Breuer, * 1967 in Düren, dort und in der Nordeifel aufgewachsen. Ausbildung zum Bankkaufmann, arbeitet als selbstständiger Unternehmensberater, Kriminalschriftsteller, lebt in Bochum. In seiner mehrbändigen Reihe um den Hobbydetektiv Opa Berthold ermittelt eine rüstige Rentnertruppe aus einem Nideggener Seniorenheim. *Santa Klaus bittet zur Kasse* Erstveröffentlichung

Carola Clasen, Autorin, seit 1998 schreibt sie Kriminalromane, die in der Eifel spielen. Mit »Leichenstille« erschien 2020 ihr zwölfter Roman um die eigenwillige Kriminalkommissarin Sonja Senger. Auch mit ihren Kurzgeschichten und Lesungen hat Carola Clasen sich einen Namen in der Region gemacht. Die »Queen of Eifel-Crime« ist Mitglied in der Kriminalschriftsteller-Vereinigung Syndikat und lebt und arbeitet in Köln.
Das Fest des Friedens aus: »Schwarze Schafe«, KBV-Verlag, 2005

Dr. August Detrée, bekannter, häufig im Eifelvereinsorgan »Die Eifel« publizierender Autor zwischen 1926 und 1954.
Wunderbare Wochen aus: »Wie's daheim einst war« in »Die Eifel« 1934

Anna Droste-Lehnert (1892-1976), Lehrerin, lebte und wirkte ab 1920 in Schalkenmehren/Eifel, begründete den Erfolg des Schalkenmehrener Beiderwand unter dem Markenzeichen »Maartuch«, auch Autorin unter anderem für Eifeljahrbücher.
Brauchtum um Vieh und Bauernleben aus: »Die Eifel«, herausgegeben vom Eifelverein 1958

Emmi Elert, geb. von Eelking, * 25. Juli 1864 in Bremen, † 27. Oktober 1927 in Bad Bertrich, Romanautorin, u.a. »Auf vulkanischer Erde«, F. Fontane & Co, 1903, Berlin,

und »Die Grundmühle«, F. Fontane & Co, 1908, Berlin. Weitere Veröffentlichungen: Bad Bertrich, Natur und Geschichte (1900), Funken unter der Asche, Roman (1904), Zaungäste des Glücks, Roman (1905), Kameraden, Ein soziales Bild aus dem Leben (1910), Lebende Fackeln, Roman (1911), In falschen Geleisen, Roman (1912), Des Gesetzes Freipaß, Roman (1913), Heimat Landstraße, Roman (1914).
Müßig – Winterstimmung in Klinzig (Bad Bertrich) aus: »Auf vulkanischer Erde«, F. Fontane & Co, 1903, Berlin, entnommen aus: Christel Aretz (Hg.) »Eifel-Weihnacht, Arne Houben, Rhein-Eifel-Mosel-Verlag

Peter Freppert, * 1908 in Geichlingen/Eifel, dort gestorben 1965. Landwirt und Autor. Werke (u.a.): Menschen um Jesus (1937), Das ewige Rufen (1939), Bauern suchen das Reich (1939).
Der Martinsschimmel aus: »Die Eifel«, November 1953

Wilhelm Hay, * 1891 in Büchel bei Cochem/Mosel. Dort verstorben 1962. Nach dem Abitur 1913 in Mayen Lehramtsstudium in Münster und Bonn, Lehrer, dann Geschäftsführer des Trierischen Bauernvereins in Zell, Cochem und Daun, später Kreisvorsitzender in Cochem. 15 Jahre Zentrumspolitiker, 1920 bis 1934 Schriftleiter des Trierer Paulinusblattes. Seit 1949 Jugend- und Kulturreferent beim Bauern- und Winzerverband Rheinland-Nassau in Koblenz. Zahlreiche Buch-Veröffentlichungen, u.a. Aus meinen Bergen (1920), In meiner Heimat Haus (1926), Vergilbte Blätter (1927), Spaß beim Ernst (1954), Heimat, wie schön du bist (1956).
Zwei Tage vor Weihnachten aus: »In meiner Heimat Haus«, Verlag der Junffermannschen Buchhandlung, Paderborn, 1926.
Letzte Rauhnacht aus: Heimatjahrbuch Kreis Ahrweiler 1963

Andreas Heinz, * 1941 in Auw an der Kyll/Eifel, 1975 Promotion zum Dr. theol., 1979 u. Prof. für Liturgiewissenschaft an der Ruhr-Universität Bochum, 1979 Mitglied am Institut Grand-Ducal Luxembourg, 1981 o. Prof. für Liturgiewissenschaft an der Theologische Fakultät Trier, 1981 Leiter der Wissenschaftlichen Abteilung am Deutschen Liturgischen Institut, 1999 Verleihung des Bundesverdienstkreuzes am Bande, 1999 Wahl zum 2. Vorsitzenden des Deutschen Liturgischen Instituts (1. Vorsitzender ist satzungsgemäß der amtierende Bischof von Trier), seit dem 01.04.2007 entpflichtet, zahllose Veröffentlichungen.

 DIE AUTOREN

Wi eeser Härgott op de Welt kum – Weihnachtsevangelium auf Eifeler Platt aus: »Weihnachten in der Eifel«, herausgegeben von Monika und Erich Gerten sowie Wilhelm Follmann, Verlag Michael Weyand, Trier, 1995

Wilhelm Hohn, früherer Lehrer in Eschweiler. Die Geschichte erschien ursprünglich unter dem Titel »Das Matronenfest« 1927 in »Euskirchener Land im Wandel der Zeit« und wurde in den Sammlungen der Schriftstellerin Sophie Lange wiederentdeckt.
Stille Nacht auf dem Addig aus: Lang/Kramp (Hg.) »Abendgrauen 3«, KBV 2006

Maria Homscheid, * 1872 in Herdorf/Siegerland, dort verstorben 1948. Erzählerin und Lyrikerin. Lebte und wirkte in der Eifel (Ittel), an der Mosel (Lieser) und am Rhein (Koblenz). Umfangreiches literarisches Werk., u.a. Der Eifelprinz (Roman, 1910), Auf heimlichen Steigen (Erzählungen, 1911), Erzfunken (Gedichte, 1913) Frauenschuh (Legenden, 1920), Glanzdam (Novellen, 1921), Blühender Schnee (Legenden, 1931).
Die Guath aus: Eifelkalender

Laurenz Kiesgen, * 1869, † 1957 in Dattenfeld/Sieg. Lehrer, Herausgeber, Erzähler. u.a. Cantaten (Festspiele, 1894), Maisegen (Gedichte, 1904), Der Märchenvogel (Märchen, 1917), Kölner Lach- und Lesefibel (1940).
Schnee aus: »Der Gang zur Mette«, Georg-Fischer-Verlag Wittlich, 1936.

Karl Georg Klein, Jahrbuchautor Kreis Euskirchen aus Blankenheim
Der gestohlene Weihnachtsbaum aus: Jahrbuch Kreis Euskirchen 1995

Jakob Kneip, * 1881 in Morshausen/Hunsrück, lebte seit 1941 in Pesch/Eifel, † 1958 nach einem Eisenbahnunfall in Mechernich/Eifel. Studierter Germanist und Neuphilologe. Schriftsteller: Romane, Gedichte, Essays, Erzählungen.
Flüchtlinge aus: »Bergweihnacht«, Paul-List-Verlag , München-Leipzig-Freiburg, 1937, entnommen aus: Lang (Hg.) »Und er hat sein helles Licht bei der Nacht ...«, Helios Aachen, 1996

Fritz Koenn, * 1927 in Hellenthal/Eifel, lebt in Königswinter. Ministerialbeamter im Ruhestand. Schriftsteller und Mundartautor, unter anderem unter Pseudonymen (»Dorps Schäng«, »Ferkes Wellem«. »Tant Dresje«). Zahllose Veröffentlichungen: Erzählungen, Gedichte, Romane, zuletzt im KBV-Verlag, Hillesheim »Als die große Hungersnot kam« (2009), »Als der große Krieg zu Ende ging« (2010), »Als Reifferscheid belagert wurde« (2012) und »Eefeler Stöckelcher« mit Manfred Lang (2020). 1995 erschien sein Hauptwerk »Von Abelong bos zau dich Jong«, eine umfangreiche Sammlung Eifeler Begriffe und Ausdrücke. Für seinen unermüdlichen Einsatz im Dienst der Mundart sowie der Volks- und Heimatkunde wurde Fritz Koenn 2002 mit dem Rheinlandtaler ausgezeichnet.

De Weihnachtsjeschicht op Eefeler Platt, Die drej Könninge und *Der geklaute Christbaum:* Erstveröffentlichung

Nikolaus-Verlaad und *Weihnachts-Sorje* aus: »Eefeler Stöckelcher«, 1959

Der Gang nach Harperscheid aus: Lang/Kramp (Hg.) »Abendgrauen«, KBV 1999

Ralf Kramp, * 1963 in Euskirchen, lebt heute in Flesten/Vulkaneifel. Krimiautor, Karikaturist, Herausgeber und Verleger. Für seinen Erstlingsroman »Tief unterm Laub« erhielt er den Förderpreis des Eifel-Literaturfestivals. Seither erschienen zahlreiche Kriminalromane, unter anderem auch die Reihe um den kauzigen Helden Herbie Feldmann und seinen unsichtbaren Begleiter Julius. Seit 1998 Veranstalter der Krimiwochenenden unter dem Titel »Blutspur«, erhielt 2002 den Kulturpreis seines ursprünglichen Heimatkreises Euskirchen. Seit 2007 führt er mit seiner Frau Monika in Hillesheim das »Kriminalhaus« mit dem »Deutschen Krimi-Archiv« mit über 30.000 Büchern, dem »Café Sherlock« und der Buchhandlung »Lesezeichen«. www.ralfkramp.de www.kriminalhaus.de

Schottenkaros aus: »Kurz vor Schluss«, KBV 2001

Peter Kremer, * 1901 in Kaisersesch/Eifel als neuntes von dreizehn Kindern. Dort gestorben 1989. Pädagoge, Erzähler, Herausgeber. Unterrichtete seit 1922 an Wittlichs höheren Schulen, ab 1947 am Gymnasium Bernkastel. Zahllose veröffentlichungen, u.a. »Fahrt ins Blaue« (mit Bildern des Eifelmalers Fritz von Wille), »An Mosel und Saar«, »Das lachende Eifeldorf« (wiederaufgelegt beim Helios-Verlag Aachen) , »Gang zur Mette«. Erster Träger eines Eifeler Literaturpreises (1965).

Bei den Himmeroder Mönchen, Die Weissagung, Der Gang zur Mette und *Die Weihnachtsglocken* alle aus: »Der Gang zur Mette«, Georg-Fischer-Verlag, Wittlich, 1936.

Der Nikolausmarkt aus: »Die Eifel« 1953, entnommen aus: Monika und Erich Gerten und Wilhelm Follmann (Hg.) »Weihnachten in der Eifel«, Verlag Michael Weyand, Trier

Erika Kroell (1958 - 2016), lebte und arbeitete als Rundfunk-Journalistin und Schriftstellerin im Ahrtal. Sie verfasste mehrere Krimis und phantastische Romane und war Autorin zahlreicher Kurzgeschichten in beiden Genres. Sie war Mitglied im Deutschen Sherlock-Holmes-Club, bei MinD, im »Syndikat« und im Verband Deutscher Schriftsteller. *Von drauß" vom Walde* Erstveröffentlichung

Manfred Lang, * 1959 in Bleibuir, lebt in Mechernich, Autor und Herausgeber zahlreicher Eifel-Bücher. Gelernter Tageszeitungsredakteur (10 Jahre Kölnische Rundschau, 15 Jahre Kölner Stadt-Anzeiger, seit September 2005 selbständig mit der Agentur ProfiPress für Kommunikation und Öffentlichkeitsarbeit). Zahlreiche Buchveröffentlichungen, zuletzt bei KBV »Manni kallt Platt« (2018) und die mit Ralf Kramp gemeinsam herausgegebene Anthologie »Die Eifel – das Beste« (2017). Manfred Lang ist Ständiger Diakon mit Zivilberuf, Nebenerwerbslandwirt, verheiratet und hat drei Kinder.
Verunglückt und *Dialog am Heiligabend* aus: Lang (Hg.) »Und er hat sein helles Licht bei der Nacht …«, Helios Aachen, 1996
Der Christbaumständer und *Der Ritter und der Abt* Erstveröffentlichung
Der Danz vom Räuber Horrifikus aus: Manfred Lang »Platt öss prima II«, KBV 2010

Matthias Lang, * 1902 in Biel-Bardenbach/Kreis Merzig-Wadern/Saarland als zwölftes von dreizehn Kindern eines Schuhmachers. Erstes Gedicht mit knapp 13 Jahren, erste Veröffentlichung mit 18. Während des Lehramtsstudiums Theaterleiter des Seminartheaters Merzig. Rektor in Pfalzel bei Trier. Zahlreiche (Buch-)Veröffentlichungen, u.a. »Suchende Seele« (Lyrik), »Der Zigeunerkaplan« (Erzählung), »Daheim im stillen Hochwalddorf« (Gesammelte Erzählungen).
Ein Eifeldorf liegt ganz verschneit aus: »Der Gang zur Mette«, Georg-Fischer-Verlag, Wittlich, 1936

Sophie Lange, * 1936 in Aachen, lebt in Nettersheim/Eifel. Autorin. Zahlreiche (Buch-Veröffentlichungen), unter anderem zu regionalen feministischen Themen. Zuletzt »Küche, Kinder Kirche – Aus dem Leben der Frauen in der Eifel«, »Alt-Eifler Küche« (zwei Bände) und »Als feines Fräulein hinterm Pflug – Das außergewöhnliche Leben der Else Pfefferkorn in der Eifel« (alle erschienen im Helios-Verlag, Aachen). Nachforschungen zu Volksglauben, Aberglauben und Sagen (Sagensammlungen von Nettersheim und Bad Münstereifel). Spezielle Schwerpunkte sind die Eifeldichterin Clara Viebig und der Matronenkult in der Eifel (»Wo Göttinnen das Land beschützten«). Zahlreiche Artikel zum Matronenkult und zur Heimatkunde finden sich auf der Homepage www. sophie-lange.de

Die Heimkehr aus: Lang (Hg.) »Und er hat sein helles Licht bei der Nacht …«, Helios Aachen, 1996

Zwischen den Jahren Erstveröffentlichung

Hans Lorenz Lenzen (1892-1975), Schriftsteller und Kunsthistoriker, auch Jugendbuchautor

Die nette Bescherung aus: »Die Eifel« 1961

Ludwig Mathar, * 1882 in Monschau, 1958 dort gestorben. 1909 Promotion zum Dr. phil., Probekandidat in Münstereifel, Oberlehrer in Neuss, Studienrat in Köln. Schriftsteller. Romane aus dem Monschauer Land, dem Hohen Venn und von der Mosel. Erzählungen, Herausgebertätigkeiten.

Weihnachten 1649 aus Eifelkalender 1954

Ulrich Mehler (1941-2019), zehn Jahre Bundeswehr, danach Studium (Germanistik, Musikwissenschaft, Mittellatein, Theaterwissenschaft), Promotion, Habilitation. Autor, Professor für Altgermanistik. Zahlreiche Veröffentlichungen, u.a. wissenschaftliche Begleitung der Neuaufführung »Bordesholmer Marienklage« und »Die Edda« (Xanten 1993, Luxemburg 1995). Erzähler und Herausgeber zahlloser historischer, auch regionaler Eifeler Geschichten.

Bald ist Weihnachten, Der heilige Antonius und *Wunder geschehen immer wieder* Erstveröffentlichung

Hildegard Moos-Heindrichs, * 1935 in Köln, † 2017 in Bonn. Freie Autorin. 2000 wurde sie für den Rheinischen Literaturpreis Siegburg (Satire und literarische Humoreske) als einzige Frau nominiert, sie war Mitglied im Verband Deutscher Schriftsteller, sechs Jahre Vorstandsarbeit in Bonn. Buchveröffentlichungen (u.a.): Knöpfe im Dutzend, Wienand Köln, 1983, 4. Aufl. 1994, Kurzwaren, ebd. 1986, Alle Tassen im Schrank, ebd. 1989, 2. Aufl. 1994, Ich kriege die Motten, ebd. 1992, Über Tische und Bänke, ebd. 1994, Sticheleien, Sammelband mit Kurz- und Kleinversen, Horlemann-Verlag, Unkel/Rh, 1995, Geschichten vom Beuler Maria, Nachkriegssatiren, Avlos Verlag, Linz, 1999, Das Mühlrad ist zerbrochen, Nachruf auf eine Eifelmühle - Aus dem Blickwinkel der Restbestände, Romanfragment, Rhein-Mosel-Verlag, Alf, 2000, Es ist ein Moos entsprungen - Parodien, Limericks, Bescherungsgeschichten, Horlemann-Verlag, Unkel/Rheinland, 2004, im Herbst 2006 Neuauflage des Sammelbands »Sticheleien«, erweitert durch die Versreihe »Schwamm drüber«.

Das Stubener Christkind entnommen aus: Christel Aretz (Hg.) »Eifel-Weihnacht, Arne Houben, Rhein-Eifel-Mosel-Verlag

Franz-Josef Nieth, Autor im Eifelvereinsorgan »Die Eifel«.
Nachkriegs-Idylle aus: »Die Eifel« 1993

Karin Paukner, * 1923 in Köln, † 1920 in Weilerswist. Aufgewachsen in Nohn bei Adenau/Eifel. Hausfrau, dreifache Mutter, schreibt seit Ende der 60er Jahre Gedichte in Mundart und Hochdeutsch. Bisher erschienen: Gedichtband »Sibbeschröm« (1994).
Et schneit und *An der Krepp* aus: »Sibbeschröm«

Hermann Prümmer, Erzähler und Autor des Monschauer Landes.
Silvesterfahrt zum Nordpol aus: »Süße Neujahrsgrüße«, Heimatkalender Monschau 1964

Heinrich Ruland, * 1882 in Andernach, † 1943 in Bonn. Postbeamter, Dichter und Erzähler. Zahlreiche veröffentlichungen in Anthologien. Posthum 1950 veröffentlichter Lyrik- und Prosaband »Land der Maare«.
Eifelweihnacht aus: »Der Gang zur Mette« Georg-Fischer-Verlag, Wittlich, 1936, entnommen aus: Lang (Hg.) »Und er hat sein helles Licht bei der Nacht ...«, Helios Aachen, 1996

Mathias, der Schäfer aus: »Der Gang zur Mette« Georg-Fischer-Verlag, Wittlich, 1936.
Vallée de l'Ahr aus: »Die Eifel« 1938, entnommen aus: Christel Aretz (Hg.) Eifel-Weihnacht, Arne Houben, Rhein-Eifel-Mosel-Verlag, Alf, 2001

Maria Scherrer-Fäßler
Es ist ein Ros' entsprungen aus: »Unsere liebe Frau von Himmerod«, Dezember 1973

W. Schleicher, Heimatautor für Eifelvereinspublikationen.
Auf dem Teppich aus: Eifelvereinsblatt 1950

Dr. Christel Schmitz, häufig im Eifelvereinsorgan »Die Eifel« publizierende Autorin zwischen den 30er und 50er Jahren des 20. Jahrhunderts.
Weihnachtsglöcklein – Eine Weihnacht um 1886 aus: »Die Eifel« 1936

Peter Schröder, *Im Weihnachtswald* aus: »Der Gang zur Mette«, Georg-Fischer-Verlag, Wittlich, 1936.

Rainer M. Schröder, * 1951, Operngesangsausbildung, ehem. Lokalreporter, Jurastudium sowie Studium der Film- und Fernsehwissenschaften, später Bühnenautor und Verlagslektor. 1977 freier Schriftsteller und Verfasser von Jugendbüchern und historischen Romanen. Erhielt 1998 den Eifel-Literaturpreis für sein in der Eifel angesiedeltes historisches Jugendbuch »Das Geheimnis der weißen Mönche«. Am 4. April 2003 folgte der Literaturpreis der Mörser Jugendbuchjury für seinen Roman »Das Geheimnis des Kartenmachers«. Dasselbe Buch wählte die Arbeitsgemeinschaft Jugendbuch Göttingen zum Buch des Monats 2003 aus. Im Herbst 2005 erhielt Schröder den begehrten »Buxtehuder Bullen« für den Roman »Die Lagune der Galeeren«. Mit einer Gesamtauflage in Deutschland von fast sechs Millionen Büchern zählt Rainer M. Schröder zu den erfolgreichsten deutschsprachigen Schriftstellern von Jugendbüchern sowie historischen Gesellschaftsromanen für Erwachsene. Letztere erscheinen seit 1984 unter seinem zweiten, im Pass eingetragenen Namen Ashley Carrington im Droemer Knaur Verlag.
Das Geheimnis der weißen Mönche aus dem gleichnamigen Roman – © Arena-Verlag

Felicitas Schulz, Journalistin, Hillesheim, TV-Redakteurin und vielfältig engagierte Autorin.
Wölfe aus: Kreisjahrbuch Daun 1994

Theodor Seidenfaden, * 1886 in Köln, gest. 1979 in Hattingen/Ruhr. Lehrer und Musiker v.a. in Zülpich. Lyrik und Volksspiele, später auch Prosa. Durchbruch und dichterischer Aufstieg 1924 mit dem »Rheinischen Narrenschiff« (Sammlung rheinischer Volksschwänke). Zahllose Veröffentlichungen, insbesondere in Kurzgeschichten verwandelte Sagen und Legenden.
Wasser zu Wein aus: »Der Gang zur Mette«, Georg-Fischer-Verlag, Wittlich, 1936.
Das Licht im Totenmond aus: Lang/Kramp (Hg.) »Abendgrauen«, KBV 1999

Ludwig Steinbach, Autor im Eifelvereinsorgan »Die Eifel«.
Wintermorgen aus: »Die Eifel« 1941

Marga Thomé, Dichterin und Lehrerin, lebte ihr Leben lang in Trier, wo sie 1960 starb. Ihre Stoffe nahm sie aus der Geschichte und der Begegnung mit Menschen. So auch »Herrn Oehmchens Weihnacht«, eine Geschichte aus dem Ösling, dem deutsch-luxemburgischen Eifelteil zur Zeit der Französischen Revolution.
Herr Oehmchen aus: »Der Gang zur Mette«, Georg-Fischer-Verlag, Wittlich, 1936, entnommen aus: Lang (Hg.) »Und er hat sein helles Licht bei der Nacht ...«, Helios Aachen, 1996

Clara Viebig, * 17. Juli 1860 in Trier, † 31. Juli 1952 in Berlin, war eine naturalistische Erzählerin, deren Werke um die Jahrhundertwende in den bürgerlichen Haushalten zur Standardbibliothek gehörten. Einige Werke werden der Heimatkunst zugerechnet. Ihren großen literarischen Durchbruch hatte sie 1900 mit ihrem Roman »Das Weiberdorf«. Bereits der Vorabdruck in der Frankfurter Zeitung entfachte eine überregionale kontroverse Diskussion, die sich zu einem Skandal auswuchs, als die katholische Kirche dieses Werk auf den Index der verbotenen Bücher setzte (Index Librorum Prohibitorum). Ihre Erzählungen und Romane spielten vorzugsweise in der Eifel, die durch Clara Viebig in den Rang einer Literaturlandschaft erhoben wurde. Clara Viebig ist auch heute noch weithin als »Eifeldichterin« bekannt, obwohl die Breite ihres literarischen Werks diese Charakterisierung als zweifelhaft erscheinen lässt.
Die Stürme schwiegen aus: »Kinder der Eifel«, Arne Houben, Rhein-Eifel-Mosel-Verlag

⤳ DIE AUTOREN ⤳

Fritz Vincken, gebürtiger Aachener, Bäckermeister, Amerikaauswanderer und Autor einer vom Autor selbst als wahr bezeugten Weihnachtsgeschichte, die in der Eifel spielt und 2002 unter dem Titel »Silent Night« vom kanadischen Fernsehen verfilmt wurde. 1959 verließ Fritz Vincken Deutschland. 1971 eröffnete er in Honolulu auf Hawaii eine deutsche Spezialitätenbäckerei, die heute von seinen Kindern geführt wird. 1964 schrieb er seine Erinnerungen an das unvergessliche Weihnachtsfest 1944 nieder. Fritz Vincken starb am 8. Dezember 2001 in Oregon/USA.

Hürtgenwald, Heiligabend 1944 aus: »Wunder der Liebe«, Friedrich-Bahn-Verlag, Konstanz, 1986.

Michael Zender, * 1866 in Daleiden, † 12.12.1932 in Bonn-Beuel, ab 1903 Rektor in Bonn, ab 1909 Schriftleiter des Eifelvereinsblattes, veröffentlichte für den Eifelverein Jubiläums-bände zur Vereinsgeschichte (25-jähriges Jubiläum 1913, 40-jähriges Jubiläum 1928), ein Eifelheimatbuch (1924/25), sowie die ersten Eifelkalender (1927/28). Darüber hinaus »Die Eifel in Sage und Dichtung« (Trier 1900)

Der Fischerknabe aus: Dr. Heinz Müller (Hg.) »Heimat zwischen Rhein und Mosel«, Kreis Mayen, 1954

Peter Zirbes, * 1825 in Niederkail im ehemaligen Kreis Wittlich, Regierungsbezirk Trier, dort verstorben 1901. Eifeldichter und wandernder Steinguthändler. Starb verarmt und verbittert. 1973 erwarb die Gemeinde Niederkail den dichterischen Nachlass.

Chresdaag Morgen aus: »Der Gang zur Mette«, Georg-Fischer-Verlag, Wittlich, 1936

Die Spieler aus: Verbandsgemeinde Wittlich-Land (Hg.) Eifelsagen und Gedichte, 1976

Wir danken den Autoren der in dieser Anthologie veröffentlichten Einzelbeiträge. Wo es trotz umfangreicher Recherchen nicht gelungen ist, die entsprechenden Rechtsinhaber zu ermitteln, verpflichten wir uns zu einer entsprechenden Nachhonorierung.

Ob auf Hochdeutsch oder in Mundart ...

... Manfred »Manni« Lang ist ein profunder Kenner und Interpret der Eifel-Literatur. Seine Anekdoten und Essays sind ebenso vielfältig und unterhaltsam wie die von ihm zusammengestellten Geschichtensammlungen aus Historie und Gegenwart.

Dörpsgeschichten
Manfred Lang
Taschenbuch,
ISBN 978-3-95441-156-6, 9,20 € (D)

Manni kallt Platt
Manfred Lang
Hardcover mit Audio-CD,
ISBN 978-3-95441-450-5,
18,00 € (D)

Träumeland ist abgebrannt
Manfred Lang
Hardcover, ISBN 978-3-942446-57-0, 14,90 € (D)

Eefeler Stöckelcher
Manfred Lang / Fritz Koenn
Hardcover mit DVD,
ISBN 978-3-95441-557-1,
19,50 € (D)

Die Eifel-Gäng · Manfred Lang /
Günter Hochgürtel / Ralf Kramp
Hardcover mit Audio-CD,
ISBN 978-3-95441-539-7,
24,50 € (D)

Die Eifel – das Beste
Manfred Lang / Ralf Kramp
Hardcover, ISBN 978-3-95441-329-4, 19,95 € (D)

KBV EDITION EYFALIA